Rob van Essen, *1963 in Amstelveen, Niederlande, ist ein niederländischer Schriftsteller, Übersetzer und Kritiker. Er gehört in seinem Heimatland zu den meistgelesenen und bedeutendsten Autoren der Gegenwart. Mit seinem Roman *Der gute Sohn* (Original: *De goede zoon*) gewann er 2019 den Libris-Preis, einen der wichtigsten Literaturpreise der Niederlande. *Der gute Sohn* ist die erste Übersetzung eines Romans von Rob van Essen ins Deutsche überhaupt.

Ulrich Faure, *1954 in Halle an der Saale, lebt als Übersetzer aus dem Niederländischen in Düsseldorf. Er arbeitete als Redakteur beim *Börsenblatt für den Deutschen Buchhandel* sowie als freier Rezensent und war bis 2017 Chefredakteur online beim *BuchMarkt*. Seit 2010 übersetzt er für verschiedene Verlage, zuletzt Simon Carmiggelts legendäre *Kneipengeschichten* (Unionsverlag) und *Der Archivar der Welt* (dtv).

Rob van Essen

DER GUTE SOHN

Roman

Aus dem Niederländischen von ULRICH FAURE

homunculus
verlag

The good son
The good son
The good son

Nick Cave: »The good son«

Holden: Describe in single words only the good things that come
    into your mind about ... your mother.
Leon: My mother?
Holden: Yeah.
Leon: Let me tell you about my mother. [He shoots Holden]

Blade Runner

INHALT

Sag an.

Ja?

Ich habe dir einen Clip von EFSF geschickt. Hast du mal einen Blick draufgeworfen?

Fußball? Korbball?

Nein, Soap. Echte Freunde, schlechte Freunde. *Kennst du sicher.*

Ja, schon mal gehört. Und das muss ich jetzt sehen, weil?

Das merkst du von ganz alleine. Es geht bei Minute 1:32 los. Eine unbearbeitete Aufnahme, achte nicht auf den Ton.

Warte mal. […] Gut, ich habe das Bild. Worum geht's denn? Das sagt mir alles nichts. Wer sind diese Leute?

Es sind neue Charaktere, aber das ist unwichtig, das interessiert erst später. Sieh dir lieber mal die Einrichtung an.

Ja? Fünfziger-, Sechzigerjahre, hm.

Schau genau hin. Fällt dir nichts auf? Erkennst du es nicht?

Ich gucke nie Seifenopern, worauf soll ich denn achten?

Es ist die Einrichtung von Bonzo.

Himmel, du hast Recht. Wie ist das möglich? Das kann doch kein Zufall sein, oder? Wer würde da … Ach ja, natürlich.

Genau. Würde der sowas absichtlich tun? Oder ist er verrückt geworden?

Mangel an Inspiration?

Dieser Charakter ist neu, woher genau er stammt, weiß ich nicht, aber das musst du dir mal klarmachen: Wenn das schon seine Einrichtung ist.

Ja, stell dir vor.

Wir müssen etwas dagegen unternehmen, oder?

Wir müssen etwas dagegen unternehmen.

(Transkription eines Telefongesprächs aus den Archiven der WARTUNG, undatiert, 20. Jahrhundert, Anfang der Neunzigerjahre)

1

Erster und zweiter Tag

i

Heute hatte ich Krach an der Kasse beim Albert Heijn in der
Rijnstraat. *Fast* Krach, nicht mal richtig. Die Frau hinter mir
packte ihre Einkäufe schon aufs Band, als ich noch dabei war,
meine Sachen aufs Band zu legen, ich kann sowas nicht haben,
jemand bricht in deinen Bereich ein, einen Raum, der zumindest für diesen Moment dir selbst vorbehalten ist, und ich weiß
natürlich auch, dass man einen Roman so nicht beginnen darf,
ich bin verdammt noch mal kein *Kolumnist*, aber das kann mich
zur Weißglut bringen, jemand missachtet deine Existenz, und
schon allein deshalb sollte man ihn auf der Stelle umbringen,
doch gleichzeitig ist halt eben auch wieder gar nichts passiert,
weil die Frau gesehen hatte, wie viele Sachen ich noch aufs Band
legen wollte, und genügend Platz ließ. Kein Problem also, man
könnte sogar sagen, dass wir beide reibungslos zusammengearbei-
tet haben, als hätten wir uns darauf geeinigt, den Bezahlvorgang
so schnell und glatt wie möglich abzuwickeln, aber selbst dann
noch sollte man ihr zumindest einen ordentlichen Stoß versetzen
oder alle ihre Sachen mit ausladender Geste vom Band fegen, ich
sah schon ihren Marmeladentopf auf den Fliesen auseinander-
splittern, man sollte sie wenigstens auf ihr Verhalten *ansprechen*,
aber auch das kann ich nicht, weil ich genau weiß, dass ich dafür
nicht schlagfertig genug bin, zwar bestünde die Möglichkeit, dass
ich mir zu Hause solche Dinge vorformulieren könnte, um sie
bei solchen Gelegenheiten anderen an den Kopf zu werfen, aber

selbst dann wüsste ich nicht, woher ich die überlegene Selbstverständlichkeit nehmen sollte, um so einen Text voller Überzeugung aussprechen zu können, ich bin nicht der Richtige für derartige Sprüche, ich bin nicht der Richtige für derartige Situationen, ich bin zu nett, zu entgegenkommend, und ich sagte ja schon: Ich hatte *fast* Krach, und anstatt dass ich etwas dagegen unternehmen würde, habe ich meine Nachgiebigkeit sogar noch durch diesen Buddhismus und Meditationskurse verstärkt. Was haben all diese Versuche, mir Vernunft und Mitgefühl beizubringen, eigentlich gebracht? In mir hat sich in den letzten Jahren ein kleiner halbgarer Buddhist eingenistet, ein kleiner glatzköpfiger Buddhist in einer orangefarbenen Kutte, ich habe ihn mit Meditationskursen und Büchern und Broschüren gemästet, und als Dankeschön zeigt er mir das relaxte Lächeln, mit dem ich Situationen wie der an der Kasse begegnen, sie vorbeigehen lassen soll, es ist Wut, nicht *deine* Wut, es ist Ärger, nicht *dein* Ärger, man schafft sich sein Leiden selbst, wenn man sich der eigenen Stimmung unterwirft. Ich sollte ihm dieses Lächeln aus dem Gesicht prügeln, am liebsten würde ich meine Finger links und rechts in meine Rippen verhaken, das alles auseinanderreißen und mit den Händen hineinlangen, um diesen kleinen, kahlen, innerlichen Buddhisten eigenhändig zu erwürgen, seine Kehle so fest zuzudrücken, dass sein Köpfchen anschwillt und seine Augäpfel wie kleine Murmeln herausspringen, die dann an der Wand in tausend Stücke zerspringen.

Und dann alles und jeden totschießen, bei Albert Heijn anfangen. Natürlich wird das nicht funktionieren, so viel Munition hätte ich nicht, ich besitze nicht einmal eine Waffe. *Ich bin unbewaffnet.* Drei Worte, die einem das Herz gefrieren lassen. Ich lebe seit sechzig Jahren unbewaffnet auf diesem Planeten. Friedliche Jahre größtenteils, das gebe ich zu, aber plötzlich kommt es mir absurd vor, als ob ich seit sechzig Jahren nackt herumliefe und jedermann eingeladen hätte, meinen Spuren zu folgen. Nie wieder!

Ich werde erst dann meinen inneren Frieden finden, wenn ich mich bewaffnen kann. Eine Pistole ist genug, oder ein Revolver, was war da doch gleich der Unterschied? Sie sehen, ich bin vollkommen ahnungslos, und ich weiß erst recht nicht, wie man an so ein Ding herankäme. Irgendwo in ein zwielichtiges Café gehen und dann den Barkeeper fragen, ob ... So oder so wird das nicht klappen, schätze ich. Als ich noch im Archiv gearbeitet habe, hätte ich de Meester um eine Waffe bitten können, de Meester hatte Beziehungen, aber das wussten wir damals noch nicht, ich jedenfalls nicht, also wäre auch das nichts geworden, und wie lange ist es inzwischen her?, vierzig Jahre, wenn ich damals eine Waffe gekauft hätte, dann wäre sie längst auf dem Dachboden oder in einer Küchenschublade eingerostet, und ich hätte sowieso eine neue kaufen müssen. Und einfach irgendwo etwas bestellen und mir nach Hause liefern lassen, da sehe ich auch nicht, dass ich das so ohne Weiteres hinkriege, und selbst wenn all das glücken sollte, weiß man nie, auf welchen Listen man dann landet. Und also werde ich bald wieder nackt auf die Straße gehen, wie in einem Traum, an den man morgens voller Scham zurückdenkt. *Scham!* Dafür brauche ich keine Träume, dafür reicht ein Besuch bei Albert Heijn.

Als ich wieder zu Hause war und die Einkäufe verstaut hatte, setzte ich mich in den Sessel meiner Mutter, der seit einer Woche wie ein Mastodon mitten in meinem Zimmer thront, an derselben Stelle, wo ihn die Männer abgesetzt haben, kein guter Platz, ich weiß schon, dass ich andauernd über diese Strippe stolpern werde, stellen Sie ihn einfach dorthin, meine Herren, hatte ich gesagt, vielen Dank, und dann erst fiel mir ein, dass ich ihnen ein Trinkgeld hätte geben sollen. Darüber werden sie auf dem Rückweg sicher noch geflucht haben. Oder vielleicht auch nicht, vielleicht haben sie sich nur gefragt, warum dieser Mann diesen elektrisch verstellbaren Relaxsessel seiner Mutter behalten wollte. Nun, meine Herren, ich kann Ihnen nur sagen, dass dieser Mann es sich selbst auch nicht erklären kann, seine Schwester wollte das Ding nicht haben und das Pflegeheim ebenfalls nicht, er hatte es plötzlich für eine gute Idee gehalten, als er das Zimmer seiner Mutter ausräumen musste, und so wurde er auch hier wieder zum Opfer seines Quasi-Buddhismus; man folge seiner Intuition, da sind tiefere Ebenen des Bewusstseins am Werk, diese Art von Eingebung will etwas sagen, dieser Sessel will zu dir.

Und deshalb sitze ich hier in meinem Wohnzimmer in einem massiven, mit furchtbar hässlichem orangebraunem Stoff bezogenen Relaxsessel und spiele auf dem Bedienpanel herum. Diejenigen Teile des Sessels, die mit der entsprechenden Taste bewegt werden können, sind mit Symbolen weiß markiert, es gibt nur drei bewegliche Teile und sechs Knöpfe, pro Teil eine Taste nach oben und eine nach unten, aber trotzdem bin ich jedes Mal wieder total überrascht, was passiert, wenn ich eine Taste niederdrücke, nie entspricht der Teil des Sessels, der sich bewegt, oder die Richtung, in die es geht, meinen Erwartungen. Bzzzt. Ich wollte mit dem Rücken nach hinten. Die Fußstütze kommt hoch. Bzzzzzzt. Der Sitz fährt hinauf und neigt sich nach vorne. Bzzzt. Ich möchte, dass der Sitz wieder nach unten geht, bevor ich aus dem Sessel rutsche, aber jetzt senkt sich die Fußstütze. Bzzzzt. Jetzt schwenkt die Rückenlehne wieder nach hinten. Vor zwanzig Jahren habe ich meiner Mutter dieses Bedienpanel erklärt. Wie sie das Ding umklammerte und jeden Knopf mit zwei Fingern drückte, Bzzzt, Bzzzzt, Bzzzt, und wie der Sessel jedes Mal genau das nicht tat, was sie wollte, und zwar nicht nur an diesem ersten Tag, sondern jedes Mal, und wie ich mit immer weiter nachlassender Geduld erklärte, wie es funktionierte – schau, hier sind sechs Sesselchen abgebildet, an jedem Knopf ist der Teil des Sessels weiß markiert, für den der betreffende Knopf gilt, siehst du? Auf diesem Bild ist die Rückenlehne weiß, also mit dieser Taste …? Genau! Und das nächste Mal, als ich vorbeikam, das Ganze wieder von vorn. Es ging nie von allein, und sie nahm sich nie Zeit. Ihr ganzes Leben lang war sie immer für einen Augenblick wie *eingefroren*, ehe sie eine Handlung ausführte, als ob sie sich nicht traute, als ob sie Angst hätte, es verkehrt zu machen und dafür bestraft oder ausgelacht zu werden, und wenn sie dann loslegte, geschah es hastig, ohne Überlegung, als wollte sie die verlorene Zeit einholen, den Bruchteil der Sekunde, in dem sie wie zu Eis erstarrt gewesen war. Und so war es auch mit diesem Sessel, wie ein hirnloses Wesen drückte sie auf irgendwelchen Knöpfen herum in der Hoffnung, dass es schon gut gehen würde. Wie sehr mich das gereizt hat! Himmel, lass dir doch Zeit und sieh dir die Bildchen an! Und nun sitze ich selbst da und stümpere an diesen Knöpfen herum. Vielleicht ist es sogar von höherer Stelle beschlossen worden, um mir Bescheidenheit beizubringen, um mir den Kopf zurechtzurücken, dass ich mich um diesen Sessel zu kümmern habe. Als ich noch mit ihr spazieren gehen konnte, als sie nach dem Tod meines Vaters noch in ihrer Seniorenwohnung lebte, wie sie da auf dem Rückweg, lange bevor ihre Haustür in Sicht kam, den Schlüssel aus der Tasche kramte und ihn wie eine kleine Stichwaffe vor sich hinstreckte, und wie mich das ärgerte, denn wir hatten noch mindestens dreihundert Meter vor uns, wir waren noch nicht einmal um die Ecke; Mensch, musst du jetzt wirklich schon den Schlüssel herausholen? Und wie ich mich, jedes Mal wenn ich vom Albert Heijn zurückkomme, wieder dabei erwische, dass ich meinen Schlüssel schon in der Hand halte, ehe ich in meine Straße einbiege, tatsächlich wie eine kleine Stichwaffe, als ob das genetisch bedingt wäre. Immer diese Hast, immer die Neigung, sich auf dem letzten Meter zu überschlagen, nicht immer und überall *ganz dabei* zu sein. Alles, was ich mir mit diesen Meditationskursen hätte abgewöhnen sollen. Bis jetzt funktioniert dieser Sessel besser als all diese Kurse und Wochenenden. Bzzzt. Rückenlehne nach unten, schau an, auf einmal ist alles gut.

Es ist ein alter Sessel, man fragt sich, wie lange es die Mechanik noch macht. Wir hätten ihr eigentlich längst ein neueres

Modell kaufen sollen, aber sie saß kaum noch darin, sie verbrachte die ganze Zeit im Gemeinschaftsraum mit den anderen dementen Alten, und dort waren sie mit diesen Relaxsesseln schon ein paar Generationen weiter. Vor ungefähr einem Monat war ich in diesen Gemeinschaftsraum gekommen und wollte meinen Augen nicht trauen: Es sah so aus, als hockten sie da alle, zehn Frauen und ein Mann, dement und fidel auf der Brücke von Raumschiff Enterprise, nur ohne all die Apparaturen und die Bildschirme, elf Hochbetagte in brandneuen weichen Sesseln mit hohen Rückenlehnen und kuscheligen Kissen, tapfer auf dem Weg zu einem Ort, von dem noch niemand zurückgekehrt ist. Zwischen diesen Sesseln glitten dann auch noch zwei Pflegerobos mit ihrem flauschigen Fell hin und her, an die hatte ich mich gleich gar nicht gewöhnen können, obwohl sie da schon bereits seit ein paar Jahren herumgurkten, immer wenn ich sie sah, beschlich mich das Gefühl, dass etwas mit ihrer Anwesenheit nicht stimmte, dass sie da nicht sein sollten: als wären sie aus der Zukunft hierher verfrachtet worden. Aber ich habe das in letzter Zeit öfter gehabt, es ist, als ob ständig neue Dinge aus der Zukunft über mir ausgeschüttet werden, das könnte bedeuten, dass ich alt werde, früher galt Sechzig als das neue Vierzig, aber das war, als wir noch vierzig waren und andere Leute sechzig. Ein paar Wochen zuvor hatte ich gesehen, wie drei demente Urgesteine um einen Pflegerobo herumstanden und ihn sanft *streichelten*, mit fast kraftlosen Händen und mit einem beseelten Lächeln, immer wieder glitten die alten Finger über das herabhängende Fell, ich fand das aus dem einen oder anderen Grund beängstigend, etwas für einen Alptraum oder einen Horrorfilm. Und jetzt wieder diese neuen Sessel. Erst als ich genau hinsah, sah ich, dass sie sich *bewegten*. Zuerst meinte ich, mich zu irren, aber nein: All diese in einem Meer von Unwissenheit versinkenden Alten wurden von ihren Sesseln sanft hin und her geschaukelt, durchgeknetet und massiert, und sie fanden es sogar schön, natürlich gefiel es ihnen, sie saßen da mit halb geschlossenen Augen und genossen es. Es sah obszön aus, mir fällt so schnell kein anderes Wort dafür ein außer gruselig, und meine Mutter saß mit ihrer neunundneunzigjährigen Mäusegestalt ebenfalls in so einem knetenden, sich wiegenden Sessel, und sie sah verdammt noch mal aus, als würde sie gerade *kommen*, nicht dass ich etwa wüsste, wie meine Mutter ausgesehen hat, wenn sie gekommen ist, das wäre ein weiterer Grund, sich nach Waffen umzusehen, aber sie saß da und genoss es mit geschlossenen Augen und halb geöffnetem Mund, und vielleicht gab es Ausbuchtungen in den Sitzflächen dieser Sessel, die in alle möglichen Körperöffnungen eingeführt werden konnten, und ich stand entsetzt (ja, das ist das Wort) am Eingang des Gemeinschaftsraumes und betrachtete diese Reihe neuer Sessel mit den in Trance versetzten Alten und wäre am liebsten auf der Stelle mit Blindheit geschlagen worden. Das sind unsere neuen Sessel, sagte Roxy, und sie sah stolz dabei aus, als hätte sie sie selbst entworfen, aber sie entwarf keine Stühle, sie versorgte demente alte Menschen. Anfang zwanzig, melancholischer Blick und heiser, als würde sie heimlich rauchen. Sie haben keine Knöpfe mehr, sagte sie, sie haben orale Bedienung. Ich wusste nicht, ob sie das nicht sogar zweideutig meinte, und ging weiter ins Zimmer, um meine Mutter zu begrüßen, bevor ich mir *sie* mit ihrem melancholischen Blick und demselben Gesichtsausdruck wie dem meiner Mutter in einem solchen Sessel vorstellen würde.

So einen Sessel müsste man zu Hause haben, mit diesen sanft pulsierenden Ein- und Ausstülpungen. Da käme man gar nicht mehr hoch; zum Glück stammt mein Sessel aus einer früheren Generation. Bzzzt. Nein, der Sitz. Bzzzt! Der Sitz! Bzzzt! Nicht runter, hoch! Jetzt drücke ich selbst mit zwei Fingern zugleich, für einen Moment bin ich wie meine Mutter, vielleicht ist das schon lange der Fall, und ich habe es nur noch nicht mitgekriegt. Natürlich bin ich auch sie, ich bin meine Mutter und mein Vater in durcheinandergeschüttelter Version, in ein Glas gegossen, und

danach hat mich das Leben langsam durch einen Strohhalm auf-
geschlürft. Bisschen Eis dazu? Sonnenschirmchen?
Ich versuche, mich auf die Tasten zu konzentrieren. Nachdenken, nicht wild drauflos. Atemzüge zählen. Bzzzt. Nein, hoch!
Je mehr ich versuche, mich zu konzentrieren, desto stärker kocht
in mir die Wut auf. Wegen dieses Sessels, wegen dieser Frau im
Albert Heijn, wegen der Mail meiner Verlegerin, was soll ich
damit, warum fängt sie plötzlich an, über einen Plot oder sowas
zu lamentieren; ich bin nicht wütend, ich bin müde, es waren
anstrengende Wochen, ich sollte schlafen gehen, ich habe einmal
in diesem Sessel geschlafen, als ich bei meiner Mutter Wache
hielt, damals habe ich es irgendwie geschafft, Rückenlehne, Sitz
und Fußstütze fast in eine Horizontale zu bringen, das müsste
doch jetzt auch gehen, oder habe ich in jener Nacht die eine
oder andere geheime Kombination benutzt, nein, das ist Unsinn,
Bzzzzzzt, Fußstütze, Bzzzt, Rückenlehne, schau da, wir liegen,
wir liegen sogar so waagerecht, dass ich mich frage, ob ich nicht
nach hinten wegkippe, aber das ist damals auch nicht passiert, in
der Nacht, in der ich bei ihr gewacht habe, meine Mutter schwer
atmend in ihrem Bett und ich in diesem Sessel, ich habe kaum ein
Auge zugetan, wie auch jetzt nicht, oder irgendwie doch – nein,
mein Telefon klingelt. Lennox.

ii

Als ob wir uns gestern erst gesprochen hätten. So klingt er jedenfalls. Ich bin vor allem überrascht. Dass es Lennox ist, wird mir
erst klar, als er sich vorstellt, die Rufnummer hat mir nichts gesagt. Warum ruft er an? Nicht, um mir eine Waffe anzubieten,
das wäre zu schön, Lennox liest deine Gedanken und erfüllt deine
Wünsche, und er hat damals ja auch mit de Meester zusammen-
gearbeitet, also warum nicht, doch das ist nicht der Grund seines

Anrufs, er klingelt durch, um mir zu erzählen, dass Bonzo sein Gedächtnis verloren hat und dass wir zu ihm müssen, um etwas dagegen zu unternehmen. Trotzdem ein komischer Zufall, denn Bonzo und de Meester sind ein und dieselbe Person. Nicht sein ganzes Gedächtnis, sagt Lennox, nur den Teil des Lebens, den wir uns für ihn ausgedacht haben. Nun ja, wir – vor allem *du*; wir brauchen dich.

Bonzo, sage ich, Bonzo? Lass mich einen Moment nachdenken.

Natürlich weiß ich sofort, von wem er spricht, aber ich will nicht, dass er das mitkriegt, ich möchte den Eindruck von jemandem erwecken, der ein so reiches und ausgefülltes Leben führt, dass es bei Namen aus der Vergangenheit nicht sofort klingelt. Es geht nicht darum, ob *er* mir das abkauft, ich mache das für mich selbst, ich muss es mir selbst abkaufen.

Nachdem ich nun also selbst auf mich hereingefallen bin, sage ich, dass ich nicht verstehe, wie jemand einen *Teil* seines Gedächtnisses verlieren kann. Lennox sagt, dass er auch nicht genau versteht, wie das funktioniert, aber es ist nun einmal so. Wer weiß, vielleicht besteht das Gedächtnis aus Schichten, und wenn eine solche Schicht durch ein Trauma ausgelöscht wird, können die anderen durchaus intakt bleiben. Hier spricht jemand, der populärwissenschaftliche Bücher liest, aber das sage ich nicht, ich will Lennox nicht sofort gegen mich in Harnisch bringen, ich spreche nach so vielen Jahren wieder einmal mit ihm, und außerdem: Bonzo? Und dann auch noch: Trauma? Was für ein Trauma denn, frage ich, wovon redest du? Was genau passiert ist, wissen wir noch nicht, sagt Lennox, aber er ist wieder der Bonzo von früher.

Wieso der Bonzo von früher, frage ich, steht er wieder vor den Fenstern von Wohnheimen herum und fickt Studentinnen?

Nein, nein, sagt Lennox ruhig, als wäre das eine ganz normale Frage gewesen, er ist auch ein paar Tage älter geworden.

Erst dann frage ich mich, woher Lennox das von dem Gedächtnisverlust weiß. Heißt das, du bist die ganze Zeit mit Bonzo in Kontakt gewesen?, frage ich. Oder ihr alle zusammen, ihr vom Dienst, was weiß denn ich.

Ich höre, wie Lennox lächelt. Ich weiß nicht, wie das geht, jemanden lächeln hören, es klingt genauso absurd, wie wenn man jemanden schwitzen hört, aber ich vernehme es klar und deutlich, als ob er neben mir säße.

Ich habe ihn nie ganz aus dem Blick verloren, sagt Lennox. Niemand gerät aus dem Blickfeld.

Ich aber schon, sage ich, ich habe fast vierzig Jahre nichts von dir gehört. Ich versuche dabei hörbar zu lächeln, aber ich weiß nicht, ob mir das gelingt, und ich kann ihn schließlich schwerlich fragen, sag Lennox, hast du mich gerade lächeln gehört?

Auch dich habe ich nie aus den Augen verloren, sagt Lennox, nicht wirklich.

Was denn?, frage ich, du willst mir doch nicht erzählen, dass du mir seit Jahren gegenüber wohnst – und ich blicke tatsächlich aus meiner beinahe liegenden Position auf Mutters Sessel nach den Nachbarn von schräg oben gegenüber, aber die Leute, die dort wohnen, haben wie fast immer ihre Vorhänge geschlossen.

Ach, und so weiter und so fort, sagt Lennox, und so weiter und so fort, und ich habe plötzlich gute Laune, weil ich das von früher kenne, wie Lennox es verstand ein Gespräch abzubrechen, wenn es ihm reichte. Und so weiter und so fort, und so weiter und so fort, aber in einem Ton, dass man sich nicht darüber ärgerte. Er machte auch immer einen entspannten Eindruck mit seinem halblangen strohblonden Haar und dem fehlenden Nasenbein, wie jemand, der mal geboxt und einen ordentlichen Schlag eingesteckt hat, der sich aber nicht weiter darum schert.

Sein Name war nicht wirklich Lennox.

Lennon?, habe ich bei unserer ersten Begegnung gefragt. Nein, Lennox, sagte er, komm, das hast du schon richtig verstanden, der Klangunterschied sollte auffällig genug sein.

Mein Interesse war sofort geweckt. Mit dieser platten Nase sah er nicht wie ein Intellektueller aus, aber aus dem, was er sagte, schloss ich gleich: endlich jemand in der Gruppe mit einer ordentlichen Vorbildung.

Annie Lennox?, fragte ich. Es war Mitte der Achtzigerjahre, die Eurythmics hatten Hit auf Hit, die gingen zwar hübsch ins Ohr, aber so richtig gut finden konnte man sie nicht. Nein, einfach Lennox. Ja, das verstehe ich, dass du nicht Annie heißt, meine Frage war, ob du dich nach Annie Lennox benannt hast? In der Zwischenzeit gab ich mir Mühe, seine Nase nicht anzuglotzen.

Ich weiß, was du meinst, sagte er, aber nein. Er sah mich musternd an, vielleicht mit einer unbestimmten Art des Erkennens. Einen Moment glaubte ich, dass er mir die Hände auf die Schultern legen würde. Nicht alles hat einen Grund, sagte er.

Naja, sagte ich, eigentlich doch schon? Ursache und Wirkung und sowas.

Ja schon, sagte Lennox, das gilt aber nur, wenn man die Dinge getrennt voneinander sieht. Hätte er seine Hände auf meine Schultern gelegt, wäre das der Moment gewesen, sie wieder zurückzuziehen.

Oh ja, sagte ich, das große Ganze und so weiter; aber ein Puzzle aus der Ferne betrachtet, besteht noch immer aus jeder Menge Einzelteilen. Ich wusste nicht, wo ich das alles hernahm und ob es etwas zu bedeuten hatte. Und so weiter und so fort, sagte Lennox, als er schon im Gehen begriffen war, und so weiter und so fort, und so weiter und so fort.

Aber warum freut mich das vierzig Jahre später – heißt das, dass es mir als eine schöne Zeit in Erinnerung geblieben ist, dass ich Heimweh habe? Und warum höre ich ihm zu, warum unterbreche ich die Verbindung nicht, sondern frage, was nun genau los ist und wie es Bonzo die ganze Zeit ergangen ist? Später wird Lennox erklären, dass es alles nur daran liegt, dass wir keine Kinder haben, aber jetzt stelle ich die Fragen, als wären wir noch immer dieselben Personen wie zu der Zeit, als wir im Archiv arbeiteten, als läge diese Zeit in der Verlängerung jener Periode von vor einer halben Ewigkeit, als wäre es selbstverständlich, dass wir etwas gegen Bonzos Probleme mit dem Gedächtnis tun müssen.

Wo ist er, wo müssen wir hin?, frage ich, als wäre es bereits ausgemachte Sache, dass ich mit Lennox mitgehe. Und warum auch nicht, ich habe ja doch nichts zu tun. Das Zimmer meiner Mutter ist leer, und mein Verlag will mein Buch nicht veröffentlichen. Das wirst du schon merken, sagt Lennox. Ich bin überredet, allein wegen dieser drei Worte, die er sagt: *Wir brauchen dich.*

iii

Bzzzzt. Bzzt. Das Geräusch klebt jetzt in meinen Ohren fest, als ob da irgendwo im Kopf eine Miniaturversion meiner Mutter mit dem Bedienungspanel ihres Sessels kämpfen würde, und wer weiß, sie ist tot, sie könnte überall sein.

Du bist voller Ärger, sagt Lennox, ich habe gleich gemerkt, dass du randvoll damit bist.

Er hat Recht, ich ärgere mich schwarz. Ich ärgere mich über unsere Mitreisenden, ich ärgere mich über die Hitze, ich ärgere mich darüber, dass ich nirgendwo hinkann. Ja, ja, ich weiß, sage ich nur. Mein Hemd klebt am Rücken, aber wenn ich meinen Mantel ausziehen will, muss ich mich erst an Lennox vorbei zum Gang vorarbeiten.

Das ist eben die Frage, sagt er, ob du das weißt.

Wir sitzen im Bus. Ich verstehe gar nichts, ich hatte angenommen, dass wir ein Auto nehmen würden. Früher habe ich meditiert, sage ich. Lass mich raten, sagt Lennox, mit dem Geschäft ging's bergab. Es ist kein Linienbus, es ist ein Bus voller Touristen, ein altes amerikanisches Modell mit runden Ecken und einer

Reihe länglicher Luken über den Fenstern, die der Biegung des Dachrandes folgen. Das letzte Mal kam Lennox mich mit einer Limousine von zu Hause abholen, aber das ist lange her, und die Zeiten haben sich ganz eindeutig geändert, die Etats wohl auch. Der Busfahrer trägt eine dunkle Uniform und hat eine Mütze mit einem glänzenden schwarzen Schirm auf. Ab und zu schaut er in seinen Spiegel, er hat ein trauriges Gesicht wie ein alter Hund, der oft verprügelt worden ist. Die anderen Passagiere sind Russen, Japaner und Chinesen. Sie dürfen noch fliegen, aber einmal in Europa gelandet, geht fast der ganze Verkehr nur über die Straße. Wir fahren nach Süden, nicht auf Autobahnen, sondern auf den kleinen, geschwungenen Touristenstraßen, direkt durch das GGH. Unsere Mitreisenden geben sich alle Mühe, um die Worte »Geschütztes Grünes Herz« laut von ihren Bildschirmen abzulesen, sehr zu ihrer eigenen Belustigung. Lennox sieht, dass ich mich da einmischen will, er schüttelt, während er mich anblickt, beschwichtigend den Kopf. Anscheinend dürfen wir nicht auffallen, und wir bleiben denn als die einzigen Niederländer in einer Busladung voller Touristen auch unauffällig. Oder vielleicht will er mich vor mir selbst schützen, vor dem gefällig sein wollenden Teil meiner selbst, der fast schon dabei war, völlig Fremden die richtige Aussprache von »Geschütztes Grünes Herz« beizubringen im Tausch für ihre schnell sich verflüchtigende, aber anscheinend völlig unverzichtbare Dankbarkeit. *Mein immer gefällig sein wollendes Selbst,* sollte ich doch noch meine Autobiografie schreiben, wird das eine Kapitelüberschrift oder vielleicht sogar der Titel des Ganzen. In gewissem Sinne, denn es ist ein hässlicher Titel. Aber es ist stärker als ich, es stammt auch nicht von mir, es ist die aufgescheuchte Demut meiner Mutter, wie sie, wenn wir durch den Huizer Bos zur Blaricumer Heide liefen, sich schnell in die Büsche schlug, wenn ein Radfahrer näher kam, während sie schon nicht mehr so gut zu Fuß war, es ging nur Schrittchen für Schrittchen, eingehängt kraxelten wir den Waldweg hinauf, aber beim geringsten Geräusch eines Radfahrers, hopp! ab ins Gesträuch, mit Gefahr für die eigenen Knochen, ich sah mich schon mitten im Wald einen Krankenwagen rufen, überall waren Unebenheiten im Boden zwischen den Büschen, und die sah man nicht, aber nein, stell dir nur vor, so ein Radfahrer müsste kurz abbremsen, das geht doch echt nicht, aber dieses Problem trat gar nicht erst auf, denn wie auch immer ich versuchte, sie zur Vernunft zu bringen: *Sie dürfen hier durch!* Aber ich bin genauso, nur ein Wort, und ich fahre aus der Haut, ich bin kurz davor, mich von meinem Sitz zu erheben und all den Russen und Asiaten »*Das Geschützte Grüne Herz!*« ins Gesicht zu schreien, aber sie lassen nicht davon ab, lauthals ihre eigenen Versionen durch den Bus zu krähen, und das wird immer ärgerlicher, doch sollte ich eigentlich über meine Wut froh sein, denn das heißt, dass ich jedenfalls nicht mehr auf ihre Dankbarkeit spekuliere. Währenddessen schaut mich Lennox von der Seite streng an, als ob sich irgendwo auf meiner Haut ein Druckmesser befände, an dem er den Stand der Dinge ablesen könnte, und er legt eine Hand auf meinen Arm, um mich auf dem Sitz zu halten.

Er hat was an seiner Nase machen lassen. Ich habe ihn vierzig Jahre nicht gesehen, und jetzt hat er eine Nase; es kostete mich einige Mühe, ihn zu erkennen, als er heute Morgen auf dem Cruijffplein auf mich zugelaufen kam. Das ist unser Bus, sagte er. Zuerst dachte ich, er hätte jemanden geschickt, aber er war es selbst. Wenigstens hat er das gesagt. Ich meinte, dass ich ihn erkannt hätte, bin mir dessen aber inzwischen nicht mehr so sicher. Ich könnte ihn über unsere gemeinsame Vergangenheit im Archiv ausfragen, aber das werde ich schön bleiben lassen, nicht auszudenken, wenn er keine einzige Antwort darauf wüsste. Ich greife zu meinem Palio und mache ein Foto von seinem Profil. Das erste geht daneben, weil er erstaunt zur Seite blickt, um zu sehen, was ich da plötzlich mache. Guck einfach weiter geradeaus, sage ich, alles in Ordnung. Wenn du willst, lösche ich es gleich wieder. Er schaut nach vorne, aber mit hochgezogenen Augenbrauen. Das gibt es nicht, so hat er früher auch immer geguckt. Ich mache ein Foto und wische das Nasenbein mit dem Finger weg. Verdammt, sage ich, du bist es wirklich. Himmel, sagt Lennox, ein bisschen spät, das jetzt noch zu kontrollieren, oder?

Wir sind schon seit Stunden unterwegs. Ich frage mich, wo de Meester – Lennox will lieber, dass ich Bonzo sage, ich frage mich, wo Bonzo sich herumtreibt. Mit seinem Gedächtnisverlust. Lennox hat mir gesagt, dass ich Gepäck für ein paar Tage mitnehmen soll, es ist also keine Sache, die wir an einem Tag abwickeln können. Ich habe Lennox gefragt, ob wir wieder in das Kloster gehen würden, und er hat gesagt: ja und nein, also das bringt mich auch nicht viel weiter.

Wir halten bei einer Reihe von Mühlen, wo wir Kaffee trinken und Fotos machen können. Die Touristen trinken Kaffee und knipsen. Der Busfahrer steht mit den Händen in den Taschen da und blickt über die Wiese. Ich will mich neben ihn stellen, aber Lennox hält mich zurück, wieder mit seiner Hand auf meinem Arm, er hätte Wunderheiler werden sollen mit seinem ewigen Handauflegen. Als alle genug Fotos geschossen haben, fahren wir auf die Autobahn und überqueren ein paar Flüsse.

Ich hoffe nicht, dass wir den ganzen Tag in diesem Bus bleiben. Ich hätte bei den Mühlen einfach aufs Weideland laufen sollen, man kommt immer irgendwo wieder heraus, und es gibt immer eine Stadt am Horizont, in der man einen Zug nehmen kann. Zurück nach Hause, zurück an die Arbeit an meinem Schreibtisch, jeden Tag zu Albert Heijn, und, sobald ich diese eine Frau erblicke, mich hinter ihr in die Schlange stellen und dann meine Einkäufe aufs Band werfen, während sie selbst noch damit beschäftigt ist. Nicht auf den protestierenden kleinen inneren Buddhisten hören. Habe ich den nicht längst erwürgt?

Der Bus nimmt eine Ausfahrt, ich schaue nach den Schildern, anscheinend fahren wir nach Mersbergen. Vielleicht ist das einer dieser Busse, der all die neuen Dörfer abklappert, quer durch das ganze Land, es gibt immer mehr davon, auf dem Polder Markerwaard sind sie seit Jahren zugange, das Zentrum von Amsterdam nachzubauen. *Brabant'sche Gemütlichkeit.* Große Bildschirme entlang der Straße. *Karneval zwölf Monate im Jahr.* Noch bevor wir den Ortskern erreichen, geraten wir in eine Parade inklusive Mottowagen mit Prinz. Der Prinz fuchtelt mit einem geschmückten Stab herum, sein Wagen wird von einem Traktor mit einem als Bauer verkleideten Chauffeur gezogen. Alle Teilnehmer des Umzugs sind verkleidet, die Kostüme kommen direkt aus dem Schrank, man kann die Falten noch erkennen. Alaaf! Alaaf!, schreien sie laut und in einem durchdringenden Ton, als würden sie jemanden suchen, der Alaaf heißt. Der Schrei ist für unsere Mitreisenden einfacher zu lernen als »Das Geschützte Grüne Herz«. Aus dem Nichts taucht ein Musikkorps auf, die als Bauern verkleideten Musiker spielen eine hektische Nummer, die von den übrigen Teilnehmern der Prozession genauso hektisch mitgesungen wird, als wäre es ein Lied, das schnell zu Ende gehen muss, ehe es explodiert. Sie machen eckige, hastige Tanzbewegungen, hopsa, hopsa, hopsasa, sie sind alle verkleidet, Bauern, Bäuerinnen, Cowboys, Matrosen, Bischöfe, alles ist dabei. Wir stecken mittendrin, ich höre, wie Körper sich am Bus scheuern. Lennox schaut ruhig vor sich hin, als wäre das Teil seines normalen Pendelverkehrs von und zur Arbeit, und warum nicht, ich weiß nichts über ihn, ich habe ihn auch noch nichts gefragt. Der Fahrer arbeitet sich hupend zu einem großen Parkplatz am Dorfrand vor, wo noch mehr Busse stehen. Als wir aussteigen, bekommen wir alle einen Stempel mit der Nummer des Busses auf die Hand. Es ist die 34. Ich schaue ihn mir an, die Tinte ist lila, ich muss an die Stempel denken, die man früher kriegte, wenn man auf Konzerte oder Schulpartys ging. Das ist lange her, eigentlich ist es unbegreiflich, dass ich mich noch immer in der gleichen Welt wie damals befinde. Ich bin denn auch ganz und gar nicht mehr in der gleichen Welt, man sollte sich von diesen altmodischen Stempelchen nichts weismachen lassen.

Das hat nichts zu bedeuten, sagt Lennox. Ich sehe ihn fragend an, er deutet auf den Stempel auf meiner Hand. Die Zahl, sagt er. Anscheinend hat er gedacht, dass ich versuchen würde, eine Bedeutung daraus zu lesen. Ich dachte an was anderes, sage ich. Sehr gut, sagt er, das sollten mehr Menschen tun. Er klingt abwesend, wir hängen unsere Taschen über die Schultern, und ich gehe hinter Lennox her ins Dorf, weg von der Gruppe. Sie lassen uns ziehen, es gibt niemanden, der uns nachruft oder uns verfolgt.

Die Straßen sind schmal und leer, und die Häuser sind klein, die Türen führen direkt auf die Straße, es gibt keine Vorgärten, alles ist aus Stein. Lennox scheint den Weg zu kennen. Aus der Ferne ertönt Festlärm, mal lauter, mal leiser, als säße ein Kind am Lautstärkeregler. Als wir in eine Seitenstraße einbiegen, sehe ich irgendwo über den Dächern die höchste Spitze eines langsam sich drehenden Riesenrades, ich erkenne kleine Silhouetten in den Körben. Lennox nimmt einen Schlüssel aus der Tasche und öffnet eine Haustür. Es ist eine Tür aus den Sechzigerjahren mit viel Glas, Mattglas mit Noppen und einem horizontalen Briefschlitz in der Mitte. Das muss eine Imitation sein, denn dieses Dorf ist gerade mal ein paar Jahre alt. Warte hier einen Moment, sagt Lennox, ich bin gleich wieder da. Er schließt die Tür hinter sich und ich sehe, wie sein Umriss durch das Mattglas im Haus verschwindet. Ich stelle meine Tasche auf den schmalen Bürgersteig und setze mich auf die Fensterbank des Wohnzimmerfensters. Ich kann nicht wirklich darauf sitzen, aber es ist immer noch besser als zu stehen. Die Vorhänge hinter mir sind zugezogen. Sehr undeutlich höre ich Fanfarenmusik und Jubelgeschrei. In den Häusern mir gegenüber bewegt sich nichts. Alle sind bei der Arbeit, hier leben die Menschen, die vierzig Stunden pro Woche Karneval feiern. Ich habe mal ein Interview mit einer

Einwohnerin gelesen, die sagte, dass sie das als eine besondere Form von Fitnessprogramm ansah. Ein paar Touristen laufen vorbei und starren auf ihre Bildschirme. Als sie von der Straße verschwunden sind, schaue ich auf meinen eigenen Palio. Eine Nachricht von meiner Verlegerin, sie bittet um eine Antwort, weil sie noch nichts von mir gehört hat. Es gäbe noch viele andere Möglichkeiten, und sie hätten immer noch Vertrauen in mich. Die unausgesprochene Frage dahinter: *Du bist doch nicht etwa sauer, oder?* Wir sind eine kindische Generation, wir weisen jemanden zurück, und unsere hauptsächliche Sorge besteht darin, sicherzugehen, dass derjenige *uns* nicht ebenfalls zurückweist.

Ich antworte nicht. Nichts bewegt sich, aber dann schwingt hinter den Häusern auf der anderen Straßenseite etwas durch die Luft, das unmittelbar wieder verschwindet, etwas Unmögliches, und als es zurückkommt, erkenne ich, was es ist: ein langer Pfahl, ein rasendschnell rotierender Stahlbalken mit zwei Sitzen an jedem Ende, in denen winkende Püppchen sitzen, die in einer Sekunde schon wieder verschwunden sind, aber sie kehren immer wieder, in einem festen Rhythmus, kreischend und winkend, jedes Mal, wenn sie den höchsten Punkt über den Häusern erreicht haben, schreien sie, ein dünnes, hohes Quietschen, das mich noch nicht ganz erreicht hat, wenn sie schon wieder hinter den Dächern abgetaucht sind. Je öfter sie auftauchen, desto mehr habe ich den Eindruck, dass sie mit ihren Gesten und ihrem Geschrei versuchen, meine Aufmerksamkeit zu erregen, dass sie wollen, dass ich etwas für sie tue. Es gibt nichts, was ich für sie tun kann, ich kann sie nicht befreien, und es sind fröhlich blinkende Lämpchen auf dem Balken, also hat alles einen festlichen Anstrich. Aber sie kreischen weiter, es wirkt jetzt, als ob sie bei jeder Umdrehung meinen Vornamen in die Länge ziehen, als ob sie mich nicht nur hier auf der Fensterbank sitzen sehen würden, sondern auch wüssten, wer ich bin, mit jeder Umdrehung klingt mein Name klarer und durchdringender, ich bin froh, als Lennox

mit einem Auto angefahren kommt und durch das herunter-
gelassene Türfenster Steig ein! ruft. Die ganze Zeit, während ich
dagesessen habe, bin ich davon ausgegangen, dass Lennox wieder
durch die Haustür kommen würde, hinter der er verschwunden
ist, aber mein Staunen verwandelt sich in Erleichterung, und
ohne Lennox um eine Erklärung zu bitten, laufe ich um das Auto
herum und steige ein.

iv

Wie man so ohne jede Überlegung in ein Auto einsteigt – einfach
ein Auto, man setzt sich, schnallt sich an und registriert nebenbei,
wie es da aussieht, es liegt Zeugs auf dem Boden herum, man
sitzt halbwegs bequem, ohne sonderlich darauf zu achten, man
kann sich unterhalten, und es kann draußen etwas los sein, das
mehr Aufmerksamkeit erfordert, man steigt völlig gedankenlos
ein, ohne sich damit aufzuhalten, dass dieser Wagen nun tagelang
die eigene unmittelbare Umgebung sein wird, dass man tagelang
nichts anderes im Kopf haben wird, als dass man eben in diesem
Auto sitzt und dass sich das wie Weichwerden anfühlen wird; das
Auto wird zur zweiten Haut, es wird ein ganz anderes Auto sein
als das zu Beginn, in *dieses* Auto wird man nie wieder einsteigen,
wie man auch nie in dem Haus wohnt, das man besichtigt hat,
ehe der Vertrag unterzeichnet war. Obwohl, bei Lichte besehen
bin ich gerade eingestiegen und habe noch keinen blassen Schimmer, dass ich Tage in diesem Wagen verbringen werde. Mir fällt
nicht einmal auf, dass es ein Benziner ist; ich habe mein ganzes Leben in solchen Autos gesessen, für mich sind das normale
Fahrzeuge, aber das bedeutet doch, dass Lennox suspendiert sein
muss – oder eben auch gerade nicht, ich habe noch immer keine
Ahnung, wo er gegenwärtig arbeitet und was wir gegen Bonzos
Gedächtnisverlust unternehmen sollen, erst mal fahren wir durch

Mersbergen, und zumindest schafft er es, die Karnevalsumzüge zu umschiffen. Die Klinkerstraßen sind mit einem hellen Pünktchenmuster verziert, in dem keinerlei Ordnung auszumachen ist, vielleicht handelt es sich um eine großflächig codierte Botschaft, die sich über alle Straßen des Dorfes erstreckt und etwas über unsere Mission aussagt, und *deshalb* sind wir hier in Mersbergen – nein, es ist Konfetti, ich schaue zurück in der Erwartung, die Pünktchen in unserem Windschatten aufwirbeln zu sehen, aber sie bleiben liegen, als wären sie an den Klinkern festgeklebt. Ich sehe auch noch schnell an den Häusern hinauf, aber dieser Schwenkarm ist verschwunden, und ich habe das Gefühl, ich müsste jetzt winken, weil wir hier abreisen.

Wie geht es dir?, fragt Lennox. Gut, antworte ich. Er lacht abfällig, aber nicht auf eine ungute Weise. Abfällig und vertraut. So fühlt es sich an, obwohl ich ihn doch seit Jahren nicht gesehen habe. Wenn es dir gut ginge, wärst du nicht mitgekommen, sagt er. Wieso, was ist das für ein Unsinn, er hat mich doch selbst gebeten, mit dieser Geschichte von Bonzo? Du hast anscheinend keine dringende Arbeit, nichts auf deiner Agenda, du kannst einfach so weg, Hals über Kopf, vielleicht passt es dir sogar gut in den Kram, weil du auf der Flucht bist, vor irgendwas, vor irgendwem? Nein. Ja, vor dem Sessel meiner Mutter, vor meinem Verlag, vor einer Frau bei Albert Heijn. Aber das sage ich nicht. Es stimmt ja auch nicht. Das Einzige, was ich letztendlich getan habe, war, den Trennbalken ein wenig zu hart zwischen unsere Einkäufe zu legen. Es scheint schon wieder lange her zu sein, und dabei haben wir doch gerade erst angefangen.

Es geht mir prima, sage ich, mach dir keine Sorgen.

Wir sind was älter geworden, nicht wahr?, ruft Lennox. Da hat er Recht, wir sind älter geworden, vor allem er, weil ich ihn nach vierzig Jahren wiedersehe, während ich mich peu à peu im Spiegel habe altern sehen. Sein Haar ist grau und dünn, die Haut unter seinem Kinn hängt schlaff herunter, er sieht aus wie jemand, der von einem Maskenbildner oder einem Computerprogramm für den letzten Teil eines Filmes künstlich gealtert wurde. Hier, schau! Er nimmt seine Hand vom Lenkrad und streckt sie mit gespreizten Fingern nach mir aus.

Ich sehe dich nicht zittern, sage ich.

Zittern? Diese Flecken auf meinen Händen!

Es sind tatsächlich braune Flecken auf der Oberseite seiner Hand.

Ich war damit beim Arzt, weil ich gedacht habe, dass es sicher Hautkrebs ist. Sagt der doch: Mijnheer, das sind ganz gewöhnliche Altersflecken.

Er legt seine Hand wieder aufs Lenkrad und lacht, als fände er, dass er einen guten Witz gemacht hätte. Altersflecken! Und die Kondition hat auch nachgelassen, oder? Wie wir früher den ganzen Tag Kisten ins Archiv geschleppt haben. Das würden wir heute auch nicht mehr schaffen.

Naja, den ganzen Tag, sage ich. Ein bisschen Schachspielen in den Durchgängen, die alten Polizisten beobachten.

Ja, ja, sagt Lennox. Aber in der Zwischenzeit haben wir doch einiges weggeschleppt. Und dann mit Guido, wenn wir die Archive abholen kamen. Treppe rauf, Treppe runter. Ich darf gar nicht daran denken. Aber gut, es spielt auch keine Rolle mehr. Und du? Auch alt und gebrechlich?

Geht so, sage ich, ich habe nur ein Fliegenbrummen im Kopf. Vielleicht Müdigkeit oder ein innerliches Echo auf den Verkehrslärm. Ich bin es nicht mehr gewöhnt, so lange unterwegs zu sein.

Ein innerliches Echo auf den Verkehrslärm, wiederholt Lennox in Diktiergeschwindigkeit. Das ist hübsch ausgedrückt, man merkt doch gleich, dass man mit einem Schriftsteller unterwegs ist. Du hast einfach Tinnitus. Das ist das Alter.

Nein, sage ich, es ist, als ob ein Insekt in meinem Kopf sitzt, es lässt auch immer wieder nach. Wenn es Tinnitus wäre, dann einer, der noch nach dem rechten Platz sucht.

Ich hätte auch sagen können, dass meine Mutter mit ihrem Sessel in meinem Kopf säße, aber ich finde den Vergleich mit dem Insekt besser, er braucht zumindest weniger Erklärungen.

Tinnitus, der noch nach dem rechten Platz sucht, diktiert Lennox, was für ein poetischer Einfall. Wie hört sich das an?

Ganz einfach wie ich gesagt habe, wie ein Insekt. Bzzzzzzzzzt, Bzzzzt, Bzzzt, Bzzt, Bzzzzzzzzt, Bzt.

Aber das ist Guido!, ruft Lennox aus, das ist Guido, der mit seinem Rollstuhl in deinem Kopf rumkarjolt.

Ja, das wird es sein, sage ich.

Guido ... sagt Lennox, Guido ... Als ob er mit aller Macht versuchen würde, ihn sich mit seinem elektrischen Rollstuhl bildlich vorzustellen. Der klang so, oder? Und er schaut vor sich hin, nickt andächtig, Hände am Steuer.

Du hast Recht, sagt er, nachdem wir ein paar Minuten schweigend nebeneinandergesessen haben.

Was? Wann?

Als wir uns getroffen haben, im Archiv, als ich mich dir vorgestellt habe. Du hast Lennon verstanden. Jedenfalls hast du gefragt: Lennon? Du hattest Recht, es war eine Variante von Lennon. Lennon mit einem x. Es hatte nichts mit Annie Lennox zu tun.

Lennon mit einem x, nicke ich.

Ja, sagt er, um dem Ganzen mehr Was-weiß-ich zu geben. *Biss. Schärfe.* Ich war mal Beatlesfan, früher.

Ich auch, sage ich.

Das weiß ich, sagt Lennox, wir haben damals oft darüber gesprochen.

Ist das so?, daran erinnere ich mich nicht mehr.

Ja, das ist so, wenn ich so etwas sage, kannst du das schon glauben. Wir haben in der Vergangenheit viel darüber gesprochen, über die Beatles, und dass wir beide für sie schon nicht mehr im richtigen Alter waren. Du hattest eine ältere Schwester, ich einen größeren Bruder. Ich weiß noch, wo du warst, als du gehört hast, dass Lennon erschossen wurde. Es war früh, du hast im Bett gelegen, deine Mutter kam ins Zimmer und erzählte, dass ein Beatle erschossen worden sei, es war gerade im Radio gekommen, sie wusste den Namen nicht mehr genau, Lennen? Du hattest damals diese vier Fotos vom *Weißen Album* an der Wand hängen, und sie zeigte, ohne danebenzuliegen, auf das richtige Bild: Ist der das? Darüber, dass sie John Lennon als den Richtigen rauspickte, hast du dich immer gewundert.

Er sieht mich einen Moment lang an, dann schaut er wieder mit einem feinen Lächeln auf die Straße. Er hat alles behalten, was ich ihm früher erzählt habe. Das fühlt sich nicht gut an. Er ist mir schon immer überlegen gewesen. Auch beim Schach hat er immer gewonnen.

Wir fahren weiter, ich denke an meine Mutter, die in mein Schlafzimmer kam; ich war damals arbeitslos, Schulabbrecher ohne Abschluss, deshalb konnte ich ausschlafen. Ein paar Monate vorher war sie auch reingekommen, und sie hatte mir zugezischt: Schläfst du *nackt?*, als ob ich mir damit eine schreckliche Übertretung geleistet hätte, die vor höheren Autoritäten verborgen bleiben müsste. Und vielleicht schwang da auch Eifersucht in ihrer Stimme mit, weil ich gerade mit etwas anfing, von dem sie sich schon längst verabschiedet hatte. Einen Monat später zog ich nach Amsterdam, wo meine Schwester studierte; ich konnte irgendwo in Amsterdam-Oost von jemandem, den sie kannte, ein von Hausbesetzern einkassiertes Stockwerk übernehmen. Ich bin nie wieder weggegangen. Aus der Stadt, meine ich, auf der Etage bin ich nur ein halbes Jahr geblieben.

Oder hast du das alles vergessen?, fragt Lennox, der anscheinend glaubt, etwas von meinem Gesicht ablesen zu können. Nein, ich habe nur vergessen, dass wir darüber gesprochen haben, sage ich.

V

Es ist spät am Nachmittag, wir fahren seit Stunden über Autobahnen. Links und rechts Weideland, Gewerbegebiete, andere Autobahnen, die uns kreuzen, mit Viadukten und Overflys. Der Himmel ist bezogen, die vorherrschende Farbe ist grau. Wir nähern uns der Grenze. Eine Landesgrenze – wie altmodisch das doch klingt, man sollte erwarten, dass alle Grenzen inzwischen digital sind und wir selbst auch; und wer weiß, es sind Gerüchte im Umlauf. Und gleichzeitig würde man erwarten, dass Grenzen wichtiger werden, als sie es vor Jahrzehnten gewesen sind, dass sie durch Gruppen von Patrioten bewacht, wenn nicht verteidigt werden, weil alles auseinanderfällt – kurz gesagt, mit allem ist zu rechnen, aber vorerst sieht es danach aus, dass wir unbehelligt durchfahren können, es sei denn, in den letzten Stunden sind Dinge geschehen, von denen ich noch nichts weiß. Das Radio ist aus, Lennox benutzt keinen Routenplaner, anscheinend weiß er, wo er hinmuss. Soll ich meinen Palio ausschalten?, frage ich. Warum?, sagt Lennox. Ich weiß nicht, sage ich, ich dachte, vielleicht ist das hier eine geheime Mission? Es klingt lächerlich, ich schäme mich sofort für das, was ich gesagt habe, aber was machen wir denn *sonst*; sind wir zwei sechzigjährige Männer, die einen Ausflug unternehmen? Du kannst alles anlassen, sagt Lennox. Wie ein Arzt, der durch die Klamotten sehen kann. Also sind wir zurückverfolgbar, sage ich. Für wen?, fragt Lennox. Für alle, die es wollen, sage ich, für diejenigen, die Zugang zu den Daten haben … Ich weiß es auch nicht, vielleicht ist Lennox derjenige mit dem Zugang, woher soll ich das wissen, ich weiß nur, wie man ein Buch schreibt, und selbst da bin ich mir nicht ganz sicher, wie es geht. Du musst mir mehr davon erzählen, sage ich, ich weiß immer noch nicht genau, was wir hier tun. Wir werden gleich irgendwo essen, sagt Lennox, dann erzähle ich den Rest.

Rechts von uns schiebt sich eine Kolonne selbstfahrender Lkws vorbei. Einen halben Meter Abstand, ich hoffe, dass irgendwo vorne was schiefgeht, dass sie alle gleichzeitig anhalten müssen, so etwas habe ich noch nie gesehen, nur in Filmen. Hier und da sitzt jemand am Steuer, der Rest der Fahrer hat sich wahrscheinlich aufs Ohr gelegt. Man würde eine Mauer aus Geräuschen erwarten (ich jedenfalls, ich bin in der alten Welt programmiert worden), aber sie fahren alle mit Strom. Irgendwo wird der letzte Fahrschulenbesitzer bald das Licht in seinem Laden ausknipsen können. Automobil hieß schon immer selbstbewegend, also kann man eigentlich sagen, dass das Auto jetzt endlich seine wahre Bestimmung gefunden hat, das lange Jahrhundert, in dem wir selbst am Steuer saßen, ist nichts anderes als eine Übergangsphase gewesen, eine Zeit, in der das Auto noch nicht vollendet war.

Erzähl mir mal eine Geschichte, sagt Lennox.

Was?

Ich bin doch mit einem Schriftsteller unterwegs? Der Meister des plotlosen Thrillers.

Das weiß er also auch. Nun ja, es ist auch nicht schwer, das herauszufinden, denn ich schreibe sie nicht unter Pseudonym.

Der Meister des plotlosen Thrillers, wiederholt Lennox, leiser, grüblerisch, aber mit Nachdruck, als stünden wir auf der Bühne, und er wiederholte seine Äußerung, um mich daran zu erinnern, dass ich jetzt mit *meinem* Text fortfahren müsste.

Ich habe mir diesen Beinamen nicht ausgedacht, sage ich.

Nein, so geht es halt, sagt Lennox, als ob er alles darüber wüsste.

Findest du es schlimm?, frage ich.

Was soll ich schlimm finden?

Also, wenn du weißt, dass ich sie schreibe, sage ich, dann weißt du auch, wie der Detektiv heißt. Findest du es schlimm, dass ich deinen Namen benutzt habe?

Lennox?, fragt er. Ach, schlimm, schlimm. Vielleicht ist es ja eine Hommage, oder? Ich lese sie nicht, das macht möglicherweise den Unterschied. Er sieht mich kurz an. Lennox mit der Boxernase, sagt er, während er die Windschutzscheibe anlächelt. Lennox mit der Boxernase.

Ich fand, dass ihm das ein schönes *hardboiled* Äußeres gibt, sage ich. Natürlich, nickt Lennox. Natürlich. Nur hat er ebendiese Nase nicht mehr, oder?

Wir fahren an Industriegebieten vorbei, links und rechts sind große Lagerhallen mit blinden Stahlwänden, nirgendwo ist eine Spur von Leben zu entdecken, auf leeren Parkplätzen brennt hier und da eine Straßenlaterne. Overflys auf Betonstelzen, breite Kreuzungen mit Ampeln, die Autobahn wird zweispurig, auf beiden Seiten recken sich hohe Wohnkasernen in den Himmel, ockerfarbene Fassaden mit rechteckigen Fensteröffnungen, hinter denen kein Licht brennt. Unter einigen der Fenster sind Leinen gespannt, an denen graue Sachen zum Trocknen aufgehängt sind. Der Himmel ist bedeckt, man könnte glauben, dass es schon später ist und die Dämmerung bereits eingesetzt hat. Plötzlich sind die Straßen voll geworden, die Stadt kann den zuströmenden Verkehr nicht mehr bewältigen, wir fahren im Schritttempo und müssen regelmäßig anhalten, die selbstfahrenden Lkws müssen irgendwo abgebogen sein, sie sind nirgends mehr zu sehen.

Lennox trommelt auf dem Lenkrad herum. Hinter den Fenstern der Wohnkasernen wird hier und da eine Lampe angeschaltet, wie bei einem Bühnenbild, das zum Leben erwacht, weil die Zuschauer eingetroffen sind. Irgendwo im fünften oder sechsten Stock nimmt eine Frau die Wäsche ab, neben ihr sieht ein Kind nach draußen, von links nach rechts und wieder nach links, als ob es sich über die Aussicht wundern würde. Ich schaue nach hinten, um zu kontrollieren, ob das Licht in den Stockwerken, an denen wir vorbeigefahren sind, an bleibt. Was schaust du so?, fragt Lennox. Ich antworte nicht. Meter für Meter fahren wir weiter in die Stadt hinein. Plötzlich beschleunigen wir wieder, die Straße ist vierspurig geworden, mit riesigen sanften Kurven, in der Ferne stehen graue Wolkenkratzer, deren Spitzen sich in den tief hängenden Wolken auflösen, gleich danach ist das Panorama verschwunden, als wäre es nie da gewesen, und wir fahren wieder durch enge Straßen, vorbei an hohen Wohnblöcken mit Bäumen, die auf den Straßen stehen und ihre Blätter verlieren, sie liegen kupferfarben auf dem Gehweg herum. Es gibt kleine Geschäfte mit vielen Aufklebern und Plakaten an den beleuchteten Schaufenstern, wir kommen an einer Schule mit einer Mauer aus quadratischen Steinsäulen und schwarzen Gitterstäben vorbei, es gibt einen kleinen Platz mit einer abgeschalteten Fontäne, und dann müssen wir wieder halten, weil alles dicht ist. Auf dem Bürgersteig laufen Schulmädchen mit offenen Haaren durch das tote Laub, einige allein, andere über die ganze Breite des Bürgersteigs in Dreiergruppen nebeneinander. Sie tragen alle die gleiche Uniform, grüne Jäckchen, weiße Hemden, glänzende schwarze Schuhe, ewig rutschende graue Strümpfe. Sie schauen auf ihre Bildschirme, die sie sich gegenseitig vor die Nase halten, diejenigen, die allein sind, gehen langsamer und werden überholt, aber auch die schnellsten Grüppchen müssen hin und wieder anhalten, um einen Strumpf hochzuziehen oder auf eine Schultasche zu warten. Guck nach vorne, sagt Lennox, dafür bist du zu alt. Und er fängt an, Titel aufzulisten, die ich erkenne, zumindest erkenne ich das Konzept, es sind alles vielleicht erfundene Titel von Pornoclips, in denen Darstellerinnen, die als Schulmädchen verkleidet sind, auftreten. In diesen Clips tragen die Darstellerinnen durchgängig Zöpfe, um jünger zu wirken, aber das funktioniert nicht, sie sehen damit nur unglaubwürdig aus, vor allem, wenn sie sich auch noch Sommersprossen auf Wangen und Nasen geschminkt haben. Die Mädchen, die hier weiter vorbeiströmen (anscheinend ist eine große Mädchenschule irgendwo in der Nähe), tragen keine Zöpfe, sie sind jung genug, um nicht jünger aussehen zu wollen, sie sind erschreckend jung, und Lennox hat Recht, aber ich schaue nicht nach ihnen, sondern nach ihren Schultaschen. Die Mädchen haben Ranzen in verschiedenen Farben, aber alle vom gleichen Modell, weiche, mollige Taschen mit zwei Haken, mit denen man sie an die Schultern hängen kann – weiche Haken, gefüttert und aus dem gleichen Stoff wie die Schultasche, aber mit Stahldraht verstärkt, glaube ich, und in einer stumpfen Spitze aus schwarzem Metall auslaufend. Es sind Taschen, die kriechen können: Wenn man sie auf den Boden setzt, krauchen sie hinter einem her, sie ziehen sich an den Haken vorwärts, zuerst an dem einen, dann an dem anderen. Richtig Tempo machen sie nicht, die Mädchen bleiben stehen, um den Abstand zwischen sich und ihren Taschen nicht zu groß werden zu lassen, ich weiß nicht, ob die Taschen ihre Besitzerinnen erkennen oder sich auf gut Glück fortbewegen. Immer wenn ein Haken langsam nach vorne greift, dehnt sich der Stoff, der ihn umhüllt, wenn sich der Haken zusammenzieht, entstehen Falten, und so kriechen sie dahin, wie blinde Schildkröten, wie vom Baum gefallene Faultiere mit lahmen Hinterbeinen. Schau dir diese Taschen an, sage ich, und Lennox sagt Ja, ohne einen Blick darauf zu werfen, als hätte er alles schon gesehen und wäre in Gedanken bei einer Zukunft, über die ich nur rätseln kann.

vi

Der Abend senkt sich herab, wir sind jetzt im Zentrum, nicht im Geschäftszentrum, sondern im alten Zentrum mit Hotels und Restaurants und Plätzen. Wir gehen zu dem Hotel, das Lennox ausgesucht hat. Er hat das Auto in einer Tiefgarage geparkt, ich sah den Wagen im Glaslift verschwinden und stellte mir eine große unterirdische Piste vor, auf der Jungs mit einem Zugangscode für jedes Auto die ganze Nacht Rennen fahren.

Es herrscht Betrieb auf den Straßen, und die Luft ist voller Staub, kleine sich bewegende Partikel, die man gerade noch nicht erkennen, sondern nur erahnen kann, die sich aber auf die eine oder andere Weise doch bemerkbar machen. Es muss an meinen Augen liegen, aber es könnte auch eine Form von radioaktivem Niederschlag sein, etwas, das die Auswirkung von etwas anderem ist, ein unumkehrbares Ereignis, jedoch relativ irrelevant, weil *wir* relativ irrelevant sind. Ich habe die Postmoderne noch erlebt (postmoderne Gebäude stehen seit Neuestem unter Denkmalschutz, habe ich kürzlich in der Zeitung gelesen), und wir leben jetzt auch in einer Post-Zeit, einem Post-Irgendwas, *posthuman* zum Beispiel, wobei man human im wahrsten Sinne des Wortes auffassen sollte; das Anthropozän war gleich, nachdem es entdeckt wurde, erledigt, oder eigentlich weniger erledigt als vielmehr beiseitegeschoben. Noch ein Weilchen, und die Ranzen kriechen zur Schule, während die Mädchen zu Hause bleiben können. Und wenn ich sage, dass ich etwas über postmoderne Gebäude in der Zeitung habe stehen sehen, dann meine ich natürlich keine Zeitung aus Papier, sondern eine Nachricht auf einem Bildschirm, es gibt sonst nur noch Nostalgiezeitungen, die richtigen Zeitungen sind Namen auf dem Bildschirm, obendrein auch noch kleine, unbedeutende Namen, kein Wunder, dass sie so geschrumpft sind; und weil sie mit dem Tempo der Nachrichten nicht mehr Schritt halten konnten, begannen sie, das quengelige Selbstvertrauen, mit dem sie einst die Welt belehrt haben, einzusetzen, um Bücher zu empfehlen, die man gelesen haben musste, Filme, die man gesehen haben musste, Serien, die man verfolgt haben musste, Restaurants, in denen man gegessen haben musste, Weine, die man getrunken haben musste, Städte, die man besucht haben musste, Kleidung, die man getragen haben musste, Fußböden, die man verlegt haben musste, Reisen,

41

die man unternommen haben musste – es war, als ob einem jemand Befehle ins Ohr schrie, ein gestrenger Besserwisser und ein greinender Dreikäsehoch in ein und derselben Person, die ein immer geringer werdendes Terrain verteidigte.

Nostalgiezeitungen lese ich manchmal: Papier in den Händen, raschelnd umblättern, ich möchte etwas festhalten, das sich nicht mehr verändert, wenn ich es zur Hand genommen oder gekauft habe, eine echte Zeitung, ein echtes Buch, aber irgendwann wird es keine Dinge mehr geben, sondern nur noch Pixel. Ich werde die Dinge vermissen, denn ich bin selbst ein Ding. Im CoffeeHub in der Rijnstraat haben sie so einen Apparat, in den man jedes Datum aus der zweiten Hälfte des zwanzigsten Jahrhunderts eintippen kann, und innerhalb von zehn Sekunden fällt die Zeitung des betreffenden Tages aus einem Schlitz, auf Papier, das noch nicht vergilbt ist, aber es bald sein wird, und in einem Format, das jetzt lächerlich groß erscheint, damals aber ganz normal war. Man bestellt Kaffee und setzt sich und schlägt die Zeitung auf, und die Tränen schießen einem in die Augen. Ich habe gestern noch eine gelesen, ehe ich zum Albert Heijn ging, wo ich diesen Fast-Streit hatte, und vielleicht lag es auch daran, dass ich gerade diese Zeitung gelesen hatte. Ich weiß nicht mehr, welches Datum ich eingetippt hatte, ich musste es zweimal eingeben (*das von Ihnen gewählte Datum fiel auf einen Sonntag*, sagte mir das Gerät beim ersten Mal, *geben Sie Ihre nächste Auswahl ein*), aber ich suche normalerweise etwas aus den Achtziger- oder Neunzigerjahren, als ich noch viel Zeit hatte, Zeitungen zu lesen, und dann schlägt man das Ding auf, und man sieht diese schrecklich altertümliche Aufmachung und die Spalten von längst gestorbenen Kolumnisten, die damals jeder so unglaublich scharfsinnig fand und die sich selbst auch für so unglaublich scharfsinnig hielten, und warum nicht, wenn jeder dich für scharfsinnig hält, wirst du nicht der Einzige sein, der Hallihallo Leute! schreit, so besonders ist das alles doch nun auch wieder nicht, was ich hier mache; und alle diese Nachrichten, die längst vergessen sind und von denen damals niemand wusste, was sie zur Folge haben würden, und in vielen Fällen wissen wir das noch immer nicht, weil wir keine Ahnung mehr haben, wer all diese Menschen waren und wo all diese Länder liegen, dazu die ganze Werbung, insbesondere die für Kleidung und Autos und Fernseher, alle sind tot und alles ist kaputt und verschlissen, und wenn es doch noch existiert, hat keiner eine Ahnung, wie man es repariert, und das ist auch nicht weiter schlimm, aber allein schon die Tatsache, dass es das alles einmal gegeben hat, kann einem schon mal den Atem verschlagen. Dann stehen dort die Traueranzeigen, als ob diese Menschen gestern noch gelebt hätten, und die Rezensionen von Büchern, die mal von Menschen geschrieben wurden, die auf eine zweite Auflage hofften, diese ganze Welt ist einmal unsere Welt gewesen und existiert nicht mehr, selbst die vergessenen Schriftsteller möchte man an die Brust drücken, zusammen mit den Kolumnisten, der Kleidung, den Autos, den Fernsehern und den Verstorbenen, denn was ist an ihre Stelle getreten? Etwas, das nicht uns gehört, sondern anderen. Überall findet man die Fünfzigpluser, die mit feuchten Augen auf Terrassen alte Zeitungen lesen, oft sieht man jemanden, der die Zeitung nach ein paar Minuten wütend zusammenknüllt und wegwirft – nun ja, ich habe mich selbst auch einmal dabei erwischt, ich habe es auch getan, gestern zum Beispiel, weil es mich zu sehr an die Stunden erinnert hat, die ich in den Zeitungsdepots des Archivs verbracht habe, nachdem das A-Team auseinandergefallen war, es war doppelte Nostalgie, Nostalgie im Quadrat, und das war für den Augenblick zu viel für mich. Und für jeden beliebigen anderen Moment auch. Und ich kickte die zusammengeknüllte Zeitung weit von mir weg und ging zum Albert Heijn und fing da gerade noch so keinen Krach an und lief mit meinen Sachen in einem Beutel nach Hause, verstaute die Einkäufe und setzte mich in den Sessel meiner Mutter, Bzzzt, Bzzt, Bzt, Bzzzzt. Dann rief Lennox an, und jetzt bin ich mit ihm unterwegs, zum Kloster und auch wieder nicht zum Kloster. Jetzt gehören wir wieder richtig dazu, oder habe ich etwas vergessen?

vii

Ich habe nicht darauf geachtet, wohin wir gehen, Lennox schiebt eine Glastür auf, wir sind in dem Hotel, wo wir anscheinend übernachten werden. Die Rezeption ist dunkel, als wenn irgendwo eine Lampe kaputt wäre. Den richtigen Namen nennen?, frage ich, bevor ich meine Daten auf der Tastatur des Rezeptionsrobos eingebe. Warum nicht, sagt Lennox, außer, du willst jemand anderes sein, aber dafür ist es vielleicht zu spät. Zu spät? Ja, wie alt bist du jetzt, sechzig? Ach, deshalb. Der Empfangsrobo lächelt, alle paar Sekunden verzieht er seine Lippen zu einer freundlich gemeinten Grimasse, die ironisch gemeinte Geduld ausstrahlt, aber Letzteres ist meine persönliche Interpretation, es ist eine Maschine, das wollen wir mal nicht vergessen. Allerdings zeichnet er wahrscheinlich alle Gespräche aus seiner unmittelbaren Umgebung auf, einschließlich meiner Frage, ob ich meinen richtigen Namen verwenden soll, also hat es sowieso keinen Sinn, einen anderen zu erfinden. Ich tippe meinen Namen ein. Es ist nicht das erste Mal, dass ich bei einem solchen Roboter einchecke, und ich *weiß*, dass es ein Apparat ist, aber es bleibt etwas seltsam Intimes, meine Daten an seiner Brust einzugeben. Es wäre schön, wenn das Gerät bei einer bestimmten Tastenkombination einen kleinen Genussseufzer ausstoßen würde, aber das wäre zu frivol, so sind die Zeiten nicht, vielleicht fällt es auch unter Missbrauch, und man wird bei verantwortungslosem Gebrauch solcher Tastenkombinationen verhaftet. Danke, sagt der Robo. Er nennt mich bei dem Namen, den ich gerade eingegeben habe und der mein eigener Name ist, hier ist Ihre Karte. Er hält mir eine blasse Hand hin, als würde er ein Almosen erwarten, aus einem Schlitz im

Handgelenk schießt er eine Karte hervor, die in seine Handfläche fällt. Dieser Slot sieht ein wenig unglücklich aus, wie die nie verheilte Wunde eines Selbstmordversuchs – als ob die Robos schon jetzt keinen Ausweg für unsere Welt mehr sähen, denn alle haben sie diesen Schlitz. Ich habe schon immer mal einem von ihnen sagen wollen, dass er vertikal schneiden müsste, nicht horizontal, damit das Blut schneller herauslaufen kann, aber ich sehe davon ab, denn die Chancen stehen gut, dass sie antworten, sie hätten überhaupt kein Blut, und das in ihrem neutralen Ton, in dem sich endlose Mengen an Spott und Sarkasmus verbergen, und vielleicht bitten sie mich noch, meinen Ärmel hochzukrempeln, ja, danke, und jetzt auch den anderen Ärmel, Mijnheer, und wenn sie sich nachdenklich nach vorne beugen, nicken sie, als ob sie es sich schon immer gedacht hätten, man weiß nie, wie viel sie wissen, nachdem man seinen Namen eingegeben hat. Alles, worauf man hoffen darf, ist, dass es sie keinen Pfifferling interessiert, denn sonst müsste man sich etwas ausdenken, ich habe mal in einer Kneipe gearbeitet, und wie oft da zerbrochenes Glas im Spülbecken herumschwamm – aber denke ich jetzt wirklich daran, mich vor einer Maschine zu rechtfertigen?

Nehmen Sie bitte Ihre Karte, sagt der Robo, nehmen Sie bitte Ihre Karte. Es klingt drängelnd, als hätte er einen Krampf in der Hand. Ich nehme die Karte. Jetzt sollte er einen Erleichterungsseufzer ausstoßen, aber so ist er nicht programmiert, noch mal, letztlich sind es einfache Geräte, dieser Spott und dieser Sarkasmus spuken in meinem eigenen Kopf herum.

Eine halbe Stunde später sind wir in einem Restaurant, das Lennox ausgewählt hat. Klein, italienisch, rot karierte Tischdecken, aber sie sind aus Plastik. Es ist nicht voll, ein paar Tische weiter sitzt eine junge Familie, wenigstens sehe ich einen Mann, eine Frau und einen Jungen von etwa vier Jahren, es könnte natürlich auch sein, dass der Junge seine Babysitterin und ihren Freund zu einer Pizza und einem Glas Rotwein eingeladen hat, aber vorerst gehe ich mal davon aus, dass sie eine Familie sind – und nachdem sie ihr Essen (in der Tat Pizza) bekommen haben, falten sie die Hände und beten, nicht nur die Erwachsenen, sondern auch der Junge, sehr fromm, wie gerade Kinder es sein können, weil sie eben nicht anders *können*. Solange sie noch glauben zumindest, aber wer hat schon mal von einem Vierjährigen gehört, der vom Glauben abgefallen wäre, das ist noch zu früh, bei mir passierte das auch erst Jahre später. Die drei nehmen es sehr ernst, ihr Gebet dauert länger als das Herr, segne, was du uns bescheret hast, das man von Gläubigen erwarten würde, die außerhalb essen; und wie wirklich seltsam es doch ist, Menschen zu sehen, die an etwas glauben, dem man selbst seit Urzeiten abgeschworen hat, was ist mit denen los, haben sie den Schuss noch nicht gehört? Ich frage mich, was sie da beten: *Wo so mancher Mann sein Brot mit Schmerzen isst, hast DU uns reich und gut genährt* – aber dieses Gebet war schon uralt, als mein Vater es aufsagte, und wer weiß, ob es überhaupt Landsleute sind. Mein Vater betete immer laut vor und nach dem Essen, bis er es sein ließ. Warum er das tat, habe ich nie verstanden, vielleicht meinte er, dass meine Schwester und ich zu groß dafür geworden waren, dass er es uns nicht mehr vormachen müsste, und fortan beteten wir still, es war nicht so, dass meine Mutter das ebenfalls übernahm, sie war zweifellos der Meinung, dass sie das nicht könne, weil sie der Überzeugung war, sie könne überhaupt nichts; und so musste sie auch nichts tun und wurde nicht beurteilt, sie traute sich noch nicht einmal einen Einkaufszettel zu schreiben aus Angst, wir würden sie wegen ihrer Handschrift auslachen. Sie fand, dass andere alles besser konnten, und das kam natürlich nicht von ungefähr, ein paar Jahre, bevor sie begann, dement zu werden, verriet sie, was ihre beste Freundin ihr gesagt hatte, als sie sich mit dem Mann verlobte, der später mein Vater werden sollte: *Den willst du heiraten? Wäre nichts für mich, der mit seinen ewigen sarkastischen Anmerkungen.*

Die Familie ist fertig mit Beten, Vater, Mutter und Sohn sehen sich an, als wollten sie überprüfen, ob noch alle da sind, und das kenne ich, das kenne ich sogar sehr gut, dieser Post-Gebetsblick ist unvermeidlich, und während mir das klar wird, überlege ich, dass es mit Scham zu tun hat, dass es nicht darum geht, nachzusehen, ob jemand abgehauen ist, sondern dass dieser Blick bittet: Du hattest doch auch die ganze Zeit die Augen geschlossen, du hast mich nicht beten *sehen*? Sie scheinen nette Leute zu sein; ich würde gern zu ihnen gehen und sie in sanftem Ton ersuchen, dass sie damit aufhören müssen, mit diesem Glauben, mit diesem Gott, dass es das Beste für alle wäre und ganz besonders für das Kind. Wirklich, lasst es sein, hört auf, ich weiß auch nicht alles, aber wenn Gott wirklich existierte, hätte er sich aus den zusammengeklumpten Vorstellungen von den Menschen geformt, die lange vor uns gelebt haben, und vielleicht wäre es an der Zeit, dass wir unsere Gedanken aus diesem Klumpen herausziehen, damit der wieder etwas kleiner wird. Aber warum sollte ich sie damit belästigen, wenn man Gott hat, kann man in dieser Welt bestehen, so absurd es da auch immer aussehen mag, weil man eigentlich in einer anderen, stabilen Welt lebt. Und während ich zusehe, wie sie ihre Pizzen schneiden (der Mann hilft dem Jungen und hebelt die Hälfte von dessen Pizza auf seinen eigenen Teller), fühle ich mich überraschend großherzig. Es gibt etwas, oder besser gesagt, es gibt etwas nicht: Meine Wut ist verraucht, ich ärgere mich nicht. Der unterschwellige Strom an Verärgerung, der zu Hause immer weiterging, fehlt völlig, als wäre er an einen Ort gebunden. Die Wut ist durch leichte Nervosität ersetzt, die nicht unangenehm, sondern fast beruhigend ist, weil es sich um Reisenervosität handelt; wohin fahren wir, was genau ist mit Bonzo los – und weil ich nicht alleine hier bin, sind diese Fragen nicht beunruhigend. Ich habe die meiste Zeit meines Lebens Dinge allein getan, und so soll es natürlich überhaupt nicht sein, dafür sind wir nicht gemacht. Ich beschließe, Lennox erst mal nichts zu fragen, ich lasse es noch eine Weile ruhen, ich muss erst mal nichts wissen.

Du willst wissen, was wir hier machen, oder?, fragt Lennox, ich kann es von deinem Gesicht ablesen. Also, ich werde dir sagen, was wir tun, wir sitzen uns in einem kleinen Restaurant gegenüber, das hoffentlich nicht zu teuer ist, ich habe bei der Bestellung ehrlich gesagt nicht auf die Preise geachtet.

Ich habe nichts davon gemerkt, dass er bestellt hat, aber in der Tat, da kommt das Essen, es wird auf Tellern ordentlich vor uns hingestellt, und ich frage nichts mehr, ich beginne zu essen.

viii

Führe mich, das ist die Botschaft, die ich aussende. Deshalb frage ich nicht nach den Einzelheiten dieser Reise, deshalb wundert es mich nicht, dass Lennox für uns beide bestellt hat – nun ja, das eigentlich dann doch. Er hat zweimal dasselbe bestellt, Ravioli und Salat, vielleicht liebt er Symmetrie; das ist mir früher an ihm nie aufgefallen, aber ein Mensch kann sich verändern. *Führe mich und bestell für mich mit.* Ich schäme mich, aber das ist nicht so schlimm, es ist ein bekanntes Gefühl. Ich kenne meinen Platz, man stelle sich einmal vor, dass ich Lennox mitgenommen hätte, ohne ihm bis ins letzte Detail zu erläutern, wohin wir gehen und was wir tun werden, wenn wir dann erst einmal angekommen sind; ein solches Szenario ist unvorstellbar. Halten wir uns also an das glaubwürdige Szenario: Ich sitze Lennox gegenüber und esse Ravioli in einem kleinen italienischen Restaurant, und Lennox ist der Chef. Wir sitzen am Fenster, wenn ich zur Seite blicke, sehe ich eine schmale, dunkle Straße, die durch ein paar altmodische Laternenpfähle beschienen wird. Eines der Häuser auf der gegenüberliegenden Seite ist mit leuchtend grüner Farbe angestrichen und strahlt eine schöne warme Glut aus, wie das magische Auge von uralten Röhrenradios. Ich will nur *schauen*. Du kannst mich überall hinführen, solange ich nur sehen darf, wie es aussieht. Ich würde das gern jemandem sagen, aber da ist niemand. Ja, diese Pizza essenden Christen natürlich, aber die kenne ich nicht, und da wäre noch Lennox, doch den habe ich seit vierzig Jahren nicht gesehen, und mit seiner neuen Nase ist es außerdem so, als ob er nicht ganz Lennox wäre. Ich vermisse Colenbrander, das ist eine Sache, die todsicher feststeht, aber ich kann nicht mehr zu ihm gehen. Ungefähr fünf Jahre, nachdem ich ihm das letzte Mal in seinem Sprechzimmer gegenübergesessen habe, las ich seine Todesanzeige in der Zeitung, das ist jetzt fast dreißig Jahre her. Er war kein allmächtiger Gott, aber dass wir einen allmächtigen Gott brauchen würden, der uns unsere Sünden vergibt, ist ein Missverständnis, wir brauchen einen Gott, der auf unserer Seite steht und unsere Sünden kleinredet, einen kleinen Gott, einen Menschen eigentlich, und genau das war Colenbrander. Ich hätte gern, dass er in diesem sanft glühenden grünen Haus da drüben wohnt und dass ich jetzt aufstehen könnte, die Straße überqueren und klingeln, und er würde mir öffnen, oder jemand anderes, und dass ich bis zum Wohnzimmer durchlaufen könnte, es ist groß, geräumig und von ein paar gut platzierten Stehlampen beleuchtet, Colenbrander schlägt seine Zeitung oder Zeitschrift zu, steht auf und schüttelt mir die Hand und fragt, wie es geht, allwissend muss er nicht sein, das sagte ich ja schon, das ist nicht nötig, wenn er nur an meiner Seite steht, ohne dass er auch verlangt, dass ich auf seiner Seite stehe, diese Proportionalität, dieses ewige Bedürfnis, Gleiches mit Gleichem zu vergelten, auch das ist überhaupt nicht nötig; wenn man geführt werden will, muss man nicht selbst führen, das kann niemand von einem verlangen – ist Lennox denn vielleicht der Gott, dem ich mich jetzt ausgeliefert habe? Und dann Bonzo, denn den wollen wir mal nicht vergessen, sobald ich Lennox frage, was wir hier eigentlich vorhaben, geht es um Bonzo, der, bevor er Bonzo war, de Meester hieß, und de Meester war für uns alle Gott, er zeigte, wie man es machte, als er E5 am Fenster des Studentenwohnheims an den Hüften packte. Zum Glück bin ich niemandes Gott, ich stehe auf dem weichen Teppich im Wohnzimmer des sanft grün leuchtenden Hauses und zucke mit den Schultern als Antwort auf Colenbranders Frage, wie es gehe. Wie soll es schon gehen, sagt diese Geste. Warst du nicht eigentlich tot, ich habe deine Anzeige gesehen. Ja, nickt er lächelnd, er trägt einen dünnen Pullover mit V-Ausschnitt, einen teuren Pullover, vermute ich mal, helles Ocker, es steht ihm gut bei seiner dunklen Haut, ja, ich war tatsächlich tot. Aber nach drei Tagen wieder auferstanden?, lache ich, und er lächelt nachsichtig, sein Kraushaar ist etwas grauer, aber sonst ist er kaum älter geworden, er ähnelt noch immer dem Dichter Hans Faverey. Er hat mir mal erzählt, dass er dessen Gedichte kannte, wie kamen wir darauf?, nicht, weil ich ihm gesagt hatte, dass er wie Hans Faverey aussähe, wir verkehrten nicht auf gleichem Fuße miteinander, mein Teil waren die Sünden, und er durfte sie klein machen, vielleicht hat er auch gefragt, welche Bücher ich in letzter Zeit gelesen hätte, und ich war damals gerade in einer Faverey-Phase, solche Fragen stellte er gern, und viele dringende Sachen mussten wir am Schluss auch nicht mehr besprechen, er stand an meiner Seite, das war genug, doch irgendwann hatte es ein Ende, das war schade, doch erst, als ich seine Todesanzeige sah, dachte ich: Jetzt kannst du nie wieder zu ihm gehen. Er schaut mich immer noch mit einem Lächeln an, wohlwollend, aber kritisch, das können sie sich nie abgewöhnen, diese Therapeuten, und inzwischen ist sein Freund mit einer Flasche und ein paar Gläsern hereingekommen. Wie schön ihr hier wohnt, sage ich, wie viel Platz und wie alles auch im Gleichgewicht ist. Ja, sagt der Freund, Gleichgewicht, das ist es, was wir angestrebt haben. Ich möchte ihn fragen, wie er das anstellt, Streben nach Gleichgewicht, aber Lennox hat für uns Desserts bestellt, eine Kugel Eis mit Schlagsahne und einer Kirsche und Kaffee hinterher. Er redet jetzt schon länger, er hat gerade erklärt, was los ist und was wir tun werden. Ich versuche, mein Gedächtnis ein bisschen zurückzuspulen und ein paar quasi-nebensächliche Fragen zu stellen, um dahinterzukommen, was er eben gesagt hat, Bonzo hat sein Gedächtnis verloren, das wusste ich schon, einen *Teil* seines Gedächtnisses, den Teil, den wir für ihn gemacht haben. Den Teil, den du gemacht hast, sagt Lennox fast mit einer Verbeugung, als wolle er mir alle Credits zugestehen, auf die ich Anspruch habe. Und das hat er jetzt vergessen, sage ich, alles, was ich mir für ihn habe einfallen lassen. Ja, sagt Lennox. Gut so, denke ich, und ich muss einen Moment überlegen, ehe ich die Befriedigung, die ich verspüre, zuordnen kann, aber dann erinnere ich mich an die Spaziergänge, die ich in den Jahren nach dem Kloster durch Amstelveen unternommen habe, am heraufziehenden Abend, wenn die Schulen aus waren und die Straßenlaternen aufflammten, zuerst lila, dann grün, dann milchig-weiß – gut so, dass jetzt alles wieder meins ist. Es war eigentlich immer für mich bestimmt, es war meine eigene Jugend, also vielleicht sollte ich es hierbei belassen, was diese Mission anbetrifft. Aufstehen, Serviette auf den Teller werfen (habe ich eine Serviette? Ja, sie liegt auf meinem Schoß), zum Bahnhof laufen, den Zug nach Hause nehmen. Was habe ich mit Bonzos Gedächtnisverlust zu schaffen? Gute Frage. Lennox spricht von Guido.

Was sagtest du gerade über Guido?, frage ich.

Hörst du überhaupt zu, was ich sage?, fragt Lennox. Es ist eine in nörgligem Tonfall gestellte Frage, gutmütig, die Frage von einem, der seine Pappenheimer kennt, ja, er ist eindeutig der Chef. So wie er früher brüllen konnte, wenn wir in den Gängen der Magazine Schach spielten: Ich weiß nicht, wo du mit deinen Gedanken bist, aber *du* bist jetzt am Zug. Du weißt doch, dass sich Guido früher mit Computern beschäftigt hat, schon im Kloster?, fragt Lennox. Guido hätte Bonzo seine ganze Jugend am liebsten als Virtual Reality gezeigt. Das funktionierte noch nicht, aber es hat ihm keine Ruhe gelassen. Er will Bonzos Jugend aus unseren Erinnerungen auslesen, damit er diese Informationen wieder auf Bonzo übertragen kann. Oder besser: bei Bonzo eintragen. Hoffentlich hilft das. Denn jetzt glaubt er wieder, dass er de Meester ist.

Er ist doch auch de Meester, sage ich.

Ja doch, sagt Lennox (er würde gern einen gelangweilten Seufzer ausstoßen, merke ich, doch er kann ihn unterdrücken), aber offiziell wurde de Meester mal in einem Betonfass aus einem Fluss gefischt. Das bringt uns also nicht voran. Er muss Bonzo bleiben. Und da seine Kindheit als Bonzo hauptsächlich in deinem Kopf steckt, braucht Guido vor allem deinen Kopf. Du musst nichts weiter tun, es geht automatisch, du musst einfach nur mitkommen.

Er weiß anscheinend, wie ich ihm auf den Leim krieche. *Wir brauchen dich.* Und ich muss nichts weiter tun. Das ist wie Science-Fiction, sage ich.

Mich musst du nicht fragen, wie das alles funktioniert, sagt Lennox.

Ich werde dich nicht fragen, sage ich. Aber hat Guido diese Modelle denn nicht mehr?

Die sind damals gleich vernichtet worden, sagt Lennox, was glaubst du denn? Und außerdem, es war ein altmodisches Verfahren. Kleister und Karton! Das geht jetzt digital, Mensch. Er nimmt einen Happen von seinem Dessert. Nun, sowas eben. Und so weiter und so fort, und so weiter und so fort.

Aber Moment mal, sage ich, heißt das, dass Guido und du all die Jahre in Kontakt mit Bonzo gestanden, dass ihr ihn nie aus den Augen verloren habt? Arbeitet ihr immer noch für Den Dienst, habt ihr vierzig Jahre lang …

Du musst nicht alles wissen.

Ist denn dieses Wissen gefährlich?

Darüber muss er selbst lachen, fast mitleidig, aber nicht unangenehm, und ich lache mit ihm.

Wie hat er sein Gedächtnis eigentlich verloren?, frage ich. Ein Unfall? Trauma?

Das weiß ich nicht, sagt Lennox.

Er meint natürlich, dass ich das besser auch nicht wissen sollte. Je weniger der andere weiß, desto sicherer. Lehr mich meinen Lennox kennen, wie viele dieser plotlosen Thriller habe ich denn inzwischen geschrieben? Es muss sich überhaupt nicht um einen Unfall oder einen Hirnschaden handeln, wer weiß, vielleicht gibt es, ohne dass wir etwas davon mitbekommen haben, ein Haltbarkeitsdatum für neue Identitäten, und die von de Meester ist schlicht und ergreifend nur abgelaufen. Eine seltsame Idee, eine literarische Idee, vielleicht sollte ich daraus etwas machen, aber das habe ich gerade eben getan, und es ist bei meinem Verleger nicht auf fruchtbaren Boden gefallen.

Wo ist Guido jetzt?, frage ich und nehme einen Schluck Kaffee. Augenscheinlich hat Lennox Kaffee bestellt.

Er lächelt. Du meinst, wo wir hingehen?

Ja, sage ich.

Wieder dieses nachsichtige Lächeln.

ix

Nach dem Kaffee wäre ich am liebsten ins Hotel zurückgegangen, aber Lennox will noch raus, und ich begleite ihn. Alle Seitenstraßen sind dunkel, aber die Straße, die wir einschlagen, ist belebt und hell erleuchtet. Lennox wirft hier und da Münzen in die Schälchen von Bettlern, ich nehme an, dass er im Restaurant bezahlt hat, ich habe nicht darauf geachtet. Er führt mich zu einem Nachtclub in einer Gasse, ein roter Neonpfeil zeigt auf eine schwere Eisentür, die aufschwingt, nachdem Lennox etwas in eine Luke gemurmelt hat. Wir geben unsere Mäntel ab und betreten einen dunklen Saal, dessen Dimensionen sich einem nicht sofort erschließen; lange bevor man die Decke oder die Rückwand erkennen würde, ist alles in tiefes Dunkel getaucht. Irgendwo, es kann an einer Wand oder auch in der Mitte des Raumes sein, steht eine beleuchtete Bar aus dunklem Holz mit glänzenden Fässern und funkelnden Flaschen. Vor der Bar stehen fünf Kellner in einer Reihe. Einer der Ober ist kahlköpfig und hat keine Nase, sondern ein dreieckiges Loch wie bei einem Totenschädel. Da ging das bei dir ja noch, sage ich. Bei dir war wenigstens noch Haut drüber.

Zwischen uns und dem Dunkel hinten im Club stehen runde Tische mit weißen Laken, die ein diffuses Licht ausstrahlen. Die meisten sind leer, stehen weit auseinander. Der nasenlose Kellner kommt auf uns zu und geleitet uns zu einem Tisch. Er verschwindet, kommt zurück und stellt einen Eiskübel mit einer Champagnerflasche auf das Laken. Er kommt mir bekannt vor, nicht dass ich ihn schon einmal gesehen hätte, aber mir ist, als würde seine Anwesenheit allerlei unausgesprochene Vermutungen bestätigen. Er schenkt nach einem Nicken von Lennox zwei Gläser voll.

Wo bin ich?, frage ich Lennox flüsternd, als sich der Ober zurückgezogen hat.

Wir sind hier, sagt Lennox. Das hat er vorhin schon einmal gesagt. In einem nächsten Leben könnte er so ein Pfeil auf einem öffentlichen Stadtplan werden, SIE BEFINDEN SICH HIER. Gibt es die Hinweistafeln noch, am Rand der Außenbezirke, in Einkaufszentren oder an der Grenze zur Innenstadt? Ich fahre kein Auto, ich weiß es nicht. In der Zwischenzeit geschieht nichts.

Erzähl mal eine Geschichte, sagt Lennox.

Darum hast du mich heute schon mal gebeten, sage ich.

Ich bin noch immer mit einem Schriftsteller unterwegs, oder? Dann erzähl doch auch mal eine Geschichte.

So funktioniert das nicht, sage ich. Wenn du mit einem Zauberer verreist, erwartest du doch auch nicht, dass er alle naselang Tricks vorführt?

Aber ja doch, sagt Lennox, die meisten Zauberer haben immer ein paar einfache Tricks auf Lager, um ihre Umgebung zu unterhalten. Sie fragen nach einer Münze, lassen sie verschwinden und holen sie dir dann hinter dem Ohr hervor, solche Sachen, oder sie lassen dich an eine Spielkarte denken und ziehen sie dann aus ihrer Jacketttasche.

Als ob er regelmäßig mit Zauberern unterwegs wäre, und wer weiß, vielleicht ist er seit dreißig Jahren Impresario mit hundert Zauberern unter seiner Fuchtel, warum auch nicht, das Im-Auge-Behalten von Bonzo wird wahrscheinlich nicht seine einzige Beschäftigung sein, das ist kein tagesfüllendes Programm, dafür hat er seine Jungs, vielleicht wird auch gleich ein Zauberer aus seinem Stall auftreten, und wir sind deshalb hier.

Erzähl mal was, sagt Lennox. Ich will wieder Einwand erheben, aber er scheint es wirklich ernst zu meinen, und vielleicht sollte ich ihm seinen Willen lassen.

Also gut, sage ich. Ich erzähle von einem Jungen, der an einem Winternachmittag irgendwo an einer Gracht vor seiner eigenen Haustür steht und nicht ins Haus kommt; das Schloss ist zugefroren. Gerade als er denkt: Ich muss jemanden nach einem Kocher mit heißem Wasser fragen, kommt ein Mädchen vorbei, blaue Mütze, dicker Mantel, ihre Schlittschuhe hängen über den Schultern auf der Brust, sie sind mit Schnürsenkeln zusammengebunden. Sie sieht, was los ist, schiebt den Jungen zur Seite, beugt sich vor, sperrt den Mund auf und beginnt, das Schloss anzuhauchen, langsam und in langen Zügen, als ginge es um eine Meditationsübung. Nach ein paar Minuten richtet sie sich wieder auf. Ihr Gesicht ist rot angelaufen, kleine blonde Haarlocken sind unter dem Mützenrand hervorgerutscht. Probierst du mal?, fragt sie. Der Junge steckt den Schlüssel hinein und das Schloss öffnet sich mühelos. Das Mädchen geht mit hinein.

Die Geschichte ist aus.

Die Laken auf den runden Tischen werden auf einmal hell, wie Trittsteine für etwas Großartiges, das gleich aus dem Dunkel auf uns zukommen wird. An der Bar steht nur noch der nasenlose Kellner. Es ist, als hätte sich jemand ein umgekehrtes Herzchen mit schwarzer Farbe ins Gesicht gemalt.

Es ist eher eine Anekdote als eine Geschichte, sagt Lennox.

Und der Junge hätte es auch selbst tun können.

Was hätte er selbst tun können?

Ins Schloss hauchen.

Ja, sage ich. Aber dann wäre es keine Geschichte.

Hm, sagt Lennox. Wie kommt man auf so etwas?

Ich weiß es nicht, sage ich.

Es ist eine sentimentale, romantische Anekdote über junge Menschen, ich bin sechzig, ist das alles, was ich mir ausdenken kann? Was war das auch für eine Bitte von Lennox. Vielleicht ein Persönlichkeitstest, und ich bin durchgefallen. Testperson hat ein sentimentales Gemüt. Würde am liebsten ewig jung bleiben, würde am liebsten immer wieder die erste Liebe erleben, eine nach der anderen.

Der Kellner erscheint und nimmt die Gläser vom Tisch. Ich linse von unten in seine Löcher. Es ist, als könnte ich geradewegs in sein Gehirn blicken. Es ist dunkel in seinem Hirn. Er fragt, ob er noch etwas für uns tun könne. Für einen Augenblick glaube ich, dass Lennox ihn um einen Zaubertrick bitten will, aber nein. Der Kellner entfernt sich, alle Tische versinken langsam im Boden, die Stühle auch. Lennox steht auf, ich ebenfalls, mein Stuhl ist schon so tief weggesackt, dass ich Lennox' Hand brauche, um hochzukommen. Die Stühle verschwinden im Boden, man sieht nicht einmal mehr eine Naht, und an jeder Stelle, wo ein Tisch gestanden hat, ist jetzt ein runder Lichtfleck in der Größe der Tischplatte geblieben. Die Kreise sind die Spitzen von Lichtkegeln, die von oben herabfallen, weiche Pfeiler aus vernebeltem Licht. Wir stehen im Dunkeln, hier und da sehe ich andere Gestalten ebenfalls im Dunkeln, weiter entfernt, hauptsächlich Männer, Männer in Anzügen. Etwas erscheint in dem Lichtkegel, ein kleiner Wirbel aus verschiedenen Farben wie im Inneren einer Glasmurmel, er dehnt sich nach oben und unten aus und wird zu einer Frau, die langsam tanzt. In jedem Kegel steckt so eine Frau, verschiedene Frauen mit verschiedenen Schleiern. Es ist eine saubere Arbeit, sie wirken wie echt. Ich achte auf Details, Faltenwurf, fließende Bewegungen – als wäre ich auf einem Kongress, der das Neueste auf dem Gebiet der Hologrammtechnik vorführt, und ich müsste alles erklären und eine Expertise für den Ankauf erstellen. Die Frau in unserem Kegel tanzt langsam mit ihren Schleiern, sie sind vage blau, vage grün, durchsichtig, und sie ist echt, kein Lichtbild mehr, sie blickt über uns hinweg, ein bisschen gelangweilt, mit bloßen Füßen, es spielt keine Musik dazu, oder doch, weit entfernt und leise genug, um die schlurfenden Geräusche zu vernehmen, die die Fußsohlen der Frau im Lichtkreis auf dem Boden verursachen. Sie hat Gewicht. Sie ist mindestens vierzig, ihre Brüste hängen ein wenig, sie hat dickes dunkelbraunes Haar. Sie tanzt, manchmal ragt eine Hand aus der Lichtsäule heraus. Lennox steht irgendwo hinter mir, ich trete auch ein paar Schritte zurück, es fühlt sich nicht gut an, so dicht bei ihr zu stehen. Die Schleier sind verschwunden, sie trägt jetzt ein dunkles Jackett und sonst nichts, es bedeckt ihre Brüste, man erkennt die Auswölbungen links und rechts, nichts macht so viel Appetit wie etwas, das man gerade noch nicht erkennen kann, es bräuchte nur eine einfache Handbewegung – es ist intim, als wäre es für mich allein bestimmt, es findet zwischen ihr und mir statt, ich sehe sie atmen, ich *höre* sie atmen, jeder Atemzug saugt ein Loch in mich hinein, eine Lücke, die nur noch von ihr ausgefüllt werden kann, sie steht mit gespreizten Beinen da und streckt ihre Arme nach oben, und ihre Brüste folgen der Bewegung, man sieht sie jetzt ganz, weil das Jackett sich zur Seite und nach oben wegschiebt, sie hat Schamhaare, ein kräftiges dunkles

Dreieck, ich trete einen weiteren Schritt zurück, denn ich kann meine Arme nicht nach ihr ausstrecken, es müsste schon ein Geist von mir sein, der so etwas fertig bringt, aber selbst diesen Geist muss ich versuchen im Zaum zu halten. Sie macht jetzt wieder mit Schleiern weiter, diesmal welche in helleren Farben, und nicht nur die Schleier, auch sie selbst wirkt jünger, sie ist jünger. Ranker und schlanker, ihre Brüste weniger schwer, alles sieht immer rosiger und nach frischerem Rot aus, feuchtere Augen, eine geweihte, weiche Haut, die man nicht berühren darf, es wird fast unerträglich, ihr weiter zuzusehen, weil der Abstand größer wird und mit ihm das Begehren. Begehren ist ein viel zu abgeklärter Begriff für etwas, was ungestümer ist, nicht so aufbrausend wie Wellen, sondern straff gespannt wie eine Saite, die auch zum Erdrosseln benutzt werden kann. Alles, was straff ist, wirkt kontrolliert, aber das ist eine optische Täuschung, es ist nur deshalb straff, weil es keine Alternative dazu gibt, straff sein ist die einzige Option, so straff, dass es Schmerzen bereitet. Sie ist jetzt weicher, weniger irdisch, das Licht fällt auch anders auf ihre Haut, nicht um Einzelheiten erkennen zu lassen, denn es gibt weniger Details zu betrachten, weil sie rundum makellos wie aus einem Guss ist, sie tanzt jetzt wieder langsam mit Schleiern und ist noch jünger geworden, diesmal in einem locker-luftigen weißen Hemd, heller, sanft und schlank zugleich, die vermeintliche und noch nicht gekränkte Unschuld, weiches glühendes Licht in ihr, feuchtes Licht wie Tau, die Saiten werden straffer gezogen, es ist kaum noch möglich, sie weiter anzusehen, so jung ist sie jetzt geworden, sie bewegt sich mit einer Unbefangenheit, die allein ihr gehört, sie sieht sich nicht mehr um, und ich kann nicht *nicht* nach ihr schauen, sanfte, beinahe weiße Härchen an den Unterarmen, sie wird immer jünger und jünger, kleine Huckelchen nur noch, ein paar Härchen, ein kleines durchsichtiges Ballettröckchen, Hände über ihrem Kopf wie um ihre eigene Achse – der Schmerz von früher, als ich es noch nicht so richtig kapierte, das

Gefühl, dass ich etwas sah, was ich nicht sehen sollte und dass ich dringend pullern musste, *Mama mein Pimmel tut so komisch*, die bis zum Äußersten gespannte Saite ist eine bis zum Platzen gefüllte Blase, das Mädchen dreht sich um seine eigene Achse, ohne Ballettröckchen, das ist natürlich nicht mehr in Ordnung, das Licht muss abgedreht werden, aber weil das Licht nicht ausgeht, reiße ich mich los und wende mich zu Tode erschöpft ab, meinen Blick, meinen Körper, die Saite, die mein Körper ist und war; ich bin allein hier, allein mit den Mädchen in den Lichtkegeln, anderen Mädchen, aber genauso jung, alle anderen sind längst verschwunden, ich mache, dass auch ich hier wegkomme, ich laufe hinaus in die Dunkelheit, das war ein Test, und alle haben das gewusst und dafür gesorgt, dass sie rechtzeitig aus dem Raum verschwanden, nur ich bin zu spät dran, ich bin der Einzige, als ob das alles eigentlich nur für mich allein bestimmt gewesen wäre, weil ich heute Nachmittag nach diesen Schulmädchen geschaut habe? Ich finde eine Tür und ziehe sie auf, ein kleines Zimmer mit einer Bar, Lennox sitzt mit einem frischen Glas Bier in der Hand auf einem Sofa. *Ich habe mir nur ihre Ranzen angesehen!*, rufe ich. Lennox wischt sich den Schaum von der Oberlippe und fragt: Schön für dich, aber von welchen Ranzen redest du eigentlich? Du bist auch gerade erst angekommen, sage ich. Nein, das ist mein zweites Glas, sagt Lennox.

Ich nehme mir vor, morgen nur erwachsenen Frauen hinterherzusehen. Und wenn wir dann abends wieder in so einen Club gehen – aber warum sollten wir das tun, warum sollte jeder Tag mit einem Test enden und warum immer mit *demselben* Test, ist das eine Reise, auf der jemand, also ich, allen möglichen Prüfungen unterworfen wird und Lennox ist der Führer, der Testbegleiter oder wie das heißt? Und was genau hätte der Test von heute Abend zu bedeuten? Oder hängen alle Tests miteinander zusammen, und ihre Bedeutung wird erst am Ende klar? In der Mitte meines Lebens befinde ich mich in einem dunklen Wald.

Lennox gibt mir ein Bier. Morgen werde ich nur nach erwachsenen Frauen Ausschau halten, sage ich nach dem ersten Schluck, dann kannst du deinen Test genau darauf abstimmen. Es ist völlig klar, dass er keinen blassen Schimmer hat, wovon ich rede. Als mein Glas leer ist, kehren wir ins Hotel zurück. Ich bekomme ein Nicken vom Rezeptionsrobo, ganz nebenbei im Vorübergehen, ich nicke zurück. Ich fand es nett, dass mir zugenickt wurde. Wir sind so einfach programmiert, viel einfacher als diese Robos wahrscheinlich; schenk uns ein Nicken, und wir fühlen uns in netter Weise anerkannt, selbst wenn dieses Nicken nur von einer Maschine stammt. Wir werden den Kampf nicht verlieren, es gibt keinen Kampf, wir sind selbst auch nur Maschinen. Als ich hereinkam, dachte ich unwillkürlich: Ist das derselbe Robo wie heute Nachmittag oder ist das die Nachtschicht, als ob sie genau wie wir in Schichten eingeteilt würden, als ob sie nicht tagelang hinter einem solchen Tresen stehen könnten. Wir betrachten sie als Menschen mit Bewusstsein, sie sehen uns als Apparate von anderer Herkunft. Lennox wünscht mir gute Nacht und geht weiter zu seinem Zimmer. Ich gehe auch zu meinem Zimmer, auf einem anderen Flur, in einem anderen Stockwerk.

X

Das Fenster meines Zimmers lässt sich öffnen. Ich rauche schon seit dreißig Jahren nicht mehr, sonst wäre das jetzt ein idealer Augenblick dafür. Ich lehne mich hinaus und beuge mich nach vorne. Unten ist ein Innenhof mit ein paar Mülltonnen und Kartons, angestrahlt von einem blassen Lichtschein, der durch eine von meinem Platz aus unsichtbare Tür oder ein Fenster nach draußen fällt. Ein zeitloses Bild, obwohl es natürlich Zeiten gab, in denen noch keine Mülltonnen oder Kartons existierten. Fehlt nur noch eine miauende Katze und der Empfangsrobo, der heimlich eine Zigarette raucht, mit gierigen Zügen, ein bleich glänzender Schatten im Dunkel, ein Mann mit einer Geschichte. Hinter dem Innenhof steht eine Häuserzeile, darüber funkeln Sterne. Schon in meinen Kindertagen hat man mir erzählt, dass man Sterne über großen Städten nicht erkennen könne, aber ich sehe sie immer, und ich verfüge über kein extrem entwickeltes Sehvermögen. Es ist eine heiße Nacht, ich stehe im Hemd da, es ist eine *zu* heiße Nacht, wie alle Nächte zu heiß sind, aber weil die Sterne jede Nacht aufs Neue vorüberziehen, wird jede dieser Nächte zu einem Ereignis, morgen kann es wieder anders sein, und das kann auch an anderen Dingen liegen als an uns. *Ein* Stern sollte größer sein als der auf der ersten Seite von *Der geheimnisvolle Stern* bei Tim und Struppi, diese Abbildungen von der nächtlich heißen Stadt, die ich früher faszinierend und ein wenig beängstigend fand wegen der harten Kontraste, der Schlagschatten und der Menschen, die nachts schwitzend auf den Straßen unterwegs waren. Ein Stern, der uns den Weg weist. Etwas von ganz weit weg, das wäre das Beste.

Der Rezeptionist ist weg, die Gasse ist leer. Nein, er hat nie da gestanden. Ich sollte langsam mal ins Bett gehen. Ich schließe das Fenster und lege mich aufs Bett. Aber ich habe jetzt keine Lust mehr zu schlafen, in Hotels schlafe ich nie gut, dafür reise ich zu selten. Aber ich liebe Hotelzimmer, je unpersönlicher, desto schöner, ich glaube, dass wir besser dran wären, wenn wir in unpersönlichen Einrichtungen wohnen würden; all das Getue, dass wir uns wie zu Hause fühlen sollen, ein Zuhause schaffen, das ist alles sinnlos oder nur von kurzer Dauer, denn wir selbst sind der Kontext, und sobald man einmal tot ist, ist es vorbei, das hat man am Zimmer meiner Mutter gesehen. Von ihren eigenen Sachen war nicht mehr so viel übrig: ein paar Bücher, Kleidung, ein paar Messer und Gabeln, etwas Geschirr, drei Vasen, eingerahmte Fotos, die beiden Beistelltische, der Relaxsessel, und doch war es ihr Zimmer gewesen, ein eingedicktes Echo der Wohnungen, in denen sie gelebt hat. Aber als ich nach der Beerdigung ins Zimmer kam, war das bescheidene Interieur nichts anderes als ein Sammelsurium alter, zusammenhangsloser Einzelteile, reif fürs Sozialkaufhaus, und selbst die gerahmte Zeichnung, die ich als Zehnjähriger für sie gemacht habe, hatte nichts mehr mit ihr oder mit mir zu tun. All die Jahre, die sie in diesem Zimmer gelebt hat, war es ihr doch irgendwie gelungen, alles zusammenzuhalten, als wäre sie der Pulsschlag des Ganzen, und das Leben war genau in dem Moment daraus entwichen, als wir ihre Leiche im Sarg aus dem Zimmer trugen.

Ich öffne meinen Palio. Unten rechts erscheint der Rezeptionsrobo, der lächelnd vermeldet, dass die ganze Nacht warme Snacks erhältlich sind. Ich frage mich, ob er selbst kommt und sie bringt und wie das sein würde. Vielleicht sind *warme Snacks* im Robospeak auch ein Euphemismus für ganz andere Dienste. Weg, sage ich, und er verschwindet. Ich lese noch einmal die Nachricht meiner Verlegerin und frage mich, wie es denn weitergehen soll, wenn sie so darüber denkt. Wegwischen, nächste Nachricht. Ob ich noch einmal einen Schreibkurs geben wolle? Seit der Einführung des Grundeinkommens hat jeder mit dem Schreiben angefangen, aber wirklich ausnahmslos jeder. Selbst Robos können inzwischen ganz hübsche Geschichten fabrizieren, voller Kohärenz und in mehreren Sprachen zugleich, aber wir möchten selbst schreiben, und die paar Leser, die übrig geblieben sind, wollen etwas, das von einem Menschen gemacht wurde, jemandem wie sie selbst; wir wollen die Botschaften der anderen lesen, wir wollen etwas lesen, das von irgendwem geschrieben wurde, den wir verbessern und übertreffen können. Und wenn sie zu meiner Generation gehören, schreiben sie ihre Autobiografie, als wollten sie die Welt beschreiben, ehe sie verschwindet. Die Welt ist bereits verschwunden, zumindest die literarische Welt, in der ich auch einmal begonnen habe, als vorne in den Büchern noch keine Disclaimer standen wie: *Verlag und Autor legen Wert darauf, zu betonen, dass die auf den Seiten x, x und x beschriebenen Verhaltensweisen, Handlungen und/oder Aussagen ebenso wie die gewählten Perspektiven ausschließlich der Entwicklung und auch der Abwicklung der Geschichte und/oder der Vertiefung der Charaktere und/oder der Akzentuierung bestimmter Tendenzen dienen und auf keinen Fall Überzeugungen und Meinungen verbreiten wollen, die sie teilen oder auf aktive oder passive Weise unterstützen möchten.*

Natürlich gab es viel Bohei, als solcherart Texte allgemeinverbindlich wurden, aber ich fand es ganz hübsch, auch weil ich damals schon mit diesen plotlosen Thrillern beschäftigt war und daher eigentlich nur noch wenig mit Literatur zu schaffen hatte. Sie hatten schon etwas Reizendes, diese Disclaimer, sie waren der Endpunkt der Emanzipation des Lesers. Von Kindesbeinen an hatten diese Leser alles zu sich genommen und wie süßen Kuchen heruntergeschluckt, was Schriftsteller sich so ausgedacht hatten, sie hatten dieses ganze Sammelsurium an verirrten, nicht in der Spur laufenden, depressiven oder anderweitig gestörten Individuen, die sich oft vollkommen geistesgestört aufführten, ohne Protest durch ihren Kopf ziehen lassen, sie hatten gehorsam alles aufgesogen, was der Schriftsteller für notwendig erachtete, über ihren Köpfen auszukippen, aber jetzt war es genug, warum sollten sie sich noch länger von falschen Ideen und verabscheuungswürdigem Verhalten vergiften lassen? Sie wollten keine Anomalien mehr in den Büchern, die sie lasen, keine Fälle, die reif waren für psychiatrischen Beistand, sie wollten ihre eigene Welt wieder zurückhaben, sie wollten nicht verunsichert, sondern beruhigt werden. Sie hatten bereits bei Social Media Flagge gezeigt und sich gefeiert, und jetzt wollten sie sich in den Büchern, die sie lasen, wiederfinden. Bislang waren Romane Reflexionen der Schriftsteller gewesen, Spiegel, die von ihnen nach Belieben geschliffen werden konnten; ihr karikiertes Ich, ihre karikierte Vision des Lebens, alles das konnten sie ihren Lesern vorsetzen, ohne dass sich jemand fragte, wozu das alles eigentlich nötig sei;

jetzt aber war die Literatur zum Spiegel des Lesers geworden, und die Striche, die die zahm gemachten Schriftsteller dem noch hinzuzufügen hatten, *weil es nun einmal nicht anders ging*, mussten durch Disclaimer neutralisiert werden. Natürlich bedeutete das alles das Ende der Literatur, aber wie schlimm war das denn tatsächlich? Einmal musste es doch enden, und von Gewalt konnte keine Rede sein.

Mit anderen Worten: Ich werde diesen Schreibkurs nicht geben. Ich wische die Nachricht weg, worauf dann wieder die Nachricht meiner Verlegerin aufleuchtet. Soll ich wütend werden, soll ich meine Füße, wie heißt das, stillhalten? Oder bin ich erleichtert? Ich weiß es noch nicht, ich frage mich, ob es das Ende der Reihe bedeutet. Das wäre schade, denn ich lebe davon. Andererseits: Es hatte nie die Absicht bestanden, eine Reihe daraus zu machen. Ich habe damals noch Rezensionen geschrieben, keine Ahnung mehr, um welchen Roman es gegangen war, aber ich brachte so etwas zu Papier wie: *viel Atmosphäre und Stimmung, ohne dass die Spannung jemals nachlässt. Der Roman liest sich wie ein plotloser Thriller.* Irgendwo in meinem Kopf ging mir dann ein Lichtlein auf, und am selben Tag noch legte ich den Roman, an dem ich arbeitete, beiseite und begann mit etwas, was ich für eine schnelle Nummer zwischendurch hielt. Einen Protagonisten hatte ich gleich bei der Hand, Lennox mit der Boxernase, einen Philip-Marlowe-artigen Privatdetektiv. *Ein plotloser Thriller.* Aus einem Untertitel wurde eine Reihe. Ich war bei meinen regulären Romanen nie gut darin gewesen, Plots auszuarbeiten, und nun ließ sich ein Konzept daraus ableiten. Was ich nicht erwartet hatte, war, dass die Leser dabei mitwirken würden, dass sie sich zu jedem Lennox-Buch massenweise Plots einfallen ließen. Zunächst, weil sie dachten, ich hätte sehr wohl einen Plot und alle möglichen Hinweise zwischen den Zeilen versteckt, später wurde es zu einem Hobby, ganze Communities beschäftigten sich damit, für jedes Buch wurden im Handumdrehen Dutzende, wenn nicht gar Hunderte von Plots ersonnen. Ich konnte die Geschichten so nebulös und zusammenhangslos halten, wie ich wollte, oder anders, je nebulöser und unzusammenhängender, desto besser, denn damit eröffnete ich den Lesern weitere Möglichkeiten. Der unerwartete, aber lukrative Gang der Dinge verschaffte mir auch einen Grund, mich in Schweigen zu hüllen und Interviews abzulehnen – *um das Mysterium nicht zu zerstören, um zwischen den Büchern und den Lesern keine Hürden aufzubauen.* Durch Zufall und ohne es zu ahnen hatte ich mich auf das Bedürfnis der Leser eingestellt, nicht mehr belehrt zu werden, keine untergeordnete Stellung mehr einzunehmen. Ich hatte aus Versehen die Zukunft oder das Ende der Literatur entdeckt: Du gibst den Lesern, was sie wollen, du lässt sie die Geschichte selbst erfinden. Autor, Leser, endlich waren alle gleich – und ich konnte davon *leben*!

Aber jetzt gibt es doch Probleme mit der letzten Fortsetzung. *Bist du selbst glücklich damit?*, fragt sie. Sie macht das sehr geschickt, versucht sofort, Zweifel zu säen, indem sie die Verantwortung dem Autor zuschiebt. *Wir haben es hier mit Erstaunen gelesen, nicht nur wegen der Science-Fiction-Elemente, sondern hauptsächlich, weil sich in diesem Teil etwas wie ein Plot herauskristallisiert, und das steht natürlich dem Konzept der Reihe diametral entgegen. Und der Titel* Männer ohne Kinder*, es gibt ähnliche Titel von Hemingway und Murakami, ist es wirklich nötig, eine dritte Variante hinzuzufügen?* Was sie eigentlich meint: *Es ist, als würdest du doch lieber wieder Literatur schreiben wollen.* Und da schau her, sie wollen mich loswerden: *Wir sollten mal darüber reden, ob sich nicht auch andere Autoren in das Konzept des plotlosen Thrillers einbringen können, mit oder ohne Rückgriff auf den Lennox-Charakter.* Ich weiß nicht einmal, ob es mir etwas ausmachen würde. Vielleicht kann ich auf diese Weise als Franchise-Erfinder (heißt das nicht so?) noch was an Einkünften herausschlagen. Aber der Schreck schlägt mir dann doch aufs Gemüt, als ich weiterlese, denn um das Problem aufzubauschen, taucht meine Verlegerin etwas tiefer in die *Geschichte* des Manuskripts ein, das sie abgelehnt hat, und ich sehe, wie sich die Geschichte wiederholt: Das Buch handelt von Bonzo, ich habe mir darüber nicht allzu viele Gedanken gemacht, einige Namen geändert und die Geschichte in die Zukunft verlegt, aber das ist natürlich nicht genug, sie haben mir damals deutlich gesagt, dass ich darüber *schweigen* müsste, und obwohl ich nichts unterschrieben habe, war diese Abmachung bindend. Es ist also haargenau das Gleiche wie damals beim *EFSF*, ich kann von Glück sagen, dass zweimal von höherer Warte eingegriffen wurde, obwohl ihnen nicht klar gewesen sein dürfte, was sie da zurückhielten; zuerst bei *EFSF* und jetzt bei meinem Verlag. Andererseits: Glück – das erste Mal war es das Ende meiner Karriere, und das ist es jetzt vielleicht auch.

Anscheinend ist dies die einzige Geschichte, die ich habe. *Jeder trägt mindestens eine Geschichte in sich.* Wer hat das mal gesagt oder geschrieben? Ich nicht, es scheint mir eine optimistische Bewertung zu sein, die meisten Leute werden sich selbst diese eine Geschichte einfallen lassen müssen; und ich kann froh sein, dass ich zumindest diese Geschichte noch habe.

xi

Ich schalte meinen Palio aus und schließe die Augen. Ich bin müde, ich sollte schlafen gehen, nein, zuerst sollte ich noch meditieren, ich habe sogar mein aufblasbares Meditationskissen in die Tasche gestopft, ehe ich von zu Hause aufgebrochen bin. Anscheinend hatte ich große Pläne, zu Hause komme ich schon seit Jahren nicht mehr dazu, warum also jetzt unterwegs? Es ist ein Reisemeditationskissen, vielleicht habe ich es deshalb ohne nachzudenken in meine Reisetasche gepackt. Ich bin zu müde, um es aufzublasen. Außerdem, was hat sie mir denn gebracht, diese ganze Meditiererei? Ich weiß, was sie mir gebracht hat: Plötzlich wollte ich zweimal täglich abwaschen, ich habe das dreckige Geschirr nicht länger aufgestapelt, und im Albert Heijn habe ich meine Einkäufe viel entspannter aufs Band gelegt, mit mehr Bedacht, jedes Stück einzeln auf seinen eigenen Fleck – und habe die ganze Zeit gehofft, dass jemand zu mir sagen würde: Ha, an dieser ruhigen Art und Weise, wie du deine Einkäufe auf dem Band anordnest, merkt man, dass du meditierst. Aber das ist nie passiert. Dagegen hat es mir Folgendes gebracht: Ich kann meine Einkäufe auf einmal nicht mehr gedankenlos, beiläufig, kreuz und quer auf das Band legen, ohne mir Stress um Kunden vor und nach mir zu machen; nein, alles muss mit Aufmerksamkeit und Bewusstsein geschehen, und je mehr Aufmerksamkeit und Bewusstsein, desto mehr Anlass für Streit und Frust, und kam nicht auch genau aus dieser Ecke das Bedürfnis, der Frau im Albert Heijn an den Kragen zu gehen, weil sie meine sorgfältig ausbalancierte Komposition der aufgelegten Einkäufe zu zerstören drohte? Ich glaube, ich werde mein Reisemeditationskissen lieber in der Reisetasche lassen.

Einschlafen kann ich jetzt ohnehin nicht. An, sage ich, und der Fernseher gegenüber dem Bett springt an, prompt und überstürzt, als ob alle Sender nur auf diesen meinen Befehl gewartet hätten. An einem runden Tisch wird über Kunst gesprochen. Es ist der Nachklapp zu einem Begräbnis, das vor langer Zeit stattgefunden hat, aber keiner der Anwesenden scheint sich dessen bewusst zu sein. Alles geht schnell, aber einige Dinge kommen wieder; das hier hätte auch ein Programm von vor zehn, zwanzig Jahren sein können, aber wer weiß. Schon damals war die Welt sonderbar; ich mag den Eindruck haben, dass ich meine Welt verliere, aber wahrscheinlich ist die Welt, die ich verschwinden sehe, nämlich die erkennbare Welt, schon immer eine Illusion gewesen. Freilich war sie eine schöne Illusion: Die Welt war auf mich abgestimmt, und ich auf die Welt. Der Moderator ist mit den beiden Frauen, die bei ihm am Tisch sitzen, in einer Ausstellung gewesen. Wie es scheint, außerhalb der Öffnungszeit, denn sie laufen durch die leeren Räume, an die ich mich von früher erinnere, als ich noch Kunstgeschichte studierte und man stundenlang durch die Säle der Museen streifen konnte, ohne irgendjemandem zu begegnen, nicht einmal Kommilitonen, geschweige denn Dozenten. Seit der Einführung des Grundeinkommens ist es in den gleichen Sälen voller denn je geworden, vor allem Leute meines Alters schlurfen in rauen Mengen durch Räume mit der Kunst des zwanzigsten Jahrhunderts. Die allerneueste Kunst interessiert niemanden, alle wollen sehen, was früher gemacht wurde, was es in die Handbücher geschafft hat, worüber sie irgendwann einmal in den damals noch existierenden Zeitungen gelesen haben und was sie heute mit ihren Apparaten aufrufen können, wenn sie irgendwo Kaffee trinken. Sie wollen sehen, was sie sich früher angeschaut haben, als sie noch jung waren und noch eine Rolle gespielt haben, genau wie diese Kunstwerke. Sie wollen sich dem Schock des einst Neuen noch einmal aussetzen, nur eben als Echo.

Im Fernsehen sind sie inzwischen wieder im Studio gelandet und diskutieren, was sie gesehen haben. Einige Sachen waren gut, andere waren nicht *ansprechend*. So können wir die Jahrhunderte durchkämmen, bis alle Gemälde vergangen und vergessen sind oder allenfalls konzeptionelle Kieshäufchen und Kartons mit verschmierten Fettstücken. Schau an, jetzt redet der Moderator über Wahrnehmung und das Betrachten aus einem anderen Blickwinkel. Als ob es darum ginge. Vor vierzig Jahren stieß ich in Vorlesungen über zeitgenössische Kunst andauernd auf philosophische und quasi-philosophische Texte über Wahrnehmung und Bewusstsein und ungangbare Wege, vage moralistisch, mit einem Zen-artigen Staunen über das Alltägliche. Schon damals hing diese unklare buddhistische Tünche über unserem Leben, Kunst als Übung des Sehens, der Entfremdung, schau mal, wie merkwürdig das Alltägliche eigentlich ist, was ist Farbe, was ist Form, was ist die Abwesenheit von Form, was ist Kunst? Eine

Weile war das neu, dann fiel auf, wie aufgesetzt das eigentlich alles wirkte und auch wie politisch eingefärbt es war, wie unerträglich links-humanistisch; es musste gesellschaftskritisch sein, aber die Kritik durfte nur von einer Seite kommen. Ohne Text hing die Kunst in der Luft; die meisten modernen Werke waren nur zu verstehen, wenn man über ausreichende Kenntnisse über die Biografie oder die Absichten des Künstlers verfügte. Bei Ausstellungen wurden Schilder mit erklärenden Texten unentbehrlich, wie eine Brille, die man brauchte, um das Kunstwerk überhaupt *sehen* zu können; und eigentlich ging es hauptsächlich um die Schilder, die Kunstwerke waren Anhängsel, Beilagen, Nachgeburten. Auf sowas ist man eine ganze Weile hereingefallen, bis weit über das Studium hinaus. Zum Glück gab es auch andere Kunst, es gab andere Museen mit Räumen voller Werke aus dem Mittelalter, der Renaissance, dem Goldenen Zeitalter, nach denen Emmy so verrückt war, dass sie extra deswegen in die Niederlande reiste – aber eines Tages begegneten sich alte und neue Kunst, und dann war es vorbei, ich erinnere mich genau, wo und wann das passierte. Ich weiß noch ganz genau, wann es für mich mit der Kunst vorbei war. Ich weiß noch, wann die Kunst *starb*. Es war am Nikolausabend 2008 im Rijksmuseum, als ich mir *For the Love of God* ansah, den mit Diamanten besetzten Schädel, den Damien Hirst gemacht hatte, oder besser gesagt: hatte machen lassen. Ein Platinschädel, übersät mit mehr als achttausend kleinen Diamanten und einem großen mitten auf der Stirn; dieser große Diamant war von einem Kranz kleinerer Diamanten umringt wie ein blindes, aber feierlich geschmücktes drittes Auge. Hirst hatte sich mit einer Reihe von Aquarien, in denen tote Tiere in einem Formaldehydbad herumtrieben, einen umstrittenen Ruf erworben, und über den diamantbesetzten Schädel fielen die gleichen Bemerkungen wie über diese früheren Werke: Es war banal, es war eine vulgäre Machtdemonstration, war das überhaupt Kunst? *For the Love of God* wurde zuerst in London ausgestellt, dann kam es ins Rijksmuseum, auch darüber gingen die Meinungen auseinander, was sollte denn so ein gehyptes modernes Werk zwischen den Landschaften, den häuslichen Szenen und den Schützenbildern der alten Meister? Keine Zeitung, die nicht darüber schrieb, überall in der Stadt sah man das Plakat mit dem buchstäblich gleißenden Schädel auf tiefschwarzem Hintergrund, fröhlich grinsend, mit offenem Mund und makellosem Gebiss, und im Nachhinein wirkte er noch am ehesten wie ein aus der Zukunft zurückgeschicktes Emoji, das mehr wusste als wir, aber nicht daran dachte, all dieses Wissen mit uns zu teilen.

Seinerzeit war das Rijksmuseum mitten im Umbau, es gab nur einen offenen Flügel, in dem alle Meisterwerke untergebracht waren. Im Herzen dieses Flügels wurde der Schädel von Hirst ausgestellt, in einem kleinen, eigens für den Anlass errichteten Raum, einem schwarzen Kubus, in dem zehn Personen gleichzeitig zugelassen waren. Das Museum blieb auch in den Abendstunden geöffnet, ich hatte gehört, dass es zur Abendbrotzeit am ruhigsten sein sollte, und so beschloss ich, am Nikolausabend hinzugehen, dann würde es zweifellos noch ruhiger sein, weil nur Touristen und Leute ohne Kinder sich an einem solchen Abend ins Museum verirren würden. Ich folgte den Schildern und landete in der provisorischen Ehrenhalle, wo alle *Greatest Hits* des Goldenen Zeitalters, die kleiner als *Die Nachtwache* waren, untergebracht waren: *Die Judenbraut, Die Vorsteher der Tuchmacherzunft, Der Brief, Das Milchmädchen.* In der Mitte des Raumes hatte man einen mäandernden Warteparcours mit Säulchen abgesperrt, die untereinander mit primitiven schwarzen Bändern verbunden waren. Zwischen den Bändern warteten an die fünfzig Besucher. Am Ende des Parcours stand ein uniformierter Aufpasser, der hin und wieder ein paar Leute durch ein schummriges Tor schickte, hinter dem sich eine stockfinstere Öffnung wie ein lichtloses Jenseits befand. Nachdem ich eine halbe Stunde gewartet hatte, durfte ich hinein. Dem Tor folgten einige rechtwinklige Abbiegungen, die nur deshalb da waren, um zu verhindern, dass das Tageslicht ins Allerheiligste einfiel, denn so fühlte es sich an: Ich drang in das Innere eines Tabernakels vor. In der Mitte des dunklen Raumes, in einem Glaskubus auf einem schwarzen Sockel, stand in Augenhöhe eines Kindes ein hell erleuchteter, mit Diamanten bedeckter Abguss eines Menschenschädels. Viel kleiner als auf den Postern, die in der ganzen Stadt hingen, und auch in weiterer Hinsicht anders: funkelnder, glitzernder und nicht in Schwarz-Weiß: Facetten der Diamanten strahlten rosa und blau. Das Objekt war viel aggressiver, als ich erwartet hatte, auf den Plakaten hatte es fast kuschelig ausgesehen, mit geschlossenen Augenhöhlen, besetzt mit Dutzenden kleiner Diamanten, verschlossenen Hohlräumen, über die man den Daumen gleiten lassen mochte; aber jetzt sah ich, dass die Augenhöhlen nicht ganz geschlossen waren, hinter jeder Höhlung befand sich ein Loch, es war, als ob sehr wohl etwas von innen herausschaute. In Kombination mit diesem fröhlichen Lächeln gab dieser vermeintliche Blick dem Schädel etwas Provozierendes, das einen herausforderte und gleichzeitig an die Wand drückte, als ob wir, die Zuschauer, für seine Existenz eigentlich überhaupt keine Rolle spielten. Ich erinnere mich an die Besucher, mit denen ich zusammen in diesem dunklen Kubus gestanden habe, und ich weiß auch noch, dass die Verachtung des Schädels berechtigt war. Ich erinnere mich an den Mann, der neben mir stand, von Hirst kann man alles erwarten, sagte er, er hat auch einen Hai in Konservierungsmittel gepackt. Es kam nicht von Herzen, er wollte nicht zeigen, *was* er wusste, er wollte nur zeigen, *dass* er wusste und dass er niemandem unterlegen war. Denn das mit diesem Hai, davon hatte jeder gehört. Eine Frau ging vor dem Schädel in die Knie und betrachtete ihn äußerst aufmerksam, sie bewegte ihren Kopf langsam hin und her. Ausgezeichnet, murmelte sie, ausgezeichnet, aber auch bei ihr kam es nicht von Herzen, es drückte eher einen Wunsch als ein Urteil aus – die Sehnsucht nach Kunst als auslegbarer ästhetischer

Erfahrung. Aber damit kam man hier nicht zurande, hier wurden keine Wünsche erfüllt, hier wurde Spott mit unseren Ansichten über Kunst getrieben, wenn auch nicht auf eine sichere, in Handbüchern und Artikeln darzulegende Weise *innerhalb der Kunst selbst*. Dafür war die Destruktion zu groß.

Letztendlich ging es nicht um die Wirkung, die der Diamantschädel in seinem eigenen schwarzen Raum entfaltete. Der wahre Schock hatte mich schon vorher ereilt, als ich in dieser temporären Ehrenhalle zwischen den schwarzen Bändern stand und darauf wartete, ins Heiligtum des Schädels eingelassen zu werden, derweil mein Blick über die Gemälde, die dort hingen, schweifte. *Die Judenbraut, Die Vorsteher der Tuchmacherzunft, Der Brief, Das Milchmädchen* – die Meisterwerke aus dem Goldenen Zeitalter schienen auf einmal an den Wänden eines Wartezimmers zu hängen. Sie hingen nicht da, um angeschaut, studiert, bewundert zu werden; sie hingen da, um diese dreifach gewundene Warteschlange zu zerstreuen, sie hingen da, um das Wartezimmer ein wenig aufzuhübschen, und einmal als Mittel degradiert, den Wartenden die Zeit totschlagen zu helfen, machten sie einen erbarmungswürdigen Eindruck. Ich schaute von meinen sich immer weiter nach vorne verlagernden Standpunkten in der Schlange mit seitlichem Blick, vielleicht war es das, vielleicht lag es auch an der Art und Weise, wie die Bilder angeleuchtet wurden, aber überall erblickte ich auf dem Firnis und den Pinselstrichen dieser Meisterwerke kleine Leuchtpunkte, und all dieses trügerische Aufglänzen verlieh den Gemälden etwas Kitschiges, als hätte ich sorgfältig gefertigte Reproduktionen vor der Nase, bei denen man sich ordentlich Mühe gegeben hatte, den Effekt des Dargestellten durch zusätzliche Leuchtkraft zu verstärken, als ginge es um Bilder, die besser auf den flachen Deckeln von Keksdosen aufgehoben wären.

Damals wusste ich noch nicht, dass dieser Effekt *dauerhaft* sein würde. Ich habe diese Gemälde von Rembrandt und Vermeer noch verschiedene Male gesehen, das erste Mal völlig ahnungslos, später mit stets wachsender Verzweiflung, aber ich kam nicht umhin: Sie konnten sich nicht von dem Schock erholen, sie blieben die kitschigen Reproduktionen an den Wänden. Es war, als erkennte ich diese Werke erst jetzt in ihrer wahren Gestalt. Und der Effekt beschränkte sich nicht auf die Gemälde, die an diesem Nikolausabend im Wartezimmer von Hirst gehangen hatten. Auch in anderen Museen war der Zauber verflogen. Ja, es war schön, was da hing, aber diese Schönheit war eine Vereinbarung, und diese Vereinbarung wurde abgesagt, aufgekündigt, der Vertrag war von einem grinsenden Schädel zerrissen worden, wie symbolisch soll das jetzt noch werden? Ich bin in jedem Museum mit der Vorstellung herumgelaufen: Mach hier ein Wartezimmer draus, und es wird nichts mehr davon übrig bleiben. Ich habe nie wieder ein Gemälde ernst nehmen können, überall fand ich dieses kitschige Leuchten. Manchmal sah ich auf dem Glas, das ein Gemälde oder einen Kupferstich schützte, statt der Widerspiegelung meines eigenen Gesichts von der anderen Seite aus der Tiefe des Werkes einen vage umrissenen Schädel heraufdämmern. Und wenn ich bei diesen Rundgängen durch die Museumsräume von meinem eigenen Zynismus überrascht wurde (aber das war es nicht, es war die Abwesenheit der Fähigkeit, berührt zu werden, diese Fähigkeit war mir *genommen* worden), dachte ich: Oh ja, Nikolausabend 2008. Als Student der Kunstgeschichte hatte ich die üblichen philosophischen Abhandlungen über das Ende der Kunst gelesen, aber dass es diese Form annehmen würde, hatte ich nicht kommen sehen: eine Form, in der mit rückwirkender Kraft Kunstwerke ihrer Aura entledigt wurden. Als ich in späteren Jahren an meinen Besuch bei *For the Love of God* zurückdachte, verfestigte sich in mir die Überzeugung, dass diese Anordnung der Warteschlange in der Ehrenhalle Teil des Kunstwerks gewesen war, das ich besucht hatte, ja, dass sie vielleicht der wichtigste Teil davon gewesen ist. Verwandle einen Museumsraum in einen

Wartebereich, in dem der Besucher die Gemälde so ansieht, wie er auf Kalendern oder auf Postern die Schweizer Alpen betrachten würde: beiläufig, um die Zeit totzuschlagen, ohne wirklich etwas zu sehen – und ohne dass er es gewahr wird, erkennt er Kunst in ihrer wahren Gestalt. Wenn es in Hirsts Absicht gelegen hat, ein Werk zu schaffen, das alle anderen Kunstwerke beseitigen sollte, ist ihm das gelungen. Es war, als ob der Schädel durch seine Platzierung und wie er präsentiert wurde, in der Lage gewesen ist, Werte zu überschreiben – die Werte aller anderen Kunstwerke überall auf der Welt. Vielleicht steckte eine ausgeklügelte Strategie dahinter, und die Standortwahl war deshalb so konzipiert, um den Betrachter unterschwellig einer Art des Einschärfens zu unterwerfen, vielleicht hatte es auch mit der Wirkung des Lichts zu tun.

Ein solcher Schädel, der den Wert der Kunst in den Köpfen der Besucher wie ein eingebauter Sender vernichten kann, klingt eher nach etwas, was man von Tim und Struppi *(Der mysteriöse Schädel)* oder Suske en Wiske *(Der glänzende Schädel)* erwarten würde, und der angenommene fiktive Charakter der hier beschriebenen Ereignisse wird noch dadurch verstärkt, dass der Ursprung der von Hirst verwendeten Diamanten geheimnisumwittert ist, der Schädel wurde später nie wieder ausgestellt, niemand weiß, wo er sich im Moment befindet – aber es hat sich genauso abgespielt, obwohl es mir erst später dämmerte, was genau an diesem Nikolausabend passiert ist.

Schließlich ließ ich die Museen links liegen. Ich habe nur selten mit jemandem darüber gesprochen, weil mir klar war, dass andere es nicht verstehen oder zumindest einen Begriff wie *Überreaktion* ins Feld führen würden. Später habe ich dem Thema noch einen plotlosen Thriller gewidmet, *Lennox und das Wartezimmer des Todes*, aber da ging es um den Diebstahl von Kunstwerken, nicht um den Diebstahl der Kunst selbst. Ich habe einmal mit jemandem, der den Schädel ebenfalls gesehen hatte, über meine Erfahrungen mit *For the Love of God* gesprochen, und der sagte: Ach, aber sie hatten zum Zeitpunkt dieser Renovierung auch diese schreckliche Tapete im Rijksmuseum, sind Sie sicher, dass es nicht daran gelegen hat? Ja, ich bin mir sicher, ich habe doch, verdammt noch mal, nicht von der *Tapete* gesprochen?!

xii

Der Fernseher läuft noch immer. Ich sage aus, und er geht aus. Ich muss die Kunst vergessen, jetzt kommen andere Dinge an die Reihe, ich muss mich auf den Grund unserer Reise konzentrieren. Ich könnte schon mal versuchen, mich darauf zu besinnen, was mir von Bonzos Jugend noch in Erinnerung geblieben ist. Je klarer meine Gedanken, desto besser werden sie dann aus meinem Kopf auszulesen sein – glaube ich zumindest, ich habe keine Ahnung, wie das funktionieren soll, das werde ich noch früh genug erleben. Es macht Spaß, darüber nachzudenken, es weckt gute Erinnerungen an die Zeit des Archivs und des Klosters.

2

The A-Team

i

Lennon? Nein, Lennox. Annie Lennox? Nein, einfach Lennox. Ja, das verstehe ich, aber hast du dich nach Annie Lennox benannt? Nein, nein, das ist Zufall. Er klang etwas gereizt, aber ich war froh, jemanden in unserem Team zu haben, mit dem ich reden konnte. Bis jetzt waren alle meine unmittelbaren Kollegen hier weniger gebildet als ich. Als ich vor drei Jahren ohne Abschluss von der Schule abgegangen war, hatte mein stellvertretender Direktor verächtlich ausgerufen: Was hast du denn jetzt vor, Jobs ohne Ausbildung? Dann landest du in einer ganz anderen Welt bei ganz anderen Leuten, die werden dich nicht *mögen*, mit denen hast du nichts gemeinsam! Er lag falsch, wie sich herausstellte, warum sollten sie mich nicht mögen, doch mit ihnen zu reden, das war nicht immer einfach. Es lag nicht an ihnen, es lag an mir, und ehe ich das richtig mitkriegte, hatte ich mich schon darauf eingestellt, in einfachen Worten mit ihnen zu reden, oder ich lachte etwas bemüht über Witze, die mir viel surrealistischer vorkamen als den anderen. So kam irgendwann die Gewohnheit auf, während der Kaffeepause heimlich Minidildos, kleine, steife rosa Gummipimmel, in den Kaffee von jemand anderem zu tauchen. Das klappte aber nur, wenn der Betreffende einen Augenblick nicht aufpasste oder abwesend war (in die Zeitung vertieft, im Gespräch mit dem Nebenmann, auf der Toilette); und wenn das Opfer dann seinen Becher ahnungslos zum Mund führte, wurde mit unterdrücktem Lachen auf den Moment gewartet, in dem er herausfinden würde, welcher Gegenstand sich da in seinem Becher nach oben schob und seine Lippen vorsichtig küsste. In den Tagen, als dieses Spiel angesagt war, wurde an unserem Tisch viel geflucht und gelacht, was mich jedoch vor allem *erstaunte*, war zum Beispiel die Tatsache, dass Gummipenisse hergestellt wurden, die so klein waren, dass sie in einem vollen mittelgroßen Kaffeebecher verschwinden konnten. Wahrscheinlich wurden sie als Gimmicks in den Touristenläden im Stadtzentrum verkauft, aber es war eine seltsame Vorstellung, dass meine jungen Kollegen (wir waren alle um die zwanzig) in solche Geschäfte gingen, um ein solches Souvenir zu kaufen, mit all ihrer lautstark geäußerten Abneigung gegen Schwule und Arschfickerei. Könnten Sie es einpacken, es soll ein Geschenk sein; ich ging nicht davon aus, dass sie so ein Ding beiläufig in die Hosentasche steckten. Da es immer öfter gespielt wurde, wurde dieses Spiel mit den kleinen Phallussen immer ausgelassener. Sie wurden aus Kaffeebechern gefischt und in andere geworfen, Kaffee schwappte dabei über die Resopaltische und in volle Aschenbecher (fast alle rauchten, und wenn man sich ein bisschen beeilte, schaffte man es, in einer Kaffeepause zwei Zigaretten durchzuziehen), der Kantinenaufseher kam dann schimpfend mit einem Wischlappen, und inzwischen schauten die Männer und Frauen von den anderen Tischen zu, die ihre weiterführende Ausbildung abgeschlossen hatten (die Universität, die Archivschule) und mit denen ich zweifellos mehr gemeinsam gehabt hätte als mit meinen unmittelbaren Kollegen, wenn ich die Schule beendet hätte und hier vier oder fünf Jahre später gelandet wäre. Ja, das war es, ich war zu früh hier gelandet, ich hatte zwar, weil ich die Schule hatte sausen lassen, Zeit gewonnen, aber eben dadurch auch den Kontakt zu meinen eigenen Leuten verloren, denn an jeder Zeitreise klebt ein Preisschildchen.

Es war eine Erleichterung, dass irgendwann, als ich zwei Monate meines Jahresvertrags hinter mir hatte, Lennox auftauchte. Am Anfang sagte er nicht viel, und während der Kaffeepausen beobachtete er mit einem vielsagenden Lächeln dieses Spiel mit den kleinen Dildos. Wenn ein Phallus in seinem Kaffee landete, holte er ihn mit einer amüsierten Distanziertheit heraus, die ich in solchen Momenten auch auszustrahlen versuchte, aber er meisterte das sehr viel besser, und er setzte das gleiche ruhige Lächeln auf, mit dem er Fragen über seine Nase beantwortete. Nein, er war kein Boxer, ja, er war so geboren. Aber trotz der Tatsache, dass er kein Boxer war, hatte er wegen seines fehlenden Nasenbeins das Aussehen eines Kämpfers, und es kam ihm auch keiner in die Quere, und er musste nicht einmal Anstalten machen, sich zu beweisen. Mich nannten sie schon mal gutmütig *Professor*, aber Lennox kriegte das nie an den Kopf geworfen, obwohl er im Gegensatz zu mir das Gymnasium abgeschlossen hatte und deshalb im Grunde besser gebildet war als ich. Er spielte Schach und ich auch – nachdem wir das für uns herausgefunden hatten, saßen wir uns oft in den Gängen der abgelegenen Depots auf Hockern gegenüber, zwischen uns Lennox' aufklappbares Schachbrett, das mit einem Stapel Archivdokumente auf die richtige Höhe gebracht war. Manchmal spielten wir auch in den Pausen Schach, im Trubel des Dildotisches, aber dann mussten wir schon aufpassen, dass König oder Dame nicht plötzlich durch einen hellrosa aufragenden Gummipimmel ersetzt wurden.

De Meester arbeitete unterdessen auch schon seit einem Monat hier, aber seine Zeit würde später kommen, vorerst fiel er nur mit den tolldreisten Geschichten auf, in denen er zum Besten gab, was er als Kind und Jugendlicher so alles angestellt haben wollte, und was, wie sich viel später herausstellen sollte, alles der Wahrheit entsprach, das konnten wir zumindest in Artikeln und Büchern nachlesen, die erschienen, nachdem er, in Beton gegossen, aus dem Rhein gefischt worden war; vorläufig aber zweifelten wir erst mal am Wahrheitsgehalt seiner Anekdoten, was ihn dazu brachte, jede Erinnerung, die er heraufholte, mit der Mitteilung zu beschließen, dass er beim Grabe seiner Mutter schwöre, dass sie wahr sei. Worauf sich bei den Mitgliedern des Dildotisches natürlich die Gewohnheit verbreitete, jeden aufkommenden Zweifel mit dem empörten Ausruf: *Ich schwöre es beim Grabe der Mutter von de Meester* zu bekräftigen, aber nur, wenn der Sohn dieser Mutter gerade nicht dabeisaß, denn de Meester war ein großer, starker Bursche, mit dem man nicht gern Krach bekam. Das Spiel mit den Mini-Penissen konnte ihn nur mäßig in Versuchung führen, und sein Kaffee blieb im Allgemeinen denn auch verschont.

In jenen Jahren befand sich das Archiv von Amsterdam noch auf dem Amsteldijk, im ehemaligen Rathaus einer irgendwann im neunzehnten Jahrhundert angegliederten Nachbargemeinde, ein viereckiges Neorenaissancegebäude aus dunklem Backstein mit einem anmutigen weißen Glockenturm in der Mitte des Daches. Es wurde von Nebengebäuden flankiert, die in den letzten Jahrzehnten errichtet worden waren, um den wachsenden Zustrom an Archiven aufzufangen. Um diese Nebengebäude herum wurden neue Depots hochgezogen, und diesem Bauprojekt verdankten wir, die Jungs vom Dildotisch, unsere befristeten Stellen. Aus dem großen Reservoir arbeitsloser Jugendlicher, die die Gesellschaft mit Arbeitslosengeld vor Obdachlosigkeit und Hungertod bewahrte, wurden alle paar Wochen Kandidaten herausgepickt, die dann zwölf Monate bei den internen Umzügen halfen, die der Bau der riesigen neuen Lagerräume für den anschwellenden Strom an Dokumenten, die der Nachwelt erhalten werden sollten, zur Folge hatte. Unsere befristeten Arbeitsplätze wurden vom Staat bezuschusst, die Arbeitserfahrungen, die wir sammeln würden, sollten uns mit genügend Energie und Motivation ausstatten, um uns nach dem Auslaufen des Jahresvertrages in die Lage zu versetzen, aus eigener Kraft einen Weg zu finden, den so erlernten Arbeitsrhythmus auf dem Arbeitsmarkt in klingende Münze zu verwandeln.

Da mit dem Bau der neuen Depots mehr Lagerfläche am Amsteldijk geschaffen wurde, konnten die Archive, die im Laufe der Jahrzehnte in kleinen und großen Lagerräumen über die ganze Stadt verstreut waren, in den Hauptsitz verlegt werden. Viele der Sachen waren neu zu inventarisieren und einzupacken. Aber zuerst mussten sie abgeholt werden. Das waren die schönsten Tage des Jahres: Wenn ich mit einem anderen der angestellten Jungs (vorzugsweise Lennox) und einem Archivar in einem Bus durch die Stadt kutschierte, um irgendwo ein altes Archiv einzusammeln. Es gab mehrere Archivare, die diese Aufgabe übernommen hatten, aber die meiste Zeit waren wir Beifahrer eines Archivars namens Guido Jansen, den Lennox und ich Guido Gazelle getauft hatten, weil er immer so kräftig ausschritt. Ob er sich in die Depots begab, um Sachen, die von Besuchern im Lesesaal studiert worden waren, zurückzubringen oder um in der Pause eine zweite Tasse Kaffee zu holen, er stiefelte immer mit großen Schritten auf sein Ziel zu wie ein Alkoholiker, der sieht, dass die Rollläden des Schnapsladens in der Ferne schon heruntergelassen werden. Die Tatsache, dass der von uns erfundene Spitzname von unseren Kollegen vom Dildotisch, die keine Ausbildung in Sachen flämischer Dichter des neunzehnten Jahrhunderts* genossen hatten, einfach übernommen wurde, sahen wir als kleinen Triumph und vielleicht auch als Beweis unserer Überlegenheit.

Guido Gazelle war um die dreißig, aus unserer Sicht der Zwanzigjährigen also wesentlich älter als wir. Mit seinem langen schwarzen Haar, Bart und Schnäuzer sah er nicht wie ein gewöhnlicher Archivar aus, er glich viel eher einem Bildhauer oder, warum nicht, einem Dichter. Gewöhnliche Archivare sah man überhaupt wenig im Archiv, und während einer unserer Fahrten klärte uns Guido auf, dass das darauf zurückzuführen sei, dass es

---

* Anspielung auf den bedeutenden flämischen Dichter Guido Pieter Theodorus Josephus Gezelle (1830–1899).

alle Studenten der Archivschule, die ein bisschen von der Norm abwichen, sei es im Kleidungsstil, in politischen Überzeugungen oder sexueller Orientierung, nach Amsterdam zog, und für den Rest des Landes blieben die durchschnittlichen, farblosen Archivare übrig.

Mit Ausnahme der letzten Fahrt habe ich nur gute Erinnerungen an all die Male, die wir zu dritt losgezogen sind. In den Jahrzehnten danach konnte es vorkommen, dass ich irgendwo in Amsterdam durch eine Straße lief und plötzlich dachte: Hey, hier haben Guido, Lennox und ich ein Archiv vom Dachboden geschleppt. Wir kamen überall hin, meist starteten wir morgens im Zickzackkurs durch die Stadt, zumindest in meiner Erinnerung, in Wirklichkeit werden wir nicht mehr als eine einzige Fuhre pro Tag gemacht haben. Der Bus war alt und klapprig und von der Stadt, es war also nicht schlimm, wenn da eine neue Delle reinkam, die Stadt stand damals noch voller Poller, die Amsterdammertjes genannt wurden und die man andauernd rammte. Guido hatte einen schmuddeligen Folianten in der Größe eines Telefonbuchs, in dem alle Archive verzeichnet waren, die wegen Platzmangels im Hauptquartier auf dem Amsteldijk irgendwo anders ausgelagert waren, ebenso alle Dokumente, die irgendwann dem Archiv zugesagt, aber bisher aus dem gleichen Platzmangel noch nicht abgeholt worden waren. Wir fuhren zu Instituten, Ministerien und Unternehmen, und wir kamen uns sehr bedeutend vor, wenn wir durch Schiebetüren oder Drehtüren nach drinnen traten und uns an die Rezeptionisten wandten, die normalerweise keinen blassen Schimmer hatten, weshalb wir kamen, und nervös oder gottergeben versuchten, jemanden zu erreichen, der Bescheid wissen könnte. Oft dauerte es lange, bis eine solche Person ausfindig gemacht war, selbst wenn Guido vorher angerufen hatte und den Namen desjenigen nennen konnte, mit dem er gesprochen hatte. Im Nachhinein habe ich Guido im Verdacht, dass er diese Anrufe und Namen nur vorgeschoben hat (wie oft sagte so eine Empfangsdame doch: Können Sie den Namen noch einmal wiederholen, ich glaube nicht, dass hier jemand arbeitet, der so heißt) und einfach die Verwirrung liebte, die er mit unserem vollkommen unerwarteten Überfall und durch das Herumwedeln mit seinem Folianten anrichtete, auf diese Weise auf das Archiv hinweisend, das sich irgendwo im Gebäude befinden musste, wobei er oft auch noch lauthals die Anzahl der Kisten und manchmal sogar die Nummerierung dieser Kisten vorlas, denn sein Foliant enthielt viele Informationen. Wenn die Empfangsdame jemanden ermittelt hatte, der vielleicht mehr darüber wissen könnte, rief derjenige seinerseits jemanden an, der noch mehr darüber wissen musste, und dann wurde seiner- oder ihrerseits noch jemand hinzugezogen, der oder die noch einmal mehr wissen sollte, worauf hektische Versuche einsetzten, Schlüssel zu Türen zu finden, die jahrelang Räume verschlossen hatten, von denen niemand wusste, was sich darin verbergen mochte. Nicht selten standen wir im Mittelpunkt einer ganzen Reihe von Mitarbeitern, die ihr Hirn auf Hochtouren durchwühlten, während die Rezeptionisten sich schon im Ruhestand befindende Ex-Kollegen telefonisch um weitere Informationen angingen, wobei nicht selten zuerst die Telefonnummern dieser ehemaligen Kollegen eruiert werden mussten, und, nachdem auch diese ausfindig gemacht worden waren, wurden in den darauffolgenden Gesprächen mit einer Witwe oder einem Witwer regelmäßig Entschuldigungen fällig, weil der- oder diejenige, auf die sich alle Hoffnungen stützten, inzwischen verstorben war – manchmal so kurz zuvor, dass die Rezeptionisten ihre Entschuldigungen nur stammelnd herausbrachten und ein betroffenes Schweigen aufkam, das einer improvisierten Gedenkminute ähnelte, an der auch Guido, Lennox und ich teilhatten, obwohl uns noch weniger mit dem Verstorbenen verband als die anderen Umstehenden.

Fast nie kehrten wir unverrichteter Dinge zurück, Guido gab nie auf, bis die Kartons oder Ordner, um die es ging, gefunden waren. Manchmal hatten wir es auch mit Stapeln loser Papiere zu tun. Für solche Fälle, von Guido *Loseblattsysteme* getauft, hatten wir immer Kisten und Taschen dabei. Meist befanden sich die Sammlungen, die Anlass unseres Kommens waren, in dunklen Dachgeschossräumen unter jahrhundertealten Balken oder in vornehmen, unbeleuchteten Flurschränken, die gleichzeitig als Lager für Reinigungsmittel und Toilettenpapier dienten. Wenn wir solche Dachböden oder Schränke ausräumten, passierte es regelmäßig, dass wir in einem Kreis von Mitarbeitern mit ihrer stillen und anerkennenden Bewunderung standen, die ich nie so ganz einzuschätzen lernte. Wenn die Firma oder Institution groß genug für eine eigene Kantine war, wurden uns regelmäßig Mahlzeiten oder Tortenstücke angeboten, und während wir die zu uns nahmen, setzten sich dieselben Zuschauer zu uns, um Fragen zu stellen und sich unsere Antworten anzuhören, als wären wir Freibeuter, die einen Beruf ausübten, der mit zahlreichen Abenteuern einherging, vor dessen Ausübung sie selbst aber aus praktischen Bedenken und mangelnder Kühnheit zurückschreckten.

Überall in der Stadt warteten Archive darauf, eingesammelt zu werden, nicht nur von kommunalen Institutionen, Unternehmen und Fabriken, sondern auch von Rudervereinen und Kartenspielerclubs. Wir gingen auch bei Privatpersonen vorbei, wir kamen überall hin. Sobald sich eine Haustür öffnete und sich uns ein Treppenhaus zeigte, rief Guido nach oben: der Archivdienst, als wären wir ein mit Lumpenhändlern und Alteisensammlern verwandter Abholservice. Oft wurden wir oben auf der Treppe von klapprigen, alleinstehenden Alten erwartet, die in schleppendem Tonfall über das betreffende Archiv zu sprechen begannen. Ihre Erklärungen schnitt Guido mit großen, demonstrativen Gebärden ab. Ich weiß das alles schon!, rief er in solchen Fällen, ich weiß das alles schon! Was ihm bei verschiedenen Gelegenheiten Blicke voller Ehrfurcht eintrug, als ob dieser etwas verwilderte Archivar, der mit seinen beiden Schildknappen den ganzen Kram abholen kam, über übersinnliche Gaben verfügte. Angebote zu Kaffee und Kuchen lehnten wir ab, bei Privatpersonen gingen wir so schnell wie möglich an die Arbeit. Die Treppe hinaufstolpern, den zittrigen alten Mann oder die Frau vom Archiv des Kartenspiel- clubs oder des Aquarianerverbands entlasten, die Treppe wieder hinabstolpern, einladen, wegfahren – es hatte auch immer etwas von einem Überfall. Lennox und ich spielten mit der Idee, für so schnelle Besitzergreifungen Sturmhauben zu kaufen, trauten uns aber nicht, Guido das vorzuschlagen, aus Angst, das Spiel zu über- reizen; wir wollten nicht riskieren, dass er sich andere Beifahrer suchte. Wenn auf dem Rückweg zum Amsteldijk hinter uns eine Polizeisirene ertönte, stellte ich mir immer vor, dass wir der An- lass für dieses laute Trara waren und dass es jetzt darauf ankäme, die Bullerei so schnell wie möglich abzuschütteln. Wir nannten uns The A-Team nach der bekannten Fernsehserie jener Tage, in denen es auch um eine Gruppe von Freibeutern in einem Bus ging, und unterwegs stimmten wir oft die Erkennungsmelodie dieser Serie an. Lennox meinte, wir sollten einen Text verfassen, der zur Melodie passte, aber wir kamen nicht weiter als *wir fahren hier / mit einem Bus voller Papier*, und das waren eigentlich schon ein paar Silben zu viel.

ii

Ich lernte Amsterdam in diesen Tagen gut kennen. Ich fand nicht nur heraus, wie die Stadt aufgebaut ist, in Jahresringen um den alten Kern, *Jahrhundertringe* wäre der bessere Begriff, sondern auch, wie die Leute sich auf der Straße benahmen. Fuß- gänger, Radfahrer und Autofahrer spielten auf grauem Asphalt oder braunen Kieselsteinen das ewige Spiel vom Keine-Zeit-Ha- ben und Auf-die-Tube-Drücken und Überqueren und Stoppen und Beschleunigen entlang der Grachtenhäuser oder Büros unter marktschreierischer, bunter Reklame oder in dunklen, engen Straßen, die in die grauen Häuserschluchten gegraben zu sein schienen. Oft herrschte stürmisches Wetter mit Schauern und blauem Himmel und grimmigen Wolken und nassen Straßen und wütend aufflackernden Rücklichtern. Bei jeder scharfen Kurve oder jeder Notbremsung verschoben sich hinten im Bus die Kartons, in denen die Archivdokumente verpackt waren. Wir saßen zu dritt vorne, Guido am Steuer, ich in der Mitte, weil ich der Kleinste war; alles war, wie es sein sollte.

An diversen Stellen in der Stadt gab es große Depots, in denen sich im Laufe der Jahre verschiedene Archive angesammelt hatten, und auch die mussten in das neue Gebäude am Amsteldijk umgezogen werden. Das größte dieser Sammeldepots befand sich in einer ehemaligen Brotfabrik an der Ecke Weesperstraat und Nieuwe Prinsengracht; ein unzugänglicher, hoch aufragender Backsteinkomplex aus dem neunzehnten Jahrhundert mit verrosteten Maueranankern, kleinen Fenstern und einer kühnen Ansammlung runder Schornsteine in verschiedenen Größenordnungen. Kleine Tore gaben den Zugang zu einem Labyrinth niedriger Räume frei, die voller Regale standen und von flackernden Leuchtstoffröhren oder Handlampen erhellt wurden, die mit kilometerlangen Verlängerungskabeln an die nächste Steckdose angeschlossen waren. Steile Treppen in schummrigen Treppenhäusern führten zu Etagen und Zwischengeschossen, die aufeinandergestapelt waren und sich so ineinander verschachtelten, dass man davon ausgehen konnte, nur der Architekt selbst habe irgendwann einmal gewusst, wie das Gebäude genau aufgebaut war, und selbst das nur dann, wenn er die Bauzeichnungen vor der Nase hatte und von nichts und niemandem abgelenkt wurde.

In diesen Labyrinthen wurden alte Bestände von verschiedenen Gemeindeeinrichtungen, Krankenhäusern und Polizeistationen aufbewahrt. Gemeinsam mit anderen Kollegen vom Dildotisch wurden Lennox und ich regelmäßig für einige Tage oder Wochen in die alte Brotfabrik abgestellt, um diese Sammlungen umzugsfertig zu machen, meist unter der Anleitung von Guido Gazelle, der sich, wenn er uns aus den Augen verloren hatte und es an der Zeit war, mit dem Bus loszufahren, ins Labyrinth stellte und *Jungs! Abfahrt!* brüllte, ein Schrei, der von den anderen übernommen wurde, bis das gesamte Gebäude davon widerhallte, wobei Lennox und ich herausfinden mussten, wo sich die ursprüngliche Schallquelle befand. Der Chor war übrigens nie sehr kräftig, denn viele Leute gab es da nicht. Wenn Lennox und ich durch die Geschosse streiften, begegneten wir hin und wieder gespenstischen Schatten in Kitteln, ausnahmslos alte Männer mit grauem, nach hinten gekämmtem Haar und schweren Brillengestellen, die irgendetwas Undefiniertes mit Archiven anstellten oder, wer weiß?, einst etwas mit der täglichen Produktion von Brot für die Massen zu tun gehabt hatten, die hier vor Jahrzehnten beheimatet gewesen war. Lennox hat mich einmal aufgefordert, einen solchen Mann zu berühren, damit wir sicher sein konnten, dass es sich hier nicht um Geistererscheinungen handelte, und nachdem wir uns auf eine angemessene Vergütung geeinigt hatten, nahm ich mir vor, beim nächsten Mal, wenn so ein Schatten aus dem Dunkel vor uns auftauchen würde, von meinem Weg abzuweichen und ihn anzurempeln. Es dauerte ein paar Tage, bis ich mich traute. Ich streifte den alten Mann mit der Schulter. Er trat einen Schritt zur Seite, murmelte, ich solle doch besser aufpassen, und setzte seinen Weg fort, ohne mir auch nur in die Augen gesehen zu haben. Was die Belohnung war, die ich mit Lennox ausgemacht hatte, weiß ich nicht mehr, vielleicht hat er eine Woche lang die gefüllten Plätzchen bezahlt, die wir in der Pause bei einem Bäcker in der Jodenbreestraat holten.

Bei einem unserer Streifzüge durch den Fabrikkomplex, die wir in Pausen oder während der Arbeitszeit unternahmen, entdeckten wir irgendwo im hinteren Teil des ersten Stockwerks an der Seite des Gebäudes (so wir überhaupt noch eine Vorstellung hatten, wo wir uns befanden) einen Raum, in dem ein langer Tisch stand, der von drei Lampen mit grünen Glasschirmen beschienen wurde, die in gleichmäßigen Abständen an einer waagerechten Kupferstange befestigt waren wie die Beleuchtung über dem Billard in einer Kneipe. Im Schein dieser Lampen bewegten sich drei oder vier Männer. Sie bewegten sich nur langsam, hin und wieder trat einer von ihnen einen Schritt vom Tisch weg, um gleich darauf wieder zurückzukehren und sich über den Tisch zu beugen. Einen Moment lang glaubte ich, dass sie tatsächlich Billard spielten, aber die Tischplatte war mit Papieren, Ordnern und einem seltsamen Gegenstand bedeckt, der noch am ehesten einem quer durchgeschnittenen Karton ähnelte. An der Rückseite des Raumes standen Regale mit Archivboxen, Ringheftern, Papierstapeln und noch mehr von diesen eigenartigen Kartondingern. Ich sah mit hochgezogenen Augenbrauen zu Lennox, der mit den Schultern zuckte, vorsichtig, als würde ein zu starkes Schulterzucken die Männer rund um den Tisch alarmieren.

Sie waren alt, diese Männer, mindestens so alt wie die gegenständlichen Geister, denen wir hier und da im Gebäudekomplex begegneten, aber sie trugen keine Kittel, sie hatten Pullover oder Westen und Lederschuhe an, die knarzten, wenn sie einen Schritt zum oder vom Tisch machten. Wir hatten sie vorher noch nie gesehen, wir erblickten auch diesen Raum zum ersten Mal, wir waren in der Nähe der Polizeiarchive, vielleicht hatte es damit etwas zu tun. Einer der Männer schraubte eine Thermoskanne auf und goss drei Plastikbecher voll Kaffee – der Geruch stieg uns in die Nase, und es war, als würden die Blicke der Männer von dem Geruch mitgezogen, zumindest drehten sie alle ihren Kopf in unsere Richtung und musterten uns schweigend. Das Einzige, was sich bewegte, war der Dampf, der sich vom Kaffee in das Licht der Billardlampen kräuselte.

Einer der Männer wandte sich dem Tisch zu, nahm eine Tasse und richtete seinen Blick dann wieder auf uns. Habt ihr nichts zu tun?, fragte er. Wir schauten zurück, ohne etwas zu sagen, und dann hörte ich aus der Ferne: *Jungs! Abfahrt!* – so ein Geräusch, von dem man glaubt, dass es mindestens schon drei- oder viermal erklungen sein muss, wenn man es zum ersten Mal hört. Wir machten kehrt, gingen auf die Suche nach Guido, und als wir eine Viertelstunde später an diesem grauen Nachmittag die trostlose Wibautstraat entlangfuhren, fragte Lennox: Diese Männer unter den Lampen an diesem Tisch, wer sind die?

Ich fand es schade, dass er das fragte, ich hatte mir schon vorgestellt, dass wir auf unseren Entdeckungszügen immer wieder bei diesen Männern herauskommen würden, ohne jemals den Weg dorthin auswendig lernen zu können, sodass es stets eine kleine Überraschung wäre, wenn wir dort landeten, und dass wir auf der Schwelle dieses Raumes (eigentlich gab es gar keine Schwelle, da war nur die breite Öffnung in der Wand des angrenzenden Raumes) Halt machen und allmählich das Vertrauen der Männer gewönnen, und dass sich einer von ihnen eines Tages vom Tisch losreißen würde, um mit der Thermoskanne die Kaffeebecher aufzufüllen, die wir bei uns hatten (weil wir uns während einer Kaffeepause auf den Weg gemacht hatten). Dann würde er uns einladen, sich mit ihm an den Tisch zu stellen, und erklären, was sie dort machten und was diese komischen durchgeschnittenen Kartons zu bedeuten hatten, in denen ich, wenn ich mir im Bus die Szene noch einmal vor Augen führte, allerlei kleine farbige Objekte erkannte, als würde mein Gedächtnis aus Filmbildern bestehen, in die man reinzoomen konnte.

Ach, ihr habt die Polizisten mit ihren Ausschneidebögen entdeckt, sagte Guido lächelnd, sorry, *pensionierte* Polizisten hätte ich sagen müssen. Ich frage mich, was mit ihnen passieren wird, wenn wir die Brotfabrik schließen.

Wir baten um weitere Erklärungen (Ausschneidebögen? pensionierte Polizisten?), und Guido gab sie uns, während wir durch die engen Straßen von Betondorp fuhren und nach einer Adresse suchten, wo laut Guidos unfehlbarem Folianten das Archiv einer sozialdemokratischen Angelsportvereinigung auf uns warten sollte.

Auch als wir dann wussten, was diese Männer dort trieben, machten Lennox und ich bei unseren Spaziergängen durch den Komplex oft bei dem Raum Halt, in dem sich die Männer über ihren Tisch gebeugt mit ihren Projekten beschäftigten. Es ist uns nie gelungen, den Weg dorthin auswendig zu finden, wir wussten zwar ungefähr, wo wir hinmussten, aber genau wie ich es mir vorgestellt hatte, war es immer wieder eine Überraschung, wenn sich die Öffnung in der Wand zeigte, hinter der die Männer an ihrem langen Tisch standen. Wir hielten Abstand wie Besucher im Tiergarten, die durch eine unsichtbare Barriere von den Geschöpfen getrennt waren, die ihren eigenen Weg gingen und nicht dabei gestört werden wollten.

Als wir eines Morgens früher als gewöhnlich mit unseren Streifzügen begannen, stand noch niemand am Tisch. Der Raum lag im Dunkel, die Billardlampen über dem Tisch waren ausgeschaltet, und es schien gleich viel kälter zu sein. Das einzige Licht drang aus einer offen stehenden Tür, hinter der sich ein gekacheltes Treppenhaus befand. Aus diesem Treppenhaus würde in ein paar Minuten einer der pensionierten Polizisten in den Raum treten, aber vorerst waren wir noch allein hier und hatten die beste Möglichkeit, uns anzusehen, was da auf dem Tisch aufgebaut war. Wir wussten inzwischen von Guido, dass sich die drei oder vier Männer, die diesen Raum aufsuchten, mit alten und ungelösten Mordfällen beschäftigten. Die merkwürdig durchgeschnittenen Kartons auf dem Tisch und im Regal waren detaillierte Modelle von Orten, an denen sich ein Mord ereignet hatte. Davon standen ein paar auf dem Tisch herum, zwei stark verkleinerte Innenräume, die aus mehreren Zimmern bestanden, eines der beiden enthielt auch eine Straße mit einem Laternenpfahl und ein an die Fassade gelehntes Fahrrad. Im Regal standen noch mehr Modelle, aber es war zu dunkel, um genau zu erkennen, was sie darstellten. Von eingehenderer Betrachtung konnte außerdem keine Rede sein, da der erste der pensionierten Polizisten vom Treppenhaus hereinkam. Wir haben ihn nicht kommen hören, wir haben seine Anwesenheit erst durch eine plötzliche und vorübergehende Abnahme des zur Verfügung stehenden Lichts registriert.

Nichts durcheinanderwerfen, Jungs.

Wir traten einen Schritt zurück. Der Mann zog seinen Mantel aus und warf ihn über einen Stuhl. Er ging zum Tisch, hob die Hand und drehte die Glühbirnen in den grünen Glasschirmen etwas fester ein. Sie fingen eine nach der anderen an zu brennen. Das Licht fiel auf den Tisch, und mit jeder Lampe, die anging, verdunkelte sich der Rest des Raumes. Lennox und ich blieben stehen, wir waren schließlich nicht fortgejagt worden. Der pensionierte Polizist hatte eine Plastiktüte bei sich, aus der er eine Thermoskanne holte, die er auf den Tisch stellte. Die anderen kommen gleich, brummte er in beschwichtigendem Ton, als hätten wir einen Termin mit der kompletten Gruppe. Ich schaute das Modell mit dem Stück Straße an, und der Mann sagte: Das ist hier ganz in der Nähe, an der Achtergracht. Ich nickte, obwohl der Straßenname mir nichts sagte. Ich blickte von oben auf eine Reihe von Räumen, die mit kleinen Möbeln ausgestattet waren. In einem Schlafzimmer lag vor dem Bett ein Mann auf dem Bauch in einer Blutlache. Er trug einen dunkelgrauen Anzug, hatte aber nackte Füße. So klein die Figur auch war, ich erkannte deutlich fünf Zehen an jedem Fuß. Die Sohlen waren ein bisschen schwarz.

Er ist barfuß gelaufen, sagte ich.

Der alte Polizist nahm ein paar Plastikbecher aus einem Pack und stellte sie auf den Tisch. Ja, aber wir wissen nicht wann, sagte er, ohne mich anzusehen, er kann sie auch einfach nur eine Weile nicht gewaschen haben.

Ja, das stimmt, sagte ich verlegen.

Die Frage ist doch eher, sagte Lennox, was mit seinen Schuhen passiert ist.

Das ist eine gute Frage, sagte der Mann.

Ich fand die Frage ziemlich naheliegend.

Sie stehen unter dem Bett, aber das könnt ihr natürlich nicht sehen. Der Mann strich sein gegeltes graues Haar zurück, trat auf das Modell zu und hob das winzige Bett an. Da lagen zwischen einer Menge zu großer Staubflusen zwei schwarze Herrenschuhe.

Aber wo sind die Socken?, fragte Lennox.

Genau, sagte der Mann, wo sind die Socken? Was ist mit deiner Nase passiert? Schlägerei?

Nein, ich bin so geboren, sagte Lennox. Da kann man was dran machen lassen, sagte der Mann, das sieht heutzutage ganz passabel aus. Aus dem Treppenhaus kam Gepolter, drei alte Männer in dicken Mänteln und mit vollen Plastiktüten traten ein. Einer von ihnen öffnete den Reißverschluss an seinem Mantel, ging zum Tisch und holte etwas aus seiner Tüte, ein Kästchen, er öffnete es, nahm etwas heraus und stellte es vorsichtig vor den Kamin im Wohnzimmer des Gebäudes an der Achtergracht. Es war ein glänzendes schwarzes Öfchen. Hinten ragte der Stutzen eines Ofenrohrs heraus, der in die Öffnung des Schornsteins gesteckt wurde. Die anderen Männer beugten sich über das Modell und murmelten zustimmend. Lennox und ich hatten natürlich ganz automatisch für sie Platz gemacht.

Es geht um die Details, sagte der Mann, der als Erster zu uns gekommen war. Während die anderen ihre Mäntel auszogen, nahm er das Bettchen aus dem Schlafzimmer, das Nachttischchen, die Leiche und die Schuhe – für Letztere benutzte er eine Pinzette. Allein der Blutfleck blieb noch übrig. Heute werden wir das Schlafzimmer tapezieren, sagte er. Einer der anderen Männer legte vorsichtig ein paar kleine Rollen auf den Tisch. Wir hielten das für einen guten Moment, um den Raum zu verlassen.

Wir kamen oft zurück und wurden nie weggescheucht. Es war, als ob diese Männer, nachdem sie jahrelang fast unbemerkt an ihren Projekti gearbeitet hatten (zumindest nahmen wir an, dass sie seit Jahren damit beschäftigt waren), ein bisschen Publikum gebrauchen konnten. Wir bewunderten ihre Modelle, und nachdem wir ein paar Mal bei ihnen vorbeigeschaut und ihnen schweigend zugesehen hatten, begannen die Herren, uns auf gerade ausgeführte Veränderungen oder Verfeinerungen hinzuweisen. Ich passte auf wie ein Schießhund, um dann zu dem, was ich sah, schlau gemeinte Bemerkungen über den fraglichen Mordfall fallen zu lassen, was ganz klar nicht unsere Aufgabe war, unsere Aufgabe bestand darin, herauszufinden, was diese Männer da fabrizierten. Also schauten wir lieber schweigend zu, wie sie mit ihrer Faltpappe, ihren Pinzetten und Kleisterpipetten und den rasiermesserscharfen Klingen arbeiteten. Normalerweise waren sie zu viert, glichen aber einander so sehr (alt, gesetzt, graues Haar, Brillen, Leder- oder Windjacke, Raucherhusten – ab und zu zog sich einer von ihnen auf eine nahe gelegene, längst nicht mehr funktionierende Toilette zurück, um eine selbst gedrehte Zigarette zu rauchen), dass wir nie mit Sicherheit behaupten konnten, ob es die gleichen vier waren; es hätte auch eine Gruppe von sechs oder sieben sein können, von der nie mehr als vier zugleich anwesend waren. Sie benutzten einen separaten Eingang, hatten wir alsbald herausbekommen, ein kleines Tor an der Gracht, wir gingen manchmal dorthin, um nachzusehen, wie sie zwischen zehn und halb elf auf ihren Fahrrädern oder alten Mopeds eintrudelten.

Eines Tages zeigten sie uns die Fotos, die die Grundlage für ihre fisseligen Basteleien waren. Damit sind wir jetzt beschäftigt, sagten sie. Schlimme Fotos waren das, von einer Prostituierten, die in ihrem Stundenhotelzimmer ermordet worden war, sie lag mit eingeschlagenem Schädel auf dem Bett; dass die Fotos schwarz-weiß waren, verstärkte die Wirkung nur noch – sie strahlten eine vollkommen trostlose Stimmung aus, eine völlige

Abwesenheit von Leben oder Gefühl, als ob sie ausdrücken wollten, dass keine Hoffnung mehr bestünde, dass alles schiefgehen würde, dass alles bereits schiefgegangen war; sie schockierten mich mehr, als ich zugeben mochte. Erst nachdem ich die Fotos gesehen hatte, verstand ich, oder glaubte zu verstehen, womit diese alten Kriminaler sich beschäftigten und wie wichtig das für sie war. Während ihrer aktiven Jahre waren sie ständig mit solchen Szenerien konfrontiert worden, und gewiss spukten die Fälle, in denen kein Täter ermittelt werden konnte, noch immer in ihren Köpfen herum. Sie verwandelten ihre Fotos in dreidimensionale Bilder, und irgendwann bei diesem Prozess wurde die nackte, absurde Trostlosigkeit dieser grobkörnigen Fotos gelindert, und es entstand etwas, das trotz all dem Blut und den Leichen auch etwas Freundliches, etwas *Unschuldiges* hatte. Die Fotografien hatten sich ihnen ins Gehirn gebrannt, sie bastelten ihre Modelle, um den zurückliegenden Erlebnissen außerhalb ihrer selbst buchstäblich Raum zu geben, nämlich in ihren Gebilden. Dass sie auf diese Art neue Hinweise in dem jeweiligen Mordfall finden würden, erschien mir jedoch unwahrscheinlich, eine Nebensache; was Lennox und ich sahen, war ein groß aufgezogener und anhaltender Bewältigungsprozess, bei dem die wirkliche Welt auf die Größe eines Puppenhauses reduziert wurde.

Ich weiß nicht, ob ich es damals so hätte ausdrücken können, aber es war ungefähr das, was ich dachte, und diese Interpretation sorgte dafür, dass ich den Männern eine gewisse Tragik zugestand, die gut zu meinem eigenen Lebensgefühl damals passte und zu der düsteren Musik, die ich hörte. Ich war jung und versuchte, welterfahrener zu wirken, als ich tatsächlich war, und ich war noch voller Leutseligkeit, es ist ein Rätsel, woher das rührte und worauf es beruhte, das wäre eine eigene Studie wert, *Die Leutseligkeit des Adoleszenten*, aber das soll jemand anderes machen – irgendwann stand ich an dem langen Tisch und beobachtete die alten Kriminaler beim Arbeiten, einem von ihnen war es gelungen, die

Laterne der Achtergracht zum Leuchten zu bringen, und damit waren alle auf eine abgeklärte Art und Weise zufrieden, an diesem Tag standen mehrere Modelle auf dem Tisch, und ich sagte, während ich über den Tisch blickte: Das ist so besonders, das gehört eigentlich in ein Museum. Und es war (es ist, jetzt), als ob in diesem Moment eine Uhr zu ticken begann, als ob ich mit dieser Bemerkung einen Countdown in Gang gesetzt hätte, der mit der Zeitlosigkeit und Selbstverständlichkeit ein Ende machte und eine Zeit der Anwendung, der An-Eignung, der Veränderung anbrechen ließ; ich sehe, wie die Schultern der alten Detektive ein wenig heruntersacken, als ob sich auch bei ihnen die Frage aufgetan hätte, was sie da eigentlich taten, ich sehe, wie die tickende Uhr das Ende unserer Tage in der ehemaligen Brotfabrik und unserer Fahrten mit Guido einläutet, die Uhr tickt weiter, Guido stürzt die Treppe hinunter, die Fahrten werden fortan von anderen durchgeführt, und in der Zwischenzeit wird der Rest für das neue Depot angeliefert, dieses Depot, das dem Mädchenappartementhaus in der Rustenburgerdwarsstraat durch die Fenster sah.

iii

Das Mädchenappartementhaus war nicht exklusiv für Mädchen, aber die Jungen standen nicht auf unserem Plan. Das mal vorneweg. Guido Gazelle stürzte die Treppe hinunter, als wir irgendwo in Oud-West bei einem uralten Vereins-Blindfisch die Archivalien der Spielplatzvereinigung Spischaha *(Spielen schafft Harmonie)* abholen kamen. Ich habe diesen Namen nie vergessen, weil es das letzte Archiv war, das wir zu dritt einsammelten. Guido stieg mit einer Kiste voller alter Ringbücher, die sich wegen der Feuchtigkeit schon wellten, die Treppe herab, als sich der Treppenläufer losriss. Ich rannte Guido hinterher und sah ihn die Stufen herunterstürzen, ein seltsamer Anblick, als hätte er eine neue

Transportform gefunden, die er aber noch nicht bis ins letzte Detail beherrschte. Er knallte gegen die Haustür, und sein Bein stand merkwürdig ab, noch seltsamer war sein Gesichtsausdruck, und innerhalb einer Sekunde war er leichenblass. Ich blieb stehen, mit meiner Kiste in den Händen. Auch meine Kiste war voller Ringbücher mit Einbänden, die fröhliche Siebzigerjahremotive zeigten. Dieser Läufer schon wieder?, rief der alte Sozialarbeiter irgendwo über mir. Ich konnte nicht weiter, weil die gesamte Diele von Guido blockiert wurde und ich meine Kiste nirgendwo abstellen konnte. Als ich mit ihr und allem ins Wohnzimmer des Alten zurückgekehrt war, bat ich ihn, einen Krankenwagen zu rufen. Lennox ließ seine Kiste aus den Händen gleiten und rannte nach unten, um nachzusehen. Ja, rief er, die Ambulanz! Der alte Mann begann mit zittrigen Fingern in einem vergilbten Telefonregister zu blättern.

Lennox fuhr mit ins Krankenhaus, ich rief beim Archiv an, um zu melden, was passiert war und dass jemand vorbeikommen müsste, um den Bus abzuholen, weil ich keinen Führerschein besaß. Dann habe ich die Straßenbahn zum Amsteldijk genommen. Es war gerade Teepause, als ich dort ankam. Bei den Kollegen vom Dildotisch hatte sich schon herumgesprochen, was passiert war, sie bestanden aber auf einem Augenzeugenbericht. Und wo war Lennox? Der ist mit ins Krankenhaus gefahren. Ha, dann kann er doch auch gleich was an seiner Nase machen lassen! Alles in allem nahmen sie es ziemlich auf die leichte Schulter, aber Guido kehrte vorerst nicht zurück, er hatte sich auf ziemlich böse Weise das Bein gebrochen, und gleichzeitig wurde im Krankenhaus bei ihm eine üble Form von Knochenkrebs festgestellt, kurz, als er ins Archiv zurückkehrte, saß er in einem elektrischen Rollstuhl und hatte nur noch ein Bein. Lennox und ich haben ihn im Krankenhaus besucht, aber wir wussten nicht so recht, was wir ihm sagen sollten. Wie ist es mit deinem Bein? Sonnenklar, wie es mit dem Bein war, es war ab. Auf dem Amsteldijk machte während der Kaffeepause eine schrecklich große, aufklappbare Karte mit Genesungswünschen die Runde, auf der wir alle unterschreiben mussten. Auf der Vorderseite war die Zeichnung einer Krankenschwester in einer viel zu engen Uniform zu sehen, die ein riesiges Thermometer hochhielt. Sie sagte auch etwas Witziges, ich habe keine Ahnung mehr, was.

Die Fahrten wurden von einem anderen Archivar übernommen, der Huetman hieß. Der wurde von unseren Tischgenossen mit einer routinierten Lässigkeit, die einer Weltentsagung nahekam, natürlich nur Tittman genannt. Tittman suchte sich seine eigenen Beifahrer. Lennox und ich gehörten nicht dazu, wahrscheinlich, weil er dachte, wir wären für seinen Spitznamen verantwortlich, wie wir auch den Spitznamen für Guido erfunden hatten – der Niveauunterschied zwischen beiden allerdings bewies, dass er es hätte besser wissen sollen.

Auch in die alte Brotfabrik kamen wir nach Guidos Unfall nicht mehr oft. Wir rissen unsere Tage hauptsächlich auf dem Amsteldijk ab, wo wir die neuen Depots einlagerten. In die Depots drang kaum Tageslicht, jede Etage hatte nur zwei, drei schmale Fenster, langgestreckt wie Schießscharten. Diese Schießscharten des jüngst fertiggestellten Depots schauten auf einen Spielplatz mit Rutsche und Klettergerüst, dahinter stand ein Studentenwohnheim. Wir kannten dieses Heim, es befand sich in der Rustenburgerdwarsstraat, Lennox und ich mussten immer daran vorbei, wenn wir in unserer Mittagspause zum Bäcker liefen, um unsere gefüllten Plätzchen zu holen. Vor dem Eingang waren so viele Fahrräder abgestellt, dass der Bürgersteig unpassierbar war und wir auf die Straße ausweichen mussten, was jedes Mal für eine leichte, sich aber schnell verflüchtigende Verärgerung sorgte, sonst spielte das Wohnheim in unserem Leben weiter keine Rolle. Aber vom Depot hatten wir Ausblick auf die Hinterfront.

Eines Morgens, als ich im Depot allein Regalstellagen aufbaute, eine Präzisionsarbeit, da im Voraus festgelegt war, welche

Archive in die Schränke kommen sollten, und deshalb genau berechnet war, in welcher Höhe welches Regalbrett angebracht werden musste, landete ich während einer kleinen eingeschobenen Pause an einem der schmalen Fenster. Gedankenlos starrte ich auf die Rückseite des Studentenwohnheims, wo plötzlich ein paar verblasste Vorhänge aufgingen. Das Appartement war ungefähr fünfzig Meter vom Depot entfernt, es war also nicht so, dass ich direkt mit der Nase dran klebte, aber ich erkannte schon, dass es ein Mädchen war, das die Vorhänge aufgezogen hatte, ein großes blondes Mädchen, das nur ein Shirt und ein Unterhöschen anhatte, es drehte sich um und wandte sich mit wackelndem Hintern vom Fenster ab und verschwand in der grauen Dunkelheit des Zimmers.

Ich blieb regungslos stehen. Minuten vergingen. Sie kam nicht zurück.

Viele andere Vorhänge waren noch geschlossen.

Das Gebäude hatte acht Stockwerke, ich zählte die Fenster pro Stockwerk, es waren ebenfalls acht. Einige Vorhänge waren schon aufgezogen, in den Zimmern war es dunkel, und man konnte nicht sonderlich viel vom Innenraum erkennen, aber patsch!, da ging irgendwo Licht an, ein Mädchen in einem Morgenmantel mit einem weißen Handtuch um den Kopf kam herein, öffnete einen Schrank und zog ihren Morgenmantel aus. Sie nahm Sachen aus dem Schrank, bückte sich mit baumelnden Brüsten, zog einen weißen Slip und einen weißen BH an, knipste das Licht aus und verwandelte sich in einen bewegten Schatten ohne erkennbare Feinheiten, dann verließ sie den Raum wieder.

Gespannt und mit trockenem Mund blieb ich stehen. Lange Zeit passierte gar nichts, dann ging hier und da ein Vorhang auf, ein Junge, ein Mädchen, noch ein Junge, alle angezogen, bereit, in den Tag zu starten, ich sah immer noch diese beiden Mädchen vor mir. Ich ging wieder an die Arbeit, legte aber zwischendurch öfter mal mein Werkzeug zur Seite, um zum Fenster mit Blick auf das Studentenwohnheim zurückzukehren. Bis zur Kaffeepause geschah nichts weiter. Während ich mit meinen Kollegen Kaffee trank, schwieg ich über das, was ich gesehen hatte.

Das Depot hatte vier Stockwerke, ich probierte aus, von welcher Etage aus man den besten Blick auf das Wohnheim hatte, aber das hing davon ab, welche Fenster man im Auge behalten wollte. Im Laufe der folgenden Wochen ging es im Depot immer lebhafter zu, auf allen vier Etagen wurden Regalsysteme aufgebaut, in denen Archive untergebracht wurden, es war ein einziges Kommen und Gehen von Karren mit Regalzubehör und Archivgegenständen, das Hochziehen der Regalschränke wurde begleitet von hallenden Hammerschlägen und Flüchen, hier und da plärrten laut aufgedrehte Transistorradios – doch gab es immer noch die heimlichen Momente, um durch die Schießscharten zum Studentenwohnheim zu starren, hin und wieder öffneten leicht bekleidete Mädchen Vorhänge, nackte Rücken, Rücken mit BH-Trägern, Arschbacken in Slips. Sie waren selten völlig nackt, liefen normalerweise in verwaschenen Nachthemden in Übergröße mit nackten Füßen durchs Zimmer, schnappten sich ein Handtuch von einem Stuhl oder einem Schrank und verschwanden im Flur, zweifellos auf dem Weg zur Dusche, ihre Haare strubbelig und ungekämmt. Aber gerade diese Beobachtungen waren die intimsten. Es war, als könnte man den Schlaf in ihren verwuschelten Haaren und den körperwarmen Hemden noch riechen, es war, als könnte man diese Wärme am eigenen Leib spüren – gerade weil man sonst nichts weiter sah, weil alles dadurch ruhiger wurde, friedlicher, als wäre es eine Selbstverständlichkeit, mit dabei zu sein, als würde man ihnen zulächeln und ein flüchtiges, halbes Lächeln zurückbekommen. Aber auch bei den verwuschelten Mädchen in den zu großen Shirts bestand jederzeit die Möglichkeit, dass ein solches über den Kopf gezogen wurde und man die Brüste sehen konnte. Manchmal passierte das tatsächlich, und dann war man wie vom Donner gerührt.

Nur einen Blick rüberzuwerfen, brachte eigentlich nichts, man hätte schon den Schlüssel zum Depot haben müssen, um sich ein ganzes Wochenende ungestört auf die Lauer legen zu können.

Es war ein Wunder, dass meine Kollegen das Wohnheim noch nicht entdeckt hatten. Als ich eines Morgens halb neun Lennox zum neuen Depot begleitete, wo wir zusammen Archive in Regalsysteme stellen sollten, er im dritten, ich im zweiten Stock, sagte ich: Achte mal auf das Studentenwohnheim. Studentenwohnheim? Er schien nicht zu wissen, wovon ich sprach. Durch die Fenster des Depots, sagte ich. Fenster? Diese kleinen Streifen? Und was sieht man da?

Guck es dir einfach an, sagte ich.

Es war ein ruhiger Morgen, ein Mädchen mit kurzen blonden Haaren, das ich noch nie gesehen hatte, öffnete seine Vorhänge in einem weißen Hemd, das war alles, ein Hemd war besser als ein Shirt, natürlich, denn durch die Ärmellöcher sah man oft die halbe Brust.

Ich weiß jetzt, was du meinst, sagte Lennox in der Kaffeepause, die mit den schwarzen Haaren.

Schwarze Haare?

Ja, Mann.

Wo denn? Ich habe nur eine Blonde mit kurzen Haaren gesehen.

Irgendwo unten rechts, zweiter oder dritter Stock.

Nach der Pause kam er mit mir mit, um mir das Fenster zu zeigen. Da, diese hellgrünen Vorhänge. Wie spät?, fragte ich. Tja, das wusste er nicht mehr. Wir müssten eigentlich ... sagte er, schau, das ist ein Schachbrett, verstehst du. Acht Fenster in der Länge, acht Fenster in der Breite. Die Schwarze, das war G3.

Klasse System, sagte ich, die Blonde, die ich gesehen habe, war auf B5.

Da haben wir ja was, sagte Lennox.

iv

Arbeitsreiche Wochen brachen an, vor allem als wir in den neuen Depoträumen interne Telefone bekommen hatten und unsere Vorgehensweise weiter professionalisieren konnten. Als Lennox und ich auf verschiedenen Etagen arbeiteten, konnten wir uns anrufen. B5! A7! Nicht, um uns gegenseitig darauf aufmerksam zu machen, was es zu sehen gab – es sei denn, eine spärlich bekleidete Studentin bummelte sehr lange in einem Zimmer herum, was selten vorkam –, sondern um uns hinterher in kurzen Gesprächen darüber auszutauschen, die fast ausschließlich aus der Fensternummer und Ausrufen wie: Ja! und: Verpasst! bestanden.

Eigentlich bereiteten wir, ohne es zu wissen, die große Szene von de Meester vor. Er (de Meester) war inzwischen zu einer festen Größe in unserer Gruppe herangewachsen, er erzählte starke Geschichten und schwor beim Grabe seiner Mutter, dass sie wahr wären. Auffallend viele dieser Geschichten sollten sich später als zutreffend erweisen, als die Hintergrundinformationen zur Batavier-Entführung über ihn in der Presse und in Büchern erschienen (darunter selbstverständlich *Warum entführen Sie keinen Diamantenhändler?* von Zeger P. de Groot, von dem früher immer behauptet wurde, dass es das meist ausgeliehene Buch in Gefängnisbibliotheken wäre), aber zu diesem Zeitpunkt hatten wir natürlich keine Ahnung, er lief ganz einfach in der Gegend herum wie wir alle; sein plötzliches Verschwinden und die Theorien über seinen Tod waren nichts anderes als unklare Möglichkeiten, die von Entscheidungen abhingen, die sowohl von ihm selbst als auch von anderen hätten getroffen werden können. Nicht nur, dass wir nicht mal wussten, was er in seiner Freizeit tat, es interessierte uns auch nicht. Keiner von uns sprach darüber, was er außerhalb der Arbeitszeit so trieb. Ich habe mit Lennox Schach gespielt, ich ging mit ihm in den Pausen zum

Bäcker, wir unterhielten uns, besuchten uns aber nicht gegenseitig; hatte er außer Schach noch andere Hobbys? Ich wusste es nicht. Vielleicht sollte ich hier auch eben erklären, warum ich de Meesters richtigen Namen gebrauche.

Ja, das wäre schön. Du redest doch von Harry de M., oder?

In der Tat.

Geht das so einfach?

Bisher habe ich alles in der Geschichte verändert, und das werde ich auch weiterhin tun, egal, wie platt das rüberkommen mag, ein entführter Biermagnat namens Batavier, *come on*, und Guido hieß auch nicht Guido, aber de Meester einen anderen Namen zu geben, wäre kein Spiel mehr, er hat schon einen Namen, der sich wie erfunden anhört, das spielt mit hinein; denn wer heißt schon de Meester und ist uns allen haushoch überlegen? Ich *brauche* diesen Namen einfach, das ist es, und selbst wenn ich ihm einen anderen Namen gäbe, wüsste trotzdem jeder sofort, um wen es geht.

Harry de Meester aus diesem Schuppen im Westelijk Havengebied.

Genau, und daraus mache ich ja auch nicht das *Oostelijk* Havengebied. Und du fragst dich jetzt natürlich, ob das so einfach geht, ob ich da keine Probleme mit den Behörden und Anwälten oder sonst wem kriege, mit all dem, was ich noch erzählen will.

Ja, ich wollte in der Tat …

Aber schau mal, der Trick ist, ich schreibe all das aus der Zukunft, wie du zweifellos bemerkt haben wirst. Deshalb streue ich auch gelegentlich einige dieser postapokalyptischen Tipps ein und diese seltsamen Robos.

Ach, auf die Art. Und dann ist alles gut? Wenn du nur deine Gedanken in die Zukunft verlegst?

Nein, ich bin da ja wirklich, wie ich schon sagte, und das genau ist der Trick. Ich schreibe das hier aus der Zukunft in einem Wohnzimmermuseum in einer großen Stadt, über die gerade eine Regenzone hinweggezogen ist. Regierung, Anwälte, niemand kann mich hier erreichen, und Lennox ist krank, ich habe alle Zeit der Welt, um zu Papier zu bringen, wie das alles mit de Meester gelaufen ist.

Okay ... Er wurde nicht in Beton gegossen, er wurde nicht in den Rhein geworfen, er hat dann Bonzo geheißen. Das wissen wir inzwischen.

Und den Rest wirst du auch bald erfahren. Der Verwalter, er hat sich mir vorgestellt, aber ich habe den Namen nicht richtig verstanden, stellt mir jetzt eine Tasse Kaffee hin. Echten Kaffee, heutzutage eher selten, ich muss mal fragen, wie er da rankommt. Siehst du, das war wieder so ein Verweis auf eine unbestimmte Zukunft. Ich muss ihn noch fragen, ob er erwartet, dass ich ihn bezahle, darüber haben wir überhaupt noch nicht gesprochen. Wo war ich stehen geblieben? Wir haben ihn immer beim Nachnamen genannt.

Wen?

De Meester, über wen reden wir denn die ganze Zeit? Er zeigte wenig Interesse an den gerade aufwachenden Studentinnen, als wenn das etwas wäre, worüber er sich erhaben fühlte, aber als man erst einmal spitzgekriegt hatte, womit Lennox und ich uns Morgen für Morgen beschäftigten, wurde das Schachbrett, das wir als Raster über das Wohnheim gelegt hatten, unter den anderen Kollegen vom Dildotisch bald zum Gemeingut. Es war erstaunlich, wie schnell sie sich als Nicht-Schachspieler die Buchstaben- und Ziffernkombination aneigneten, die jedes Fenster bezeichnete. Eigentlich hätten Lennox und ich das ganze Heim und alles, was sich hinter den Fenstern abspielte, für uns behalten sollen, aber das ging nicht; vielleicht waren wir auch zu stolz auf unsere Entdeckung.

Als unsere Kollegen einmal eingeweiht waren, kannten sie unsere Favoriten in ein paar Tagen genauso gut wie wir, und es war auffällig, wie wenig Beherztheit sie als Zuschauer entwickelten. Am Dildotisch fanden selten übermütige Auswertungen statt, es konnte nicht einmal von nachträglichem Mordsgeschrei und Angeberei die Rede sein. Hin und wieder brüllte jemand: Die greife ich mir!, die greife ich mir!, vor allem, wenn sich E5 wieder gezeigt hatte, das Mädchen mit dem sich wiegenden Hintern, das erste Mädchen, das ich gesehen hatte, aber solche Zwischenrufe wurden sofort von den Kollegen abgestraft, die mit kühlem Spott Fragezeichen hinter die praktische Umsetzung dieser enthusiastischen Absichten setzten. Es gab eine gewisse Scheu vor dem, was wir sahen, Scheu, die mit Gelassenheit einherging, weil alles so nah und gleichzeitig so weit weg war. Manchmal schauten wir in verträumter Stimmung zu, als ob wir, genau wie die Mädchen auf unserem Schachbrett, die gerade eben aufgewacht waren, auch noch nicht ganz munter wären.

Aber egal, wie verträumt die Stimmung auch sein mochte, dahinter verbarg sich immer ein Verlangen, das mit einem stillen Urschrei erwachte, sobald wir *wirklich* etwas sahen, etwas, das weiter ging als ein Mädchen mit nackten Beinen in einem Shirt; Mädchen, die zum Beispiel mit nackten Brüsten durchs Zimmer liefen, Mädchen, die ihre Morgenmäntel vor den Schränken auszogen, sodass man ihr Schamhaar sehen konnte, Mädchen, die sich bückten, um ihre Sachen vom Boden aufzuheben. Einmal sahen wir, wie B5 sich im Beisein eines Jungen anzog, der in Unterhosen am Fenster stand und rauchte. Dieser Junge verursachte so viel fieberhafte Aufregung bei uns (man müsste ihn umbringen, auf verschiedene Arten und Weisen, die aber alle gemeinsam hatten, dass sie lange dauerten und es keine Betäubung geben würde), dass ich für einen Moment fürchtete, er würde unsere Empörung bemerken und hören; jedenfalls erstarrten plötzlich seine Bewegungen, aber ein paar Sekunden später rauchte er schon ruhig weiter; und ganz sicher hat er auch das abfällige Lachen nicht gehört, das losbrach, als er seine Hand in seine Unterhose schob, um sich an den Eiern zu kratzen. Wir haben ihn noch zweimal gesehen, immer mit einer Zigarette am Fenster, immer in diesen weißen Unterhosen, und beide Male wurde er von uns mit einem brüllenden: Du stehst *im Wege*, Arschloch! Du stehst *im Wege*, Arschloch! begrüßt, denn seine Anwesenheit sorgte dafür, dass wir kaum etwas davon sehen konnten, wie sich B5 anzog.

Aber solche Sprechchöre waren die Ausnahme. Meist schauten wir in relativer Stille zu. Die schmalen Fenster wirkten auf uns wie Magneten, die uns ansaugten, jeden Morgen aufs Neue, und so standen wir dann da, ein Mann, manchmal zwei Mann pro Fenster, und jedes Fenster so schmal, dass wir dicht beieinanderstehen mussten oder uns über die Schultern blickten, und hin und wieder machte jemand Platz, ab und zu kam ein anderer vorbei, um die frei gewordene Stelle einzunehmen, um elf Uhr ging der Andrang zurück, denn dann waren die meisten Studentinnen wach. Kopien des Schachbretts hingen inzwischen neben jedem Fenster in jeder Etage des Depots.

Manchmal sehnte ich mich nach den Tagen zurück, als ich das Wohnheim für mich alleine gehabt hatte, noch bevor Lennox mit seiner Schachnotation ankam, als es noch mein Ausblick war, nicht eingeordnet und unbestimmt. Ich hatte in diesem Jahr meine erste Liebe hinter mich gebracht, lange hatte sie nicht angehalten, drei Monate, und als ich im Archiv landete, war es gerade vorbei gewesen. Diese Liebe hatte sich in einem kalten Herbst abgespielt, und wenn ich sie (die Liebe, nicht das Mädchen) malen sollte, müsste es eine Serie mit blassen Körpern in dunklen Zimmern werden, aber dann müsste man diese Bilder ein bisschen zittern lassen, um das Wunder der Erregung wiederzugeben. Der Sex war bei unserer wohlwollenden Unbeholfenheit größer gewesen als wir selbst. Aber dieses Wohlwollende war nötig, es war ein Anfang, danach stellte sich eine hektische Jubelstimmung ein, die für den Moment die Oberhand gewann und übermächtig wurde. Dann aber kehrte die Unbeholfenheit zurück, eine ungelenke Willigkeit und ein geschmeidiges Sich-Fügen. Ich hatte sie im Wartezimmer des Arbeitsamtes kennengelernt, wir waren ins Gespräch gekommen (sie borgte sich einen Teil meiner *Volkskrant* aus), wir gingen etwas trinken, nachdem wir beide mit unseren Beratern gesprochen hatten, ich hatte auf sie gewartet. Uns stand alle Zeit der Welt zur Verfügung, um uns außerhalb jeglicher Zeit einzurichten, das ideale und ideelle Gebiet, wo sich junge Liebende gerne und vielleicht notgedrungen aufhalten, und da wir beide arbeitslos waren, konnten wir tagelang im Bett liegen bleiben, bis es wieder dunkel wurde und wir noch schnell in den Laden rannten, um etwas einzukaufen. Das war natürlich nichts Neues, aber wir führten uns gegenseitig in diese Welt ein, in die Welt des regelmäßigen Geschlechtsverkehrs mit demselben, in die Welt der miteinander geteilten Zeitungsseiten und -artikel, die Welt, die sich langsam in eine stets wiederkehrende Erregung hinübergleiten ließ, in ein unmittelbar zu befriedigendes Verlangen. Und immer in schummrigen Zimmern, diese Körper, schlank, ein bisschen dürr, angezogen besonders unauffällig, als wären sie sich der Erregung, die sie auszulösen imstande waren, noch nicht bewusst, als wäre das eine Besessenheit, die von außen kam, und wer weiß? Wenn das alles wirklich von außen kam, bereitete es immer mehr Mühe, auch zum Inneren vorzudringen. Es war, als ob wir uns zu schnell aneinander sattgesehen hätten, aber es hatte nichts mit Sehen zu tun, sondern damit, dass wir uns nicht viel zu sagen hatten, wenn wir uns wieder angekleidet hatten; und die Stimmung schlug erst um, wenn wir uns auszogen. Sie hatte natürlich einen Namen, sie hieß Lieneke.

Trotz dieser drei Monate mit Lieneke, die gezeigt hatten, dass alles möglich war und sogar selbstverständlich, blieb Sex, aber das ist ein zu einschränkender Begriff, blieb das Verlangen nach Befriedigung, das gleichzeitig Erkenntnis und Vollendung des Verlangens beinhaltete, etwas Unerfüllbares. Dieses Verlangen war allgegenwärtig, aber genau hier lag das Problem; seine Unerfüllbarkeit kam dadurch zustande, dass es überall zu finden war, unter jedermanns Kleidung, in jedermanns Armen, in jedermanns Körper. Man konnte nicht überall zugleich sein, man konnte immer nur auf einem Brett gleichzeitig spielen. Sogar dieses Wohnheim gegenüber dem vierten Depot war nicht genug, es hätten fünf oder sechs dieser Appartementhäuser um das Depot stehen müssen, zehn, elf im Dreiviertelkreis und dahinter gleich noch so ein Kreis, dann hätte man auf mehreren Brettern gleichzeitig spielen können, man hätte auf allen Brettern spielen können – und wenn man simultan mit der Welt spielte, würde man diese Welt endlich in ihrer Gesamtheit *erfassen* können und über diese Welt *herrschen*. Denn darum ging es, und deshalb waren wir so hilflos, wir herrschten nicht, wir sahen unbewaffnet zu, hinter den Schießscharten, die überdies mit Glas verkleidet waren.

Im Rotlichtviertel saßen auch Frauen hinter Glas, aber hier, bei den Studentinnen, betonte die doppelte Glasfront (unsere und die bei ihnen) ihre Unerreichbarkeit, das waren *gewöhnliche* Mädchen; wenn man wusste, wo sie verkehrten, konnte man in dieses oder jenes Café gehen und ihnen einen Drink ausgeben – obwohl nun eigentlich auch nicht mehr, da wir mehr von ihnen gesehen hatten, als sie ahnten. Sie wussten nichts davon, sie schauten auf einen Spielplatz und ein neu errichtetes Archivdepot, das sie auf einem Stück Brachland hatten in die Höhe wachsen sehen (wie werden sie frühmorgens die Bodenrammen verflucht haben!), einen großen Backsteinblock mit fast blinden Wänden, sie hielten sich für unbespitzelt, diese drei schmalen Glasstreifen auf jeder Etage waren die Bezeichnung *Fenster* eigentlich nicht wert.

Nicht alle Jungs machten mit uns mit, ein paar hielten sich abseits, und das war mutig von ihnen, denn sie wurden vom Rest gleich als Homos abgestempelt. Manchmal kam de Meester ins Depot und guckte zusammen mit uns, immer regungslos, mit den Händen in den Hosentaschen; er erweckte den Eindruck, dass er sich mehr für das interessierte, was wir taten, als für die Objekte unserer Begierde. Er würde nie aufgeregt eine Buchstaben-Ziffern-Kombination rufen, nicht einmal aus Spaß, was die anderen denn doch taten; wir konnten das Schachbrett inzwischen auswendig und jede Kombination, die aufgerufen wurde, selbst wenn sie nicht ernst gemeint war, ließ unsere Köpfe sofort in einer einzigen Bewegung in die richtige Richtung drehen.

Jungs, sagte de Meester an einem grauen Morgen, ihr steht nur da und *glotzt*. Wir hatten gerade gesehen, wie E5 aufgestanden war, sie riss die Vorhänge auf und kam etwas später aus der Dusche zurück, woraufhin sie die Sachen für den Tag aussuchte – es war ein schöner Morgen gewesen. *Glotzen?* Was wollte er denn, das wir sonst täten? Mit einem gönnerhaften Lächeln drehte er sich um und ließ sich nie wieder bei den Fenstern sehen – zumindest nicht auf dieser Seite.

V

Später habe ich mich schon gefragt, ob ich nicht besser mit de Meester hätte befreundet sein sollen statt mit Lennox. Ganz klar, Lennox und mir war von unserer ersten Begegnung an vorbestimmt, den Rest unserer Zeit gemeinsam im Archiv abzureißen, wir waren beide auf dem Gymnasium gewesen, wir spielten Schach, wir waren die Intellektuellen der Gruppe, aber auch de Meester war nicht dumm, er hatte die Realschule zumindest für eine gewisse Zeit besucht, wenn auch ohne Abschluss, hat er mir einmal gesagt. Auch das hätte eine Verbindung herstellen können, schließlich hatte ich ebenfalls keine Abschlussprüfung abgelegt. Manchmal schien ein gewisses Einvernehmen zwischen uns zu herrschen, wenn er als Einziger über eine Bemerkung von mir lachte, deren Ironie, die sogar Lennox entgangen war, er verstanden hatte. (Ich hätte gern ein Beispiel dafür, aber mir fällt gerade keins ein.)

Im Nachhinein gesehen ist es natürlich besser, dass ich mich nicht mit de Meester angefreundet habe, wer weiß, was er alles angestellt hätte, um mich in seine Machenschaften mit hineinzuziehen! – komm schon, du kannst doch mit Worten umgehen, schreib mal einen schicken Erpresserbrief – und wer weiß, ob ich stark genug gewesen wäre, Nein zu sagen. Wenn ich überhaupt eine Wahl gehabt hätte. Aber als Person hat de Meester Lennox viel voraus, er genügt voll und ganz den Anforderungen des archetypischen Besten Freundes, also jemandem, der größer ist als man selbst, jemand, an dem man sich orientieren kann und der in einer bedeutsamen Lebensphase auf positive oder negative Weise eine prägende Rolle eben wegen seiner Dominanz spielt; während er als Ritter durchs Leben galoppiert, ist man selbst einfach nur der Schildknappe. Lennox war da weniger festgelegt, als wäre er nie gänzlich präsent, als hätte er noch irgendwo ein anderes Leben, dessen Konturen deutlicher gezeichnet waren als die der Existenz, die ich kannte.

Als ich eines Morgens mit Lennox im vierten Depot arbeitete, klingelte das Telefon. Ich nahm ab, ich stand von uns beiden dem Gerät am nächsten. Eine Amtsverbindung, sagte der Rezeptionist.

Okay, sagte ich, stell mal durch. E5, sagte eine Stimme, in zehn Minuten. Dann wurde aufgehängt, ehe ich: Bist du das, de Meester?, hatte sagen können. Ich glaube, das war de Meester, sagte ich zu Lennox, er hat E5, in zehn Minuten, gesagt. Wie kann er denn wissen, was in zehn Minuten passieren wird?, fragte Lennox, er will uns nur mal zeigen, wie gutgläubig wir sind. Aber wir haben uns natürlich ans Fenster gestellt.

Nach ein paar Minuten sah Lennox auf die Uhr. Mach hin, sagte er, ich habe noch mehr zu tun. Wir mussten darüber lachen.

Wir warteten, wir konnten es uns nicht herausnehmen, de Meesters Anruf mit einem Schulterzucken abzutun. Immer mal wieder drehten wir uns um, als ob wir erwarteten, dass er da auftauchen würde, haha, reingefallen. Aber nein. Schau mal, sagte Lennox.

E5 öffnete die Vorhänge wie beim ersten Mal, als ich sie gesehen hatte, an dem Morgen, als alles begann. Aber jetzt war sie splitternackt. Blondes Schamhaar, sah ich. Die ist echt blond, sagte Lennox – sowas sagt man dann also, dachte ich, ich selbst hätte die Klappe gehalten. Im grauen Dunkel hinter ihr kam etwas in Bewegung, unter ihren Achseln schoben sich zwei Hände nach vorne, die sich um ihre Brüste legten. Zehn Jahre später würde sich Janet Jackson genauso auf dem *Rolling Stone*-Cover verewigen lassen, und es ist dieses Foto, das ich sehe, wenn ich an die Hände auf diesen Brüsten denke, als ob E5 und diese Hände ihre Pose später angepasst hätten, bis es genauso aussah wie auf diesem Foto, außer, dass die Brüste von E5 größer waren als die von Jackson. Hinter der Schulter von E5 erschien ein Kopf – der Kopf von de Meester. Er sah nicht zu uns herüber, er sah die ganze Zeit nicht zu uns herüber, er schaute nach unten, auf die blasse, nackte Schulter vor ihm und später, als er sie von hinten fickte, blickte er hoch, faktisch über uns hinweg, mit zugekniffenen Augen, und vielleicht hatte er sie sogar ganz geschlossen; seine Hände hielten nicht mehr ihre Brüste umfasst, er hatte sie jetzt fest an den Hüften gepackt, so fest, dass seine Finger Abdrücke in ihrem Fleisch hinterließen, das erinnerte mich nun nicht mehr an Janet Jackson, sondern an Pluto und Berninis Proserpina, nicht damals natürlich, *jetzt* – denn ich kannte die Statue damals noch gar nicht, wie die Finger von Pluto in den Oberschenkel von Proserpina kneifen, man sieht, wie das Fleisch nachgibt, und das in Marmor, wie großartig das gemacht ist!, aber die Kunst kam erst später, als ich mit Lennox ins Boijmans nach Rotterdam fuhr und der Samen eingepflanzt wurde; wie kann ich ans Boijmans und die Kunst denken, wenn de Meester am Fenster E5 steht und fickt? Denn er fickt sie, und das ist bestürzend. Er hat seine Hände nach unten gleiten lassen und sie an den Hüften gepackt, fest, sie hat ihre Beine weiter nach hinten gestellt und ihre Hände am Fensterglas abgestützt – aber das ist eine Szene aus einem Film, ich weiß nicht mehr welchem, oder sollte ich besser sagen: Filme? Und doch steht sie da, die Hände an der Glasscheibe, und schiebt den Unterkiefer nach vorne, um sich eine Haarsträhne aus dem Gesicht zu pusten, gehetzt, als hätte sie es eilig, und ich kann erkennen, wann er in sie eindringt, es ist, als ob sie in diesem Moment alle beide eine festere Form annähmen, als wäre die ganze Unbestimmtheit verschwunden, es ist, als ob jetzt etwas *anfinge*, etwas, das man nicht auf die leichte Schulter nehmen sollte und das erledigt werden muss, sie sehen hungrig aus, sie schauen beide nach oben, er mit zugekniffenen Augen, sie mit weit aufgerissenen Augen, aber nicht in die gleiche Richtung, als würde jeder von ihnen die Erlösung von einer anderen Seite erwarten, Rhythmus kommt in ihre Bewegungen, ich sehe, wie er in sie stößt und sich zurückzieht, wie Nahaufnahmen eines Pornofilms, auch das fantasiere ich dazu – das quadratische Bildchen, das ich in dieser Entfernung zwischen anderen Vierecken im Blick habe, während bei einer gehörigen Anzahl die Vorhänge noch geschlossen sind, im Nachhinein muss ich an die Thumbnails auf den Seiten der Pornoportale denken, aber ich kann dieses Bild nicht anklicken, um es zu vergrößern, aufblasen auf Bildschirmgröße, ich sehe nur dieses kleine Bild, und doch sehe ich *alles*. De Meester fickt E5 direkt vor meinen Augen. Es ist nicht etwas, das in ein paar Sekunden vorbei ist, wie die Schemen der Mädchen an den Fenstern bisher, es ist etwas, das weitergeht und weiter.

Vielleicht kennen sie sich, sagte Lennox neben mir.

Das scheint mir ziemlich klar, sagte ich.

Nein, ich meine, er hat sie die ganze Zeit gekannt, und das …

Ich hörte nicht weiter zu. Ich sah zu. Ich sah ihre Brüste, ihren Unterleib, ihren Bauch, durch den bei jedem Stoß Schockwellen zogen, und wie diese Schocks gleich danach ihre Brüste erreichten und sich dann im Rest des Körpers auszubreiten schienen – aber ich schaute hauptsächlich auf de Meesters Hände, die sich so in ihre Hüften krallten, dass das Fleisch nachgab; ich schaute zu und ließ meine Arme am Körper herunterhängen. Meine Hände hatten sich noch nie so leer angefühlt. Ich spürte diese Leere, meine Finger waren ziel- und kraftlos. Ich sah nach links und rechts. An allen Fenstern drängelten sich Kollegen mit leeren Händen. De Meester hatte nicht nur mich angerufen. Jemand keuchte mir in den Nacken. E5 verschob ihre Hände auf dem Fensterglas. De Meester fand einen neuen Rhythmus.

Wenn das Fenster das mal aushält, sagte der Junge hinter mir. Er versuchte, beiläufig zu klingen, aber seine Stimme kippte weg. Ich sehe sie durch das gesprungene Fenster nach unten stürzen, aus der fünften Etage, ich weiß nicht, ob man dann tot ist, aber so richtig gut ausgehen wird es mit Sicherheit nicht. Nackt und mit dem ganzen Glas, alles in Zeitlupe, aber sie werden unten ankommen. Das Fenster hält, ihre blassen Handflächen bleiben flach dagegen gedrückt, und sie ficken weiter in einem eisernen Rhythmus, ich kann ihn mitfühlen, der Junge hinter mir atmet mir im gleichen Rhythmus in den Nacken, ich höre undeutlich rhythmisches Gepolter über mir, wahrscheinlich stehen sie da auch und sehen zu, sie klopfen an die Wände, ich höre es unter mir, ich höre es jetzt überall, sie schlagen an die Betonwände und das Fenster, immer lauter, es ist, als ob sie über und unter mir mit großen Bücherkarren gegen die Wand fahren, schneller und schneller, der Rhythmus hat alles erfasst, und es klingt so inständig, als würde sich das ganze Gebäude nach vorne bewegen, näher an dieses Appartementhaus heran, näher an dieses Fenster, es ist ein harter Rhythmus, es ist ein starrer Rhythmus, es ist ein Respekt einflößendes Wummern, und es würde mich nicht wundern, wenn sich das Depot jetzt tatsächlich nach vorne schieben würde. Es ist keine Begleitung, dieses Wummern, es ist Verlangen, es ist Sehnsucht, es ist eine mit so viel Kraft ausgedrückte Forderung, dass kein Fundament ihr widerstehen kann, Hören und Sehen vergehen einem, bis es vorbei ist, und man erkennt, wie die Kraft aus den Figuren am Fenster entweicht, man sieht, wie der Rhythmus ins Stocken kommt, da bleibt überhaupt nichts übrig. Manchmal glaube ich, dass alle Bilder und Geschichten, die ich hier aufnehme, erfunden sind, dass wir nichts als Spermatozoiden mit reicher Einbildungskraft waren und dass de Meester der Einzige war, der es hingekriegt hat, sich zu vereinigen.

vi

Danach erschlaffte alles. Es war, als ob der Höhepunkt de Meesters ein Höhepunkt für alle gewesen wäre, wonach jeder Einzelne seinen Weg bergab suchte. Für das Studentenwohnheim bestand nur noch wenig Interesse. Wenn ich im Depot an einem Fenster vorüberkam, wollte ich zwar schon noch mal einen Blick nach draußen werfen, aber ich habe nie länger als fünf Minuten gewartet und nie wieder etwas gesehen. Es wurde gemunkelt, dass de Meester E5 noch ein paar Mal bei geschlossenen Vorhängen gefickt und nach dem letzten Mal einen Zettel unten an die Tür gehängt hätte, auf dem stand: *Sie können dich vom Archiv aus sehen.* Die Kopien der Schachbretter blieben noch lange an den Fenstern hängen, bis das Tesaband nicht mehr klebte.

Ich verbrachte weniger Zeit mit dem Aufbau und der Einrichtung von Regalsystemen in den neuen Depots, weil ich immer öfter Aufträge erhielt, die etwas mehr Intelligenz erforderten. Manchmal durfte ich eine erste Bestandsaufnahme der eingehenden Archive vornehmen, dann konnte ich tagelang ohne jegliche Aufsicht machen, was ich wollte. Nach der Teepause zog ich mich oft für den Rest des Nachmittags in den Zeitungsraum zurück, in dem sich die aufgebundenen Jahrgänge verschiedener Zeitungen vom achtzehnten Jahrhundert bis zur Gegenwart befanden. In den Bänden von *Het Parool* aus den Fünfziger- und Sechzigerjahren suchte ich nach Berichten über die Mordfälle, mit denen sich die pensionierten Polizisten in der alten Brotfabrik beschäftigt hatten, und hatte die naive Hoffnung, in diesen Artikeln Hinweise und vielleicht sogar Lösungen aufzustöbern, mit denen ich sie doch noch überraschen könnte. In den gleichen Jahrgängen las ich auch die Kolumnen von Simon Carmiggelt, einem Autor, dessen Arbeit ich damals noch sehr liebte. Ich habe die Zeichnungen und Fotos in den Anzeigen studiert, die mir ein starkes melancholisches Gefühl bereiteten. Diese Melancholie verstärkte sich noch, als die alten Archive vom Kaufhaus Bijenkorf hereinkamen und ich angewiesen wurde, sie auszupacken und vorläufig zu inventarisieren.

Das Bijenkorf-Archiv enthielt neben Ordnern voller Verwaltungskram und gebundenen Jahrgängen der Mitarbeiterzeitschrift auch kartonweise Sammelalben mit Anzeigen und Katalogen von Zuliefererbetrieben, die Möbel, Haushaltsgeräte und Beleuchtung produzierten. Ich habe Tage damit zugebracht, Fotos von Innenausstattungen und Geräten aus den Fünfziger- und Sechzigerjahren zu suchen. Die melancholische Stimmung, in die ich mich damit selbst versetzte, wurde durch ein brennendes

Gefühl von unerfüllten und unerfüllbaren Wünschen verstärkt. Um das zu erklären, muss ich etwas von meinen Eltern erzählen. Ich habe das schon mal an anderer Stelle getan, deshalb kann ich mich kurzfassen.

Meine Eltern wurden in den Zwanzigerjahren des zwanzigsten Jahrhunderts geboren. Sie stammten aus streng reformierten Familien und hatten sich dann auch in der Kirche kennengelernt, die sie zweimal am Sonntag besuchten. Die Bibelübersetzung und die Psalmenübertragung, die dort gebräuchlich waren, stammen aus dem siebzehnten und achtzehnten Jahrhundert, die Erde war sechstausend Jahre alt und in sechs Tagen erschaffen worden. Als sie einige Jahre nach dem Zweiten Weltkrieg heirateten, hatten sie alle beide mit der Kirche gebrochen; die Initiative war von meinem Vater ausgegangen, und meine Mutter hatte es ihm gleichgetan. Mein Vater hatte die pädagogische Hochschule absolviert (die übliche Studienrichtung für intelligente reformierte Jungs aus der unteren Mittelklasse) und war einer der linksorientierten Lehrer geworden, der Gerard Reve, W. F. Hermans und Anna Blaman las und Gedichte schrieb, die er nirgendwo unterbringen konnte; ich habe in meinem Elternhaus einen Ordner mit Ablehnungsschreiben aller großen Verlage der damaligen Zeit gesehen.

Mitte der Sechzigerjahre, als ich um die vier Jahre alt war und meine Schwester vier Jahre älter, kehrten meine Eltern in die Kirche ihrer Kindheit zurück. Wir wohnten damals in Amstelveen, in einem neuen Viertel mit Reihenhäusern und Wohnblöcken und viel Grün. Diesmal war es meine Mutter, die die Initiative ergriff. Sie hatte den Glauben an Gott nie völlig abgelegt, sie sehnte sich wahrscheinlich nach ihrer Familie, von der sie sich in ihrer gottlosen Periode entfremdet hatte – wie auch immer, sie wollte zurück in die Kirche und drohte meinem Vater, ihn zu verlassen, wenn er nicht mitkäme. Mein Vater ist mitgegangen. Wahrscheinlich (schon wieder *wahrscheinlich*, denn meine Eltern haben nie darüber gesprochen) hatten auch diese Ablehnungsbriefe der Verleger dabei eine Rolle gespielt; wieder im Schoße der Kirche, entwickelte sich mein Vater zu einem gefeierten Schriftsteller christlicher Jugendbücher und einem gefragten Kolumnisten in pädagogischen Blättern. Ablehnungen gab es da nicht mehr; die Schwelle zur Literatur der reformierten Gemeinschaft war ein Stückchen niedriger als die in der richtigen Welt.

Um ihrem neuen (oder wieder aufgenommenen alten) Leben eine äußere Form zu verleihen und dafür ein geeigneteres Umfeld zu schaffen, zogen meine Eltern mit meiner Schwester und mir nach Rijssen, einer schwer christlich angehauchten Stadt im Osten des Landes, in der die Mehrheit der Einwohner jeden Sonntag zweimal eine der vielen Kirchen aufsuchte. Rijssen hatte unzählige Konfessionen. Wir waren Mitglied der Reformierten Gemeinde der Niederlande und Nordamerikas, und die meisten meiner Mitschüler in der Grundschule, in die ich ab dem sechsten Lebensjahr ging, waren Mitglieder derselben Kirche, aber es gab auch Klassenkameraden, die sonntags andere, mindestens ebenso streng reformierte Kirchen besuchten. Kirchen in allen Dimensionen beherrschten das Straßenbild, einige waren kaum größer als ein Wohnzimmer, andere groß genug, um dreitausend Gläubige zu beherbergen. Regelmäßig kam es zu Zerreißproben innerhalb einer Kirchengemeinde, normalerweise wegen widersprüchlicher Auffassungen über die korrekte Interpretation eines Bibeltextes, wonach diejenigen, die daraufhin ausgetreten waren, ihre Ersparnisse angriffen, um irgendwo auf einem brachliegenden Gelände rasend schnell ein neues Kirchengebäude hochzuziehen. Es war nichts Ungewöhnliches, auf der Straße herumlärmenden Erwachsenen in die Arme zu laufen (durchgehend Männer), die einander mit wütenden Ausdrücken beschimpften, deren Unverständlichkeit nicht etwa darauf zurückzuführen war, dass sie in einem Dialekt ausgesprochen wurden, der für meine im Westen geschulten Ohren immer ein gewisses Maß an Undeutlichkeit behalten hat, sondern seine Ursache darin fand, dass sich beide Männer gegenseitig mit Texten aus dem siebzehnten Jahrhundert beharkten. Einer der beiden war zu einer anderen Kirchengemeinschaft konvertiert oder hatte Pläne in diese Richtung und wurde von dem anderen dafür zur Ordnung gerufen, ein Streit, der von beiden Parteien mit Hilfe von hier und da aus dem Gedächtnis gekramten Bibeltexten bis zum letzten Blutstropfen ausgefochten wurde. Hätte man damals am Sonntagmorgen Luftaufnahmen von der Stadt gemacht, hätte man kleine schwarz gekleidete Einheiten erkennen können, die sich im Familienverbund von ihren Häusern zu den verschiedenen Kirchengebäuden bewegten, sie rückten gemeinsam in Kolonnen an, und je näher sie dem Haus Gottes kamen, desto stärker wuchs der Zustrom aus den Seitenstraßen an. Wenn man das jahrelang jeden Sonntag tat, konnte man erkennen, wie sich die Linienmuster der Kolonnen auf subtile Weise veränderten. Die meisten Gläubigen gingen weiter in die Kirche, die sie von Kindesbeinen an besucht hatten, aber andere, die seit vielen Jahren mit ihren Nachbarn zur selben Kirche spaziert waren, sah man plötzlich eine Nebenstraße einschlagen und auf eine andere Kirche zusteuern, beim ersten Mal noch verfolgt von den fassungslosen Blicken der übrigen Kolonnenmitglieder. Einige Linien wurden dünner, andere dicker, es ging nach der Popularität eines bestimmten Pfarrers oder einer Kirche. Manchmal sah man neue, anfangs noch dünne Linien entstehen, wenn irgendwo ein neues Kirchengebäude errichtet worden war, manchmal erblickte man das Zusammenlaufen fast nicht erkennbarer Linien, die sich von verschiedenen Stadtvierteln aus an einem Ort vereinigten, an dem es überhaupt keine Kirche gab, dann hatte jemand in seiner Garage eine eigene Religionsgemeinschaft gegründet.

Aus sicherer Entfernung betrachtet haben die einander mit Bibeltexten anschreienden Männer und die sich am Sonntagmorgen durch die Stadt schlängelnden Kolonnen sicher einen amüsanten Eindruck erweckt, aber für die Beteiligten selbst stand alles auf dem Spiel. Und von einem Spiel konnte natürlich keine Rede sein, es ging um Leben und Tod. Innerhalb der Familien konnten die Konflikte um die richtige Auslegung von Gottes Wort sich derart hochschaukeln, dass Familienmitglieder ihr Heil in verschiedenen Kirchen suchten, worauf unter anderem aufgrund des Verbotes der Ehescheidung die Spannungen in solchen Haushalten unerträgliche Ausmaße annahmen. Es ging dann um die Bestimmung, die einem nach dem Tod durch das Höchste Wesen für alle Ewigkeit zugewiesen wurde, und dabei drehte es sich weniger um den Himmel als vielmehr um die Hölle.

Meinen Eltern war diese Hölle noch aus den Tagen ihrer Kindheit ein Begriff. Für meine Schwester und mich war sie neu. Wir sahen uns nicht allein von einem weitläufigen Amstelveen-Neubauviertel voller Licht, Luft und Raum in ein Reihenhaus einer traurigen kleinen Gemeinde in einem ganz anderen Teil des Landes verpflanzt, in dem es nur Radio und kein Fernsehen gab, diese Gemeinde erwies sich auch als eine Vorhalle zu einer gänzlich anderen Existenz. Plötzlich wurden wir mit einem Gott und einem Buch konfrontiert, das Sein Wort war und das festlegte, wie man sich zu verhalten hatte; und alles drehte sich darum, wo man nach seinem Tod landen würde.

Bibeltexte, in denen die Hölle und der Himmel beschrieben wurden, waren spärlich und nicht in einer Kindern verständlichen Sprache verfasst. Bilder waren in der Kirche verboten, weil Götzendienst. Die Kinderbibel war zwar illustriert, aber Abbildungen von Himmel oder Hölle gab es auch da nicht; wie die aussehen mochten, wussten nur Gott und die Menschen, die schon dort waren, darüber durften wir nicht spekulieren. Die Angst vor der Hölle wurde trotzdem geschürt. Ewiges Feuer, in dem man für immer brannte! Von dem Feuer, das ich gesehen hatte (und ich hatte erstaunlich wenig Feuer gesehen), wusste ich, dass es ausging, wenn der Brennstoff alle war. Wie sollte mein kleiner Körper denn für immer brennen können? Die Doktrin war unklar, aber das half auch nicht weiter. Man darf nicht sündigen, das stand fest. Was Sünden waren, wurde nicht nur in den Zehn Geboten festgelegt, es gab auch ein ganzes Sammelsurium an Sünden, die aus ihnen abgeleitet oder später in den Kanon aufgenommen wurden, vom Radfahren am Sonntag bis zum Fernsehschauen. Wenn man nach dem Tod für den Himmel in Betracht kommen wollte, musste man um Vergebung für die Sünden bitten, die man unweigerlich beging. Andererseits hatte Gott in seiner Weisheit bereits vor Beginn der Zeiten festgelegt, wer gerettet und wer verdammt werden würde. Egal, wie viel man betete, egal, wie fest man die Hände faltete und die Augen zukniff, es konnte ebenso gut sein, dass man sowieso schon verloren war. Verloren, erkoren, es machte keinen Unterschied, aber es entschied doch alles und bis in alle Ewigkeit.

Die fehlende Bildtradition hat mich zunächst gerettet. Erst als meine Eltern meine Schwester und mich zum Osterfeuer mitnahmen, bekam ich es wirklich mit der Angst zu tun. Es war nicht weit von uns weg, auf einem brachliegenden Gelände am Rande des Ortskerns. Es dämmerte, der gigantische Stapel aus Holz und Ästen stand schon in Flammen, als wir ankamen, es waren auch eine ganze Menge Zuschauer da, und obwohl wir nicht ganz vorn standen, spürte ich die Hitze, die das Feuer abstrahlte. Der Scheiterhaufen war so hoch und so groß wie ein Haus, das also war das Feuer, das lange anhalten würde, aber ewig konnte auch das nicht brennen. Es war heiß, es war gefährlich, doch selbst wenn die Flammen in unsere Richtung schlugen, konnten wir entkommen, indem wir wegrannten, denn es kam nur von einer Seite. Was aber, überlegte ich, wenn das Gebiet, auf dem wir standen und uns das Osterfeuer ansahen, selbst nur die Spitze eines riesigen Scheiterhaufens wäre, so groß wie die Provinz, so groß wie die Niederlande, so groß wie die *Welt*, die Spitze eines riesigen Osterfeuers, das ganz unten angezündet wurde, sodass wir es lange Zeit nicht mitkriegten, bis wir irgendwann Rauch am Horizont sahen, überall um uns herum, im Norden, im Süden, im Osten und im Westen, und dann kamen die Flammen, erst waren sie noch weit weg, dann rückten sie näher heran, von allen Seiten, sodass wir nicht mehr weglaufen konnten, und wir konnten auch nicht zusammenbleiben, weil die Spitze des Scheiterhaufens Stück für Stück einsacken und zusammenbrechen würde, wie es gerade eben vor meinen Augen mit dem Osterfeuer passiert war, wir würden einander verlieren, und der Boden unter uns würde heiß werden, und dann brannte man selbst, und das würde schrecklich wehtun, ein Schmerz, den man sich nicht vorstellen konnte, man wollte die Füße wegziehen, aber das ging nicht, wo man auch hintrat, brannte es ebenfalls, und dazu noch der ganze Qualm, man hat noch nie etwas von Qualm in der Hölle gehört, aber wo Feuer ist, ist auch Rauch, durch den Rauch wäre nichts zu sehen, und niemand anderes würde *einen selbst* sehen, man war ganz allein, man konnte vielleicht einige Schatten ausmachen, aber wer sie waren, wusste man nicht, und diese Schatten standen ebenfalls in Flammen, und vielleicht wurde man auf den brennenden Boden gestoßen, und dann konnte sich der Schmerz nur noch verschlimmern, man war aus Fleisch gemacht, und Fleisch brennt, bis allein noch die Knochen übrig sind, es würde ewig dauern, und das konnte doch nur bedeuten, dass es immer wieder von vorne losgehen würde, sobald man Asche geworden war, erhob man sich aufs Neue aus der Asche und stand neben seinen Eltern und der Schwester und sah ahnungslos nach dem Osterfeuer, und dann: wieder Rauch am Horizont, im Norden, Süden, Osten und Westen, sich heranwälzendes Feuer, und Feuer unter einem, vor dem es kein Entkommen gab, loderndes Feuer, und die Angst vor dem Schmerz, noch bevor er beginnt, ist noch schlimmer als der Schmerz selbst, und jedes Mal, wenn er wieder von vorne beginnt, erinnert man sich der Qualen von den vorigen Malen, immer erinnert man sich an *schlimmere* Schmerzen, und dann kommen stets noch mehr Schmerzen hinzu – und in dieser Nacht stand ich neben dem Bett meiner Eltern und schrie: Ich fürchte die Hölle so sehr!

Ich kam sonst nie ins Schlafzimmer meiner Eltern, und schon gar nicht mitten in der Nacht, in der Dunkelheit war wenig zu erkennen, aber da gab es eine Bewegung, eine doppelte Bewegung, zwei Wesen wurden wach.

Was sagt er?, fragte mein Vater.

Ich fürchte die Hö-hölle so sehr!

Und mit dieser in größerer Lautstärke und am Ende gedehnten Wiederholung fühlte ich, wie mich Scham überströmte, Scham, die dafür sorgte, dass ich mich selbst als ein quengelndes Kind erkannte, nicht durch die Art und Weise, wie ich meinen Hilfeschrei wiederholt hatte, sondern durch die Frage, die mein Vater gestellt hatte: Er stellte sie meiner Mutter, nicht mir.

Ich stand an der Seite, wo meine Mutter schlief. Hat er Fieber, fragte mein Vater. Meine Mutter legte eine Hand auf meine Stirn. Ich sah jetzt auch etwas mehr, die Vorhänge ließen das Licht der Straßenlaternen herein, die vor unserem Haus standen. Er fühlt sich ein bisschen warm an, sagte meine Mutter, fass mal an! Aber mein Vater fühlte nicht, er drehte sich um und sagte, ich solle schlafen gehen. Geh zurück ins Bett und hör auf zu grübeln.

Aber die Hölle, sagte ich enttäuscht, als würde mir etwas weggenommen. Geh mal wieder schlafen, sagten sie. Ich lief über den dunklen Flur zurück in mein Zimmer, immer noch voller Scham.

Später in der Woche nahm mich meine Mutter eines Nachmittags zur Seite, ehe mein Vater von der Arbeit nach Hause kam, und flüsterte mir hastig zu, dass ich viel beten und um Vergebung bitten müsse und dass ich, wenn ich sehr brav leben und nicht sündigen würde, auch nicht in die Hölle käme, und noch einmal, dass ich viel beten müsse. Ihre angespannte Hast klang danach, als würde sie ein Geheimnis verraten, das zu peinlich war, um es in Ruhe und mit Bedacht zu besprechen; sie sah sich auch nervös um, als wollte sie kontrollieren, dass niemand sie so reden hörte. Aber man weiß doch nie, ob man gerettet ist!, rief ich. Doch, doch! Sie schnaubte, als wäre sie böse – aber was ich für Scham und Wut hielt, war ihre eigene Angst vor der Hölle, nur verstand ich das damals noch nicht.

Es war dieselbe gehetzte Eile, mit der sie ein paar Jahre später versuchte, mich sexuell aufzuklären, nachdem ich mich bei ihr beklagt hatte, dass mein Pimmel so komisch täte, wenn ich das Bild einer nackten Frau sah. Eines Nachmittags, als wir allein zu Hause waren, kam meine Mutter mit dem Biologiebuch meiner Schwester zu mir ins Zimmer. Meine Schwester war bereits in der Oberschule, und in ihrem Biologiebuch stand ein Kapitel über die Fortpflanzung mit Bildern von nackten Menschen. Meine Mutter schlug das Kapitel auf, fuhr hastig mit dem Finger über die Abbildungen und erzählte flüsternd, wie es funktionierte, als hätte sie Angst, dass die Nachbarn mit an die Wände gepressten Ohren lauschen würden. Ich nickte so hastig, wie sie flüsterte, als sie fertig war, klappte sie das Buch zu und ging in das Zimmer meiner Schwester, um es wieder zurückzulegen. Sie hatte mir nichts Neues erzählt, ich kannte das alles schon längst, ich hatte oft in diesem Biologiebuch geblättert, ich weiß auch nicht genau, warum ich damit zu ihr gegangen war, anscheinend wollte ich es von ihr hören, wollte sie darauf hinweisen, was mit mir los war, wollte sie an ihre *Aufgabe* erinnern.

Aber vorerst war ich mit der Hölle noch nicht fertig. Es war eine bestürzende Vorstellung, dass niemand einen trösten konnte, wenn es um die Hölle ging, denn sie existierte wirklich, und es bestand immer die Möglichkeit, dass man darin landete. Auch die Idee, dass wir auf der Spitze eines riesigen Scheiterhaufens stünden, hat mich noch lange verfolgt, diese Vorstellung drängte sich hin und wieder auf, unabhängig von Ort und Zeit, wie eine unterirdisch schwelende Glut, die plötzlich in unvorhersehbaren Momenten durch die Oberfläche brach. Wenn ich dunkle

Wolken am Horizont sah, dachte ich: Rauch, und ich schaute immer gleich in die anderen Windrichtungen, ob es da auch am Horizont schwarz wurde.

vii

Es gibt eine Episode von *Raumschiff Enterprise: Das nächste Jahrhundert*, in der die Besatzungsmitglieder der Enterprise auf einer ihrer Reisen durch das Universum das Bewusstsein verlieren, ganz kurz nur, nicht länger als dreißig Sekunden. In den darauffolgenden Tagen wird ihnen jedoch durch allerlei Hinweise klar, dass während ihrer kollektiven Bewusstlosigkeit viel mehr Zeit verstrichen sein muss als eben diese halbe Minute. Einer hatte einen Knochenbruch, der inzwischen verheilt ist, die Pflanzen im Labor sind in die Höhe geschossen – kurz gesagt, es stimmt alles nicht. Schließlich werden sie mit einer Zivilisation konfrontiert, die nicht entdeckt werden wollte, woraufhin in gemeinsamer Überlegung beschlossen wird, die Erinnerungen an diese Begegnung bei der gesamten Enterprise-Besatzung auszulöschen.

Auch das Elternhaus in Rijssen war voller Hinweise auf eine verlorene Zeit. Obwohl die Rückkehr meiner Eltern in die Kirche eine große Säuberung mit sich gebracht hatte, wobei nicht allein der Fernseher aus der Wohnung verbannt worden war, sondern auch viele weltliche Bücher und Zeitschriften, fanden sich zu Hause immer noch reichlich Spuren der gottlosen Zeit. Nicht alle weltlichen Bücher waren verschwunden. Ein paar schmale Bändchen von Nescio und Carmiggelt hatten die Säuberung überlebt, es gab Sammelalben und Fotoalben von den öffentlichen Schulen, an denen mein Vater gearbeitet hatte, und die in den Fünfzigerjahren gekauften modernen Möbel wurden nicht ausgewechselt, obwohl sie sich im Laufe der Jahre abgenutzt hatten und einige durch traditionellere Exemplare ersetzt wurden, die nicht aus grazil geschwungenem Stahl oder Rattan bestanden, sondern aus massiver Eiche. Auf den farbenfrohen metallenen Bücherregalen standen jetzt Werke über Theologie und Kirchengeschichte.

Ungefähr fünfzehn Jahre lang, von den späten Vierzigern bis zu den frühen Sechzigern, hatten meine Eltern es geschafft, die Welt ihrer Kindheit zu verlassen. Durch die Spuren ihrer gottlosen Zeit, die sich noch in ihrem Haushalt fanden, wurde ich in den Jahren, als ich zu einem gewissenhaften christlichen Jungen heranwuchs, der Angst vor der Hölle hatte, nie die Vorstellung los, dass sich noch eine andere Welt hinter der unseren verbergen musste. Anfangs ging davon eine leichte Bedrohung aus, aber je weiter ich in der Pubertät schrittweise von meinem Glauben abfiel, nahm die Anziehungskraft dieser Welt immer mehr zu, was sich in einem Faible für Schriftsteller wie Nescio und Carmiggelt äußerte, und ebenso für modernes, einfaches Mobiliar, das in den Fünfzigerjahren durch Zeitschriften wie *Schöner Wohnen* propagiert wurde, von der ich auf dem Dachboden in Rijssen eine ganze Reihe an Exemplaren gefunden habe, in derselben Kiste, in der auch die Mappe mit den Ablehnungsschreiben all dieser Verleger lag.

Viele der Möbel, die auf den Seiten von *Schöner Wohnen* zu sehen waren, wurden seinerzeit im Bijenkorf verkauft, und als ich in den letzten Monaten auf dem Amsteldijk das Archiv dieses Kaufhauses auspackte, fand ich sie in Katalogen, Broschüren und Anzeigen wieder, zusammen mit den Metall-Bücherregalen, den Transistorradios und den in modernem Design gestalteten Schüsseln, die wir zu Hause hatten. Das Heimweh nach der Zeit, das ich in meiner Pubertät entwickelt hatte, erreichte in diesen Wochen seinen Höhepunkt. Es war Heimweh nach einer Zeit, die ich selbst nicht erlebt hatte, die aber zweifellos ein besserer Ausgangspunkt für mein Leben gewesen wäre als diese beklemmende provinzielle Reformiertheit, in der ich schließlich aufgewachsen bin. Einer meiner Lieblingsfunde war eine Broschüre von Philips aus den Fünfzigerjahren, in der erläutert wurde, wie man das moderne Wohnzimmer mit Hilfe sorgfältig angebrachter oder aufgehängter Lichtpunkte stimmungsvoll ausleuchten konnte. Illustrationen zeigten, wie es gemacht werden musste: Der Vater, der in seinem modernen Sessel die Zeitung las, und die Mutter, die auf einem modernen Sofa eine Zeitschrift durchblätterte, taten das im Licht von Stehlampen, während über dem azentrisch platzierten modernen Tisch eine Hängelampe die Tochter anstrahlte, die ihre Hausaufgaben machte; und in dem Licht, das die Tischlampe und die Leselampen zu ihm herüberwarfen, spielte ein Junge auf dem mit modernem Linoleum ausgelegten Fußboden mit einem Kran.

Es gab mehrere solche Folder, Broschüren und Hefte, und in einer Ecke eines kleinen Depots stellte ich ein separates Regal für meine Favoriten auf, die ich nicht nur aus den Bijenkorfer Archiven, sondern auch aus denen anderer Institutionen holte wie dem Städtischen Energiebetrieb und der Wohnungsbaugenossenschaft. Ohne Rücksicht auf Vorschriften und Archivgesetze schleppte ich meine Beute zu meinem Regal. Am liebsten hätte ich die pensionierten Polizisten in der alten Brotfabrik aufgesucht, um zu fragen, ob es nicht in den Fünfziger- oder Sechzigerjahren in einem modern eingerichteten Haushalt einen unaufgelösten Mord gegeben hatte und ob ich beim Bau des Modells mithelfen dürfte; und ob wir, wenn ein solcher Mord nicht ausfindig zu machen wäre, uns nicht einen ausdenken oder meinetwegen auch weglassen könnten, Hauptsache, dass wir ein solches Wohnzimmer mit strategisch platzierten Lichtpunkten und modernem Mobiliar basteln konnten. Aber alle Archive aus der alten Brotfabrik waren in die neu errichteten Depots überführt worden; ich hatte da zwar ein paar Mal den neuen Bestimmungsort der Polizeiarchive besucht, aber die alten Polizisten nicht mehr angetroffen.

Lennox arbeitete in diesen Tagen irgendwo anders im Gebäude. Er kam mich immer noch regelmäßig halb zwölf abholen, wir gingen oft zusammen zum Bäcker, um unsere gefüllten Plätzchen zu holen. Womit ich mich beschäftigte, dafür zeigte er kein Interesse, warum sollte er auch, er verstand nichts davon, ich erzählte ihm nichts darüber, denn ich fand, es wäre am besten, mein Regal für mich zu behalten. Das Interesse kam seitens Guido in seinem elektrischen Rollstuhl, den er mit einem Steuerknüppel an der rechten Armlehne bediente. Man konnte hören, dass er ankam, nicht nur durch das beharrliche Summen, das immer für einen kleinen Moment unterbrochen wurde, wenn eine Wendung ausgeführt werden musste – Bzzt, Bzzzt, Bzzzzt, Bzzt, Bzzzt Bzzzzt –, sondern auch wegen der unterdrückten Flüche, die diese Unterbrechungen begleiteten, denn es dauerte eine Weile, bis Guido sich an sein neues Gefährt gewöhnt hatte, und die Korridore und Wege im Archiv waren nicht für Rollstuhlfahrer berechnet.

Als ich eines Nachmittags vom Mittagessen zurückkehrte, saß er in seinem Rollstuhl an meinem Regal. Er blätterte in Broschüren mit glücklichen, entspannten Familien unter gut platziertem Lese-, Spiel- und atmosphärischem Licht und sah mit einem Lächeln auf, als er mich erblickte. Früher, in den Tagen des A-Teams, hatte er nie zu mir aufgeschaut, denn er war größer als ich gewesen. Gefällt dir dieser Stil, fragte er und tippte auf die Broschüre, die er in der Hand hielt, der so nüchtern, so steif und doch so bescheiden ist? Es hat etwas Japanisches, etwas Buddhistisches, findest du nicht?

Er war dünner geworden, sein Haar noch länger, sein Bart noch zotteliger. Er ähnelte immer noch einem Künstler, aber nun einem Künstler, der alles verloren hatte und gerade wieder abgetrocknet war, nachdem er stundenlang im Regen gestanden hatte. Seine Stimme klang ruhig, doch er bewegte sich ständig hin und her, und die Hand, mit der er lenkte, zitterte, als ob bei der nächsten Bewegung des Steuerknüppels alles auf dem Spiel stünde, als ob etwas Schreckliches passieren würde, für das er die Verantwortung trug. Es war unmöglich, nicht nach seinem fehlenden Bein zu sehen. Es war jedoch vor allem unmöglich, es anzusehen, weil es eben weg war. Aber ich gab Obacht, solche Paradoxien nicht mit ihm zu teilen, und ich brachte nicht mehr als einsilbige Antworten auf seine Fragen heraus.

Er suchte mich regelmäßig im Depot auf, wo ich das Bijenkorf-Archiv auspackte. Das Geräusch war unverkennbar. Aufzugtüren, die sich öffneten, Bzzzt Bzzzzzzt Bzzt Bzzzt Bzzzzzzt – da kommt Guido. Manchmal hatte er Broschüren oder Hefte dabei, die seiner Meinung nach gut in meine Sammlung passen würden. Meist stimmte es. Ich habe nie gefragt, aus welchem Archiv er diese Dokumente entwendet hatte, und wir führten auch nie lange Gespräche. Ich habe mich immer gefragt, ob er nicht heimlich seinen Schabernack mit mir trieb, doch da war nichts in seinem Verhalten, das darauf hindeutete.

Eines Tages war er verschwunden. Er hatte eine andere Arbeit bei der Gemeinde gefunden, hörten wir, in einem Gebäude, davon gingen wir aus, das besser für seine Art der Fortbewegung ausgerüstet war. Von nun an konnte ich mich wieder über meine Nostalgiesammlung beugen, ohne gestört zu werden.

viii

Mein Jahresvertrag war fast ausgelaufen, aber da gab es auch noch die Kunst. Das Museum Boijmans van Beuningen in Rotterdam verfügte über eine große Anzahl von Ablagesystemen für Gemälde, die das Archiv übernehmen konnte, die jedoch vor Ort in den Depots des Museums abgebaut werden mussten. Fünf Tage lang fuhren Lennox und ich am frühen Morgen mit de Meester und vier anderen Kollegen vom Dildotisch in einem Bus nach Rotterdam, um diese Gestelle zu demontieren. In besseren Zeiten hätte Guido am Steuer gesessen, jetzt fuhr Tittman, düster und schweigend, als würde er uns noch immer seinen Spitznamen übel nehmen. Die Bildergestelle befanden sich im Magazin des Museums und bestanden aus Latten, Latten und nochmals Latten, die mit Messingschrauben an Holzrahmen befestigt waren. Nachdem die Latten durchnummeriert waren, mussten wir alle diese Schrauben mit dem Elektroschrauber herausziehen. Langweilige und eintönige Arbeit, aber in den Pausen besuchten Lennox und ich die Museumssäle. Tittman und die anderen sahen dabei kopfschüttelnd zu, aber uns war es egal. Ich hatte schon früher Museen besucht, doch das hier war anders, weil ich nicht mehr alleine durch Säle lief, es war, als ob sich meine Augen plötzlich weiter öffneten, wir steckten uns gegenseitig mit einer Begeisterung an, die uns beide überraschte. Alte Kunst, neue Kunst, es kam nicht darauf an, wir nahmen alles in uns auf, als ob alles neu wäre, und das war es ja auch. Wir sind in dieser Woche begeistert unterwegs gewesen, und ich habe damals verstanden, dass das Betrachten von Kunst, das Sich-der-Kunst-Unterziehen, mit Begeisterung zu tun hat, in welcher Form auch immer. Nennen wir es kontemplative Begeisterung, nennen wir es begeisterte Ehrfurcht – man kann alle möglichen Bezeichnungen dafür ersinnen, aber das Wort *Begeisterung* muss darin vorkommen – nein, es gibt noch ein anderes und scheinbar einfacheres Wort, das hier besser passt, weil es eine schöne Doppelbedeutung hat: *aufgeweckt*. So streiften wir in unseren ausgeblichenen Blaumännern durch diese Säle, leutselig von den Besuchern gemustert, von den Aufpassern eher misstrauisch beäugt, aufgeweckt, aufgeweckt, aufgeweckt. Und manchmal schütteten wir uns aus vor Lachen, wenn Lennox plötzlich zu einem monotonen, durch kleine Pausen unterbrochenen Summen ansetzte, um die Illusion zu wecken, dass Guido Gazelle sich näherte. An den letzten beiden Tagen schloss sich uns de Meester an, hatte er doch gemerkt, wie fröhlich wir aus unseren Pausen zurückkehrten und wollte sehen, was uns so aufkratzte. Er kam mit uns mit und ließ sich von unserer Begeisterung anstecken, in einem bedächtigeren Tempo mitreißen, wie ein Vater bei einem Waldspaziergang mit herumtollenden Kindern, die sich gelegentlich zurückfallen ließen, um ihn teilhaben zu lassen an ihren Entdeckungen; und er zeigt sich wirklich an einem Tannenzapfen oder einem Gewölle interessiert, weil er sonst eigentlich nie in den Wald kommt. Lennox fragte ihn, ob er tatsächlich etwas mit E5 gehabt hatte, wie man munkelte, aber niemand hatte sie je zusammen gesehen. Ein Weilchen, sagte er und lächelte unbekümmert, wie jemand, der zeigen wollte, dass er es sich leisten kann, offen zu lassen, ob er die Wahrheit spricht oder nicht. Ja, ja, sagten Lennox und ich gleichzeitig, sicherlich beim Grabe deiner Mutter.

Während dieser fünf Tage begann ich, viel Hoffnung in die Kunst zu setzen, und es war unvermeidlich, dass meine Erfahrungen in dieser Woche dazu führten, dass ich mich ein halbes Jahr später für das Studium der Kunstgeschichte einschrieb. Ich kann mich kaum daran erinnern, was wir in unseren Pausen sahen, aber ein paar Werke habe ich nie vergessen, denn abgesehen von *aufgeweckt* gehört zu dieser Woche noch ein anderes Wort, und das ist der Begriff *Faltenwurf.* Damit fing Lennox an, der hatte diesen Ausdruck von seiner Mutter, die einen Kunstkursus an der Volkshochschule absolviert hatte. Dabei ging es darum, wie die Maler versuchten, die Textur der von ihnen gemalten Dinge darzustellen. Die Falten in den Gewändern der Heiligen auf den Gemälden des späten Mittelalters und der Renaissance, die Diamanten und Pelze, mit denen die Kleider der Bischöfe versehen waren, aber vor allem die Gläser, Käse und Brot in den Stillleben aus dem siebzehnten Jahrhundert. Es gab ein kleines Bild von Pieter Claesz mit einem trüben Getränk in einem Glas, einem Messer, einem in Stücke geschnittenen Hering und einem Brötchen, und vor allem diesen Hering und das Brötchen suchten wir immer wieder auf, wegen des Glanzes auf der Haut des Fisches und der Körnigkeit des Brotes. Ich verstand, dass es bei solchen

Werken nicht um Imitation ging, oder jedenfalls nicht nur um Imitation, sondern auch um Transzendenz, obwohl es durchaus möglich ist, dass ich dieses Wort damals noch gar nicht kannte. Der Maler schrie nicht: Schau *mich* an, er schrie: Schau *das* an! Auch wenn wir die Säle mit moderner Kunst und die modernen Skulpturen im Garten besuchten, bestand der Kern unserer Pausenexpeditionen in der Suche danach, wie der Stoff zum Ausdruck gebracht wurde. Später würde ich andere Vorlieben entwickeln, ich konnte nicht genug von der Kunst des zwanzigsten Jahrhunderts bekommen, vom Expressionismus und Dada bis zur Postmoderne, weil das zeitgenössisch war, weil es etwas über uns und unsere Zeit und unsere Geschichte aussagte, oder vielleicht sogar, weil es mir gefiel, und auch das hielt nicht lange vor; noch später richteten sich meine Vorlieben auf Landschaften und wenn schon nicht auf Fantasiestädte in den Gemälden der frühen Renaissance, dann auf die Begegnungen von Heiligen, die Szenen aus dem Leben Jesu, wo man im Hintergrund verblassende Hügel mit dünnen kleinen Bäumen erkennen konnte, Städte mit Mauern und Palästen und Kirchen, alle klein und weit entfernt und in gedämpften Tönen, man hätte da umhergehen mögen, über diese Hügel, und man hätte all diese Hintergründe miteinander verbinden mögen, um sich von Landschaft zu Landschaft bewegen zu können und von Stadt zu Stadt, auch wenn sie nur ganz klein irgendwo im Hintergrund blieben.

Das Intermezzo im Boijmans dauerte nur kurze Zeit, aber diese Tage haben mich dennoch zumindest teilweise geprägt – wie denn auch die gesamte Archivzeit mein Leben bestimmt hat. Als arbeitsloser Jugendlicher wurde man zwölf Monate in einer städtischen Einrichtung beschäftigt, weil man dort zusätzliche Arbeitskräfte brauchte, und hopp!, daraus ergab sich der Rest des Lebens, das ist die Wendung, auf die es ankommt, aber man hat sie nicht einmal selbst wahrgenommen. Und schließlich ist man dann viele Jahre später, wenn die eigene Welt nicht mehr existiert, mit Lennox unterwegs in Richtung Süden, weil mit de Meester irgendwas ist, weil de Meester Bonzo ist, habe ich das schon erwähnt?

Ja sicher, aber es ist gut, es noch einmal zu betonen. De Meester wurde später Bonzo, und es ist etwas mit seinem Gedächtnis schiefgelaufen, verstehe ich das richtig?

Ja, das hast du richtig verstanden.

Und Bonzo ist also eine Art Pseudonym, nehme ich an. Oder ein Codename.

Genau. Ich muss es selbst noch einmal in Ruhe lesen, ich glaube, ich habe jetzt den Faden verloren. Nimm dieses Kapitel über das Archiv. Habe ich dir ein bisschen einen Eindruck von dieser Zeit vermitteln können, und von Lennox?

Ich denke schon.

Danke. Aber de Meester, den habe ich in diesem Teil ziemlich obenhin behandelt, alles ist von dem überschattet, was er später getan hat. Außer, dass er E5 hinter dem Fenster ihres Zimmers in diesem Studentenwohnheim gepackt hat und dass er ein paar Mal mit uns durchs Boijmans gelaufen ist, gäbe es noch viel mehr von ihm zu erzählen. So hatte er zum Beispiel ein Goggomobil, oder vielleicht war es sogar eine echte Messerschmitt, so ein kleines Auto auf drei Rädern mit glänzendem Chrom und zwei Schein-werfern direkt nebeneinander, wie ein Käfer von Volkswagen, der von beiden Seiten von Riesenhänden zusammengedrückt worden war. Er kam damit zur Arbeit und erregte viel Aufmerk-samkeit. Ich habe auch einmal dringesessen, als wir bei ihm zu Hause seinen Geburtstag gefeiert haben. De Meester wohnte mit seiner Mutter auf einer Etage in der Nähe vom Waterlooplein. Sein Vater war da schon lange weg, das kann man heute alles in den Büchern nachlesen, damals hat de Meester gesagt, dass er den Mann zusammenschlagen würde, wenn er ihm über den Weg liefe. An diesem Abend waren nur Leute aus dem Archiv da, anscheinend hielt er seine Welten getrennt voneinander, und es hätte schon etwas gehabt, wenn wir da mit allen diesen zukünftigen Entführern zusammengesessen hätten, aber vielleicht kannte er sie da noch gar nicht. Wir waren eigentlich ziemlich überrascht, seine Mutter zu treffen, er hatte so oft bei ihrem Grabe geschworen, dass wir automatisch davon ausgegangen waren, dass sie nicht mehr lebte. Von dem Zimmer, in dem wir uns befanden, erinnere ich mich an eine kleine Walkman-Box, die an der Decke befestigt war, mit viel Klebeband in verschiedenen Farben und mit dem Lautsprecher nach oben. Das Kabel ging zum Verstärker, und de Meester erklärte, dass es eine Vorsichtsmaßnahme sei, wenn sie von ihren Nachbarn im Obergeschoss zu sehr gestört würden, dann drehten sie die Musik auf. Dann himmelst du doch aber die Box?, fragte einer von uns, doch de Meester versicherte, dass das nicht der Fall wäre. Er wollte es uns vorführen, aber seine Mutter wollte nicht. Seine Mutter war klein und dunkel, das Große und Blonde hatte er von seinem verfluchten Vater. Von uns, seinen Kollegen, bekam er eine Unterhose mit einem Elefantenkopf; der Pimmel gehörte in den Eingriff. De Meester hat schrecklich darüber gelacht, sich zurückgezogen, und dann kam er wenig später in Unterhosen wieder zurück. Später am Abend geriet er in einen fürchterlichen Streit mit seiner Mutter, ich weiß nicht mehr, warum, es gab Bier und Gras, und an Letzteres war ich nicht so gewöhnt, deshalb kriegte ich vom Ende der Party nicht viel mit, außer dem von meinen Kollegen immer wieder ausgestoßenen Ruf: *Sie bleibt doch deine Mutter, hey, de Meester, sie bleibt doch deine Mutter*; und dass de Meester Lennox und mich in seiner Messerschmitt wegbrachte. Während er uns durch dunkle Straßen fuhr, saßen wir hinten fest aneinandergepresst auf einer Rückbank für Zwerge. Vor uns radelte Guido, der anscheinend auch den ganzen Abend da gewesen war, und weil er noch Rad fahren konnte, muss das vor seinem Unfall gewesen sein. De Meester blieb Guido dicht auf den Fersen, der sich oft mit einem Lächeln im Gesicht umsah, aber als de Meester ihn immer weiter bedrängte, fing er an zu schlingern und wild nach hinten zu gestikulieren. Wir haben darüber gelacht. Schließlich wich Guido auf den Bürgersteig aus. Während er uns hinterhersah, streckte er einen Arm aus und ballte wütend die Faust, was man eigentlich sonst nur in Kinderbüchern und Comics sieht. De Meester brachte mich den ganzen Weg nach Hause auf mein kleines Zimmer an der Weesperzijde, wo ich damals wohnte, und ich weiß noch, dass wir über den Platz vor dem Amstel Hotel fegten und dass ich zu schreien anfing, als er in den Fahrradtunnel zur Weesperzijde fuhr, weil ich wusste, dass dort Poller standen, die verhindern sollten, dass Autos den Tunnel als Abkürzung benutzten. Da kommen wir durch!, schrie de Meester, und er hatte Recht, wir kamen durch. Das war nur Pi mal Daumen, das mit diesen Pollern, sagte er grinsend, als er vor meiner Haustür hielt, ich bin mir sicher, es wird nicht klappen, wenn ich es morgen noch einmal versuche. Schlaf gut.

Ach, und so weiter und so fort, und so weiter und so fort. Ich bemerke, dass ich ein bisschen zu begierig nach Erinnerungen an dieses Jahr suche, in dem ich im Archiv gearbeitet habe, ob sie nun wichtig sind oder nicht. Habe ich zum Beispiel erwähnt, dass wir irgendwann die alberne Gewohnheit entwickelten, auf alles, was jemand sagte, mit dem Ausruf: Oh, heißt das heute *so*? zu reagieren, als ob sich alles nur um Sex drehen würde? Zuerst haben wir ihn nur für Dinge gebraucht, die tatsächlich doppeldeutig aufgefasst werden konnten, aber bald schon konnte keiner mehr ankündigen, dass er in den Lesesaal gehen oder noch Kaffee holen wollte, ohne dass es aus vielen Mündern gleichzeitig erschallte:

Oh, heißt das heute *so*? Aber das ist auf jeder Arbeitsstelle so gewesen, nehme ich an, und es wird noch immer üblich sein. Ich glaube, dass ich sowas wie eine Kurzfassung hingekriegt habe, was schade ist, denn ich würde gern weiter über diese Zeit quasseln, ich habe keine Lust, in die Zukunft zurückzukehren.

3

Dritter und vierter Tag

i

Guten Morgen, sagt das Bett, Sie haben sieben Stunden und dreiunddreißig Minuten im Bett verbracht, wovon Sie fünf Stunden und vierundvierzig Minuten geschlafen haben. Als Durchschnittswert für Ihr Alter würde ich Ihnen empfehlen ...

Halt die Klappe, sage ich.

Ich habe leise Musik, die sich perfekt eignet, um ...

Ruhe!, schreie ich. Das Bett schweigt. Ich werfe die Bettdecke von mir ab, schwinge meine Beine über den Rand und stehe auf. Früher ging das leichter. Ich ziehe die Vorhänge zurück. Der Innenhof des Hotels. Leer, keine rauchenden Empfangsrobos. Neue Abenteuer.

Ich wäre lieber zu Hause gewesen. Ich wäre lieber *immer* zu Hause, ich sitze den Rest gern ab, wer ist denn schon vom Reisen glücklich geworden? Es ist auch ausgerechnet noch Mittwoch, der Tag, an dem ich immer zu meiner Mutter gegangen bin, aber das muss ich jetzt nicht mehr. Jede Woche jeden Mittwoch, auch wenn meine Mutter schon lange nicht mehr wusste, welcher Tag es war. Bis zum Schluss hat sie mit leuchtenden Augen gelächelt, wenn sie mich im Gemeinschaftswohnzimmer auf sich zukommen sah, aber das tat sie bei jedem, der auf sie zutrat. Sie war in den letzten fünfzehn Jahren glücklicher als je zuvor, sie wurde versorgt und sie musste nichts tun, das war etwas, wonach sie sich ihr ganzes Leben lang gesehnt hat. Und selbst, wenn sie unglücklich gewesen wäre, wäre es meine Aufgabe gewesen, dieses

Unglücklichsein jeden Mittwochnachmittag für ein paar Stunden zu lindern? Und für wen denn, für sie oder eher für mich, oder für die unsichtbaren Götter des Gewissens, die mich seit den Tagen der gottesfürchtigen Erziehung nie verlassen haben? Die Erziehung, die sie mir durch die Rückkehr in diese Kirche ihrer Jugend angedeihen ließ, gleich nachdem sie ihre Kinder zur Welt gebracht hatte. Mitte der Sechzigerjahre, das ganze Land soff und vögelte durch die Gegend, aber meine Eltern dachten: Los, lass uns in eine Zeitmaschine steigen und ein paar Jahrhunderte zurückgehen, als die Menschen noch echt an Gott glaubten. Ehre Vater und Mutter. Auch dieser Gesetzgeber scheint den Unrat gewittert haben, er hat es kommen sehen, dass es mit diesem In-Ehren-Halten nicht so ganz von allein gehen würde, also musste dafür ein Gebot her. Oder vielleicht war es speziell für seinen Sohn gedacht, den er eines Tages auf die Erde schicken würde, und der dabei fast sein ewiges Leben eingebüßt hätte? Ach, Ihre Mutter freut sich immer, wenn Sie kommen. Deshalb habe ich es wahrscheinlich getan, für diese netten Pfleger, die mich mit Rührung beobachteten, wenn ich meine Mutter begrüßte. Wenn ich jemand anderen an meiner Stelle geschickt hätte, sie hätte es nicht bemerkt, ich hätte ihn einfach dem Pflegepersonal vorstellen können und sagen, das ist ab jetzt der Sohn vom Dienst. Als sie vor Jahren noch einigermaßen selbstständig im Obergeschoss des Heims lebte, hatten meine Besuche noch eine Funktion, als ich im Dorf einkaufen ging, was sie selbst nicht mehr konnte, weil sie da schon ganz allein in ihren anderthalb Zimmern saß, in ihrem Relaxsessel, den ich aus welchem Grund auch immer auf meine Etage habe schaffen lassen, damals hat sie Gesellschaft gebraucht, aber später in der geschlossenen Abteilung war sie nie mehr allein, fünfzehn Jahre lang hat sie Tag für Tag im Gemeinschaftswohnzimmer mit den anderen dementen Alten verbracht. Ich hätte mir Visitenkarten drucken lassen sollen, um sie an alle zu verteilen, sobald ich die Schiebetüren des Haupteingangs

passiert hatte, an Krankenschwestern, Beschäftigungstherapeu-
ten, Reinigungskräfte, Freiwillige, guten Tag, haben Sie schon
meine Karte, ich bin der gute Sohn, schauen Sie nur, da steht es,
Der gute Sohn, sehen Sie's? Trompeter sollten mir voranschreiten,
Geigen im Hintergrund erklingen, es ist verdammt noch mal ein
Musical, *Der gute Sohn*. Der gute Sohn / die Mutterliebe ist für
ihn Mission. Der gute Sohn / ein Vorbild für jeden, gleich welcher
Nation. Der gute Sohn / setzt seine alte Mutter auf den Thron.
(Nun ja, das war schon lange nicht mehr nötig; früher, als sie noch
oben wohnte, habe ich sie immer auf den Topf gesetzt, aber in
der geschlossenen Abteilung erledigten das die Pfleger.) Der gute
Sohn / er macht sein Ding, hört nicht auf Hohn. Der gute Sohn /
ist eine liebenswerte Mannsperson. Der gute Sohn / spricht mit
der Mutter gern am Telefon. (Das war in den letzten fünfzehn
Jahren nicht mehr nötig, und, wichtiger noch, sie konnte auch
selbst nicht mehr anrufen.) Der gute Sohn / macht seine Sache
nicht für Geld noch Lohn. Und so weiter und so fort, und so
weiter und so fort. Kocht weißen Reis mit Lauch und Bohn'. Sein
Einsatz ist einmalig schon. Und hat er keinen Bock, schickt er
'nen Klon. Reimworte, die sich aneinanderreihen. Töchter haben
es da schwerer. Kein Wunder, dass meine Schwester viel seltener
vorbeikam, sie hatte einfach weniger Reime. Wen mocht' er? /
Die Mutter und die Tochter.

Es ist nicht mehr nötig, aber bin ich glücklich damit? Diese
Mittwochnachmittage waren so bei mir einprogrammiert, dass
ich selbst jetzt noch denke: Ich muss heute Nachmittag zu meiner
Mutter gehen – sogar hier, für meine Verhältnisse weit weg von zu
Hause. Jahrelang habe ich, wenn ich mich von ihr verabschiedete,
gedacht: Es könnte das letzte Mal sein, dass ich sie sehe. Und
dann versuchte ich, ein Gesicht zu machen, das dazu passte, und
sie voller Aufmerksamkeit anzublicken und ihr zittriges Winken
bewusst zu registrieren. Aber das wurde zunichtegemacht, als ich
mit diesen Mittwochsbesuchen anfing, hatte ich keine Ahnung,

dass sie hundert werden würde. *The Long Goodbye.* Titel dienen sich an. Das könnte der Schmachtfetzen des Musicals werden, der Song, der auch außerhalb des Musicals gespielt wird, man könnte fast sagen: eine Singleauskopplung, aber solche Sachen gibt es ja schon längst nicht mehr. *This is the longest of all goodbyes …* pompompom … *you turn your back and then she dies.* Gesungen von dieser hübschen jungen Krankenpflegerin, wie heißt sie doch gleich wieder: Roxy, während ich, meiner Mutter zuwinkend, das Gemeinschaftswohnzimmer verlasse und zum Flur gehe, auf dem Weg zum als Bücherregal camouflierten Ausgang, der früher mit einem Code funktionierte, den man eingeben musste, und der später zur Gesichtserkennung überging und mir dann immer eine gute Heimreise wünschte. Und meine Mutter, die das ganze Musical über in ihrem Knetsessel, ihrem Orgasmussessel, vor sich hin lächelt, was ihre einzige Aufgabe ist, ein freundliches Lächeln für alle, aber was für eine schauspielerische Leistung!, und wie gut hatte sie es getroffen!, für alle Zeit aufgenommen in eine Welt, in der sie nie mehr allein sein musste, wo sie aus dem Bett geholt und ins Bett gelegt wurde, wo Essen und Trinken vor sie hingestellt und, wenn nötig, sogar in den Mund geschoben oder gegossen wurde, wo sie keine Entscheidungen mehr zu fällen hatte – vor allem das Letzte, keine Entscheidungen mehr, ihr ganzes Leben hatte sie Mühe damit gehabt, eigenständige Entscheidungen zu treffen, dass niemand sonst achtgab und sich einschaltete, dass sie eben selbst durchgreifen musste. Und vielleicht war sie zu verrückt, um all das begründen zu können, ganz *sicher* war sie dafür zu weit hinüber, aber genau deshalb genoss sie es jeden Tag aufs Neue, sie lächelte freundlich dazu, sie lebte von Tag zu Tag, jeden behüteten Tag wieder, keine Angst mehr vor dem nächsten Tag, weil sie von dem keine Vorstellung hatte; so für den Moment zu leben, ist nur wenigen gegeben (das reimt sich, das passt vielleicht auch ins Musical), wirkliche Mindfulness ist anscheinend nur möglich, wenn der Geist es nicht mehr tut.

Diesem Lächeln, mit dem sie jeden begrüßte, der in ihre Richtung kam oder nach ihr Ausschau hielt, habe ich eigentlich nie wirklich vertraut, diesen fröhlichen kleinen Augen: ich habe es gut getroffen, sagte dieses Lächeln, ihr rennt euch für mich die Hacken ab; und wenn sie abends ins Bett gesteckt wurde und die Krankenpfleger ihr freundlich eine gute Nacht gewünscht und die Tür ihres Zimmers leise hinter sich geschlossen haben, hat sie kopfschüttelnd zu sich gesagt: Junge Junge Junge, wer hätte das gedacht, dass es *so* einfach gehen kann. Und diese Nummer wird der Höhepunkt des Musicals.

In der Zwischenzeit hat die Toilette meinen Morgenschiss analysiert, im Printerfach liegt ein dicht bedrucktes Blatt Papier. Ein Absatz ist knallrot. Anscheinend habe ich vergessen, die Scanfunktion zu deaktivieren. Ich zerknülle das Blatt und werfe es in den Mülleimer. Als ich meinen Palio einschalte, sehe ich auch da das Ergebnis, alles ist jetzt festgehalten, und ich kann aus den Werbeanzeigen, die ich in den kommenden Tagen zu Gesicht bekommen werde, ableiten, wie es um mich bestellt ist.

Lennox sitzt schon beim Frühstück, als ich nach unten komme. Es ist lecker, sagt er, sie haben ziemlich viel, mehr als bei uns.

Wir sind also nicht mehr bei uns, wir sind wirklich auf Reisen. Ich gehe zum Buffet, es ist in der Tat überbordend, wo holen sie das denn alles her, sie haben sogar Bananen. Denn wir haben magere Zeiten, darauf hätte ich schon früher zu sprechen kommen sollen, vielleicht hätte ich gleich andeuten müssen, wie wenig in den Regalen bei Albert Heijn noch zu finden war, wo ich diesen nicht zustande gekommenen Streit mit dieser Frau hatte, und dass die Tatsache, dass es bei Albert Heijn noch immer Kassen mit laufenden Bändern und Drehkreuzen gibt und Kassierer anstelle von Ableserobos, nur auf allerlei Subventionsprogramme zurückzuführen ist, die nach Einführung des Grundeinkommens entwickelt wurden, um junge Menschen zum Arbeiten anzuhalten, weil sie sonst in Lethargie und Kriminalität verfallen würden.

Robotisierung und Grundeinkommen funktionieren nur für die gebildete Mittelschicht, die den Museen die Türen einrennen und endlich alle Bücher lesen können, die sie sich in den letzten Jahrzehnten auf Anraten von Rezensenten und Buchpanels angeschafft haben, junge Leute schlafen lieber aus und gehen marodieren, weil sie wissen, dass sowieso alles gratis ist. Ich sage das jetzt nur, weil ich diese Welt so gut heraufbeschwören möchte, dass sie mir selbst auch deutlich vor Augen steht.

Ich nehme mein Frühstück vis-à-vis von Lennox ein, wir sitzen ruhig an unserem Tisch, hier und da wechseln wir ein paar Worte, wer könnten wir sein, zwei Vertreter auf dem Weg zu einem Großkunden, zwei alte Freunde, die eine letzte Spritztour unternehmen, weil einer von ihnen unheilbar krank ist – wer von uns sollte das denn sein, ich glaube, eher wohl ich, immerhin sitzt Lennox am Lenkrad, und ich lasse mich chauffieren. Zugegeben, wenn wir wählen könnten, wäre ich gern der Kranke, nicht etwa, um mich zu opfern (Ach, Lennox, du hast noch so viel *mehr*, wofür du weiterleben musst!), aber um Ruhe davor zu haben, um herumkutschiert zu werden; und dann nicht an Orte, die ich von früher kenne (Ach schau mal, dein alter Kindergarten, der *steht* auch noch), viel lieber würde ich ein bisschen herumgefahren werden und einfach durch die Gegend schauen, eigentlich habe ich nie etwas lieber gemacht als genau das.

ii

Nach dem Frühstück begeben wir uns in die Tiefgarage. Es ist Morgen, und die Vormittage bilden normalerweise eine kurze, optimistische Episode, wenn man auf Reisen ist. Die Welt duftet vielversprechend, neue Wege öffnen sich – aber dieses Mal stellt sich das Gefühl nicht ein, als hätte ich mit etwas begonnen, dessen Ausgang mir schon jetzt vor Augen steht. Das ist nicht der

Fall, ich habe keine Ahnung, was ich angefangen habe, geschweige denn, dass ich wüsste, wo es hinführt.

Du bist unruhig, sagt Lennox, musst du mal irgendwohin?

Ja, zu meiner Mutter, hätte ich fast gesagt. Ich kann es gerade noch herunterschlucken.

Wir fahren aus dem Parkhaus, durch die Stadt, Ringstraßen hinauf und hinunter, an Wohnbaracken vorbei, an leerstehenden Industriegebäuden entlang, dann über Autobahnen durch leicht abfallendes Tiefland, es ist noch immer Morgen, fühlt sich aber wie ein ewiger Nachmittag an. Vielleicht ist es auch schon Nachmittag, recht bald habe ich das Zeitgefühl verloren, wie lange wir bereits unterwegs sind, das Motorengeräusch versetzt einen beständig leicht in Hypnose, vielleicht sogar in Ruhe. In der Spur rechts von uns fahren Karawanen chauffeurloser Lkws vorbei, in unserer Spur gibt es nicht viele fahrerlose Autos, das hat ziemlich nachgelassen, nachdem selbstfahrende Autos der zweiten Generation von Zügen erwischt wurden und ins Wasser gefallen sind und Gerüchte die Runde machten, dass sie durch eine Kombination sich gegenseitig übertrumpfender Computerprogramme Depressionen entwickelt hatten. Ich sage darüber etwas zu Lennox, er lächelt und antwortet, dass er immer vermutet hat, die Produzenten würden höchstselbst solche Gerüchte verbreiten, weil ein Programmierfehler, der menschliche Gefühle wie Angst und Unsicherheit zur Folge hat, viel romantischer klingt als Sensoren, die ihrer Aufgabe in keiner Weise gewachsen sind, und in der Zwischenzeit konnten sie in aller Ruhe an diesen Sensoren arbeiten. Menschliche Autos, sage ich, die wollten wir schon als Kinder. Die *haben* wir als Kind schon gesehen, korrigiert Lennox, als man an Autos Gesichter zu erkennen glaubte, das gab es doch oft. Sicher, sage ich, dieses bedrückte, schmale Gesicht eines VW-Käfers oder die Autos mit so einem Chromgrill, als ob sie ein Gebiss hätten und mit geöffneten Lippen fahren würden, das hatte immer etwas Aggressives. Ja, nickt Lennox, ja, diese

Autos mit dem Metallgrill. Er nennt Marken und Typen, die mir nichts sagen, ich hatte es noch nie so mit Autos, deshalb habe ich auch mein ganzes Leben auf dem Beifahrersitz gesessen, so könnte ich meine Autobiografie nennen, *Auf dem Beifahrersitz*, wenn es nicht so zickig klänge. Vor sechzig, siebzig Jahren hätte man einen solchen Titel noch machen können, jetzt nicht mehr, aber ich finde, dass wir auf einmal ein nettes Gespräch haben, Lennox und ich, auch weil wir trotz des Motorenlärms leise reden, wir schreien nicht über das Geräusch hinweg, wir sprechen in das Geräusch hinein, ohne die Stimme anzuheben, und trotzdem verstehen wir uns mühelos. *Sprechen, ohne die Stimme zu erheben*, ist eines der schönsten Dinge, die man tun kann, man könnte eins seiner Lebensziele darauf ausrichten, das klingt sogar ein bisschen buddhistisch, quasi-buddhistisch, westlich-buddhistisch, aber trotzdem. Es ist eigentlich das erste Mal, dass wir miteinander reden, seit wir aufgebrochen sind, und ich fühle mich wohl dabei. Was weiß ich denn schon von ihm? Ich frage ihn, was sein Vater gemacht hat.

Mein Vater? Der war Friseur in Noord.

Amsterdam-Noord? Bist du dort aufgewachsen?

Lennox nickt. Über dem Friseurladen. Schnittig hieß der.

Schnittig?

Sowas wie eine Steigerungsstufe von Schnitt. Schnitt, Schnitter, Schnittig. Mein Vater liebte Puzzles und Wortspielchen. Das gehörte nicht zu seinen besten Erfindungen, er musste immer erklären, wie es gemeint war. Halb Noord ging davon aus, dass unser Nachname Schnittig wäre. Der Sohn vom Friseur Schnittig, so hieß ich in der Gegend. Mein Vater hielt das alles für kostenlose Werbung. Solange sie nur über einen redeten. In einer Ecke des Ladens gab es eine Luke, in die wurden die abgeschnittenen Haare geworfen. Jeden Samstag – Lennox erhebt seine Stimme, als ob es jetzt doch nötig wäre, das Motorengeräusch zu übertönen – musste ich im Laden mithelfen. Meine Schwester nie, ich schon. Vielleicht, weil es ein Herrenfriseur war. Oder weil mein Vater nicht wollte, dass seine Kunden im Spiegel nach meiner Schwester linsten. Du hast meine Schwester nie gesehen, aber sie war sehr hübsch. Ist sie immer noch, glaube ich. Vielleicht wollte mein Vater auch, dass ich später den Laden übernehme, aber das hat er nicht geschafft. Wie auch immer, ich musste jeden Samstag mit einem weichen Besen die Haare in die Luke kehren. Die konnte man mit einer an der Wand befestigten Kette anheben. Und dann wischte man die Haare so ins Dunkle hinein. Denn da drinnen war es stockduster, man hat überhaupt nichts gesehen, und ich habe mich auch nie darüber gebeugt, weil ich immer ein bisschen Schiss hatte, dass ich hineinfallen könnte. Ich war damals noch ziemlich klein.

Wie alt?

Sechs, sieben, was weiß ich. Sehr jung. Diese Luke war schrecklich. Ich wusste auch nicht, wo all das Haar dann hinkam. Das weiß ich eigentlich bis heute nicht. Wurde es abgeholt, gab es irgendwo im hinteren Teil des Hauses eine Tür zum Keller, kam ein Haarewagen, um den Keller von Zeit zu Zeit leerzusaugen? Ich wusste nicht einmal, wie groß dieser Keller war. Vielleicht war darin das Haar ganzer Generationen von Noordlingen, in langsam sich auflösenden Schichten übereinander, und in den untersten Schichten die Haare von Männern, die längst gestorben waren. Als ich einmal begriffen hatte, dass immer die Haare der gleichen Männer durch die Luke kamen, fragte ich mich, ob die dann nacheinander suchen würden, die ganze Haarfrage blieb mir ein einziges Rätsel. Nachdem ich bei *Donald Duck* was übers Schlafwandeln gelesen hatte, traute ich mich nicht mehr einzuschlafen, weil ich Angst hatte, ich könnte zur Luke schlafwandeln und sie öffnen, um mich da hineinfallen zu lassen, und dann würde ich in diesem ganzen Haar wegsacken, weich und federnd, aber gleichzeitig pieksend und stechend, mit dem schrecklichen, unbestimmten Muff von alten Haaren, und dass ich dann durch all diese Schichten bis auf den Boden sinken und ersticken würde, mit Männerhaaren im Mund und im Hals. Verdammt … diese verdammte Luke …

Lennox sitzt leise murmelnd neben mir.

Ich habe den Laden sowieso gehasst, sagt er und schaut mich an. Oh Mann, ich habe heute noch Albträume davon.

Ich schaue auf sein Haar. Dünn, halblang, es fällt gerade so über seinen Kragen, und er wird schon ordentlich grau. Schneidest du selbst?

Nein, ich gehe zum Friseur. In so einen Billigladen. Ohne Luke. Kein Problem, solange ich nicht darüber nachdenke. Scheiße Mann, diese Luke. Ich träume noch immer davon. Heute Nacht zum Beispiel, in so einem weichen Bett. Hast du auch so ein weiches Bett? Als ob ich auf Haaren schlafen würde. Na, und dann schlafe ich eben nicht gut. Und wenn ich endlich eingeratzt bin, werde ich wach, weil ich ersticke. Verdammt, Mann!

Mich würde interessieren, was sein Bett ihm heute Morgen gesagt hat. Aber vielleicht ist er ein erfahrener Reisender, der weiß, was er vor dem Schlafengehen ausschalten muss, einer, der seine Schlafzeit und seinen Stuhlgang für sich behält. Ich kenne die Luke, von der er gesprochen hat, der Friseur meiner Mutter in Rijssen hatte auch so eine. Manchmal musste ich mit, wenn der Meister oder das Fräulein krank war oder so, was weiß ich. Der Friseur konnte zaubern, das fand ich ein bisschen verdächtig, denn Zaubern war weltlich und vielleicht eine Form von Betrug, Reformierte zauberten nicht. Er hatte Tricks mit Schlingen und Bällen drauf.

Unser Friseur hatte auch so eine Luke, sage ich. Früher habe ich immer gedacht, sie würden Perücken aus den Haaren machen, die darin verschwanden.

Mit all dem Dreck, der da mit weggefegt wurde, sicher.

Tja, daran habe ich als Kind keinen Moment gedacht. Vielleicht wurden die Haare ja gewaschen.

Lennox macht Würggeräusche. Oh Mann, sagt er. Gewaschen, gereinigt. Stell dir vor, dass in so einem Keller ein Feuer ausbricht. Dieser Gestank von brennendem Haar.

Ja, sage ich, aber darüber will ich lieber nicht nachdenken. Ich kriege dann sofort Holocaust-Assoziationen. Meine Mutter hat geglaubt, dass auch die Juden, die in den Gaskammern ermordet worden waren, in die Hölle kamen; sie konnte auch nicht anders nach ihrem Glauben, zu dem sie zurückgekehrt war. Mein Vater war diesen Weg mit ihr mitgegangen, aber manchmal doch nicht so ganz. Meinst du nicht, dass diese Menschen genug gelitten haben?, schrie er dann empört. Er hat viel über den Krieg gelesen, es war in gewisser Weise die Zeit seines Lebens. Er war sechzehn, als es losging, es waren seine prägenden Jahre, auch aufregende Jahre. Er hatte untertauchen müssen, und er hat überlebt.

Tik.

Tik.

Tik.

Tik tik.

Tik tik tik tik.

Tik tik tik tik tik tik tik tik tik tik.

Tik tik tik tik tik tik tik tik tik tik tik tik tik tik tik tik tik tik tik tik tik tik tik tik tik tik tik.

Lennox schaltet die Scheibenwischer an. Wir fahren in die Regenzone hinein.

iii

Wir sind durch strömenden Regen zur Raststätte gerannt, und da trinken wir an einem Stehtisch Instantkaffee aus Steinbechern, aus denen schon kleine Stücke herausgeplatzt sind. Ich zumindest. Lennox ist auf der Toilette. Hast du das auch, fragt er, als er zurückkommt und seinen Becher ergreift, dass du viel öfter pinkeln musst als früher?

Ich nicke, jetzt sind wir wieder zwei Männer, die ihre Beschwerden bekakeln.

Altersflecken, häufiger pissen … Lennox nimmt kopfschüttelnd einen Schluck Kaffee.

Und dünneres Haar, sage ich.

Danke sehr, sagt Lennox.

Ich frage mich, ob Erektionsstörungen auch noch drankommen, und wer damit anfängt.

Wenn wir im Archiv auf die Toilette gingen, dann war das doch nicht zum Pissen, mit diesen Studentinnen da in dem Heim, sagt Lennox.

Es geht nicht um Störungen, sondern um Erektionen.

Ist das so, daran kann ich mich überhaupt nicht mehr erinnern, sage ich, dass wir gleich auf die Toilette rannten, das ging auch gar nicht, weil es in diesen neuen Depots überhaupt keine Toiletten gab, da hättest du erst den ganzen Weg zum alten Gebäude rennen müssen, und wenn du dort angekommen wärst …

Dann hättest du schon keinen Steifen mehr gehabt, willst du sagen? Naja, ich schon. Und sonst hat man's irgendwo anders erledigt. Einmal bin ich Wilbur im Gang irgendwo in einer abgelegenen Ecke begegnet, mit der Hand in der Hose. Ruck zuck ruck zuck ruck zuck.

Ich habe keine Ahnung, von wem er spricht, ich kann mich an keinen Wilbur erinnern, es scheint mir auch kein richtiger

Name für einen dienstverpflichteten arbeitslosen Jugendlichen zu sein.

Aber das war früher, sagt Lennox und seufzt. Er schaut zögernd zu den Brötchen im Weidenkorb auf der Theke hinüber.

Du kannst es tun, sage ich, du kannst es auch lassen.

Was? Wichsen?

Die Brötchen.

Draußen pladdert es auf das platte, leergefegte Weideland, bis hinter den Horizont. Alles ist grau, der Regen wäscht die Farbe aus dem Gras.

Wie alt sind diese Brötchen?, fragt Lennox die Frau hinter der Theke. Sie hat blaue Ringe unter den Augen und trägt eine rosa Schürze. Jeden Morgen sagt ihr das Bett: Also, komm langsam mal hoch, den ganzen Tag liegenbleiben, das bringt nichts. Oder vielleicht hat ihr Mann sie heute Morgen aus dem Bett geschmissen, geh du heute mal das Grundeinkommen aufstocken, dann bleibe ich im Bett. Früher wird sie hier Trucker bedient haben, aber die gibt es heute kaum noch. Als Antwort auf Lennox' Frage zuckt sie mit den Schultern.

Du musst sie durchsägen und die Jahresringe zählen, sage ich.

Wen?

Die Brötchen.

Lennox lacht kurz und freudlos, nur um beweisen, dass er mich gehört hat. Dümmlicher Witz. Als wären wir wieder im Archiv.

Würde meine Mutter noch leben, wäre es ungefähr jetzt an der Zeit, zum Zug nach Naarden-Bussum auf den Bahnhof Rai zu gehen und dann weiter mit der Linie 101 nach Huizen zu fahren.

Zwanzig Jahre bin ich diese Strecke jede Woche gefahren, hin und zurück, und was habe ich da unterwegs nicht alles an Veränderungen gesehen! Der gesamte Bereich um den Bahnhof Rai wurde neu gestaltet. Brachliegendes Gelände wurde bebaut, erst stand da ein Sechzigerjahrebau der Post mit einer

Sechzigerjahre-Drahtskulptur an der Fassade, das wurde alles abgerissen, dafür wurde eine Schule gebaut, es entstand ein Wohngebiet, und an der gegenüberliegenden Seite des Europaboulevards machte sich das Messe- und Kongressgelände RAI breit, und das Hochhaushotel von Koolhaas wurde errichtet. Der Bahnhof RAI bekam neue Bahnsteige, neue Gleise wurden verlegt, die Gemeinde Diemen wuchs in die Breite und in die Höhe, Weesp kroch mit neuen Vierteln hoher Reihenhäuser auf das umliegende Weideland zu, und es dauerte zehn Jahre, bis sie auf dem Bahnhof Naarden-Bussum Fahrstühle zu den Bahnsteigen gebaut haben, es kamen neue Busse, es kamen noch neuere Busse, das Zentrum von Bussum erhielt eine Gracht und einen kitschigen Neubau, alles änderte sich langsam, aber unaufhaltsam, von Saison zu Saison, von Jahr zu Jahr, das war eigentlich meine Große Reise, eine große zwanzig Jahre dauernde Expedition, aufgeteilt in Episoden, die zwar immer gleich, aber doch nicht identisch waren. Alles veränderte sich, nur meine Bestimmung blieb die ganze Zeit gleich. Aber auch das haut nicht hin: Das Pflegeheim erhielt eine neue Einteilung, neue Logos und neue Fußböden, meine Mutter zog von der offenen Abteilung oben in die geschlossene unten, Bewohner kamen und gingen, Betreuer kamen und gingen, Zugangscodes wurden eingeführt und wieder abgeschafft, meine Mutter wurde älter und älter, und ich musste stets weniger für sie tun.

Jetzt brauche ich gar nichts mehr für sie zu tun. Ja, ich könnte zu ihrem Grab gehen. Noch einmal die Route der in gleichförmige Episoden aufgeteilten Großen Reise einschlagen. Sehen, was sich jetzt wieder verändert hat.

Lennox kauft nun doch ein Brötchen und bringt mir auch eins mit. Das Rasen auf der Autobahn, das Geräusch des Regens. Wir sitzen in einem weißen Gebäude mit großen Fenstern mitten auf verlassenem Flachland, mit einer Autobahn und einer kleinen, schmalen Versorgungsstraße, die sich bis zum Horizont schlängelt, wir sind der höchste Punkt in der näheren Umgebung, ein Ort für ein Treffen, eine Übergabe, eine Liquidation. Ein kleines schwarzes Auto, das langsam auf dieser schmalen Straße auf uns zugefahren kommt, mit wem hat sich Lennox hier verabredet? Ein altes Modell, klapprig irgendwie, das wie auf einem schmalen Grat fuhr, dünnes Blech, ein Kühlergrill aus Chrom, ein kleines schwarzes Auto im Regen, ich sehe es und es sticht mir ins Herz, es fährt langsam, als würden Landschaft und Zeit sich ein bisschen ausdehnen, sodass es nie ankommen wird, *kleines schwarzes Auto im Regen*, das ist ein Titel für etwas, nicht für ein Buch oder eine Geschichte oder ein Gedicht, dafür ist es zu sentimental, eher für ein Lied, für ein anderes Musical. Oder doch auch für dasselbe Musical, dann tun wir so, als lebe meine Mutter noch, und ich fühle mich schuldig, weil ich nicht zu ihr fahre und stattdessen im Regen in einer kleinen Raststätte stehe und ein Brötchen esse, während ich mir ein kleines schwarzes Auto ausdenke.

Lennox pult mit seiner Zunge Krümel aus den Zahnlücken. Ich lasse unsere Kaffeebecher noch einmal auffüllen. Die Frau ist müde, der Kaffee ist plörrig, alles ist so, wie es sein muss. Ich liebe solche Orte, etwas, das in der Vergangenheit mit Blick auf eine prächtige Zukunft errichtet, aber um diese Zukunft betrogen worden ist. Ausgepowerte Orte, melancholische Orte, und dann regnet es auch noch. Das ist keine Vorliebe, auf die man stolz sein kann. Eine Neigung für solche Orte zu haben, bedeutet nicht, dass man nichts mehr zu verlieren hat, sondern nur, dass man nichts mehr zu bekämpfen hat. Man könnte das eine buddhistische Einsicht nennen, aber das wäre ein falsches Spiel wie der ganze westliche Buddhismus. Ich stelle die Becher auf den Stehtisch, wir trinken und schauen nach draußen. Das ist England, jetzt wird mir klar, warum ich die ganze Zeit das Gefühl habe, dass ich irgendwas *erkenne*. Ich erinnere die endlosen Fahrten, die ich Ende der 1980er Jahre mit Emmy gemacht habe, der Austauschstudentin, die mich darauf gebracht hat, die Kunstgeschichte aufzugeben, obwohl das natürlich nicht ihre Schuld war, sondern meine. Weil sie damals notgedrungen bei ihrem Vater wohnte, unternahmen wir, um aus dem Haus zu kommen, endlose Touren durch die Midlands, es ging über Feldwege und Autobahnen. Wir hätten Museen besuchen können, aber ihre Spezialisierung war die niederländische Genremalerei, und sie hatte alles, was das Genre in England hergab, längst gesehen, also fuhren wir einfach in der Gegend herum und tranken Kaffeeplörre und aßen fettige Snacks in obskuren Raststätten, und ich genoss es, weil ich wusste, dass unsere Beziehung eigentlich schon vorbei war, aber gleichzeitig schien es so, als könnte das alles endlos so weitergehen, und weil alle Tage einander glichen, *ging* es auch endlos weiter, als befänden wir uns in einem abgezirkelten Jenseits, und ich hätte mir wirklich keine idealere Situation vorstellen können; jedes Mal, wenn ich jetzt die Songs höre, die während unserer Touren im Autoradio liefen, fühle ich mich wieder zurückversetzt in diese ideale Zeit, wir hatten auch noch Sex, und zwar hauptsächlich, weil sie immer noch zu Hause wohnte, im Auto auf verlassenen Parkplätzen und toten Feldwegen, das machte den Unterschied. Es war langsamer und intensiver Sex, wie Leute vögeln, die wissen, dass die Zeit stehen geblieben ist. Ihr Körper glühte in der Landschaft – das klingt übertrieben poetisch, aber es gehört hier dazu, hier, wo ich eine völlig flache Landschaft überblicke und doch an jene Zeit denken muss, ein kleines England spukt mir durch den Kopf.

Bzzzzt. Bzzzzt. Bzzt. Bzzt, macht Lennox plötzlich.

Ach, da haben wir Guido, sage ich, als ich meinen Blick von der Aussicht abwende.

Ich musste auf einmal an ihn denken, sagt Lennox, ich weiß auch nicht warum.

Weil wir auf dem Weg zu ihm sind?, frage ich.

Ja, das wäre möglich, sagt Lennox – als wolle er offenlassen, was wirklich Sache ist. Komm, sagt er, fahren wir weiter.

Ich bin der Todkranke, der ihm folgt. Wir halten unsere Mäntel über die Köpfe, als wir zum Auto rennen. Sobald wir die Autobahn erreicht haben, wird es drinnen wieder wärmer. Wasser verdunstet. Scheibenwischer quietschen. Autos ziehen zischende Spuren. Ich fühle mich gut dank dem Kaffee. Mit Energie versorgt.

Das haben wir gebraucht, sagt Lennox. Schade nur, dass sie keinen richtigen Kaffee hatten. Es war Surrogat, hübsch heiß, aber ohne Koffein. Hast du das auch geschmeckt?

Ja, sage ich, aber die richtige Antwort müsste lauten: Nein. Wenn ich das Wort Surrogat höre, muss ich an die Geschichten meines Vaters über den Zweiten Weltkrieg denken. Ersatztee, Ersatzkaffee. Ersatzzucker. Das waren Begriffe aus einer anderen Welt, nicht der meinen. Meine ist jetzt auch vorbei. Surrogatsex. Surrogatengland. Hast du jemals den Eindruck, dass du nicht mehr in deiner eigenen Welt lebst?, frage ich Lennox.

Du meinst, weil sich alles verändert hat? Natürlich. So geht das, wenn man älter wird. Du lebst nicht mehr in deiner eigenen Welt. Für uns gilt das schon mal ganz besonders.

Wie meinst du das, für uns?

Wir sind Männer ohne Kinder, sagt Lennox. Kinder erweitern deine Welt. Aber statt unser Bestes für unsere Familie, unsere Nachkommen zu geben, machen wir das hier.

Was?

Statt unser Bestes für unsere Familie, unsere Nachkommen zu geben …

Nein, ich verstehe dich schon, ich habe mich nur gefragt: *Was* machen wir denn dann?

Tja. Wir beide sind auf Jagd nach dem Schatz.

Dem Schatz?

Ja. Den Diamanten.

Redest du von Bonzo? De Meester?

Die Diamanten von de Meester, ja.

Das klingt wie der Titel von einem Comic, sage ich. Ich dachte, es ginge um Gedächtnisverlust.

Ja, das auch. Diamanten und Gedächtnisverlust. Was immer du willst.

Hat denn de Meester die Diamanten? Du redest doch von dem Lösegeld, oder?

Beides ist möglich. Man kann *sowohl* Diamanten *als auch* Gedächtnisverlust haben. Das wird dir später schon noch alles klarwerden.

Also sind wir auf der Jagd nach dem Schatz, sage ich.

Ja, sagt Lennox, das habe ich doch gerade gesagt.

Also *das* machen wir, sage ich. Bonzo ist der einzige Entführer, der noch lebt, und er weiß, wo das Lösegeld ist. Und diese Informationen wollen wir aus ihm herauskriegen.

Lennox lächelt. Wenn wir schon sein Gedächtnis auffrischen, sagt er.

Das Motorengeräusch, das Wirbeln und Brausen des Regens. Unsere Stimmen, die in diesen Geräuschen aufgehen. Die Scheibenwischer bewegen sich hin und her, sie befördern das Wasser auf die Unterseite des Fensters. Wenn ich früher bei meinem Vater im Auto saß, habe ich immer gedacht: Der eine Scheibenwischer versucht, den anderen zu hauen, und der andere taucht immer rechtzeitig ab, immer wieder, immer wieder.

Und wir tun es, weil wir keine Kinder haben, sage ich.

Genau, sagt Lennox, als wären wir Comicfiguren. Kein alltägliches Leben, aber ein Abenteuer. Etwas, bei dem es nicht um irgendetwas geht. Naja, nicht irgendwas. Diamanten im Wert von was weiß ich. Wenn wir Kinder hätten, hätten wir alle beide feste Plätze in unserem Leben. Fixpunkte. Wir hätten feste Jobs haben müssen, um sie zu unterhalten, sie hätten jeden Tag an einen bestimmten Ort gebracht werden müssen, wir wären in einer Gemeinschaft verankert. Wir hätten ganz andere Gedanken im Kopf. Verstehst du, was ich meine? Stattdessen beschäftigen wir uns mit irgendwelchem Kram von früher.

Wenn wir Kinder hätten, sage ich, dann wären die inzwischen aus dem Haus. Wir tun das hier, weil wir Zeit dafür haben, weil wir an keine festen Arbeitszeiten gebunden sind. Ich jedenfalls nicht.

Es gibt genügend alte Väter, sagt Lennox. Du machst das, weil ich dich gebeten habe, mitzukommen. Nein, ich kann nicht, die Kinder kommen aus der Schule. Oder: Nein, ich kann nicht, ich habe heute die Enkel.

Bist du immer noch beim Dienst?, frage ich.

Und da fahren wir nun, sagt Lennox. Auf der Jagd nach dem Schatz. Es ist in der Tat ein Comic, bist du nicht erstaunt, dass unsere Texte nicht in Luftblasen über unseren Köpfen schweben?

Du hast meine Frage nicht beantwortet, sage ich.

Das weiß ich, sagt Lennox.

Ich warte einen Augenblick ab, aber er belässt es dabei. Also weiß Bonzo, wo die Diamanten sind?, frage ich. Was hat er eigentlich gemacht, nachdem er seine neue Identität hatte?

Inklusive der Jugend in Amstelveen, sagt Lennox.

Ja, inklusive der Jugend in Amstelveen. Was hat er gemacht?

Ob du es glaubst oder nicht, er hat angefangen, Kunstgeschichte zu studieren.

Nicht wahr.

Nicht wahr? Aber sicher.

Aber warum, frage ich, hat das jemand für ihn so festgelegt?

Nein, sagt Lennox, das war seine eigene Entscheidung, er hatte sein eigenes Leben, er hat etwas Geld mitgekriegt, und dann hat er sich wohl gedacht: Lass mich mal Kunstgeschichte studieren. Wer weiß, vielleicht haben wir einen zarten Keim bei ihm eingepflanzt, als wir diese eine Woche im Boijmans herumgestromert sind. *Faltenwurf!* Ist doch nett!

Ich bin ziemlich überrascht, sage ich, weil ich auch … Hat er es abgeschlossen?

Sicher. Er schon. Cum laude. Er ist später Kunsthändler geworden. Sehr erfolgreich, wollen wir mal sagen. Hättest du diese Welt noch zur Kenntnis genommen, hättest du sicher von ihm gehört.

Ich versuche, das Gefühl zuzuordnen, das in mich hineinströmt wie Dreckwasser in einen kalten Keller. Es ist keine Eifersucht, es ist auch keine Verleugnung oder Enttäuschung – obwohl von all dem ein bisschen dabei ist. Wut ist auch darunter, machtloser Zorn, mit der Betonung auf machtlos. Ich habe einen Schatten geschaffen, und der hat mich überflügelt. Ich habe ihm eine schöne Jugend, *meine* Jugend gegeben, die Jugend, die ich hätte haben mögen, und jetzt hat er *mein* Studium absolviert – mir ist, als hätte ich deshalb nie meinen Abschluss gemacht, warum sollte ich auch, es war nicht länger nötig, er hat das ja schon erledigt. Er hat auf dem Gebiet geglänzt, auf dem ich für ein Weilchen herumschnüffeln durfte. Jetzt verstehe ich auch, warum mir die Kunst langsam entglitten ist, warum ich mein Interesse daran verloren habe – ich hatte dieses Interesse, die Fähigkeit, sie zu genießen, ohne es zu wissen und zu wollen, auf ihn übertragen, und er konnte einfach besser damit umgehen als ich. Was am Nikolausabend 2008 im Rijksmuseum geschah, war also kein eigenständiges Ereignis, sondern der Höhepunkt dieser Entwicklung, ich habe mich nicht von der Kunst verabschiedet, es war die Kunst, die sich von mir verabschiedete, grinsend, spottend. Ich wurde nicht mehr gebraucht, sie hatten jemand anderen, jemanden, den ich selbst hervorgebracht hatte.

Du schaust düster drein, sagt Lennox. Es wird wohl doch ein eher komplizierter Comic, oder? Mit Rückblenden, Personenverwechslungen und einer langen Erklärung am Ende, und mit überquellenden Sprechblasen, irgendwo in einem Eckchen sieht man nur noch einen kleinen Kopf, der sie ausspricht …

Und so weiter und so fort, sage ich, und so weiter und so fort.

Wie riesige Vorhänge ziehen Regenböen von links nach rechts über die Autobahn und das Weideland. Die Landschaft beginnt sich zu verändern, langsam bekommt sie ein Relief, sanfte Gefälle, runde Hügel, die Grabhügel von Riesen, die die Regenvorhänge aufgehängt haben; dann folgen größere Hügel, hier und da eine Reihe nass-triefender Bäume. Die Aussicht verschließt sich, die Ferne dämmert weg, und ich erkenne die Landschaft, wir fahren durch die Hintergründe von Malereien aus dem Spätmittelalter und der frühen Renaissance, die ich früher so geliebt habe, diese Hügel mit einzelnen, gebrechlichen Bäumen, diese Städtchen in der Ferne, alles fragil und bescheiden, unberührt von den Ereignissen im Vordergrund. Da ist das erste Städtchen, es gibt nicht einmal eine Ausfahrt, es ist da, und dann ist es wieder weg, ich würde immer noch am liebsten zu Fuß durch diese Landschaft laufen, von Hügel zu Hügel, von Stadt zu Stadt, hin und wieder stehen bleiben und irgendwo in der Ferne eine Kreuzigung oder die drei Weisen aus dem Morgenland sehen, die bei einem Stall von ihren Kamelen absteigen, Maria in einem Garten, Heilige, die gemartert werden – alles weit weg, während man selbst noch weiter entfernt ist, im Hintergrund, es ist, als würde man sich durch die verkehrte Seite eines Fernglases sehen, da läuft man, die Route über den Hintergrund ist vielleicht die beste Route, überlass den Vordergrund ruhig den anderen, den historischen Ereignissen und allem, was gern vorne stehen will. Aber ich *sehe* die Landschaft nicht, ich leite sie ab, weil alles, was ich sehe, von Wasser gesättigt ist, alles, was ich sehe, wird immer wieder von Regenschleiern unsichtbar gemacht, ich könnte da nie im Leben herumlaufen, klatschnass durch das sumpfige Weideland, ich würde in der Ferne nichts erkennen – es ist, als wollte der Regen sie auswaschen, die letzte Kunst, die ich noch geliebt habe.

Was schaust du so?, fragt Lennox.

Vielleicht sollten wir mal wieder zusammen in ein Museum gehen, sage ich. Warum denn nicht, denke ich, gerade jetzt, um es mir von Bonzo wiederzuholen, um zu sehen, ob die Kunst noch existiert, ob sie in meinem Kopf noch funktioniert, um etwas von dieser Begeisterung zurückzuerobern, oder was es auch immer gewesen sein mag, *Heiterkeit*. Auch deshalb habe ich mit Lennox mitgehen müssen.

Wie damals im Boijmans, nickt Lennox. Gehst du denn noch in Museen, ich meine, in ein Gebäude? Das muss man doch schon lange nicht mehr?

Leute gehen doch noch immer scharenweise in Museen, um die echten Dinge zu sehen, sage ich.

Aber man kann zu Hause alles aus allen Winkeln und bis ins letzte Detail sehen. Ist Authentizität wichtiger als diese intensivierte Erfahrung?

Authentizität ist intensivierte Erfahrung, sage ich.

Für Menschen unserer Generation, sagt Lennox.

Gibt es noch andere?, frage ich.

Das bringt Lennox zum Lachen. Die einzig wahre Generation ist unsere, sagt er. Meinst du das?

Ich weiß es nicht, sage ich, denn ich kenne keine andere. Zumindest nicht so aus dem Innersten heraus. Alle diese Dinge, die wir haben kommen sehen, PCs, Internet, Laptops, Smartphones, Palios, die sind unverzichtbar und haben unser Leben verändert, aber gleichzeitig glaube ich, dass das alles nur Spielereien sind. Ja, alles ist anders, aber man darf sich fragen, ob wir dadurch tatsächlich auch anders geworden sind. Mir scheint nämlich, dass die Generationen, die nach uns kommen, *durchaus* davon verändert wurden. Wir sind eine Zwischengeneration, wir sind in einer Welt ohne Mobiltelefone und PCs und all diesen Dingen aufgewachsen, wir haben noch an Schreibmaschinen gearbeitet, erst an unserem Dreißigsten mussten wir dran glauben – wir haben zwar alles brav mitgemacht, aber es hat nie wirklich unser Leben bestimmt.

Während ich das sage, beobachte ich den Regen draußen. Was ich gesagt habe, klingt wie eine Ansammlung von Klischees, aber das bedeutet ja an sich nicht, dass es nicht wahr ist. Jede Generation ist per definitionem eine Zwischengeneration. Wann hat diese Benennung von Generationen angefangen, vor fünfzig, sechzig Jahren? Von einem bestimmten Moment an haben wir begonnen, die Welt als Spiegel oder als Glaskugel zu betrachten, die die Wahrheit über uns selbst enthüllen sollte. Die Welt im Dienste unseres Selbstbildes.

Wir werden von einem Selbstfahrer überholt, glänzendes und triefendes Wasser spritzt in seinem Kielsog auf. Hinter feuchten Scheiben sitzt ein Mann in einem hellblauen Anzug, der uns zuwinkt, mit beiden Händen zugleich.

Hast du das gesehen?, fragt Lennox. Sieh mal, Mama, ganz ohne Hände. Wie lange haben wir jetzt selbstfahrende Autos?

Früher haben sie es aus Stolz gemacht, sage ich, schau mal her, was ich mich traue, und jetzt tun sie es, um uns zu warnen, sieh her, ich kann überhaupt nichts machen, ich bin nicht verantwortlich für das, was mein Auto tut.

Du musst dich nicht von all den Geschichten über Selbstfahrer mit suizidalen Neigungen einschüchtern lassen, sagt Lennox. Auch das wird die Entwicklung nicht aufhalten. All diese Dinge, von denen du gesprochen hast, sehe ich nicht als Spielereien, es sind Dinge, die die Welt verändert haben; vielleicht ist diese Welt nicht mehr unsere Welt, wie du gesagt hast, aber wenn du über Spielereien sprichst, klammerst du dich an diese alte Welt.

Und darf ich das nicht?, frage ich.

Und solltest du das nicht selbst wissen, sagt Lennox. Wenn wir uns bald gegenseitig in unsere Köpfe einloggen können, redest du dann immer noch von Spielereien? Stell dir vor, du bist grad herrlich am Ficken, und andere loggen sich bei dir ein, um diese

Erfahrung zu teilen, ein Porno wird nie mehr das sein, was er früher mal war, und wenn du es ein bisschen drauf hast, kannst du damit stinkreich werden. Wenn wir uns auch gegenseitig in unser Gedächtnis einloggen können … Angenommen, dass ich mich Bzzt Bzzt Bzzt Bzzzzt in deinem Kopf einloggen kann, um zu sehen, wen du letzte Nacht gefickt hast, dass ich das sehen kann, dass ich das mitfühlen kann, dann würde ich jeglichen Sex in deinem Leben miterleben. Nicht speziell *dein* Leben, so im Allgemeinen, meine ich.

Und das Einloggen macht das Geräusch von Guidos Wägelchen?, frage ich.

Dann wird es eben ein anderes Geräusch sein, sagt Lennox.

Nein, nein, sage ich, das Geräusch hast du ja nicht ohne Grund angeführt, du redest doch darüber, was Guido macht? Darüber, was Guido will? Das hast du mir alles gestern beim Essen erzählt. Er will meine Erinnerungen an Bonzos Jugend auslesen. Und jetzt will er offenbar auch wissen, wo die Diamanten sind. Vor vierzig Jahren ist er noch im Archiv mit dem Rollstuhl rumgegurkt, jetzt ist er ein Computerwizard, der in anderer Leute Gehirn gucken kann.

In vierzig Jahren kann viel passieren, sagt Lennox. Und wir müssen erst mal sehen, wie weit er wirklich ist. Aber stell dir vor, was es bedeuten würde. Stell dir vor, dass du bald direkte Erfahrungen verkaufen kannst oder dass wir mit Erinnerungen handeln können. Das wird eines Tages passieren, darüber wurden schon vor zwanzig oder dreißig Jahren Filme gedreht.

Du bringst mich doch jetzt dorthin?, frage ich.

Ja, aber du musst es allgemeiner betrachten, sagt Lennox. Wer sind wir dann noch? Wenn wir ablesbar, auslesbar sind, bleibt für uns selbst nichts mehr übrig. Und wenn wir Erfahrungen kaufen können, existieren wir dann eigentlich noch?

Wer weiß, sage ich. Tatsächlich spricht Lennox über das Ende des Ichs, das Ende der Illusion des Ichs, das müsste mich als

Quasi-Buddhisten doch ansprechen. Es gibt nur noch Gedanken, nicht *meine* Gedanken. Nur noch Erfahrungen, nicht *meine* Erfahrungen.

Diese Szene im Archiv, sage ich, als de Meester mit E5 vor dem Fenster zugange war. Wenn wir uns damals alle in seinen Kopf hätten einloggen können …

Wir wären allesamt explodiert, sagt Lennox.

Wahrscheinlich hat er Recht.

Würdest du es tun?, Lennox fragt, würdest du deinen Kopf teilen?

Das werde ich doch sowieso bald machen, sage ich, deshalb haben wir diese Reise doch angetreten, richtig?

Ich wäre mir da nicht sicher, sagt er. Stell dir vor, ich hätte gerade zu dir gesagt, welche Szene mit de Meester meinst du eigentlich, wovon redest du denn, von welchem Fenster, wer ist E5? Und dass ich dann in deinem Gehirn herumspazieren könnte, um in deinem Gedächtnis zu kramen – dann könnte auch ich mich vielleicht wieder erinnern, aber wäre es dann meine Erinnerung oder deine, oder habe ich dann auf einmal zwei Erinnerungen, die importierte von dir und aktivierte von mir?

Ich weiß es nicht, sage ich, ich vermute, du könntest diese beiden Erinnerungen voneinander trennen, die Frage scheint mir jedoch eher zu sein, ob sich diese geliehenen oder gekauften Erinnerungen wieder löschen lassen oder ob man die dann sein ganzes Leben mit sich herumträgt.

Um nur mal eins zu nennen, sagt Lennox.

Wir schweigen einen Moment.

Umkehren?

Was? Lennox schaut zur Seite.

Wir können noch zurück, sage ich.

Nein, das geht nicht, sagt Lennox, ich habe vielleicht ein bisschen zu viel erzählt. Es lag nicht in meiner Absicht, dich zu verunsichern.

Zum Glück, sage ich. Sprechen wir nicht einfach nur über das Geschichtenerzählen, wie wir Geschichten weitergeben und in uns aufnehmen, redest du nicht eigentlich einfach über die Wirkung von Literatur? Lennox wirft einen überraschten Blick zur Seite. Über *Literatur?* Ach ja, ich bin mit einem Schriftsteller unterwegs. Ich lächle, ich weiß nicht, wen ich damit beruhigen will, Lennox oder mich selbst.

Vielleicht lulle ich mich damit ein, indem ich gleich wieder Literatur daraus mache, darüber muss ich noch einmal nachdenken, aber im Moment habe ich hauptsächlich de Meester mit seinen Fingern im warmen Marmor von E5s Hüften vor Augen. Ich bin später noch einmal in diesem Studentenwohnheim gewesen, oder nein, nicht noch einmal, denn ich war vorher nie da, ich war später mal in diesem Appartementhaus und habe von drinnen nach draußen geschaut, zum vierten Depot, wie war das doch wieder?, wann genau war das?, warum kann ich mich nicht in meinen eigenen Kopf einloggen, um mein eigenes Gedächtnis zu untersuchen, sollte das nicht eine viel funktionalere Anwendung sein als ein Durch-die-Erinnerungen-anderer-Herumspazieren?

Es regnet, wir fahren durch nasse Hintergründe alter Gemälde, als wäre die Welt ein Museum, in dem im Obergeschoss die Wasserleitung geplatzt ist. Jetzt würde ich neben meiner Mutter in ihrem Eckchen im Gemeinschaftswohnzimmer neben Frau Blijdschap und Frau Vroomshoop** sitzen, und ich würde ihre Hand halten, und dann würde sie mich dankbar und gütig anlächeln, Kind und Mutter zugleich, und ich würde ihr zulächeln, und dabei denken: das ist also, wo ich herausgekrochen bin, das ist, was mich mit allem Möglichen versehen hat durch Gene und Ängste, das ist, wovon ich Dinge übernommen und mir angeeignet habe, die ich wieder loswerden musste. Obwohl wir praktisch

---

** Sprechende Namen: Freude und Gottesfurcht.

so tun, als wären wir ungeschriebene Blätter – noch bevor ich auch nur einen Bleistift halten konnte, war mein Blatt schon von ihr und meinem Vater zerschrammt und beschmutzt worden, jeder hatte das für sich getan, jeder mit seinem eigenen Genpaket, eine hübsche Zeichnung ist nicht daraus geworden, das wäre ja auch ein sehr großer Zufall gewesen, wenn das Gekratze und Geschabe ein schönes, ausgewogenes Bild hervorgebracht hätte, genauso zufällig wie bei einem Affen, der das gesammelte Werk von Shakespeare auf einer Schreibmaschine tippt. Und ich würde mit ihr durch *Voorschoten in alten Ansichten* blättern und immer wieder bei der alten Postkarte stehen bleiben, auf der ihr Geburtshaus abgebildet ist. Im Laufe der Jahre war ihr Verfall daran zu ermessen, wie sie auf dieses Foto reagierte. Ich habe immer zuerst auf das falsche Haus gezeigt: Ist das das Haus, in dem du geboren bist? Nein, nein! (Mit einem Blick von: Wie kannst du denn sowas denken?) Ist es dann *dieses* Haus? Ja, Ja! Aber die Verneinung wurde immer zurückhaltender, immer stiller, bis sie auf ein fast unmerkliches Kopfschütteln reduziert war; und das Erkennen war immer seltener von Freude begleitet, es wurde zu einem nachdenklichen Nicken, bis auch das unterblieb und sie nur noch auf das Papier zu starren schien, auf dem das Foto abgedruckt war, und nicht mehr auf die Abbildung selbst, und sie wartete geduldig lächelnd darauf, dass das Buch wieder aus ihrem Blickfeld entfernt wurde.

In ihr Gedächtnis hätte ich mich schon gern mal eingeloggt, um zu sehen, was noch übrig war, ob nur allein die Nervenbahnen zerstört waren oder auch der Inhalt ausgelöscht war, und wie die Erinnerungen an den Krieg denn genau aussahen, die plötzlich zurückkehrten, die sie jedoch nicht ausdrücken konnte. Und welche Information über mich in ihrem Kopf gespeichert waren, was für ein Bild, das da von mir aufbewahrt wurde, ob da noch immer böse Lichter unter den Schildern aufleuchteten: HAT DIE SCHULE NICHT ZU ENDE GEMACHT UND ZIEHT SICH SCHLAMPIG AN.

Eines der letzten Dinge, die dahinschwanden, war ihr kritischer Blick. Jedes Mal, wenn ich mich von ihr verabschiedete und sie bei den Damen Blijdschap und Vroomshoop in ihrem Eckchen zurückließ, ließ sie ihren Blick über meine Gestalt schweifen. Sie sprach kaum noch, aber eines Nachmittags streckte sie ihre zitternde Hand nach mir aus und sagte mit knarrender Stimme: Sitzt nicht gut! Ich folgte ihrem Blick und sah, dass das eine Ende meines Schals bis zu meinen Knien ging, während das andere Ende kaum bis zum Ellbogen reichte. So konnte ich natürlich nicht auf die Straße gehen. Während ich meinen Schal richtig umband, beobachtete sie mich wohlwollend, klar, voller Verständnis und Zufriedenheit, ein Blick, der der Demenz, die ihren Kopf beherrschte, entschlüpft war. Von diesem Mittwochnachmittag an habe ich immer dafür gesorgt, dass bei jedem Abschied etwas mit meiner Kleidung nicht in Ordnung war. Bis weit in den Sommer hinein nahm ich einen Schal mit, wenn ich sie besuchte, nur, um ihn mir beim Abschied schief umzuhängen, oder mit einem übertriebenen Knoten, aber irgendwann reagierte sie nicht mehr darauf und ich musste zu drastischen Unzulänglichkeiten meiner Garderobe greifen. Meine Jacke von innen nach außen zu kehren, hat einige Monate recht gut funktioniert. Nein, nein!, schrie meine Mutter dann kopfschüttelnd. Zuletzt stand ich mit einer völlig verdrehten Jacke und einem nicht zugeknöpften Hemd vor ihr, hatte offene Schnürsenkel in den Schuhen, die Hose hing auf den Knöcheln, und die Krawatte hatte ich um den Kopf gebunden – naja, sozusagen, das mit der Krawatte stimmt nicht. Als dann auch solche Maßnahmen bei ihr als normal durchgingen, entschied ich, dass das Experiment nun lange genug gedauert hatte, auch wegen der Reaktionen der Umgebung. Die Betreuer waren nicht das Problem, die kapierten, was ich da machte, aber zufällig vorbeikommende Familienangehörige anderer Bewohner warfen mir schon seltsame Blicke zu, und eines Nachmittags hörte ich, wie Frau Blijdschap, die zu der Zeit noch recht gut beieinander war, Frau Vroomshoop fragte, warum sich dieser Mann immer vor seiner Mutter auszöge; so wollte ich nicht in die Geschichte eingehen, auch wenn es sich um eine Geschichte handelte, die in Kürze ebenfalls ausgelöscht sein dürfte. Mir reichte schon Mijnheer Stemerdink, der mir immer, wenn ich mich mit einem Kuss von meiner Mutter verabschiedet hatte, im Vorbeigehen mit seinem spitzen alten Ellbogen in die Seite stieß und in verschwörerischem Ton: Alter Lüstling! zurief. Ich blieb immer höflich stehen und wartete ab, bis er mich geschubst hatte; nur einmal war ich zu schnell an ihm vorübergegangen, und er hatte nur die Luft getroffen und wäre fast vom Stuhl gefallen.

Dass eine der letzten Möglichkeiten, mit meiner Mutter in Kontakt zu treten, Klamotten waren, ist ironisch – nein, nicht ironisch, *passend*. Es war eines der Dinge, für die sie schließlich gelebt hat: dafür zu sorgen, dass ihr Sohn und ihre Tochter ordentlich angezogen auf die Straße gingen und nicht nur gegen die Kälte gewappnet waren, sondern auch gegen die Blicke der Nachbarn. Ihre Kinder sollten ihr keine Schande machen, dabei ging es weniger um sie als um die Einheit, zu der wir alle gehörten und für deren Aussehen sie die Verantwortung trug: die Familie. *Denk an die Nachbarn* – die Nachbarn waren die wirklichen Götter für meine Mutter. Der Gott im Himmel würde erst nach dem Tod sein Urteil fällen, diese Aussicht war an sich schon schlimm genug, aber die Nachbarn waren gefährlicher: Auch sie beobachteten alles und urteilten darüber hinaus sofort.

Wie böse sie war, als ich die Schule ohne Abschlusszeugnis verließ. Nicht, weil sie sich Sorgen wegen meiner Zukunft machte; es war ihr Hier und Heute, das angetastet wurde – wie sollte sie es der Welt da draußen erklären, was sollten die Nachbarn in dieser Welt (und die Welt begann gleich in der Nähe, unmittelbar auf der anderen Seite der Wände unseres Reihenhauses, nein, noch näher, diese Welt steckte in ihr drinnen) davon halten, von *ihr* denken? Gleichzeitig konnte sie nicht eingreifen, da sie über keinerlei Autorität verfügte. Sie beherrschte ihre Welt nicht, ihren eigenen Blick, ihre eigene Angst; niemand erklärte ihr, was richtig gewesen wäre, wie hätte sie es da anderen erklären können? Und dann da aufwachsen, zwischen solchen Wänden. Amor fati, du wirst dein Leben schon irgendwie in die Hand nehmen, ich habe Nietzsche gelesen, sicher, ich habe bei diesen Passagen nachdenklich genickt und gedacht: ja, das würde ich schon wollen, ich wäre auch dazu bereit, trotz allem, aber die Wahrheit ist, dass ich für kein Geld der Welt dieses Elend noch einmal mitmachen möchte, diese ganze gedeihliche Zeit, in der wir gelebt haben, oh, wir sollten dankbar sein, aber ich bin es nicht, ich bringe es nicht übers Herz, dankbar zu sein und dieses Leben noch einmal zu leben, noch einmal in dieser Familie aufzuwachsen, ich will eine Familie mit einer Mutter, die gut riecht und die nicht immer erstarrt, bevor sie anfängt, etwas zu tun – ich weiß, wie sich das anfühlt, mir geht es selbst auch so, ich habe es *geerbt*, es fühlt sich an, als wenn sich eine dünne Schicht Wasser unter der Haut befände, die sich tatsächlich in Eis verwandelt. Man kommt nicht dagegen an, man will nichts anderes, als dass das alles einfach aufhört, dass die Zeit stillsteht und jemand einem sagt, wie es weitergehen soll, wie es weiter*geht*, aber weil die Zeit nicht erstarren kann, tut man es selbst.

V

Wie viel Regen kann eine Landschaft aushalten? Die Scheibenwischer bleiben an, die Hügellandschaft ist inzwischen weniger zeitlos geworden, wir kommen durch größere Städte, Industriegebiete, alles ist durchnässt, nasse Schornsteine, nasse Ausfahrten, nasse Einfahrten, nasse Autos, zischende Autoreifen.

Lennox räuspert sich. Du verstehst sicher, dass du nicht darüber schreiben darfst?

Über das, worüber wir gerade gesprochen haben?, frage ich, darüber, dass wir uns gegenseitig in die Gedanken einloggen und so?

Ja, das und den Rest, was wir machen, unsere Reise, Bonzo, de Meester, die Diamanten. Da solltest du besser nicht drüber schreiben.

Und wenn ich es in der Zukunft spielen lasse?, aber diesen Gedanken spreche ich besser nicht aus. Stattdessen beruhige ich ihn. Es ist lustig, dass du das sagst, sage ich, hast du gewusst, dass ich schon ein paar Mal über de Meester geschrieben habe? Unwillkürlich, ohne dass ich mir etwas Böses dabei gedacht hätte. Beide Male hat es sich sofort gerächt, als wollte das Schicksal es nicht zulassen. Also mach dir keine Sorgen, ich werde es kein drittes Mal versuchen.

Nein, wirklich?, fragt Lennox. Was war denn da los? Wann war das?

Ja, wirklich. Das letzte Mal ist es diese Woche passiert.

Erzähl.

Vorgestern teilte mir meine Verlegerin mit, dass ihr mein neuer Thriller nicht gefallen hat. Sie fand ihn zu literarisch, mit zu viel Plot. Und das darf nicht sein in der Serie, wie ich sie mache.

Der plotlose Thriller, nickt Lennox.

Und als ich das Manuskript noch einmal gelesen habe, wurde mir klar, dass es eigentlich um de Meester und Bonzo ging. Ich habe keine Ahnung davon gehabt. Als hätte ich einfach nicht richtig aufgepasst.

Und hat es nicht auch noch einen früheren Vorfall gegeben?, fragt Lennox.

Ja, sage ich, das war, als ich für *EFSF* arbeitete, diese Soap, ich weiß nicht, ob du die kennst. *Echte Freunde Schlechte Freunde*. Ich habe die Charaktere entwickelt, ihre Hintergründe, wie sie lebten, wie sie sich anzogen ... Irgendwann habe ich mir einen Mann einfallen lassen, einen reichen Junggesellen mit einer mysteriösen

Vergangenheit, die niemand kannte, die aber, wer weiß, in der Zukunft enthüllt werden würde …

Ich sehe es schon kommen, sagt Lennox.

Ich hatte ein Haus für ihn entworfen, Interieur, Möbel, eine Vergangenheit – aber es gefiel ihnen nicht, ich musste es streichen, die Handlung, in die er eingebettet war, wurde umgebaut. Erst später wurde mir klar, was ich getan hatte, ich hatte einfach Bonzo in die Soap hineingeschrieben. Nicht lange danach wurde ich gefeuert.

War es nicht in beiden Fällen ein Notanker, fragt Lennox, weil dir nichts anderes eingefallen ist und du bei etwas Zuflucht gesucht hast, das dir vertraut war?

Es ist einfach passiert, sage ich, erst danach habe ich gesehen, was ich angerichtet hatte.

Lennox lächelt. Es ist deine einzige Geschichte, sagt er, du bist dazu verdammt, immer wieder zu ihr zurückzukehren. Genau wie ich.

Du auch?

Ja, ich auch. Was glaubst du denn, was wir hier machen? Wir arbeiten jetzt beide wieder an dieser Geschichte. Was du vor deinem fünfundzwanzigsten Lebensjahr erlebst, hinterlässt nun mal den größten Eindruck. Wir sind Männer ohne Kinder, denk daran, wir sind noch immer der Mittelpunkt unseres eigenen Lebens, denn wir haben es versäumt, neue Geschichten anzusetzen. Bei jedem Kind, das du kriegst, fängt eine neue Geschichte an, und in diesen Geschichten dreht es sich nicht mehr um uns oder unsere Erfahrungen von früher, in diesen Geschichten sind wir Nebenfiguren geworden. Aber bei uns hat das nicht so richtig funktioniert.

Wir fahren an Industriegebieten und riesigen Hochhäusern vorüber. Wir nähern uns der nächsten größeren Stadt. Alle Autos haben Licht eingeschaltet, die Spiegelungen davon huschen glänzend über unsere Windschutzscheibe. Die Wischer schlagen um sich und verbeugen sich.

Vielleicht ist Bonzo unser Kind, sage ich, aber Lennox reagiert nicht darauf. Tja, sagt er, während er sich auf die Autos konzentriert, die sich einordnen und ausscheren, und auf die orangefarbenen Texte, die auf den schwarzen Schildern über der Straße leuchten. Tja, und du hast gedacht, es wäre ein Zufall?

Was? Dass wir keine Kinder haben?

Nein, du musst ein bisschen weiter zurück.

Ich verstehe dich nicht.

Was dir passiert ist, mit dieser Soap und jetzt wieder mit deinem Verleger. Alles, was mit de Meester zu tun hat, musste geheim bleiben, das war dir doch klar? Also haben wir alles genau im Auge behalten. Sobald irgendwo etwas drohte schiefzugehen, haben wir eingegriffen.

Warte mal, sage ich. Das heißt doch nicht etwa, dass *ihr* … Willst du damit sagen, dass … *Zweimal?* Bei *EFSF* und bei meinem Verlag?

Ja.

Aber wie?

Indem man alles im Auge behält.

Indem man mich im Auge behält.

Ja, dich auch.

Warte, warte, sage ich, damit wir uns richtig verstehen. Ihr habt all die Jahre über verfolgt, was ich gemacht habe? Wie hat das funktioniert, gab es jemanden bei *EFSF*, der für euch gearbeitet hat? Und jetzt, im Verlag, immer noch? Du verfolgst alles, was ich tue und was ich schreibe? All die Jahre?

Darauf läuft es ungefähr hinaus, ja.

Ungefähr. Lieber Himmel. Wie viel Zeit und Geld geht denn dabei drauf, das kann doch nicht wahr sein, bist du sicher, dass du dir das nicht gerade ausgedacht hast?

Du hast gefragt, ob ich noch immer beim Dienst arbeite, sagt Lennox. Die Antwort lautet also: Ja. Macht dir das Angst?

Ich antworte nicht, ich denke nach. Abgesehen von der völlig absurden Idee ist es logisch, ich hätte auch von selbst darauf kommen können. Wenn man an einem geheimen Projekt mitarbeitet, muss man die Konsequenzen tragen. Aber man muss sich auch erst daran gewöhnen, dass die letzten vierzig Jahre anders verlaufen sind, als ich angenommen habe, oder jedenfalls, dass jemand ständig zugesehen, dass es anscheinend immer jemanden in meiner Umgebung gegeben hat, der nur deshalb abgestellt war, um alles zu beobachten, was ich tat. Sie haben mir damals schon in den Kopf geschaut, dafür brauchten sie keine moderne Technik. Wer war es? Ich versuche, mir meine Leute von *EFSF* vor mein geistiges Auge zu holen. Und wer im Verlag – waren alle Praktikantinnen, die ich im Laufe der Jahre kennengelernt habe, Abgesandte von Lennox? Und jetzt erinnere ich mich plötzlich auch wieder, wie ich in dieser Studentenwohnung gegenüber dem Depot gelandet bin, das war mit einer dieser *EFSF*-Praktikantinnen, Jahre später, ich habe mich mit ihr auf einen Drink getroffen, sie lebte in diesem Appartementhaus, irgendwo in der Mitte im vierten oder fünften Stock, vielleicht sogar in E5.

Ich war einmal mit einer *EFSF*-Praktikantin in diesem Studentenwohnheim, hat die auch für dich gearbeitet, hat sie es gemacht, weil du es ihr befohlen hast? Und sie wohnte auch noch in E5, sollte das ironisch sein?

Ich weiß, sagt Lennox, während er sich durch den Verkehr laviert, wirklich nicht, wovon du redest.

Ich spreche von einem kalten, grauen Nachmittag, aber das binde ich Lennox nicht auf die Nase, an diesem Nachmittag stand ich hinter ihr, und wir schauten nach draußen, zum Depot hinter dem Spielplatz, der Himmel war hellviolett mit schwarzen, nassen Wolkenfetzen. Die kleinen vertikalen Fenster des Depots waren beleuchtete Schießscharten, selbst, wenn man uns beobachtet hätte, hätte man uns nicht sehen können, oder jedenfalls kaum, ich legte meine Hände auf ihre Hüften, aber sie war zu schmal, und erst jetzt fiel mir auf, wie groß und breit E5 gewesen sein muss. Die Praktikantin war kleiner, nicht blond, sondern brünett, hatte auch kurzes Haar und Sommersprossen auf dem Rücken, als sie sich ausgezogen hatte. Diese brennende Geilheit, wenn so eine Vögelei losgeht, ist fast noch besser als das Kommen, vielleicht sogar viel besser. Dieser fremde Atem, der fast sofort vertraut und auffällig warm ist, was man über den eigenen Atem nie weiß. Die Welt, die sich verkleinert, kleine Zähne hatte sie auch, schmale Hände, die mich weiter hineinschieben wollten, als ich schon in ihr drinsteckte, weiter, tiefer, wir waren kleine fanatische Nagetiere mit kleinen Zähnen und kleinen Händen, schwitzende Nagetiere mit geschlossenen Augen, ein fremdes Bett, das auch vertraut wurde und warm wie der Atem. Oh Gott, die Erinnerung ist viel stärker als alles, was Lennox mir gerade erzählt hat, als ob es nichts damit zu tun hätte, als ob nur dieses *wirklich* passiert wäre und alles andere nicht. Vielleicht hatte ich sie früher, Jahre zuvor, in einem Café auf der van Woustraat getroffen, vielleicht arbeitete sie schon als Praktikantin, als ich noch studierte, vielleicht war es sogar noch früher, und wir haben alle beide noch Kunstgeschichte studiert. Es hat nichts mit dem Rest zu tun. Ich habe sie nie wiedergetroffen, wie schlampig kann man eigentlich sein? Daher auch die überwältigende Melancholie, die mit Erinnerungen wie diesen einhergeht – von allem, was daraus hätte werden können, als ob all diese Erinnerungen letztendlich Vorgriffe auf etwas viel Größeres gewesen wären, Teaser, Trailer von Spielfilmen, die nie gedreht werden würden oder zumindest nie in deiner Welt im Kino liefen. Deine Welt bewegte sich vorsichtig zwischen allen möglichen Parallelwelten, von Teaser zu Teaser, von Preview zu Preview, von Trailer zu Trailer; demnächst in diesem Theater, immer demnächst, niemals jetzt. Und alles, was Lennox erzählt hat, alles, was wir jetzt tun, ist auch nur eine Parallelwelt, sie hat nichts damit zu tun.

Irgendetwas stimmt nicht, hier ist eine Unzahl an Autos, viele Autos stehen still, andere Autos fahren langsam um sie herum,

Lennox versucht, mit dem Strom mitzuschwimmen, es ist fast dunkel, Lichter flammen auf, Rückleuchten, Blinklichter, Blaulichter, alles verzerrt und vom Regen reflektiert, eine höllische Kakophonie von Hupen.

Ist das schon wieder dieser Mann, der da winkt?, schreit Lennox über den Lärm hinweg.

Wer?

Der Mann im hellblauen Anzug, der gerade in dem selbstfahrenden Auto gesessen hat! Ich glaube, er stand hier am Straßenrand und hat gewinkt, wieder mit beiden Händen. Aber jetzt mit Panik im Blick.

Ich drehe mich um und sehe nichts außer all diesen Lichtern.

Ich bin mir sicher, dass ich ihn wiedererkannt habe, sagt Lennox. Bestimmt ein weiterer selbstfahrender Fall mit Selbstmordabsichten, oder? Er lacht kurz auf. Da ist er jedenfalls noch gut weggekommen.

Ich schaue mich noch einmal um, wir sind zu weit weg, der Regen nimmt mir die Sicht.

vi

Ich stehe am Fenster meines Hotelzimmers und blase mein Meditationskissen auf. Plötzlich habe ich das Bedürfnis, mich auf dieses Kissen zu setzen, ich bin in einer neuen Welt gelandet, oder anders gesagt, meine alte Welt war nicht so, wie ich es mir vorgestellt habe, daran muss ich mich erst gewöhnen.

Auch von diesem Zimmer aus habe ich Blick auf einen Innenhof, auch hier steht, soweit ich sehen kann, kein Empfangsrobo und raucht. Es ist inzwischen dunkel, in den Häusern auf der anderen Seite des Hofes brennt hier und da ein Licht hinter einem Fenster, Schatten bewegen sich. Es kostet mich Mühe, das Kissen vollzukriegen, ich hatte auch schon mal eine bessere Kondition.

(Stimmt das? Nein.) Ich halte für einen Moment inne. Das ist bereits die erste Übung: zusehen, dass man das Kissen vollkriegt. Mir schwirrt der Kopf zu sehr, um zu meditieren, aber ich habe aus dem Kurs noch in Erinnerung, dass es nicht darum ging, den Kopf zu entleeren, das ist eine Vorstellung, an die nur Amateure glauben, sondern es ging darum, alle aufkommenden Gedanken wie Wolken vorbeiziehen zu lassen. Da sind genug Gedanken. Nach allem, was ich heute Nachmittag von Lennox gehört habe, habe ich wenigstens drei. Der erste ist die Erweiterung und Vervollständigung eines früheren Gedankens: Warum sind sie so umständlich zu Werke gegangen, wie viele Arbeitsstunden und wie viel Geld hat denn das alles gekostet, mich die ganze Zeit zu beschatten, warum haben sie mich nicht einfach *umgebracht*? Der zweite Gedanke ist: Wenn sie mich all die Jahre auf dem Schirm hatten, wie *bedeutsam* bin ich dann eigentlich gewesen; der wichtigste Mann der Welt? Naja, das vielleicht denn doch nicht, aber sicher schon der wichtigste Mann für Den Dienst. Obwohl, man weiß natürlich nie, wie viele Menschen sie auf die gleiche Weise beschattet haben und noch immer beschatten. Aber immerhin, ich bin bedeutsam genug, um beschattet zu werden. Und der dritte Gedanke ist: Wenn sie mich die ganze Zeit beobachtet haben, dann habe ich doch die ganze Zeit irgendwie für sie gearbeitet, dann will ich das *bezahlt* bekommen. Dieser letzte Gedanke ist unlogisch und auch nicht sehr buddhistisch. Nach der Zeit im Kloster habe ich die versprochenen Extrazahlungen erhalten, aber irgendwann hörten sie damit auf, sie haben sich gedacht, der kommt mit seinen Büchern und seiner Soap schon zurecht, aber dann haben sie für meinen Rauswurf gesorgt, und jetzt haben sie auch mein letztes Buch abgeschossen. Ob sie dafür jemanden im Verlag haben, oder haben sie einfach nur das System gehackt? Das muss ich Lennox fragen, ich finde, dass ich ein Recht auf Antworten habe, schließlich arbeite ich wieder mit ihm zusammen. Und da schau her, so unlogisch war mein letzter

Gedanke denn doch wieder nicht, jetzt, da ich wieder mit ihm zusammenarbeite, habe ich auf jeden Fall Anspruch auf Bezahlung.

Ich nehme das Ventil des Meditationskissens wieder in den Mund. Hinter den Fenstern auf der anderen Seite des Hofes bewegt sich nichts und niemand. Was würde man denken, wenn man mich so stehen sähe? Ein Mann von rund sechzig Jahren spielt auf einem Instrument ohne Ton. Ich muss bei dem Gedanken lächeln. Ich fühle mich nicht unwohl. Ich sollte vielleicht empört sein, nach allem, was Lennox mir gesagt hat, aber ich fühle mich vielmehr *geehrt*. Wenn ich darüber mit einiger Verwunderung nachdenke, scheint mir die Hauptursache für dieses Gefühl die Vorstellung zu sein, dass ich bedeutsam genug gewesen bin, um beschattet zu werden. Der zweite Gedanke ist also der wichtigste, ein Psychologe würde seine Schlussfolgerung daraus ziehen, aber der einzige Psychologe, den ich kenne, ist tot.

Ich blase Luft ins Kissen und stelle mich ein wenig aufrechter hin, als würde ich tatsächlich ein Instrument spielen. Aber als ich das Kissen wieder sinken lasse, muss ich zugeben, dass dies – das Gefühl, bedeutsam zu sein – nur ein Ablenkungsmanöver ist, um sich nicht allzu lange bei der Absurdität, dem Unvorstellbaren des Ganzen aufhalten zu müssen. Vielleicht sollte ich einfach so tun, *als hätte ich es immer gewusst*. Natürlich, es ist doch völlig klar, dass ich Bescheid wusste, in Wirklichkeit habe ich sie getestet, erst mit *EFSF* und später mit diesem Buch, hallo Jungs, seid ihr noch da, sperrt doch mal ein bisschen Augen und Ohren auf? Aber ich wusste nicht, wen ich da versuchte, zum Narren zu halten.

Unser Hotel liegt irgendwo am Rande des Zentrums. Gegen Abend kamen wir in die Stadt. Vorort um Vorort, hohe Wohntürme, Wohnkasernen, alles wiederholte sich, schließlich hielt Lennox hier an, bei diesem Hotel, wo ich jetzt am Fenster stehe und blase. Als ich meine Daten über die Tastatur des Empfangsrobos eintippte, klappten seine Augenlider ein bisschen herunter, und er sagte: Oh, das fühlt sich gut an, Mijnheer, das fühlt sich gut an. Ironische Empfangsrobos, die wissen, was einem gestern durch den Kopf gegangen ist; ich habe so getan, als hätte ich es nicht gehört, ich habe schon genug um die Ohren.

Das Kissen ist voll, ich muss bequemere Sachen anziehen, ich muss aus diesen dreckigen Klamotten raus. Ich ziehe mich um, dann gehe ich mit den Sachen, die ich die letzten Tage getragen habe, zum Lift, sie müssen gewaschen werden, ich habe nicht so viel bei mir. Guten Abend, sagt der Fahrstuhl, wir fahren ins Erdgeschoss, wo … Bevor er fertig gesprochen hat, schieben sich die Türen schon auf. Die Augen des Empfangsrobos bleiben auf mich geheftet, bis ich vor ihm stehe. Er wünscht mir ebenfalls einen guten Abend und nennt mich beim Namen. Ist es möglich, diese Sachen waschen zu lassen? Ja, natürlich. Der Robo steht auf oder reckt sich in die Höhe, jedenfalls zieht er sich in die Länge, unter seiner Tastaturbrust befindet sich eine Waschmaschinenklappe, die mit einem leisen Klicken aufspringt. Der Robo greift mit beiden Händen nach meinen Sachen und stopft sie in die Öffnung, hinter der sich eine silberne Trommel mit Löchern befindet. Die Tür schließt sich von selbst. Wasch, wasch, wasch, sagt der Robo, und für einen Moment glaube ich, dass er nach diesen drei Sekunden die fertige Wäsche wieder herausholen wird. Diese Einrichtung dient nur dem Transport, Mijnheer, sagt er mit einem Lächeln, und er gleitet davon, in die Waschküche, nehme ich an. Morgen früh sauber und trocken auf Ihrem Zimmer!, ruft er und fügt meinem Namen hinzu.

Ich schaue ihm hinterher. Dieses Türchen in seinem Bauch ist nur eine Spielerei. Ich mag sowas nicht, es ist, als würde irgendwie Spott mit mir getrieben, und nicht mit mir allein, sondern auch mit der Welt, in der ich unterwegs bin. Gerade erst ist meine alte Welt ins Wanken geraten durch das, was Lennox mir erzählt hat (Sie haben mich *vierzig Jahre* lang beschattet! Sie hatten verdammtes Schwein, dass ich in dieser Zeit so wenig getan habe!), und gleich danach überfährt mich die neue Welt mit einem ironischen

Empfangsrobo. Oder arbeiten die zusammen, Lennox und der Robo, ich höre, wie sie überlegen, ich sage ihm, wie es wirklich gelaufen ist, und dann machst du ihn mit einer Waschmaschinenklappe verrückt. Der Robo kommt nicht zurück, vielleicht steht er irgendwo in einem Waschraum herum und wäscht aus Spaß meine Sachen, wer weiß, ich nicht, ich wollte doch noch meditieren, also kehre ich in mein Zimmer zurück.

Guten Abend, sagt der Lift. Weißt du meinen Namen nicht?, frage ich. Aber natürlich, Mijnheer, ich kenne jeden hier, und er nennt meinen Namen und meine Zimmernummer. Sehen Sie, Mijnheer, da sind wir schon, rechts, zweite Tür zu Ihrer Linken. Ich weiß, sage ich, da bin ich gerade hergekommen. Die Lifttüren schließen sich hinter mir mit einem lauteren Klapp, als ich erwartet hatte.

Diese schleppende Diktion, dieser harte Schlag, werde ich jetzt auch noch von einem Lift auf den Arm genommen? Ich sehe das Lächeln des Empfangsrobos wieder vor mir und verstehe plötzlich, dass es nicht mir gegolten hat, sondern ihm selbst. Ich habe einen Empfangsrobo gesehen, der in sich hinein *schmunzelt*.

Einst war so etwas unsere Ironie, die der Angehörigen einer gebildeten Mittelschicht, ein nicht allzu kostspieliges und allgemein verfügbares Mittel, um das Leben zu entschärfen, es zu schrumpfen, damit wir besser hineinpassten, ein Mittel auch, um eine Hierarchie in unserer eigenen Gruppe zu etablieren; aber inzwischen verfügt auch die Künstliche Intelligenz darüber. Vielleicht hat sie alles selbst entwickelt, wer weiß, ob das alles nicht noch ein unveräußerlicher, unumgänglicher Teil eines fortschreitenden Bewusstseins wird, und bald ist Ironie dann die treibende Kraft hinter allem. Das würde mich eigentlich nicht mal überraschen. Aber die sorglose Art, wie von ihr Gebrauch gemacht wird! Es ist in der Tat eine neue Welt, alles, was ich gerade über mein Leben erfahren habe, ist nach der Konfrontation mit ironischen Empfangsrobos und Lifttüren schon wieder überholt.

Manchmal glaube ich, dass hier mit Zeitmaschinen gearbeitet wird, dass sie aus der Zukunft zu uns herüberlangen und uns langsam schon mal an ihr Regime gewöhnen wollen; deshalb schicken sie uns zuerst freundliche, hilfsbereite Empfangsrobos mit ironischen Gimmicks und einem Lächeln. Aber diese Ironie muss sich dabei eingeschlichen haben, die kann niemals Absicht gewesen sein, denn sie liefern sich damit selbst aus: Ihre Ironie ist zu triumphierend, es ist die Ironie von jemandem, der den anderen nicht ernst nehmen *kann*, sosehr er sich auch darum bemüht; der andere ist einfach zu unwichtig, zu flüchtig in seiner Existenz, zu sterblich. Es ist noch nicht einmal Ironie, es ist *Heiterkeit*, sie machen sich über uns lustig, weil wir ergötzlich sind, ohne dass wir etwas dazu beitragen müssen. Diese Waschmaschinenklappe zum Beispiel, war die die ganze Zeit da oder ist so etwas aufrufbar? Da kommt so ein Idiot mit seiner dreckigen Wäsche (allein die Tatsache, dass sie Kleidung tragen, die schmutzig wird, was für ein umständliches Getue), na also, lass uns einfach eine Waschmaschinenklappe materialisieren, eine nicht mal funktionale Tür, von wegen!, wir machen einfach was nur zu unserem Vergnügen, es muss ja nicht alles logisch dabei sein, ist uns doch egal. Musst nur sehen, wie der glotzt, wenn er mich gleich wieder hinter der Theke stehen sieht, wie sein Blick diese Waschmaschinenklappe suchen wird. Zum Brüllen!

Ich muss Lennox fragen, ob es einen Zusammenhang zwischen seinem Dienst und Künstlicher Intelligenz gibt. Vielleicht *ist* Lennox schon Künstliche Intelligenz. Ich muss fragen, ob ich seinen Bauch sehen darf, vielleicht hat er auch so eine Klappe. Es gibt überall Zusammenhänge, von denen ich keine Ahnung habe, und zwischen mir und der Welt scheint es immer *weniger* Zusammenhalt zu geben. Es ist vor allem die Nachlässigkeit, mit der die Welt, in der man sich bewegt, verleugnet wird, als würde mit der stillschweigenden Selbstverständlichkeit dieser Umwelt Spott getrieben, als würde der Vertrag, den man einst mit der

Welt geschlossen hat, einseitig gekündigt, doch dieser Vertrag hat einmal bedeutet, *dass man ernst genommen wurde* von welcher Form der Intelligenz auch immer. Man schaut sich um und merkt plötzlich, dass der Vertrag zerrissen wurde, man sieht noch ein paar Schnipsel um die Ecke wehen. Selbst hat man immer sein Bestes getan, um alles zu verstehen, denn man wusste, wie merkwürdig man es auch finden mochte: Es spielt sich alles in *meiner* Welt ab. Aber die andere Partei beginnt sich zu langweilen und verwandelt die Welt in etwas anderes, etwas, wo andere, wenn nötig, in dein Leben eingreifen und ironische Intelligenz einen mit Waschmaschinenklappen zum Besten hält. Es ist in kleinen Schritten vonstattengegangen, ich kann mich an einen der ersten Schritte noch erinnern, das war im September 2016, an einem Dienstagabend. Ich war auf dem Weg zum Filmmuseum auf der anderen Seite des IJ, als ich auf die Fähre wartete, sah ich den A'dam-Turm auf der anderen Seite, der früher (noch früher, ich darf nicht vergessen, wie lange das alles her ist) Shell-Turm hieß und der seit den späten Sechzigerjahren dort stand, rechteckig, schwarz auf festen weißen Füßen, fast hundert Meter hoch, mit goldfarbenen quadratischen Fenstern, einem Shell-Logo direkt unter dem Dachfirst und oben drauf eine weiße Betonkrone. Aber Shell hatte das Gelände verlassen, der Turm war renoviert worden, und jetzt sah er anders aus, schlanker, weil andere Fenster eingesetzt worden waren, nicht mehr quadratisch, sondern länglich, und auch der Goldglanz des Glases war verschwunden. Oben war eine Scheibe mit einem sich im Kreis drehenden Restaurant angebracht worden, die Krone war verschwunden, alles war anders. Der Abend setzte ein, aber es war noch hell, ich wartete auf die Fähre und schaute auf den Turm auf der anderen Seite und sah ganz oben, am Rand des Umlaufs über dem rotierenden Restaurant zwei Schaukeln in einer Metallkonstruktion hängen, in denen kleine Menschen saßen, die gemütlich zu ihrem Vergnügen hin und her schaukelten, aber über den Rand hinaus, denn die

Metallkonstruktion, in der die Schaukeln hingen, ragte schräg nach vorne, und sie schaukelten immer wieder über den Rand, ruhig und sanft und in fast hundert Metern Höhe. Es war ein erschütternder Anblick, als ob alles anders wäre, als befände ich mich nicht mehr in meiner unmittelbaren Umgebung, sondern als wäre ich nach einer langen Reise aus dem Bahnhof getreten und würde jetzt einen ersten Blick auf eine fremde Stadt werfen. Ich war in einen Film hineingetreten, einen Science-Fiction-Roman. Das war es, was sie hier taten – sie schaukelten an hohen Türmen. Der Turm war einfach nur auf eine Schaukel reduziert worden, der hohe dunkle Block, in dem einst Shell-Leute gearbeitet hatten, spielte keine Rolle mehr, der war nicht mehr als das Fußende, die Leute in den Schaukeln da oben beherrschten das ganze Bild, und gleichzeitig war alles auch wieder so beiläufig, denn alles war größer als diese Schaukeln und diese Leute: das IJ, der Bahnhof hinter mir, die hin und her pendelnden Fähren, der Verkehr auf dem Kai, die wimmelnde Masse, der Himmel, die tief stehende, untergehende Sonne. Aber oben auf diesem Turm auf der anderen Seite wurde geschaukelt, und das hat alles verändert. Nur ein winziges Detail, man bemerkt es nur, wenn man darauf achtet, aber das war nicht mehr länger meine Welt, ich war hier eben gerade so damit in Berührung gekommen, das war eine hedonistische neue Welt. Naja, komm, halt die Luft an, es ist nur eine Attraktion an einem umgebauten Turm, wie sollte das denn alles verändern können – und doch war es so. Als die Fähre kam, ließ ich mich auf die andere Seite bringen, oben auf dem Turm wurde noch immer geschaukelt, ich konnte meinen Blick einfach nicht abwenden. Da oben war zweifellos alles anders, hektischer, mit Wind und Anschnallen und Gürteln und Gekreisch und Geschrei. Unten sah man nur eine geräuschlose Geschmeidigkeit. Es waren junge Leute, das konnte man irgendwie erkennen, dass der gesamte Turm durch seine hippen Geschäfte und Fremdenzimmer von jungen Leuten für junge Leute war, sie hatten Schaukeln an

den Türmen, sie lebten auf einem riesigen Spielplatz, zu dem ich
nicht mehr dazugehörte, ich war Tourist geworden, und wenn ich
wissen wollte, wie es auf dieser Welt zuging, brauchte ich dafür
einen *Reiseführer.*

vii

Ich dimme das Licht in meinem Zimmer und sitze im halben
Lotussitz auf dem Meditationskissen. Mit dem Hintern presse
ich meinen im Kissen eingeschlossenen Atem zusammen. Atme
ein, atme aus, zähle, wie oft du ausatmest, von eins bis zehn, lass
Gedanken, die aufkommen, wie Wolken vorbeiziehen. Gedanken, nicht *deine* Gedanken; fang wieder bei eins an, wenn du
abgelenkt wirst, atme ein, atme aus … Eins … Zwei … ZenZin,
der Name allein hätte Warnung genug sein müssen … aber ich
habe da gelernt zu meditieren, das muss ich ihnen schon lassen,
mit der Teezeremonie hinterher; vorneweg mussten wir dieses
Sutra rezitieren, welches war es?, das Herz-Sutra, auf Japanisch,
warum nicht, wie dumme Schafe … ob ich es immer noch
kann? … *kan ji zai ho fa bo jin* … gleich mal nachschlagen, oder
vielleicht auch lieber nicht … Eins … Zwei … Drei … Ich bin
schon bei Drei und versuche jetzt, bis zur Zehn zu kommen …
Scheiße, jetzt wieder zurück auf Eins … Eins … es fing natürlich
lange vor ZenZin an … ZinZen … ZonZan … ZunZon … mit
den Büchern von Alan Watts und so … mit seinem Mix aus
buddhistischem hinduistischem Taoismus … in der Mischung
funktionierte es schon, es wirkte ansteckend auf einen Ex-Refor-
mierten wie mich … Abschied genommen von einem knallharten
Wüstengott … und von diesem verweichlichten Jesus, der dann
der Sohn von ihm sein sollte … danach ist jede Relativierung
willkommen, von Gott, dem Himmel, der Hölle … von diesem
schwarzen Calvinismus, mit Schuld und Sühne … ich bin mit

Gedankengut aufgewachsen, das direkt aus dem siebzehnten Jahrhundert stammt und bin gerade eben von einem Roboter ausgelacht worden ... wie viel Zeit kann man als Individuum umspannen, das ist doch alles überhaupt nicht möglich ... es ist buchstäblich unvorstellbar ... meine Mutter, die hundert Jahre alt geworden ist, Jugendliche im Zweiten Weltkrieg, was man da alles mit ansehen musste, kein Wunder, dass all diese Bewohner in dem Wohnzimmer dort dement geworden sind, das war einfach nur Selbstschutz gegen die unaufhaltsame Flut an Neuigkeiten jahrein, jahraus ... Eins ... Zwei ... Drei ... und was ist jetzt meine Welt ... diese jedenfalls nicht, das ist inzwischen wohl klar geworden ... Wolken, die vorüberziehen ... schaukelnde Kinder ... Gedanken, nicht *deine* Gedanken ... Kinder, nicht *deine* Kinder ... Eins ... Zwei ... Drei ... Watts habe ich immer sympathisch gefunden, trotz allem ... er hatte etwas Fröhliches, Ordentliches ... schau genau hin, alles ist anders, als man es dir vorgaukelt ... Endete als trauriger Alkoholiker, das ja, aber wenn schon ... das Ende ist immer traurig ... macht nicht mit rückwirkender Kraft das ganze Leben wertlos ... *dass ich hineingehe zum Altar Gottes* ... Himmel, all diese Psalmenverse noch in meinem Kopf ... in der Schule früher, zu jedem Montagmorgen einen Psalmenvers auswendig lernen, was hatte das für einen Sinn ... wenn man in der Kirche einmal das Psalmenbuch vergessen hatte, war es deshalb ... sagten wir zueinander, weil uns auch nichts anderes dazu einfiel ... verstanden nicht einmal diese Sprache ... Altar Gottes ... haben wir das jetzt bei der Beerdigung meiner Mutter gesungen ... ja, haben wir ... sie hatte die Psalmen selbst ausgewählt ... jetzt singt sie am Altar Gottes ... oder brennt für immer in der Hölle natürlich ... das ist es, wovor sie Angst hatte ... die Hölle ... kein Wunder, dass man dann abhaut, bei so einer Religion ... aber dann kehrt man doch nicht wieder dahin zurück ... warum sind sie eigentlich keine Buddhisten geworden ... das machte man damals noch nicht ... das kam erst auf, als ich vom Glauben abfiel … Vierunddreißig … Fünfunddreißig … Himmel, ich habe ja wieder gezählt, zurück …. Eins … Zwei … Hupsala … Eins … Zwei … Hakuin, der sich vor der Hölle fürchtete … Wie erstaunt ich war, dass die Buddhisten also auch eine Hölle kannten! Das habe ich gelesen, als ich diese Biografie kaufte, sechzehntes, siebzehntes Jahrhundert? … Als Junge hat er eine Predigt von einem herumreisenden Priester über die Acht Brennenden Höllen gehört, da bekam er es mit der Angst zu tun und wurde fromm. Wie die Predigt des Priesters im *Porträt des Künstlers als junger Mann*. Auch über die Schrecken der Hölle. Ewiges Feuer, vernichtendes Feuer, buddhistisch oder katholisch, das spielt keine Rolle, Angst säen, Gehorsam erzwingen. Davon ist im westlichen Buddhismus nie die Rede, über diese Hölle, es ist keine Religion, es ist eine Philosophie, eine schöne sanfte, nicht-westliche, nicht rationale Philosophie darüber, wie man im Leben stehen soll, ohne Aberglauben, alles im Hier und Jetzt und… Sich auf ein Kissen setzen … Und eigentlich vor allem, weil wir uns über gewöhnliche Selbsthilfebücher erhaben fühlten, nein, es musste Jahrhunderte alt sein und von irgendwo anders herstammen mit speziellen Kleidern und speziellen Ritualen … Eins … Zwei … Drei … Vier … Das Leben ist Leiden … Eine dieser Wahrheiten, vier waren es … Das habe ich als Ex-Reformierter erkannt, das klingt einwandfrei, man fragt sich, warum die Stadt Leiden es nie als Slogan übernommen hat, das Leben ist Leiden … auch gut, um östliche Touristen anzulocken, wenn wir schon davon reden müssen … mal abgesehen davon, dass diese östlichen Touristen Probleme mit niederländischen Wortspielen gehabt hätten … Vergiss es … Eins … Zwei … Zwei … Ich sitze da mit den Überresten des Buddhismus und unverdaulichem östlichem Gedankengut, das ich nicht loswerde … aber davon werde ich auch nicht besser … als säße ich in einem Zwischenstadium, oder ich werde zehn Jahre lang studieren, bis ich mir alles zu eigen gemacht habe, oder ich lasse all dieses halbgare Wissen chirurgisch entfernen … Den inneren Buddhisten erwürgen, bis seine Augen aus den Höhlen treten … Ja, Leben ist Leiden, aber ich bin allergisch gegen solche Reduktionen geworden … oder ist es keine Frage der Reduktion, sondern eher eine der Synonyme … Das ist es, worüber ich nachdenken sollte … Es ist einfach eine Frage der Persönlichkeit … Wenn man ein wenig unentschlossen und passiv ist, schlägt der Quasi-Buddhismus schon an … Das Leben ist geduldig, ha ha … Übrigens habe ich bei ZenZin noch nie etwas von Leiden gehört … Wie man da so tat, als wäre es Lifestyle … *Leben, wie man leben will, denken, was man denken will* … Kurs Eins, Kurs Zwei … Als ob sich alles um uns drehen würde … Man muss seinen Geist entleeren, und dann nennen sie es Mind*ful*ness … Eine große Camouflage in der Tat, wie sie da an diesem Wochenende in ihren Kutten und Schlabberlätzchen herumliefen, wie heißen die Dinger doch gleich wieder, Rukusa, Rakusu? Und dann dieser Stock, wie nennt sich der? … keine Ahnung, aber in Japan schlagen sie Mönche, die eindösen, damit auf den Rücken, und ziemlich derb sogar … Und hier hatten sie die auch, doch man bekam nur einen leichten Klaps, wenn man selbst darum bat … Man musste nur die Hand heben, und dann bekam man einen symbolischen Klaps, das war alles … Eigentlich war es eine Art Cosplay-Wochenende, zum Glück mit Schweigegebot, das war ganz nett, man sah, wie alle darauf brannten, über sich selbst zu reden, darüber, wie diese stundenlange Meditation schmerzte, aber dass sie es doch genossen und dass sie glücklich waren, es durchgehalten zu haben, und dass sie während der schweigsamen Mahlzeiten mit einem ängstlichen Lächeln die Töpfe und Pfannen auf den Tischen im Auge behielten, an die sie gerade so nicht heranreichten, rollende Augen hier und da, und mitunter sogar ein Herumwedeln mit der Hand, das war gerade noch erlaubt, Hass und Neid und dann dieses vergebungheischende Lächeln, wenn man zufällig ihren Blick auffing. Und dann diese Vorträge von Wobke … Wobke Wobkema von ZenZin, das klingt schon fast nach einem Adelstitel … der Mann, der das alles erfunden hat, oder nicht erfunden, wohl aber angepasst und angewendet, jeden Nachmittag ein Vortrag, er sitzt in seiner Kutte im Lotussitz auf einer Bühne, dann durfte man reden, Fragen stellen oder beantworten, all diese Leute mit ihren Notizbüchern, um die weisen Worte eifrig mitzuschreiben. Und wie ich diesen Mann unfreiwillig dafür bewunderte, wie er uns rannahm, es dauerte eine Weile, bis ich herausfand, was er genau machte, dieser Schlawiner. Ein begütigendes Witzchen reißen, und wenn dann ein leichtes, schafartiges, aber zufriedenes Lächeln aufglänzte, dieses sofortige Abstrafen … *Ja, ihr lacht darüber, aber es ist eine ernste Angelegenheit* … und dann wussten wir wieder, wo unser Platz war … Er machte das die ganze Zeit, das war das Schöne daran … Und dann weiter mit dem Vortrag … Entspannung herstellen, um Macht zu verstärken, das funktionierte immer wieder, er tat es ein paar Mal bei jedem Vortrag. Dieses Lächeln dann … das sanfte Lächeln der Gläubigen war noch schlimmer … dieses Lächeln, das auch außerhalb der Meditationswochenenden allgegenwärtig blieb, das Lächeln der gebildeten Mittelschicht, bei Vorträgen, bei Aufführungen, in Konzertsälen … dieses selbstgefällige und zugleich unterwürfige Lächeln, mit dem wir reagieren, wenn etwas *halbwegs Lustiges* passiert oder gesagt wird … Nicht dieses brüllende, befreiende Lachen, sondern das fügsame Lächeln, das man aufsetzt, um dem anderen zu gefallen, sanft wie Vieh, das Lächeln, mit dem sich die Mittelschicht *unterwirft* … ich erinnere mich noch an das erste Mal, als ich mir dessen bewusst wurde, Anfang der Neunzigerjahre war das, als mich jemand zu einer Tanzvorstellung ins Carré-Theater mitnahm, wer das nun wieder war, keinen blassen Schimmer … es hatte irgendwas mit dem Holland Festival zu tun, wenn ich mich recht erinnere, sie tanzten *Carmen* von Bizet, in extravaganten spanischen Kostümen, sodass man sich fragte, ob das nun sehr altmodisch oder sehr postmodern sein sollte, denn damals gab es da noch einen Unterschied, und irgendwann putzte sich einer der Tänzer die Nase mit dem Kleid einer Tänzerin … und da glomm dieses zivilisierte, sanfte Lächeln auf, nachgiebig, erleichtert, gleichzeitig auch wieder ersterbend, ein Lachen ohne Seele … und ich lachte mit und schämte mich fast sofort dafür und schwor, dass mir das nie wieder passieren würde, aber natürlich passierte es trotzdem wieder, bei späteren Gelegenheiten, und bei jeder dieser Gelegenheiten verfluchte ich mich selbst. Und dafür muss man Wobke Wobkema bewundern, weil er dieses Lachen nicht nur hervorgerufen, sondern auch wieder abgestraft hat – wenn er *darüber* mal einen Vortrag gehalten hätte, aber nein, ihm war vielleicht nicht einmal bewusst, welche Taktiken er anwandte, er selbst saß da wie ein Fass voller Selbstgenügsamkeit in seiner schwarzen Kutte und seinem Rakus-Lätzchen, und bin ich mir wirklich sicher, dass ich damals bei seinen Vorträgen nicht mitgelacht habe, erleichtert darüber, dass zumindest der schweigsame Kampfplatz des Mittagessens wieder einmal vorüber war? Ich würde nicht darauf schwören wollen, erst später hasste ich ihn wirklich, oder ich hasste ihn nicht einmal, ich bemitleidete ihn eher, als herauskam, dass er nicht jahrelang in einem japanischen Kloster gewesen war, dass er sich alle seine Titel selbst ausgedacht und nicht von einem Zen-Meister empfangen hatte, dass er alle beschissen hatte. Und dann kamen all diese anderen Skandale all dieser anderen buddhistischen Führer ans Licht, Missbrauch, Körperverletzung, Vergewaltigung und was noch alles, es war wie in der katholischen Kirche, es war natürlich schon ein großer Etikettenschwindel, dieser ganze westliche Buddhismus, dieser ganze Quasi-Buddhismus … Auf die eine oder andere Weise war es gelungen, dieser ganzen Diskussion über das kulturelle Zupasskommen auszuweichen, weil es nichts mit Schwarz und Weiß zu tun hatte, und wahrscheinlich, weil niemand dabei an den westlichen Buddhismus gedacht hatte, weil es eine so hübsche

Philosophie für die einst gebildete und jetzt meditierende Mittelschicht gewesen ist. Oh, dieser westliche Buddhismus, aus dem alles, was auf Religion hindeutete, herausgefiltert war, nicht nur die Hölle, sondern auch die Reinkarnation, die Legenden um Buddha, sie wussten hier alles besser, und als auf westlichen buddhistischen Websites darauf aufmerksam gemacht wurde, was sich in asiatischen Ländern in Bezug auf Gewalt und Verfolgung und Aberglauben abspielte, gab es immer einen buddhistischen Sei-bei-uns, der unter einen solchen Bericht schrieb: Aber das sind keine *echten* Buddhisten, nein, das waren natürlich wir, denn wir hatten wirklich verstanden, was Buddha meinte, schließlich war der auch nur ein verirrter Westler, in seinem Inneren so weiß wie Jesus von außen in den alten Kinderbibeln. Diese ganzen buddhistischen spirituellen Führer aus dem Westen, die alles so genau wussten mit ihren verständnisvollen Blicken und ihrem einfühlsamen Verstand, die werden noch dumm aus der Wäsche gucken, wenn sie in der buddhistischen Hölle landen, die sie doch als Aberglauben wegzudenken bemüht waren? Vierundachtzig ... Fünfundachtzig ... Scheiße ... Zurück auf Eins ... Eins ... Zwei ... es ist alles traurig, wenn man darüber nachdenkt, wenn man darüber liest, so ist das mit der Religion, man darf nicht darüber lesen und man darf nicht dabei mitmachen, dann ist es zu ertragen. Eins ... Zwei ... Drei ... Aber ich muss zugeben, dass ich bei Wobke und Konsorten schon meditieren gelernt habe, bei seinen Schülern, die unsere Lehrer waren und die ihn dann wieder bezahlten, das hat er doch prima hingekriegt, dieser Wobke ... Ich habe wirklich meditieren gelernt, ich erinnere mich, dass mir auffiel, wie sich meine Lippen von innen entspannten und wie gut sich das anfühlte und wie neu ... Eins ... Zwei ... Drei ... ich spüre es sogar jetzt noch ein bisschen ... Oh, das bleibt angenehm ... Oh, dieser Buddhismus, der sich von Osten her wie eine Decke über uns breitete, entspann dich, lass die Luft aus deinem Ego strömen, entspann dich ... Aber so war es natürlich nicht … es war ideal für jeden, der sich auf besondere Weise etwas abseits halten wollte … Und wie das in diesem Jahrhundert funktionierte, wie es um sich griff und wie gut es zu dem Grundeinkommen passte, man könnte fast glauben, dass es Teil derselben Bewegung ist, und warum auch nicht … ja, warum auch nicht, eine koordinierte Aktion, eine Operation mit langem Atem, sicherlich, man muss sich nur einmal ansehen, wie das alles eingestielt ist, wie alles zusammenpasst, es ist zu gut aufeinander abgestimmt, als dass es Zufall sein könnte, sobald sich alle auf Mindfulness geworfen hatten, kamen diese japanischen Aufräum-Gurus mit ihren Büchern und Videos darüber, wie man Dinge wegwirft, und bevor man sich's versieht, meditiert die ganze Mittelschicht in leeren Räumen … Und dann gab es auch noch diese Aktion von – wie hieß es doch gleich? – *Die Niederlande lesen*, als jeder das *Naturtagebuch* von Nescio geschenkt bekam, auch das passte perfekt dazu, und sie waren unersättlich, überall gab es Ausstellungen der Haager Schule und anderer Landschaftsmaler, plötzlich mussten wir *schauen* statt handeln, plötzlich zogen alle mit Nescios Tagebuch in der Hand und den Landschaftsmalern auf der Netzhaut mit dem Fahrrad hinaus, um im Weideland nach dem Lichteinfall auf einer Brücke zu schauen oder wie das Sonnenlicht vom Wetterhahn einer Dorfkirche in der Ferne reflektierte … Kontemplation, kein Besitz, wie gut vertrug sich das doch mit dem Grundeinkommen, es war einfach alles vorbereitet, niemand fühlte sich bemüßigt, überhaupt noch was zu arbeiten, und genau darin lag die Absicht, denn gerade für die Mittelschicht verschwanden die Jobs am schnellsten, oh Buddha, oh Nescio, in fünfhundert Jahren werdet ihr im Westen ein und dieselbe Person sein, wie gut das alles ersonnen und geregelt ist, und von wem, vielleicht ist es eine lange vorbereitete Verschwörung der Muslime, um uns zu schwächen und zu überwältigen, effektiver als Bomben und mit Lkws Menschen über den Haufen zu fahren; wir legen niemandem einen

Stein in den Weg, eher steigen wir von unserem sicher schon elektrisch angetriebenen Fahrrad ab, um die Pflasterung zu bewundern und wie hübsch sie sich neben dem rosafarbenen Asphalt des Radweges ausnimmt, und wenn es da nicht so von anderen Radfahrern wimmelte, sollten wir ehrerbietig dasitzen und meditieren, und alle Straßen sollten diesen rosafarbenen Asphalt kriegen, da wäre ich auch dafür, aber das funktioniert nur, wenn ich der Einzige bin, ich brauche all die anderen nicht, ich bin viel zu *böse* auf diesen Rest, Schlampen, Arschlöcher, ihr müsst mich meine Einkäufe in aller Ruhe auf das Band legen lassen … Eins … Zwei … Jetzt ist es aber genug … Schmerzen in meinen Beinen, mal sehen, ob ich überhaupt noch hochkomme … Ich bin mein ganzes Leben lang beschattet worden, das wollen wir mal nicht vergessen … Ich muss mit Lennox darüber reden … Als ob mein Leben nicht meines wäre … Leben, nicht *dein* Leben … Lach nur darüber … Oder sitze ich hier, um genau bei solchen Gedanken herauszukommen … Dann kann ich ja jetzt aufstehen, fertig.

viii

Lennox hat auch dieses Restaurant ausgesucht, oder er ist einfach nur irgendwo reingegangen, ich habe keine Ahnung, er ist schweigsam heute Abend, und auch ich weiß nicht so richtig, was ich sagen soll.

Ich habe gerade meditiert, sage ich nur, oder wusstest du das schon?

Nein, wieso?, sagt er.

Also, so richtig passt du auch wieder nicht auf mich auf.

Darüber könnte er doch mal lachen, aber er tut es nicht.

Regenwasser rinnt am Fenster hinab.

Aber wie hat das denn alles funktioniert?, frage ich.

Was?

All die Jahre, sage ich. Ich sehe ihn an einem Schreibtisch sitzen, einem großen, schweren Schreibtisch aus grauem Metall mit einem Schubladenblock links und rechts, in die Tür seines Büros ist ein Fenster aus milchigem Mattglas mit seinem Namen in Spiegelschrift eingelassen, sodass man ihn vom Flur aus lesen kann. Ständig kommen Männer mit Papieren in der Hand zu ihm herein. Er ist jetzt hier, sagen sie, oder: Er macht jetzt das, er hat gerade den und jenen getroffen, und sie legen die Papiere in flache Ablagen auf dem Schreibtisch. Lennox dankt ihnen mit Gesten, ohne sie anzusehen. Immer wieder nimmt er ein Blatt Papier aus einer Ablage, schaut es sich an, macht eine Notiz in einem großen Notizbuch, das vor ihm liegt, zerknüllt das Blatt und wirft es in Richtung des großen Papierkorbs aus geflochtenem Metalldraht, der neben seinem Schreibtisch steht. Der Fußboden neben dem Papierkorb ist voll von solchen Papierknäueln, von denen die meisten noch leise knistern.

Was ich dich auch noch fragen wollte, sage ich, gibt es eine Verbindung zwischen Dem Dienst und der Künstlichen Intelligenz, habt ihr was mit diesen Empfangsrobos zu schaffen?

Nein, sagt Lennox.

Dann wäre das auch klar. Er hätte wenigstens erstaunt aufblicken können, das war sicher keine Frage, die er erwartet hat. Ich sehe ihn wieder an seinem Schreibtisch ein Papier nach dem anderen lesen. Er sitzt dir im Restaurant gegenüber und stellt komische Fragen!, ruft einer seiner Informanten, der gerade seinen Kopf durch den Türspalt steckt. Er hört gleich damit auf, sagt Lennox, ohne aufzusehen. Er bestellt zwei Pizzen, und während wir sie essen, denke ich: Ich esse mit Gott. Er weiß alles, er weiß, wo ich gehe und stehe, er hat alle meine Tränen in einer Flasche aufbewahrt. Lennox ist Gott, wer hätte das gedacht? Ich müsste ihn eigentlich fragen, wie sein Urteil lautet, sind meine Sünden vergeben, werde ich zur Hölle fahren? Der Gott an seinem Schreibtisch, die Boten sind Engel. Eins … Zwei … Nein, nein, ich esse, ich sitze Lennox gegenüber. Ich sollte ihm Fragen stellen wie zum Beispiel: Was habe ich am 23. April 1997 gemacht, ich sollte Bemerkungen machen wie diese: Wenn ich nur daran denke, dass ich all die Jahre Tagebuch geführt habe, das wäre doch überhaupt nicht nötig gewesen. Aber ich sage was anderes, und ich habe auch kein Tagebuch geführt, ich frage: Sollen wir morgen früh in die Stadt gehen, wollen wir mal wieder in ein Museum oder haben wir es eilig? Ich weiß nicht genau, warum ich das frage, habe ich ihn das nicht schon heute Nachmittag gefragt? Ja, ich weiß schon, warum ich frage, ich will zurück zu dem alten Lennox, genau wie heute Nachmittag, nur noch dringender, zu dem Lennox, mit dem ich durchs Boijmans gelaufen bin, als ich zwanzig war, all das andere war noch nicht passiert oder würde nie geschehen. Ich möchte mir noch einmal den Faltenwurf und die Landschaften hinter den Kreuzigungen und Verkündigungen ansehen, ich möchte mit ihm über Hirsts Schädel sprechen und darüber, was er bei mir verdorben hat und dass ich glaube, dass ich das gemeinsam mit ihm überwinden könnte, wenn wir wie früher von Saal zu Saal eilen würden. Ich möchte jetzt wirklich gern mit ihm ins Museum.

Ein Museum, sagt Lennox. Mehr sagt er nicht. Ich sehe zu, wie er seine Pizza isst. Ein ganzer Dienst, der sich permanent mit mir beschäftigt hat, das ist natürlich Unsinn, doch es ist eine fantastische Vorstellung. Aber er hat auch Bonzo beschattet, die ganze Zeit, all die Jahre. Warum habe ich dabei eigentlich keine Rolle gespielt? Bonzo gehört mir doch genauso gut. Als wären wir geschiedene Eltern, denen das Kind zugesprochen wurde, aber ich weiß nichts von einer Scheidung, ich wurde auf ein Abstellgleis geschoben, als wäre ich die Leihmutter, die nur ihre Gebärmutter zur Verfügung gestellt hat, und das war's dann. Um schließlich den Rest der Zeit unter Beobachtung zu stehen, als wolle man sichergehen, dass ich mich nicht verplappere.

Hast du Bonzo für dich allein behalten wollen?, frage ich.

Lennox wiederholt meine Frage in der ersten Person Singular, ohne Fragezeichen. Er kaut auf einem Stück Pizza herum, aber es ist, als würde er auf meiner Frage herumkauen. Wir hatten weiter keine Verwendung für dich, sagt er. Hättest du bei uns bleiben wollen?

Da müsste ich drüber nachdenken, ich weiß es nicht, dieser Gedanken ist mir neu. Hätte ich mich dann selbst beschatten müssen?, frage ich. Plötzlich wird alles kompliziert, und ich beschließe, es dabei zu belassen. Zum Glück sind wir fast fertig mit dem Essen.

Nach dem Abendessen möchte ich zurück ins Hotel, ehe Lennox wieder auf die Idee kommt, in einen Nachtclub zu gehen. Unter den Schirmen, die wir vom Rezeptionsrobo erhalten haben, laufen wir zurück, der Regen klingt auf Lennox' Regenschirm etwas anders als auf meinem, als wären beide nicht aus demselben Stoff gemacht. Wir falten sie zusammen und betreten das Hotel, als wir die Schirme an der Rezeption abgeben, vergleiche ich sie miteinander, sie wirken völlig identisch. Der Empfangsrobo schaut mich an und lächelt ironisch, als ob er meine Gedanken lesen könne, aber nicht daran denken würde, eine abschließende Auskunft zu erteilen. Ich sollte mich darüber nicht weiter bekümmern, vielleicht sollte ich einfach davon ausgehen, dass wir in voneinander getrennten Welten leben, ich und die Robos, ich und Lennox, ich und der Rest. Das ist vielleicht der beste Weg, um gesund zu bleiben; um es zu werden.

Wir gehen die Treppe hinauf, ich verabschiede Lennox, ich betrete mein Zimmer. Irgendjemand hat die Vorhänge geschlossen, ich ziehe sie auf und starre nach draußen. Es hat aufgehört zu regnen, alles ist noch nass. Hinter dem Zaun, der den Innenhof abgrenzt, fangen dunkle Gärten an, dahinter ragen aneinandergereihte Rückseiten von Häusern in die Höhe. Die Fassaden scheinen sich im Dunkeln ein wenig zu bewegen, als würden sie atmen, als wäre dieses Atmen eine Bewegung, die über die Fassaden gleitet; im Dunkeln ist nicht gut zu erkennen, was vor sich geht. Hier und da ist ein Fenster erleuchtet, das Licht hängt bewegungslos im Raum, im Inneren ist alles stabil. Hinter einer Balkontür sitzt Colenbrander an einem Tisch und schreibt beim weichen Licht einer Notarslampe mit grünem Schirm, und ich öffne mein Fenster und klettere über die eiserne Feuertreppe hinunter. Der Innenhof stellt kein Problem dar, doch der Zaun ist schwierig. Um mit den Händen oben Halt zu finden, muss ich auf eine Mülltonne klettern, die ich so vorsichtig wie möglich an den Zaun geschleppt habe. Ich schaue mich nicht zu den beleuchteten Fenstern der Küche oder der Hotelbüros um, oder was auch immer da ist, wenn ich niemanden sehe, sieht auch mich niemand. Auf der anderen Seite des Zauns falle ich zwischen Sträucher mit harten Zweigen. Ich klopfe meine Kleider ab (nicht, dass ich im Dunkeln etwas erkennen könnte), durchquere den Garten, springe zum Ende der Feuerleiter, ziehe sie herunter und klettere zu dem erleuchteten Balkonfenster hinauf. Die hinteren Fassaden sind mit Efeu bewachsen, die nassen Blätter glänzen schwarz im Dunkeln, der Wind streicht hindurch, das war das Atmen, das ich von meinem Zimmer zu erkennen meinte. Ich steige von der Treppe auf den Balkon (eine Aktion, die sich einfacher beschreiben lässt, als sie auszuführen ist) und öffne die Balkontüren. Das Zimmer ist jetzt leer, aber die Lampe mit dem grünen Schirm leuchtet noch. Der Tisch ist ebenfalls leer. Ich hoffe, dass Colenbrander noch irgendwo im Haus ist, denn ich will ihm Danke sagen. Die Tür des Raumes führt zu einem Flur, der auf andere Zimmer zuläuft. Die Räume sind hoch und schummrig, hier hängen große Spiegel mit vergoldeten Rahmen, stehen Schränke aus glänzendem, dunklem Holz und Bücherregale mit Türen aus geschliffenem Glas, in diesem schlechten Licht kann ich die Titel nicht voneinander unterscheiden. Im Treppenhaus komme ich Colenbrander und seinem Freund entgegen, sie sind auf dem Weg nach oben, Colenbrander trägt heute einen hellgrauen Anzug, sein Freund hat ein Klemmbrett bei sich.

Ich trauere nicht um meine Mutter, sage ich.

Colenbrander bleibt stehen, seine Hand auf dem Geländer. Sein Freund steht drei Stufen weiter oben, ich laufe die Treppe hinauf, bis ich ein paar Stufen unter ihnen stehe. Das Treppenhaus ist gut beleuchtet, ich sehe nicht sofort, woher all das Licht kommt.

Ist sie schon lange tot?, fragt Colenbrander. Sein Freund blättert auf seinem Klemmbrett durch die Papiere.

Nein, erst seit ein paar Wochen.

Aber dann muss sie sehr alt gewesen sein, ich erinnere mich, dass deine Eltern schon relativ alt waren, als sie dich bekamen, so um die vierzig?

Sie war hundert, sage ich. Als sie starb, nicht, als ich geboren wurde.

Das habe ich schon verstanden, sagt Colenbrander.

Kommt der Bürgermeister dann noch vorbei?, fragt Colenbranders Freund, als er von seinem Klemmbrett aufsieht. Ich meine, wenn man hundert wird.

Nein, sage ich, die Grenze wurde auf hundertzehn angehoben.

Sonst nähme das auch nie ein Ende, sagt der Freund.

Colenbrander lächelt, als ob ihn die Wendung, die das Gespräch genommen hat, amüsieren würde. Doch dann greift er ein. Aber dann ist es nicht so verwunderlich, dass du nicht trauerst, sagt er.

Nein, aber es wäre schon schön gewesen, wenn ich geweint hätte, das hätte ich den Leuten dann erzählen können, denn sie fragen danach.

Wer war das doch gleich?, sagt der Freund. Der Mann, der beim Tod seiner Mutter nicht geweint hat? War das nicht ein Buch von Camus?

L'Étranger, sagt Colenbrander. Aber ich glaube, es war der Junge aus *Ulysses*, Stephen Dedalus, der nicht um seine Mutter trauern konnte.

Es könnte noch mehr Bücher mit der gleichen Idee geben, sagt sein Freund. Er geht weiter, Colenbrander folgt ihm, seine Finger gleiten leicht über den Handlauf, ich gehe Colenbrander hinterher. Ich habe ihm gerade gesagt, dass ich über den Tod meiner Mutter weinen möchte, weil alle das von mir erwartet haben; damit ich sie und auch mich selbst zufriedenstellen könnte, ich bin ein normaler Mensch, ein normaler Sohn. Als ob es mir noch immer darum ginge, um das Wohlwollen der anderen, der Nachbarn, der ehemaligen Nachbarn meiner Mutter.

Wir kommen ins nächste Stockwerk und betreten ein hohes, leeres Zimmer. Der Freund notiert etwas mit einem roten Bleistift auf seinen Klemmbrett.

Naja, sage ich, sie war wirklich hundert. Und in den letzten zwanzig Jahren war ich jede Woche bei ihr, ich habe gesehen, wie sie langsam verfiel, ihr Ende war also kein Schock für mich.

Das als Erklärung, dass ich nicht trauere; und jetzt habe ich quasi beiläufig fallen lassen, dass ich zwanzig Jahre lang meine Mutter treu und brav besucht habe – anscheinend will ich dafür eine Anerkennung meines Therapeuten, ohne explizit darum zu bitten, da müsste er schon von selbst draufkommen. War es früher auch immer so schwierig, als wir uns noch jede Woche sahen?

Colenbranders Freund schiebt sich das Klemmbrett unter den Arm und öffnet die breiten Schiebetüren am Ende des Raumes. Dahinter verbirgt sich ein noch größeres leeres Zimmer mit Holzvertäfelung sowie Blick auf den Hinterhof und die Rückseite des Hotels. Hm, sagt der Freund, hm. Er nimmt sein Klemmbrett wieder zur Hand und schreibt etwas auf, etwas Kurzes, es könnten die Worte *hm hm* sein.

Eigentlich bin ich nur gekommen, weil ich mich bei dir bedanken wollte, sage ich, und es kostet mich plötzlich Mühe, ihn zu duzen. Was habe ich in der Vergangenheit zu ihm gesagt, du oder Sie?

Bedanken?, fragt Colenbrander.

Du hast damals eine Bemerkung gemacht, die mir sehr geholfen hat, einen sehr einfachen Vergleich, so einfach, dass es peinlich war, es lag so offensichtlich auf der Hand, dass du einen eigentlich nicht hättest darauf hinweisen müssen; wenn man sowas in einem Selbsthilfebuch läse, würde man denken: Das ist zu schlicht, so simpel kann es doch gar nicht sein. Wir sprachen über meine Eltern, natürlich sprachen wir über meine Eltern, darum ging es oft. Über die Tatsache, dass sie in die Kirche ihrer Jugend zurückgekehrt waren, aber völlig ausblendeten, dass sie in der Zwischenzeit auch eigene Kinder hatten. Wie wenig sie in das Leben ihrer Kinder einbezogen waren, wie wenig sie sich für dieses Leben zu *interessieren* schienen, solange man sich normal und nicht zu emotional gebärdete. Nun ja, solche Sachen, ich nehme an, die sind dir in deiner Praxis täglich begegnet. Und deine Bemerkung hat mir sehr geholfen, meine Eltern in einem anderen Licht zu sehen, nämlich als die Menschen, die sie waren, mit Fehlern. Vielleicht habe ich deshalb nicht getrauert, auch nicht, als mein Vater starb.

Wann war das?, fragt Colenbrander.

Das ist mehr als zwanzig Jahre her.

Nein, ich meine, als ich das gesagt habe. War das vor oder nach deiner Einweisung?

Vorher, sage ich, aber später hat es mir trotzdem geholfen.

Er ist eingewiesen worden, nickt Colenbranders Freund, als ob er sich auf einmal wieder daran erinnerte. Und als wäre ich plötzlich gar nicht mehr vorhanden oder zu einem lästigen Etwas geworden, ein Etwas mit tauben Ohren.

Meine Zeit im Kloster, sagte ich. Es war ein Projekt. Nachdem ich aus dem Archiv weg bin und bevor ich bei *EFSF* landete.

Deine Zeit im Kloster, sagt Colenbrander, ja, ja, jetzt erinnere ich mich wieder, so hast du diese Periode genannt.

Du hast für *EFSF* gearbeitet?, fragt der Freund. Er fängt sofort an zu singen, wie es die Leute oft tun, wenn sie hören, dass ich damit zu tun hatte, aber er singt leise, fast nachdenklich, als wollte er sich selbst prüfen, ob er den Text noch weiß. *Echte Freunde, schlechte Freunde, das Leben ist so einfach nicht …*

Nicht lange, sage ich.

Dann fing er an, Bücher zu schreiben, sagt Colenbrander, als ob ich rehabilitiert werden müsste. Ich habe auch vorher schon Bücher geschrieben, aber ich korrigiere ihn nicht.

Das weiß ich, sagt der Freund, davon haben wir doch eine ganze Menge gelesen, oder? Er lässt sein Klemmbrett sinken und schaut mich fragend an. Aber was hat er denn gesagt? Diese Bemerkung, für die du so dankbar warst. Er nickt kurz in Colenbranders Richtung.

Oh, sage ich. Ja. Nun, er, also du (ich nicke Colenbrander zu) machte mir deutlich, dass ich mich mit meinen falschen Erwartungen selbst frustriert habe, dass ich immer noch alles von meinen Eltern erwartete, was sie nicht zu bieten hatten. Man geht ja auch nicht wegen Fleisch zum Gemüsehändler, hat er gesagt.

Was ich eigentlich gesagt habe, sagt Colenbrander, man kann Gemüse beim Metzger bestellen, sollte sich dann aber nicht darüber wundern, wenn man nichts kriegt.

Sein Freund wirft ihm einen skeptischen Blick zu. Das ist alles? Die Erwartungen und Frustrationen eines Kindes damit vergleichen, dass man in den falschen Laden geht? Ist das nicht ein bisschen sehr simpel?

Es hat funktioniert, sagt Colenbrander, das siehst du doch? Es funktionierte fast bei jedem. Und ich habe immer dazu gesagt, dass man die Weigerung des Metzgers nicht persönlich nehmen dürfe, denn er hatte für niemanden Gemüse im Haus.

Es gab eine Metzgerei in der Beethovenstraat, sagt der Freund, wo sie …

Ja, es gab diese Metzgerei in der Beethovenstraat, sagt Colenbrander, aber ich glaube nicht, dass meine Patienten da hingegangen sind, ich habe jedenfalls nie etwas davon gehört.

Ich habe natürlich immer gewusst, dass er die Bemerkung über das Gemüse und den Metzger nicht exklusiv für mich reserviert hatte, aber ich empfinde es jetzt doch als eine leichte Enttäuschung. Ich sehe plötzlich, wie er am Ende der Sitzung in den Kaffeeraum des Therapiezentrums geht und mit erhobener Hand High Fives an seine ebenfalls Kaffee trinkenden Kollegen austeilt. Metzgerei, Gemüse?, fragt einer von ihnen. Yep, sagt Colenbrander, und es hat wieder sofort funktioniert. Und unter allgemeinem Jubel zieht er einen Strich auf dem Blatt Papier an der Pinnwand, wo die Scores notiert werden.

War ich so ein Trottel, dass ich darauf reingefallen bin? Colenbrander sieht mich freundlich an. Es kommt nicht allein auf die Bemerkung an, sagt er, es ist auch das Timing, man kann nicht gleich bei der ersten Sitzung damit ankommen.

Es klingt relativierend, aber in Wahrheit rühmt er jetzt nur sein fachliches Können. Als ob er es ebenfalls bemerkt hätte, fragt er schnell: Du hast deine Mutter tatsächlich zwanzig Jahre lang jede Woche besucht?

War sie es wert?, fragt der Freund, während er mich mit hochgezogenen Augenbrauen ansieht.

Wir sind inzwischen weitergegangen, wir haben den großen Raum mit Blick auf den Hinterhof und das Hotel hinter uns gelassen, wir sind über schmalere Treppen weiter nach oben gegangen, wir stehen auf einem dunklen Dachboden, in dem schrägen Holzdach ist ein Fenster aus altem Glas eingelassen, auf dem sich Tropfen gesammelt haben. Ein Stück weiter oben im Dunkeln tropft es auf den Fußboden.

Es ist zu einer Gewohnheit geworden, sage ich eher zu dem Freund als zu Colenbrander. Sie war einsam, und sie war ein Mensch.

Es klingt feierlich, aber deshalb muss es nicht falsch sein.

Weiter habe ich mir keine Illusionen über sie gemacht, sage ich. Ich habe eher geglaubt, dass sie auf der Titanic über ihre

Kinder in ein Rettungsboot gesprungen wäre, um die eigene Haut zu retten.

So wenig hat sie sich um ihre Kinder gekümmert?, fragt der Freund.

So viel Angst hatte sie also vor dem Tod, sagt Colenbrander.

Ich weiß sofort, dass er Recht hat, so habe ich meine in ein Rettungsboot springende Mutter noch nie gesehen. Er ist doch verdammt gut: Er kann ein Bild, das ich mir selbst ausgedacht habe, mit einer neuen und besseren Interpretation versehen, als ob dieses Bild außerhalb meines Kopfes bestünde und man darum herumlaufen könnte und diskutieren, was es bedeuten soll und ob diese Bedeutung mit dem übereinstimmt, was der Künstler beabsichtigt hat, oder vielleicht sogar viel besser ist.

Wir gehen schweigend nach unten. Ab und zu notiert Colenbranders Freund etwas auf seinem Klemmbrett. Ich frage mich, ob sie hier einziehen oder gerade wieder ausziehen wollen und deshalb aufschreiben, was alles mit dem Haus ist, um sich gegen mögliche Ansprüche des Hauswirts oder des neuen Eigentümers abzusichern; oder vielleicht ist der Freund auch Makler, und das ist ein Haus, das er verkaufen möchte.

Moment, sagt Colenbrander auf der Treppe zum Flur. Wir bleiben stehen, ich neben seinem Freund, er zwei Stufen tiefer. Wie ist es weitergegangen? Du hast damals ein paar kurze Beziehungen gehabt, unter anderem mit einem Mädchen aus England, das hat dich dann ziemlich mitgenommen, wenn ich mich recht erinnere.

Oh ja, sagt sein Freund, als ob es ihm plötzlich wieder in den Sinn schießen würde. Hast du danach noch irgendwelche Beziehungen gehabt?

Ein paar, sage ich.

Lange?, fragt Colenbrander.

Nie länger als zweieinhalb Jahre, sage ich. Wärst du doch am Leben geblieben, denke ich, dann hätte ich noch vorbeikommen können.

Nie länger als zweieinhalb Jahre, wiederholt Colenbrander. Er greift nach einer dünnen, abgewetzten Geldbörse in der Gesäßtasche, nimmt einen Zettel heraus und drückt ihn seinem Freund in die Hand, der ein paar Stufen weiter oben steht. Ohne ihn sich anzusehen, steckt der Freund den Zettel lächelnd in die Hosentasche. Dann schiebt mich Colenbrander, mit zwei Fingerspitzen an der Schulter, weiter nach unten zur Haustür, die er für mich öffnet und hinter mir schließt. Der Bürgersteig glänzt, ich habe noch keine zwei Schritte getan, da fängt es wieder an zu regnen. Ich ziehe meine Jacke aus und halte sie über meinen Kopf; mit großen Schritten laufe ich zum Hotel zurück. Zweimal links um die Ecke, und ich müsste vor der Tür stehen. Meine Schuhe patschen durch die Pfützen, die sich rasend schnell bilden, als ob neben dem fallenden Regen das Wasser auch unter den Pflastersteinen hochdrängen würde. Eine Seitenstraße lässt lange auf sich warten, ich halte meine Jacke wie eine nasse, schwere Fahne über mich wie ein Fußballfan, der seine Schlachtenbummler im Regen verloren hat. Kinderstimmen hallen durch meinen Kopf, ein Lied, das Kinder aus den gottlosen Stadtteilen von Rijssen sangen, wo Leute gelebt haben, die wollten, dass das Schwimmbad auch sonntags geöffnet wird, ich sehe sie an einem grauen, gedämpften Tag unsere Straße entlangziehen, die Worte waren wie schnell trocknende Farbe. Es regnet, es regnet, die Erde wird nass. Aber sie haben das nicht gesungen, sie benutzten nur die Melodie. Was sie sangen, war: *Deine Mutter, deine Mutter*, deine Mutter hat ein *Loch*. Ein Bübchen in kurzen Hosen kam auf mich zu und sagte dann ernsthaft: zwischen ihren Beinen. Als wäre es ein Bildungsprojekt und er hätte es auf sich genommen, von Zuschauer zu Zuschauer zu laufen, um es zu erklären: zwischen ihren Beinen.

Lennox hat keine Lust aufs Museum. Lennox hat zu nichts Lust, er fühlt sich nicht gut, er sitzt aschgrau am Frühstückstisch. Vielleicht habe ich was Schlechtes gegessen, sagt er.

Ich glaube, wir haben gestern dasselbe gegessen, sage ich, und ich habe keinerlei Beschwerden.

Schön für dich, sagt Lennox. Etwas ist in ihm ausgelöscht worden, nein, das Ausgelöschte steckt nicht in ihm, es sitzt zwischen uns, als ob sich zwischen uns etwas geleert hätte, nach dem, was er mir gestern gesagt hat.

Hast du von deinem Friseurladen geträumt, frage ich ihn, er sieht mich erstaunt an, mit trüben Augen, als würde ich ihn für verrückt halten. Geh heute mal alleine raus, sagt er, ich lege mich wieder ins Bett. Er steht auf und geht weg, ich rufe ihm noch hinterher, ob ich etwas für ihn tun kann, aber er macht eine Geste, als würde er eine Serviette achtlos über die Schulter werfen, und ich nehme an, dass das bedeutet, dass er nichts von mir braucht.

Ich frühstücke, es ist karg, aber es gibt Kaffee, und als ich fertig bin, gehe ich wieder auf mein Zimmer. Die Schranktür steht offen, die Sachen, die ich gestern beim Rezeptionsrobo abgegeben habe und die er in diese komische Waschmaschinenklappe gestopft hat, liegen ordentlich zusammengelegt im Schrank, und plötzlich hängt da auch ein hellblauer Anzug. Der gehört mir nicht, aber ich kann der Versuchung nicht widerstehen, und er passt wie angegossen.

Das ist nicht mein Anzug, sage ich dem Rezeptionsrobo, als ich bei ihm an der Theke stehe. Ich halte meinen Regenmantel weit offen, damit er den Anzug sehen kann.

Das ist gut, Mijnheer, sagt der Rezeptionsrobo. Er kratzt sich den Bauch an der Stelle, wo die Klappe war. Oder bei seinem Kollegen – warum gehe ich immer davon aus, dass ich vor dem gleichen Roboter stehe? *Der Wunsch, eine Wunde zu sehen.* Aber das fällt mir nur ein, weil ich gestern mit Colenbrander gesprochen habe. Aber wem gehört dieser Regenmantel eigentlich? Er hing neben dem Anzug im Schrank, doch ich bin mir ziemlich sicher, dass ich ohne so einen Mantel aus dem Haus gegangen bin, ich *besitze* nicht einmal einen Regenmantel, glaube ich.

Und einen schönen Tag noch, sagt der Robo, ehe ich etwas über den Regenmantel sagen kann. Warum sollte ich auch mit einer Maschine über meine Klamotten diskutieren? Klamotten, nicht *meine* Klamotten. Ich wünsche ihm ebenfalls einen guten Tag und gehe hinaus. Es ist frisch und kühl, der Himmel ist blau mit ein paar weißen Wolken, es ist ein schöner Tag, die Regenzone ist weitergezogen – oder wir stecken in einem dieser Löcher. Wie auch immer, es ist trocken, ich laufe auf den Gehwegen von abschüssigen Straßen, alle Nebenstraßen führen hinunter, hier und da sehe ich in der Ferne verschwommene Teile der Stadt, die bis zum Horizont reichen und an diesem Horizont vielleicht weiter bis zu einem Horizont dahinter. Kristallklares Wasser fließt durch die Rinnen und gurgelt in die Abflüsse, als ob diese riesige Metropole an den sanften Hängen eines riesigen Vulkans erbaut wäre, der anstelle von heißer Lava kaltes Wasser ausspuckt.

Als ich an einer Kreuzung warte, krabbelt etwas an meinen Knöcheln, es ist einer dieser selbstlaufenden Rucksäcke, der mit einem seiner Henkel gegen meinen Fuß gestoßen ist. Es ist anrührend, als ob er zu mir gehören oder mir etwas klar machen wollte. *Hilf mir, ich werde schlecht behandelt, nimm mich mit.* Etwas weiter weg stehen kichernde Mädchen in Schuluniformen, eins von ihnen ruft etwas, und der Rucksack macht kehrt und kraucht in seinem langsamen Schildkrötengang auf seine Besitzerin zu, sie sind also tatsächlich steuerbar und arbeiten anscheinend mit Spracherkennung. Das Mädchen packt den Rucksack und hängt ihn sich auf den Rücken, sofort scheint er sich zu Hause zu fühlen, wie er sich an ihren Rücken schmiegt. Die

Gruppe läuft weiter zur Schule, es sind wieder nur Mädchen, was ist das, werden Jungs nicht mehr unterrichtet, oder werden sie heute durch unterirdische Gänge zur Schule geführt?

Das Ampelhändchen auf der anderen Seite wird grün und winkt mir, ich überquere die Straße, ich könnte auch die U-Bahn nehmen, aber es ist schönes Wetter, also beschließe ich, in die Unterstadt zu laufen, wo die Museen sind, denn das werde ich tun, ins Museum gehen, dann eben allein, ich habe den ganzen Tag Zeit, warum soll ich mich noch länger an Hirsts Schädel stoßen, was ist das für ein Unsinn, das könnte sich doch irgendwann mal erledigt haben, und warum kann dieser Moment nicht *jetzt* sein, was habe ich mir bloß in den Kopf gesetzt mit diesem Verdikt, vielleicht war ich einfach nur erschöpft von all der Kunst, die ich gesehen hatte; wie komme ich denn dazu, einem solchen Objekt *Macht* über mich einzuräumen? Das Wasser plätschert in den Rinnen, das ist ein schönes Geräusch, und bisher muss ich nicht einmal pissen deswegen – obwohl ich, wenn ich darauf achte, hier und da alte Männer in Regenmänteln in irgendwelche Gassen huschen sehe, ihnen geht das Geräusch auf die Blase, aber sie sind älter als ich – wenn auch nicht viel älter. Ich kann mir Kunst ansehen, ohne dass in meinem Hinterkopf das Bild eines grinsenden Diamantschädels heraufdämmert, woher kommt bloß diese Vorstellung, warum habe ich das alles überhaupt zugelassen? Ich sehe kleine Wegweiser, die zum Museumsviertel führen, ich gehe fröhlich weiter, mit schlenkernden Armen, aber zuerst muss ich mich doch schnell in eine Gasse zurückziehen, um zu pinkeln. Ich passe auf, dass ich mir nicht auf die Schuhe pisse – schöne Schuhe mit glänzenden Spitzen, hatte ich die schon an, als ich zu Hause losgegangen bin? Es muss wohl so sein, nicht irre werden jetzt, man wird sie gestern Abend heimlich geputzt haben. Abschütteln, Reißverschluss zu, weitergehen, aus der Gasse raus, ins Licht.

Aber als ich die Unterstadt dann erreicht habe, ist meine Stimmung umgeschlagen. Es ist glutheiß, der Himmel hat eine gelbliche Färbung angenommen, das Wasser steht jetzt in den Abflussrinnen. Ich bin müde, es war schließlich auch ein langer Spaziergang, selbst wenn es immer bergab ging, ich habe Durst, und meine Schuhe sind staubig, meinen Optimismus von eben sehe ich als das, was er war: geschauspielerte Begeisterung, grimmig erzwungene Heiterkeit. Und als ich die langen Warteschlangen vor dem zentralen Museumseingang stehen sehe, habe ich überhaupt keine Lust mehr. Reihen von Menschen aus allen Ecken der Welt, alle ein bisschen alt, alle gucken sie ein bisschen traurig. Der Zentraleingang hat die Form einer Pyramide, und das ist eine angemessene Form, all diese Leute werden ein Mausoleum besuchen, ein Totenhaus. Kunst gehört der Vergangenheit an, ist klassifiziert, interpretiert und untergebracht in luxuriösen Totenhäusern mit reichlich Besuchszeiten. Andere Zeiten vergehen, aber unsere Zeit steht genauso still wie diese bewegungslosen, dichten Reihen. Ich gehe wieder, werfe eine Münze in einen Trinkbrunnen, drücke einen Knopf und schlürfe die paar Schlucke Wasser, auf die ich Anspruch habe. Trink kein Regenwasser, sagt der Brunnen, als ich den Knopf loslasse, wir stehen überall in der Stadt, trink kein Regenwasser.

Ich begebe mich in die Altstadt, irgendwo in einer schmalen Straße esse ich, an den Tresen gelehnt, ein Sandwich. Dann gehe ich weiter. Alles steht still und der Luftdruck steigt, als würde ein Unwetter drohen, die Gassen, durch die ich laufe, sind so eng, dass ich den Himmel nur sehen kann, wenn ich meinen Kopf in den Nacken lege. Über mir hängt Wäsche, ich komme an kleinen Geschäften vorbei, und über einer Tür lese ich auf einem Schild das Wort MUSEUM in handgemalten, ungleichmäßigen Großbuchstaben. Ich schiebe die Tür auf und trete ein, und sei es nur, um dem Regenguss, der loszubrechen droht, zu entkommen, und lande in etwas, das auf den ersten Blick wie ein ganz normales Wohnzimmer aussieht – auf den zweiten Blick ebenfalls und auch auf den dritten, man kann so viele Blicke werfen, wie man will, es bleibt ein Wohnzimmer. Guten Tag, sagt ein Mann auf Englisch, Sie sind nicht von hier? Er ist aus einem Hinterzimmer gekommen. Dunkles Haar, dunkles Brillengestell, flauschiger schwarzer Pullover. Er schüttelt mir die Hand und stellt sich vor, Midas Irrtum, aber das habe ich sicher falsch verstanden, oder hat er Midas Hirten gesagt, das klänge zumindest etwas normaler, wie ein Name, den es geben könnte. Ich sage, dass ich aus dem Norden komme und deute mit der Hand an, wo Norden sein könnte, habe aber eigentlich keine Ahnung. Der Mann nickt freundlich, dann setzt er sich an einen Tisch und schlägt einen Ordner auf, in dem Fotos sind. Ist das der Tresen dieses Museums? Er hat nicht nach Geld gefragt, es liegen keine Tickets auf dem Tisch, ich tue so, als fände ich alles bestens und schaue mich mit den Armen auf dem Rücken um. Der Raum ist nicht groß. Vollgestopfte Bücherregale an zwei Wänden, hellgrüne Tapeten mit hier und da einer Radierung oder einem Gemälde, auf dem Kamin Ansichtskarten, auf denen Kunstwerke abgebildet sind (ein Rietveld-Stuhl, ein Gemälde von Matisse), ein schwarzer Ofen mit kleinen Luken, eine verschlissene Sitzecke – ein ziemlich gemütlicher Raum eigentlich, ein wenig dick aufgetragen für die Wohnung eines alleinstehenden Intellektuellen, ist das der Grund, warum ich mich hier ein bisschen zu Hause zu fühlen beginne?

Ich wohne hier, sagt Midas Hirten, als er von seinen Fotos aufblickt, den Kopf leicht nach hinten gebogen, um mich besser durch seine Brillengläser betrachten zu können. Ich glaube, ich verstehe es jetzt: Dieser Mann lebt tatsächlich hier und hat irgendwann nur ein Schild mit dem Wort *Museum* über seine Tür genagelt. Ohne dem allzu viel Bedeutung beizumessen, jeder darf selbst entscheiden, welchen Preis er dafür zahlen will, jeder darf sich das Seinige dabei denken; ist es ein Kommentar zur heutigen Zeit, zu unserer Einstellung gegenüber dem Alltäglichen? Vielleicht geht es ihm hauptsächlich um die eigene Reaktion auf seine

Tat? Ich laufe ein wenig herum, während er sich wieder über seine Fotos beugt, sie sind schwarz-weiß, einige von ihnen schaut er mit einem Vergrößerungsglas an, hin und wieder schreibt er eine Notiz mit Bleistift auf einen kleinen Notizblock. Ich komme nicht nah genug heran, um zu erkennen, was auf den Bildern zu sehen ist. Stattdessen bleibe ich vor dem Bücherregal stehen. Einige übersetzte Taschenbücher von Paul Auster und Philip K. Dick, das gesammelte Werk von Kafka, Bände von Borges. Das ist nicht überraschend, sein Museum ist der Extrakt, der aus diesen Büchern gezogen ist. Es ist kein sehr bedeutender Extrakt, aber das spielt keine Rolle. Die Fenster könnten mal geputzt werden, fällt mir auf, und dann glaube ich, dass ich genug gesehen habe. Es ist, als hätte Midas das gespürt, er steht auf und sagt: Die ganze Welt ist zum Museum geworden, zumindest die westliche Welt. Das enttäuscht mich jetzt ein bisschen, er hat dann also doch eine Absicht, wer weiß, vielleicht sieht er sich als den Letzten Leser, den Letzten Intellektuellen, einer von vielen, es gibt Zehntausende von ihnen, Hunderttausende, ein paar Millionen; vielleicht hofft er, dass sie alle mal bei ihm vorbeikommen. Ich werde mit ihm nicht diskutieren, ich nicke, es ist schließlich auch so, das ist mir ein vertrauter Gedanke, unsere Welt als Museum, das, worauf es ankommt, geschieht auf anderen Kontinenten. Und ich werde auch nicht mit ihm darüber diskutieren, weil es mich umhaut, in welch hohem Maße diese Idee zu mir passt, dass ich seit Jahren danach lebe, dass diese Welt als Museum wie für mich gemacht ist, als wäre ich genauso alt wie diese Welt, und genauso passiv nur auf die Vergangenheit gerichtet. In den letzten Jahren habe ich mich übergangen gefühlt, wenn ich mir die jüngeren Generationen so angeschaut habe, die plötzlich wichtig waren, die plötzlich im Mittelpunkt der Aufmerksamkeit standen – und das nicht etwa, weil sie sich auf diesen Brennpunkt zubewegt hätten, sondern weil sich der Brennpunkt verschoben hat. Jetzt fühle ich Mitleid mit den Angehörigen dieser Generationen, denn der Brennpunkt wird sich immer weiter verschieben, bis auch sie aus dem Blickpunkt geraten. Und wie sehr sie auf ihren Türmen schaukeln mögen, auch sie werden irgendwann in einem Museum landen.

Ich lächle Midas Hirten oder Irrtum an, als wollte ich sagen, dass ich jetzt weiter müsste (ein halb freundliches, halb entschuldigendes Lächeln), aber bevor ich durch die Tür schlüpfen kann, zupft er mich am Ärmel meines hellblauen Jacketts und führt mich an einen runden, einbeinigen Tisch, der mir bisher entgangen war, und auf dem ein großes aufgeschlagenes Notizheft mit einem festen Umschlag liegt. Die Seiten sind ein wenig vergilbt. Der Mann blättert zurück, um zu zeigen, was es ist: ein Gästebuch. Alles kommt jetzt ein wenig ins Wanken, es ist also in der Tat ein Museum, nicht nur als Teil eines viel größeren Ganzen, sondern auch für sich alleine, ganz auf sich selbst gestellt. Das Gästebuch *macht* das Museum, genau genommen ist es das einzige museale Objekt im Raum; das hier ist das Museum des Gästebuchs. Midas Hirten blättert so schnell weiter, dass ich die Einträge und Bemerkungen nicht lesen kann, aber es sieht so aus, als ob eine respektable Anzahl von Besuchern vor mir hier gewesen wäre. Ich darf oben auf einer leeren Seite beginnen, er gibt mir einen Stift und schiebt mir sogar einen Stuhl zurecht, als erwartete er von mir eine ausführliche Erörterung. Und ich habe eigentlich auch Lust, etwas zu schreiben, es ist angenehm hier, und draußen hat es inzwischen angefangen zu regnen, ich höre es auf die Straße pladdern, ich sehe es an den Fenstern herabrinnen, drinnen wird es kälter, und Midas stellt die Heizung an – ich möchte alles aufschreiben, was mir widerfahren ist, und vielleicht mache ich das ja auch, fange an bei diesem heruntergeschluckten Streit im Albert Heijn bis ich hier an diesem Punkt angelangt bin, in diesem Museum, wo ich an diesem Tischchen sitze und Midas mir hin und wieder etwas zu essen und zu trinken hinstellt und mich mit einem neuen Notizheft versorgt, die

Heizung höher dreht und mir am ersten Abend ein Bett in einem kleinen Nebenraum zeigt. Ja, das alles sehe ich vor mir, draußen regnet es immer weiter, im Laufe der Tage und Nächte lerne ich, die verschiedenen Geräusche der Regenschauer zu erkennen, sie rauschen, prasseln, hageln, flüstern, und ich beschreibe, was ich erlebt habe und wie ich hierhergekommen bin, und alles, was noch passieren wird, denke ich mir dazu.

4

Das Kloster

i

Wo soll ich anfangen – ich muss weitermachen mit den alten Zeiten. Als mein Vertrag mit dem Archiv ausgelaufen war (das Umzugs- und Neubauprojekt war noch nicht abgeschlossen, aber ich hatte nur einen Vertrag über zwölf Monate), schrieb ich mich an der Universität Amsterdam für ein Studium der Kunstgeschichte ein. Da ich die Oberschule vorzeitig verlassen hatte, musste ich zunächst eine Aufnahmeprüfung ablegen, aber das war eher eine Formalität, und im September konnte ich beginnen. Ich nehme an, dass die Dinge später anders gehandhabt wurden, aber Mitte der Achtzigerjahre wurde in der Kunstgeschichte noch mit Dias gearbeitet. Ich verbrachte ungezählte Stunden in abgedunkelten Hörsälen im Oudemanhuispoort, wo hinter den Professoren eine Leinwand hing, auf der Dias gezeigt wurden. Der Projektor befand sich in einer Konstruktion, die von der diensthabenden technischen Hilfskraft nach der Installation des runden Diamagazins bis zur Decke gehievt wurde. Von dieser hohen Warte aus wurde dann ein Dia nach dem anderen auf den Schirm geworfen; jeder Bildwechsel war von dem gleichen Geräusch begleitet, mit dem in Western Gewehre durchgeladen werden. Während ich Vorträge und Seminare besuchte, begann ich zu ahnen (aber es kann auch gut sein, dass ich mir das erst jetzt zurechtlege, während ich das hier aufschreibe), dass das Glück in der Spezialisierung zu suchen war. Nicht, weil es darum ging, alles über einen bestimmten Gegenstand oder ein Thema zu wissen – wichtig ist, immer *mehr*

215

darüber zu wissen, es immer wieder aus anderen Blickwinkeln zu betrachten, zu untersuchen, was andere darüber gedacht und publiziert haben, es geht darum, unbekannte Sichtweisen und Details aufzuspüren und weiterzugeben; es geht darum, sich auf etwas zu konzentrieren, das genau definiert ist. Wenn das wirklich der Weg zum Glück ist (und plötzlich glaube ich fest daran, dass es so ist), muss ich mein Leben als gescheitert betrachten; als Schriftsteller steht man mit dem Rest der Welt nicht auf eine solche Weise in Verbindung. Diese Schlussfolgerung überrascht mich, ich wollte doch nur etwas über mein abgebrochenes Studium als Sprungbrett in eine Periode schreiben, in der ich wieder mit Lennox und Guido zusammenkam und in der wir Bonzo schufen. Schon jetzt schweife ich irgendwie hin und her, und ich bleibe an unerwarteten Stellen hängen, anstatt mich auf das zu konzentrieren, was ich wirklich sagen will. Es ist, kurz gesagt, hoffnungslos.

Lennox sah ich in den zweieinhalb Jahren meines Kunstgeschichtestudiums selten. Vielleicht auch nie. Wir hatten unsere Telefonnummern ausgetauscht, als ich das Archiv verließ, ich sehe vage Szenen vor mir, in denen Lennox und ich auf Terrassen sitzen oder in Bars abhängen, aber sie haben sich wahrscheinlich nur in meiner Einbildung abgespielt. Ich habe in dieser Zeit durchaus Cafés besucht, aber mit Kommilitonen. Jeden Freitagnachmittag gab es einen Umtrunk für die Erstsemester Kunstgeschichte in einem Café in der Nes, unweit der Hörsäle im Oudemanhuispoort. Ich besuchte diese Zusammenkünfte treu und brav, weil ich Teil dieser Welt sein wollte. Ich hatte denn doch mit einiger Verspätung eine akademische Karriere begonnen, und mir wurde klar, dass die Chancen auf ein erfülltes Leben stiegen, je nachdem, wie man seine intellektuellen Fähigkeiten einsetzte. Diese zwölf Monate im Archiv waren wertvoll gewesen, sie hatten mich vom Rand in die Mitte des Lebens geworfen, aber jetzt ging es darum, meine Fähigkeiten zu nutzen, mein Hirn dazu zu gebrauchen, *auf* statt *unter* meinem Niveau zu arbeiten.

Aber Perioden haben die Neigung, ineinanderzufließen, auch wenn man sie gerne als für sich selbst stehende Abschnitte ansehen möchte, und meine jüngste Vergangenheit hatte ihre Spuren hinterlassen. Während eines der Treffen am Freitagnachmittag saß ich mit einer Gesellschaft am Tisch, zu der auch ein alter Mann gehörte; unter den Erstsemestern gab es einige pensionierte Männer, distinguierte Herren mit gepflegten grauen Frisuren, ehemalige Ärzte und Makler, die nun endlich Zeit hatten, sich in die Kunst zu vertiefen. Der Mann, der mit uns am Tisch saß, war der Einzige von ihnen, der sich bei den Freitagnachmittagszusammenkünften sehen ließ. Er war mit einer jungen Studentin ins Gespräch vertieft, die aus irgendeinem Grund an seinen Lippen hing. Der alte Mann und das Mädchen sprachen über ein Bild von Raffael, wenn ich mich recht entsinne. Solltest du jemals in mein Schlafzimmer kommen, sagte der Mann, dann wirst du sehen, dass eine Reproduktion dieses Bildes über meinem Bett hängt. Das hängt davon ab, ob du oben oder unten liegst, sagte ich, ohne weiter einen Gedanken darauf zu verschwenden. Das war diese Art von flottem Humor, den ich mir im Archiv angewöhnt hatte, um den Jungs vom Dildotisch etwas entgegensetzen zu können. Kunstgeschichtsstudenten schien es jedoch nach subtileren Formen der Unterhaltung zu verlangen. Eine tödliche Stille setzte ein, nicht allein bei dem Mann und dem Mädchen, sondern auch bei allen anderen, die es gehört hatten. Sofort war ich als Stiesel gebrandmarkt, nicht mit Worten, sondern mit Blicken und kleinen Veränderungen in der Körperhaltung, sodass ich plötzlich allein an diesem vollen Tisch war, und das ist an mir in all den Jahren, die ich studiert habe, haften geblieben. Vielleicht war damit der Glanz meines neu begonnenen Lebens schon ein wenig ramponiert, aber die große Stumpfheit kam erst später. Zwar musste ich (oder: ich muss es jetzt) an meinen stellvertretenden Direktor denken, der mir nachgerufen hatte, dass ich in einer anderen Welt landen würde, wenn ich einer

unqualifizierten Arbeit mit einem anderen Menschenschlag nach-
gehen würde; das war nicht so schlimm gewesen, es hatte mich
im Archiv überraschend wenig Mühe gekostet, mich unter den
anderen Jungs zu behaupten. Aber jetzt, da ich in meine eigene
Welt zurückgekehrt war, hatte ich mich so sehr verändert, dass
ich *da* nicht mehr hingehörte.

Damals wohnte ich in einem Zimmer im dritten Stock hinten
an der Weesperzijde (ein Zimmer, in das es auch noch hereinreg-
nete) und fühlte mich im Laufe des ersten Studienjahres immer
einsamer. Die Kunst hielt mich aufrecht, das darf ich ohne Über-
treibung sagen. Ich hatte ein zweites Zuhause im Stedelijk und im
Rijksmuseum gefunden. Übrigens habe ich dort nie einen Semes-
tergenossen getroffen, die hockten sich wahrscheinlich in ihren
Schlafzimmern gegenseitig auf der Pelle und bewunderten in den
Fickpausen die Reproduktionen, die über den Betten hingen.

Ich weiß nicht mehr genau, wann mich die Begeisterung für
das Studium zu verlassen begann. Es kann nicht allein an dieser
einen unglücklichen Bemerkung und den Reaktionen meiner
Kommilitonen gelegen haben, und an der Kunst lag es gleich gar
nicht. Es sollte noch mehr als zwanzig Jahre dauern, bis Damien
Hirst seinen Platinschädel mit Diamanten vollklebte. Wie auch
immer, um mich wurde es einsam. Es war in dieser Zeit, dass ich
meine ersten Bücher über den Buddhismus las; ich begann mit
Secondhand-Taschenbüchern des bereits früher erwähnten Alan
Watts. Dass diese Gedankenwelt, über die ich las, anschlug, sehe
ich jetzt als Bestätigung der Vorstellung, dass vor allem das Verlangen nach Passivität den Hunger nach westlichem (oder wenn Sie
es lieber wollen: Quasi-)Buddhismus fütterte; und dass sich vor
allem passive Persönlichkeiten zu ihm hingezogen fühlten. Glück-
licherweise tauchte damals Emmy auf. (Zum Glück? Ja, schon,
für eine Weile.) Sie kam aus England und besuchte, obwohl sie
kaum ein Wort Niederländisch sprach, Vorlesungen und Seminare über das Goldene Zeitalter. Ich half ihr durch Übersetzen

und mit ihr Herumhängen. Ein Wasserfall aus dunkelbraunem Haar, eine große runde Brille mit Silbergestell, das Licht blitzte auf ihren Gläsern hin und her, wenn sie heftig nickend neben mir durchs Rijksmuseum lief, als ob alles, was sie sah, zu ihrer unbeschreiblichen Freude ihren Erwartungen entspräche. Ich hatte nicht viele Erwartungen, und sie übertraf sie alle. Sie lebte in dem Studentenwohnheim an der Weesperstraat schräg gegenüber der alten Brotfabrik, in der ich einmal durch schwach beleuchtete niedrige Hallen gelaufen war und den Modelle bastelnden Polizisten zugesehen hatte, jetzt stand ich vor dem Fenster von Emmys Zimmer und beobachtete, wie der Komplex langsam mit Abrissbirnen und großen zuschnappenden Maschinen dem Erdboden gleichgemacht wurde. Innenwände, die kaum Tageslicht gekannt hatten, standen plötzlich nackt im vollen Licht, bevor sie zusammenfielen, einstürzende Schornsteine jagten riesige Staubwolken über die abgesperrte Weesperstraat, ich erkannte Räume, in denen ich gewesen war, und während ich sie erkannte, verschwanden sie für immer aus der Welt. Es war ein schrecklicher und schrecklich schöner Anblick, wie ein zu apokalyptisches Ende einer Periode und der Beginn von etwas Neuem, denn Emmy stand hinter mir und hatte ihre Arme um mich geschlungen.

Als sie nach England zurückkehrte, fuhr ich mit ihr, mein Studium konnte eine Weile ohne mich auskommen. Sie hatte ein kleines Zimmer in London in der Nähe der Underground-Station Ladbroke Grove, wo wir rausgeschmissen wurden, als ihr Vermieter herausfand, dass wir dort zusammenwohnten – danach zog sie bei ihrem Vater ein, der Hausarzt in Halesowen war, einer kleinen Stadt südwestlich von Birmingham. Der Vater lebte recht beengt, und fast jede Nacht fuhren Emmy und ich in die ländliche Umgebung von Halesowen und suchten nach einem ruhigen, abgelegenen Ort, wo wir ficken konnten. Für Hotels hatten wir kein Geld. Es hätte alles gut enden können, wenn die Welt stehen geblieben wäre, aber das tat sie nicht, wir entwickelten eine seltsame Abneigung gegeneinander, die wir bedauerten und uns gegenseitig ersparen wollten, was wahrscheinlich bedeutete, dass wir uns selbst mehr hassten, als der jeweils andere es tat. Es dauerte insgesamt nicht lange; als ich nach Amsterdam zurückkehrte, waren sie gegenüber dem Studentenwohnheim an der Weesperstraat noch immer dabei, den Schutt wegzuräumen.

ii

In einer optimistischen Aufwallung, die eine verschleierte Form von verzweifelter Waghalsigkeit war, hatte ich mein Zimmer auf der Weesperzijde gekündigt, als ich nach England ging (dass ich auf der Weesperzijde wohnte und sie auf der Weesperstraat, hatten wir fröhlich als *Zeichen* gedeutet), aber bald fand ich eine kleine Etage in einer abgelegenen Ecke des Zentrums, in der Nähe der alten Häfen, ein Gelände, das jetzt seit Jahrzehnten ein aufblühendes Stadtviertel ist, damals aber genau die Trostlosigkeit ausstrahlte, die meiner Stimmung entsprach. Ich schmiss mein Studium und fragte nach Arbeitslosengeld, was damals noch ziemlich reibungslos ging. Um die Stütze aufzustocken, arbeitete ich einige Abende in der Woche schwarz in einer kleinen Kneipe in der Nachbarschaft, die aus Gründen, an die sich niemand mehr erinnern konnte, De Zwachtel, also Die Mullbinde, hieß und in der hauptsächlich ältere Leute verkehrten. Ich führte ein ruhiges, ziemlich gedankenloses Dasein, recht ähnlich der Arbeitslosenexistenz, wie ich sie auch vor meiner Anstellung im Archiv geführt hatte. So drohte die Zeit im Archiv statt des beabsichtigten Beginns einer neuen, aktiven Periode ein Intermezzo in einem ansonsten ziemlich farblosen Leben zu werden.

Mein Hausarzt begann sich Sorgen zu machen (ich war wegen etwas ganz anderem zu ihm in die Praxis gekommen, etwas mit einem Muttermal, glaube ich) und verwies mich an einen Therapeuten, der Colenbrander hieß. Als der bei meinem ersten Termin das Behandlungszimmer betrat, stellte er seinen Kaffeebecher ab und wies auf die Zeitung, die auf dem Tisch neben dem Kästchen mit den Papiertaschentüchern lag. Was ich hier gerade gelesen habe, sagte er, hast du das auch gelesen? Reden wir meinetwegen darüber, dachte ich. Unsere ersten Gespräche gestalteten sich eher schwerfällig. Später ging es dann besser, da stand er auf meiner Seite, das war schön, wie auch immer diese Seite aussehen mochte.

In diesen Tagen war Henry Batavier entführt worden. Da kann ich mich kurzfassen, denn darüber sind Bücher geschrieben worden, wie das früher erwähnte *Warum entführen Sie keinen Diamantenhändler?* (Ich habe es seinerzeit auch gelesen und gedacht: Wenn du wüsstest); ich muss trotzdem kurz darauf eingehen.

Der Biermagnat war entführt worden, als er nach einem Kartenspielabend das Amstel Hotel verließ. Er wurde von zwei Männern gepackt und in einen Bus geworfen, der dann mit hoher Geschwindigkeit wegraste – zum Westelijk Havengebied, wie wir heute wissen.

Am nächsten Morgen besuchte ich den Ort, an dem sie sich Batavier geschnappt hatten, ich weiß nicht genau, warum, vielleicht fühlte ich mich dazugehörig, weil ich mal in der Nähe des Tatortes gewohnt hatte – mein altes Zimmer auf der Weesperzijde war Luftlinie keine hundert Meter vom Amstel Hotel entfernt. Außerdem hatte die Kneipe, in der ich an der Bar arbeitete, Batavier vom Fass.

Ich war nicht der Einzige, der an diesem Morgen an den Tatort gekommen war. Es wimmelte dort nur so von Menschen. So voll war es sonst nur, wenn ein weltberühmter Gast im Amstel übernachtete, aber jetzt schaute keiner erwartungsvoll auf den Hotelausgang, alle liefen nur herum und bildeten hier und da kleine Grüppchen, in denen die Situation diskutiert wurde. Viele

Polizisten waren unterwegs, und ein Teil des Platzes vor dem Hotel war mit Bändern abgesperrt; da hatte der Bus gestanden, ließ ich mir sagen. Auch der Fahrradtunnel, der vom Hotelvorplatz zur Weesperzijde führte, wurde eingehend untersucht, denn den hatten die Entführer als Fluchtweg benutzt. Die rot-weißen Pfosten, die die Autos an der Durchfahrt hindern sollten und wo de Meester damals mit seiner Messerschmitt durchkachelte, waren entfernt worden, alle hier vermuteten, dass die Entführer das selbst getan hatten, was sich später auch als zutreffend herausstellte, sie waren von einem der Kidnapper am Tag zuvor aus dem Boden gezerrt und in die Amstel geworfen worden, wo man sie später herausfischte. Ich erinnere mich an die Stimmung auf dem Hotelvorplatz: Alle waren ein bisschen aufgeregt und niemand hatte Mitleid mit dem Opfer, als ob für jemanden wie Batavier eine Entführung zu den normalen Geschäftsrisiken gehörte; warum hatte er auch keine Leibwächter dabei, der Mann war schließlich reich genug, oder? Als ein Lkw vor dem Seiteneingang des Hotels hielt, um alle möglichen Vorräte in die Lagerräume zu schaffen, brandete aus den Reihen der Zuschauer lautes Geschrei auf, weil eine Karre mit Batavier-Bierkästen vom Laderaum nach draußen geschoben wurde. Jaja, schrie ein Mann neben mir abfällig, die Geschäfte laufen einfach weiter! – als ob es jetzt irgendwie anständiger gewesen wäre, nun, da der Namensgeber der Firma entführt worden war, jeglichen Handel auf Eis zu legen. Ich sehe den Mann noch immer vor mir, er trug eine karierte Mütze und unter seinem offenstehenden Mantel einen hellbraunen Pullover, der sich über seine Plauze spannte. Zweifellos war er einer der Leute, die in den nächsten Wochen Kneipenwirte anschreien würden: Gib mir mal ein Batavier, das hilft, das Lösegeld zusammenzukriegen! In De Zwachtel hörte ich diesen Spruch mindestens viermal am Abend.

Die Entführung dauerte lange, und die ganze Zeit gab es wenig Neuigkeiten. Dafür machten viele Gerüchte die Runde.

Es sollten Verhandlungen stattgefunden haben, das Lösegeld, hieß es, wäre in Diamanten gefordert worden, und es brauchte einfach Zeit, um eine so große Menge an Diamanten zusammenzubekommen, Besitztümer mussten verkauft und Kredite aufgenommen werden, was wurde nicht alles geredet, jeder hatte seine eigene Meinung, und der Diamantenmarkt reagierte tatsächlich mit unerwarteten Schwankungen, aber die konnten nach Ansicht einiger Experten auch eine Folge der Gerüchte sein.

Der Rest ist bekannt. Dass das Lösegeld gezahlt wurde, dass Batavier die ganze Zeit in einem Schuppen im Westelijk Havengebied festgehalten worden war, dass die Entführer Richtung Süden entwischten, dass sie schließlich geschnappt und verurteilt wurden, dass sie alle in Gefangenschaft starben, dass Batavier bis zu seinem Tod bestritt, er hätte die Wachen dafür bestochen, und dass das Lösegeld nie aufgespürt wurde. Wie alle anderen habe ich das alles in diesen Tagen genauestens verfolgt. Was mich vor allem interessierte, war die Tatsache, dass dieser Schuppen, in dem Batavier gefangen gehalten wurde (hinter dieser doppelten Wand, naja, auch das ist alles bekannt), nach Informationen der Zeitungen Eigentum eines gewissen Harry de M. war.

Ich vermutete sofort, dass das nur de Meester sein konnte, unser de Meester. Ich hatte seinen Vornamen nie gekannt, wir haben ihn immer nur de Meester genannt, oder hatte ich jemals den Namen Harry fallen hören? Und hatte er nicht mal von einem Schuppen irgendwo in West gesprochen, wo er mit ein paar Freunden alte Autos aufmöbelte? Ich war mir nicht mehr sicher, vielleicht täuschte mich die Erinnerung, die sich rückwirkend in mein Gedächtnis eingenistet hatte. Wie die anderen Entführer aussahen, war kein Geheimnis, aber Fotos von Harry de M. kursierten nicht. Er war wie vom Erdboden verschluckt. Die Geschichte ging so: Die Entführer hätten ihn ermordet, weil er irgendwann spitzgekriegt hatte, was mit seinem Schuppen passiert war, oder weil er einen zu großen Teil vom Lösegeld abhaben wollte, doch eine Leiche wurde nie gefunden, und man musste auch in Betracht ziehen, dass er mit dem Lösegeld, das dem Vernehmen nach tatsächlich aus einer großen Menge Diamanten bestand, abgehauen sein könnte.

Ich hätte mich gerne mit Lennox über diesen Fall unterhalten, aber ich hatte ihn inzwischen definitiv aus den Augen verloren. Ich besaß keine Adresse und ich konnte ihn nicht im Telefonbuch nachschlagen, weil ich nicht wusste, wie er hieß, außer natürlich Lennox, und diesen Namen hatte er sich selbst ausgedacht. Ich suchte nach dem Stück Papier, auf das er damals seine Telefonnummer geschrieben hatte. Es war eine Suche, bei der man im Voraus weiß, dass sie nichts bringen wird, doch man kann sie trotzdem nicht unterlassen, weil es sonst immer von Neuem an einem nagen wird. Innerhalb von fünf Minuten hatte ich den Zettel gefunden. Ich rief die Nummer an und hörte ein Band laufen, das mir zu verstehen gab, dass die Nummer, die ich gewählt hatte, nicht mehr existierte.

Ich nahm mein Leben wieder auf. Ich füllte monatlich eine Einkommenserklärung für das Arbeitsamt aus, in der ich versicherte, nichts dazuverdient zu haben, und ich zapfte ein paar Mal in der Woche schwarz Batavier in De Zwachtel. In diesen Jahren hatte ich kaum Kontakt zu meinen Eltern. Ab und zu nahm ich den Zug nach Rijssen, wo sie inzwischen in ein kleineres Haus, in eine neue Gegend umgezogen waren, aber solche Besuche verliefen stets schwierig; ich gab immer mein Bestes, im Gegensatz zu ihnen. Meine Schwester und ich hatten uns jetzt beide vom Glauben losgesagt. Unsere Eltern haben nie darüber gesprochen. Denn bei einem solchen Gespräch hätte auch ihr Glauben mit zur Sprache kommen müssen. Sie mochten es bedauern, dass ihre Kinder der Kirche den Rücken gekehrt hatten, aber sie hatten doch in ihrer Jugend das Gleiche getan, also, wenn es um dieses Thema ging, hätte es schlecht für ihre Autorität ausgesehen. Sie hatten sowieso nicht so fürchterlich viel Autorität, trotzdem wollten sie mit Sie angesprochen werden. Wenn ich vorbeikam, redeten wir über Dinge, die sich in früheren Zusammenkünften als verlässlicher Gesprächsstoff erwiesen hatten. Von der ersten Begrüßung an schlich sich eine Jovialität in unsere Unterhaltung, die nicht mehr wegzukriegen war, an die ich mich aber später im Zug nur ungern erinnerte. Dennoch war ich im Einvernehmen mit ihnen. Ich kannte sie mein ganzes Leben lang, und es war gerade so, als würde ich sie *verstehen*. Wenn sie das nur zugegeben und auch die Notwendigkeit eingesehen hätten, mich zu verstehen, hätte man durchaus von Kontakt sprechen können. Ein halbes Wort hätte mir genügt, aber das hätte dann schon von ihnen kommen müssen. Ich hätte dieses Wort beenden können, aber anfangen konnte ich es nicht auch noch. Als ich mal bei Colenbrander auf dieses Thema kam, tischte er mir diese Bemerkung über den Metzger und den Gemüsehändler auf; das kann nicht lange vor dem Abend gewesen sein, als ich in De Zwachtel versehentlich zwei Gläser im Abwaschbecken zerschlug. Das Wasser färbte sich unmittelbar darauf rot, und als ich meine Unterarme aus dem Becken zog, tropfte da nicht nur Wasser, sondern auch Blut. Einer der Stammgäste brachte mich mit seinem Auto in die Notaufnahme des Stadtkrankenhauses. Der junge Arzt, der die Schnitte an meinen Handgelenken nähte, konnte sich gar nicht wieder einkriegen, dass der Name der Kneipe, in dem der Unfall passiert war, »Mullbinde« lautete. *Wie* hieß die Kneipe doch gleich wieder?!, fragte er mich immer wieder, während er den Verband um meine Handgelenke wickelte, nachdem die Nähte angebracht waren, *wie* hieß diese Kneipe?!

Ich bin nie wieder in De Zwachtel gegangen. Zwei Tage nach meinem Unfall klingelte es bei mir. Ich schob das Fenster hoch (schwierig mit den verbundenen Handgelenken) und beugte mich nach vorne, um zu sehen, wer da unten an der Tür stand. Lennox. Er zeigte auf eine Limousine, die hinter ihm geparkt war, mitten auf der Straße. Neben dem Wagen stand ein uniformierter

Fahrer und rauchte eine Zigarette. Kommst du mit?, rief Lennox nach oben. Irgendwie klang es nicht wie eine Frage.

iii

Die Limousine war abgedunkelt. Das erinnerte mich an eine Fahrt an einem Nachmittag, an dem ich mit Guido und Lennox Archive in Weesp abgeholt hatte. Ich musste auf der Heimfahrt im Laderaum des Busses sitzen, um aufzupassen, dass die Kisten, die wir gerade eingesammelt hatten, nicht umfielen oder durch die Gegend rutschen würden; ich weiß nicht mehr, was in diesen Kisten war, aber anscheinend war es zerbrechlich. Der Laderaum war von der Fahrerkabine getrennt und hatte nur wenige kleine Sichtschlitze in der Ladeklappe, weshalb ich während der ganzen Fahrt nicht ahnen konnte, wann Kurven oder Ampeln kamen. Es war eine seltsame, beängstigende Erfahrung, bei der ich mir mehrere blaue Flecken holte und die auch in Alpträumen mehrmals wiederkehrte. Ich hielt es aber auch für eine *interessante* Erfahrung, weil ich eine Metapher darin zu erkennen meinte, die Bezug auf das ganze Leben hatte. Später hatte ich mich dann schon gefragt, ob meine Anwesenheit in diesem von der Außenwelt abgeschlossenen Frachtraum wirklich notwendig gewesen war oder ob es sich nicht vielmehr um einen Initiationsritus gehandelt hatte, eine prekäre Situation, durch die man durchmusste, ehe man dazugehörte; aber dann hätten Guido und Lennox die Altgedienten sein müssen, die mich einführten, und das haute ganz sicher bei Lennox nicht hin, der erst einen Monat nach mir im Archiv angefangen hatte.

Diese Fahrt jetzt war komfortabler. Ich versank tief im weichen Sitz der Limousine, die fast lautlos über die Autobahn schwebte, es gab keine unerwarteten Bewegungen, Lennox saß neben mir. In den paar Jahren, die ich ihn nicht gesehen hatte, hatte er sich nur wenig verändert, er sah noch immer aus wie ein Boxer, der nie genug verdiente, um sich seine Nase richten zu lassen. Gleich als er mich abholen kam, hatte ich gefragt, wo es denn hingehen sollte. Er hatte geantwortet, dass ich das schon sehen werde, und noch bevor wir meine Straße verlassen hatten, fuhr die Trennscheibe zwischen uns und dem Fahrer hoch.

Hätte ich etwas mitnehmen sollen? fragte ich.

Du musst dich um nichts kümmern, sagte Lennox. Es ist für alles gesorgt.

Eine bessere, beruhigendere Mitteilung ist eigentlich nicht denkbar, aber doch erst, wenn man weiß, wohin man gebracht und was da von einem erwartet wird.

Und wohin …, fing ich an.

Lennox hob die Hand. Es ist für alles gesorgt, wiederholte er, ohne mich anzusehen.

Das ist ja schon mal was, sagte ich, mehr zu mir selbst als zu Lennox. Ich erkannte nun auch, dass die Fenster nicht völlig undurchsichtig waren. An einem violetten Leuchten erkannte ich eine verschwommene, vorbeiziehende Welt, die aus Flecken in unterschiedlicher Intensität bestand. Ich vermutete, dass wir Richtung Süden fuhren. Wir waren lange unterwegs, wir haben kaum gesprochen, vielleicht habe ich sogar geschlafen. Wir fuhren Autobahnen entlang, dann über kleinere Straßen mit Kreuzungen und Ampeln, schließlich rollten wir über Kies und hielten an. Ich blieb ruhig sitzen, um Lennox die Möglichkeit zu geben, mir die Augen zu verbinden, aber anscheinend war das nicht nötig, er stieg aus, und dann stieg auch ich aus. Ich stand auf einem Kiesplatz vor einem großen, aus dunklem Backstein hochgemauerten Gebäude, das, soweit ich es erkennen konnte, aus einem imposanten, mit Zinnen versehenen Eingangstrakt und zwei Seitenflügeln bestand. Die Fenster waren klein und die Wände dick. Direkt vor mir befand sich eine Steintreppe, die zu einer schmalen Plattform führte. Der Eingang wurde aus zwei halbrunden Türen aus glänzendem, dunklem Holz gebildet. Als ich hinschaute, schwang die linke Tür lautlos auf. Lennox stieg die Treppe hinauf und trat ein. Als ich ihm folgte, hörte ich, wie die Limousine hinter mir über den Kies wegfuhr, ein schönes Geräusch, das an Hochzeiten und Beerdigungen in Filmen erinnerte. Sobald ich drin war, knallte die Tür hinter mir zu. Ich stand in einem hohen, schwach beleuchteten Saal, auf den mehrere Korridore zuliefen. Eine breite Treppe führte zu einer dunklen Galerie. Die Wände und Balustraden der Galerie bestanden aus Ziegelsteinen, die einen helleren Farbton als die der Außenwand hatten. Ich vermutete, dass wir uns in einem ehemaligen Kloster befanden, das zu Beginn des zwanzigsten Jahrhunderts erbaut worden war. Alles machte einen nüchternen, robusten Eindruck. Die einzige Dekoration in der Eingangshalle war ein steinerner Buddha, der auf einem Sockel in Lotusposition saß. Er lächelte mit geschlossenen Augen, wie jemand, der mehr wusste als ich. Ich hatte bei unserer Ankunft hier nicht auf die Umgebung geachtet; in welcher Region befand sich dieses Kloster, hatte ich Hügel gesehen? Es waren Fenster in diesem Gebäude, beruhigte ich mich, ich müsste einfach nur gleich nach draußen schauen. Lennox stand ein paar Meter von mir entfernt, er wandte sich dem Geräusch zu, das von einem Seitengang her ertönte und das immer deutlicher wurde, und vertrauter.

Bzzzzt. Bzzt. Bzt. Bzzzzzzzt.

Auch ich drehte mich in die Richtung des Geräusches.

iv

Guido war dicker geworden. Er hatte einen anderen elektrischen Rollstuhl als den im Archiv, stromlinienförmiger, silberfarben statt schwarz, aber das Geräusch war dasselbe, als ob er den Motor des alten Rollstuhls in das neue Modell eingebaut hätte.

Willkommen, sagte er mit einer trägen Geste, als wäre er sehr müde oder seine Hand sehr schwer. Das ist es, wo ich gegenwärtig lebe und arbeite.

In dem Seitengang, aus dem er gekommen war, erschien nun auch der Chauffeur, der uns hierhergebracht hatte. Er stellte zwei Koffer neben mir ab. Ich dankte ihm und erst dann fiel mir ein, dass ich gar kein Gepäck mitgenommen hatte. Der Fahrer verschwand wieder im Seitengang.

Ein kleines Klassentreffen, sagte Guido. Sein Haar war länger, sein Bart zotteliger, graue und weiße Strähnen zogen sich durch das Schwarz. Willkommen noch einmal. Er bat Lennox, mich auf mein Zimmer zu bringen. Wir würden uns beim Abendessen wiedersehen. Lennox nahm einen der beiden Koffer und lief vor mir her zur Treppe. Ich ergriff den anderen und folgte ihm.

Mein Zimmer befand sich im zweiten Stock, es war eine kleine Zelle mit einem Bett, einem Schreibtisch aus unlackiertem Holz und einem Schrank. Auch hier waren die Wände aus Backstein, und es gab noch ein kleines, hohes Fenster, durch das ich nur den Himmel sah.

Wo sind wir hier?, fragte ich. Und warum?

Das ist es, was Guido jetzt macht, sagte Lennox. Er hat hier ein Zentrum der Einkehr. Hast du das Schild bei der Einfahrt nicht gesehen?

Ich konnte nichts sehen, sagte ich, wegen der verblendeten Scheiben.

Verblendet?, sagte Lennox. Er lachte. Nicht lange, aber trotzdem sagte mir dieses Lachen, dass die Verhältnisse jetzt anders waren als früher. Das Auto war nicht verblendet, sagte er, es hatte nur Sonnenschutz. Übrigens, ich wohne auch hier, mein Zimmer ist weiter unten auf dem Flur. Pack einfach deine Koffer aus, in einer halben Stunde hörst du den Gong zum Abendessen, das ist unten, ich sehe dich dann.

Warte noch, sagte ich, was mache ich hier eigentlich?

Du wirst du schon noch erfahren, sagte Lennox, wir dachten, es könnte etwas für dich sein.

v

Es war auch wirklich etwas für mich, das würde ich während des Essens erfahren, obwohl ich zu diesem Zeitpunkt noch nichts über die Operation wusste. In Erwartung des Gongs packte ich meine Koffer aus, in denen die gleichen Klamotten waren, wie sie zu Hause im Schrank hingen und lagen. Es dauerte einen Moment, bis ich kapierte, dass es meine eigenen Sachen waren. In einem Kulturbeutel, der mir neu war, steckten meine Zahnbürste, mein Kamm und andere Toilettenartikel. Man hatte auch ein paar Bücher von meinem Bücherregal genommen, Romane und einige Buddhismus-Bände. Ich legte die Kleider im Schrank zusammen, stellte die Bücher auf den Schreibtisch und setzte mich aufs Bett, um auf den Gong zu warten.

vi

Beim Essen herrschte Ruhe. Das hatte man mir vorher nicht gesagt, aber da niemand etwas sagte, hielt auch ich den Mund. Wir hatten an einem langen Holztisch Platz genommen, auf langen Holzbänken, mit Ausnahme von Guido, der mit seinem Rollstuhl am Kopf der Tafel saß. Wir waren an die dreißig Leute, außer Guido und Lennox kannte ich niemanden. Es war eine gemischte Gesellschaft, Männer und Frauen, die meisten von ihnen über vierzig, ich nahm an, dass es Geschäftsleute waren, die sich hier unter Guidos Leitung Exerzitien unterzogen.

Das Essen war einfach und vegetarisch, Bohnen mit Reis und Salat. Als ich meine Schüssel geleert hatte, gefiel mir die Stille schon besser. Man hörte nur die unvermeidlichen Geräusche: das Schaben des Bestecks, Kauen, Schlucke aus Wassergläsern, durch subtile Gesten oder Augenbewegungen in Gang gesetztes Durchreichen von Töpfen und Karaffen. Nur das Unvermeidliche ist nötig, dachte ich. Das ist so ein Aphorismus, der all seine Kraft und Werte gegen den Status eines nichtssagenden Klischees eintauscht, sobald man ihn noch einmal für sich selbst wiederholt, aber das war mir egal, ich war bereit, diesen Preis zu entrichten.

Was mir bei dieser Mahlzeit und den Mahlzeiten, die noch folgen sollten (denn ich würde in diesem Speisesaal noch viele weitere einnehmen), auffiel, war die relative Zeitlosigkeit, die mit der Stille einherging. Natürlich, eine Mahlzeit hat ihre feste Zeit, vom ersten Bissen bis zum leeren Teller, aber es ist eine ruhige, natürliche Zeit, keine hektische, die durch Gespräche mit Fragen und Antworten und all den kleinen und großen Sorgen, die dabei eine Rolle spielen können, gefüllt wird (hat man mich begriffen?, habe ich das richtig verstanden?, worum geht es?, warum ist er so zurückhaltend?), nicht eine Erwartungen und Ärgernisse hervorbringende, den Ereignissen vorauseilende Zeit, die entsteht, wenn jeder sich jedem vorstellt und etwas über sich selbst erzählt. Ich fühlte mich dort sofort zu Hause, und da hatte die Arbeit noch gar nicht angefangen.

vii

Ehrlich gesagt habe ich gedacht, dass das hier ein langes Kapitel werden würde, in Proust'sche Sätze gefasste Beschreibungen des Gebäudes, der Gäste und der Umgebung. Aber ich sehe zu meiner Überraschung, dass sie nicht lang werden wollen. Nun ja, ich verstehe es schon, es war eine ruhige, schöne Zeit, eine *glückliche* Zeit, möchte ich fast sagen, und solche Perioden sind schwer zu beschreiben. Es war eine geregelte Zeit, vielleicht war das noch das Wichtigste, wir hatten unsere Arbeit, wir hatten die Stille, ich war Teil von etwas Größerem, das beruhigend wirkte. Es war, als hätte mein Herz immer ein wenig zu schnell geschlagen, und jetzt passte sich seine Frequenz dem ruhigen Rhythmus des Ortes an, es war nicht zu hören, aber unsere Herzen schlugen alle im gleichen Takt. Das bedeutete übrigens nicht, dass ich ein seelenloser Teil eines Kollektivs geworden wäre; ich war ein Teilnehmer, aber auch ein Beobachter. Während der Mahlzeiten entwickelte ich die Gewohnheit, ausführliche Biografien für die anderen Anwesenden zu erfinden, und ich dachte mir Agatha-Christie-ähnliche Geschichten aus, in denen einer von uns durch einen der anderen Teilnehmer ermordet wird; ich ersann, welches Motiv hinter dem Mord stecken könnte (normalerweise ging es um Geschichten aus der Vergangenheit), und wie der Fall gelöst werden könnte. Jeden Tag war jemand anderes das Opfer. Es ging mir dabei nicht hauptsächlich um den Mord, sondern um die Geschichten, die ich den Opfern andichtete. Ich gab der unauffälligen älteren Frau, die mir oft gegenübersaß (wir hatten keine festen Plätze, aber meist setzte sich jeder doch auf denselben Platz), eine bewegte Vergangenheit in den Kolonien mit einem unehelichen Kind und einer Erbschaftsangelegenheit, ein Mann mit einem großen weißen Schnurrbart wurde zu einem pensionierten Oberst, mit dem auch einiges los war, ich habe längst vergessen, was.

Der faszinierendste Tischgenosse war ein großer, schlanker Mann mit kurzem schwarzem Haar, der immer schwarz gekleidet ging. Ich verpasste ihm den Spitznamen Der Priester, und nachdem ich ihn einmal als Opfer benutzt hatte (er war mit aufgeschnittenen Pulsadern im Keller gefunden worden), beförderte ich ihn in späteren Fantasien zum Amateurdetektiv, der die Fälle löste, weil er das perfekte Äußere dafür hatte. Er sah sich aufmerksam mit einem Gesichtsausdruck um, von dem man nichts ablesen konnte – aber trotzdem war zu spüren, dass er sich bei allem seinen Teil dachte und dass diese Gedanken nicht unbedingt wohlwollend oder vergebungsbereit sein mussten. Selbst in dieser Umgebung, in der nie jemand etwas sagte, stach er mit seiner Schweigsamkeit deutlich heraus. Ich ließ ihn durch Korridore schreiten, Räume betreten, in denen sich Verdächtige versammelt hatten, ich ließ ihn mit ein paar konkreten Fragen den Tätern Geständnisse entlocken. Um den Plot ging es mir eigentlich nicht, ich war auch nicht so stark darin, es ging eher um die Atmosphäre, die aufgeladene Stimmung, die ängstlichen Erwartungen, das kleine, fast unmerkliche Lächeln, mit dem der Priester den Raum verließ, wenn er wieder einen Fall geknackt hatte.

Ich fragte mich, ob die anderen Gäste sich auch solche Geschichten ausdachten, ohne dass ich dabei die geringste Neigung verspürte, tatsächlich den einen oder anderen danach zu fragen. Viele Gelegenheiten, Fragen zu stellen, gab es ohnehin nicht. Abgesehen von Guido und Lennox traf ich selten jemanden außerhalb der Essenszeiten, ich hatte keine Ahnung, welches Programm sie absolvierten und in welchem Teil des Gebäudes sich das abspielte. Obwohl das Schweigeregime offiziell nur im Speisesaal galt, wurde auch in den übrigen Räumen des Gebäudes kaum gesprochen; Begegnungen hatten in aller Regel nur ein freundliches Nicken zur Folge. Wenn ich den Priester auf den Fluren traf, musste ich immer aufs Neue die nur den Bruchteil einer Sekunde andauernde Überraschung verarbeiten, dass er nicht in eine Soutane gekleidet oder in ein Gebetbuch vertieft war. Dieses Staunen amüsierte mich, und der Priester wird sich wahrscheinlich oft gefragt haben, warum ich immer ein so verschmitztes Lächeln aufsetzte, wenn ich an ihm vorüberging.

Ich lief gern durch die Korridore des Klosters, sie waren kühl und ruhig. Ich liebte es, meine Fingerspitzen über die raue Oberfläche der Backsteine und den körnigen Zement in den Fugen gleiten zu lassen. Manchmal popelte ich ein Stückchen Zement heraus und steckte es in den Mund, um dann stundenlang darauf herumzulutschen. Es ist gut möglich, dass sich in meinem Magen noch immer die Zementkörnchen befinden, die ich seinerzeit heruntergeschluckt habe. Ich habe nie Probleme damit gehabt; und mir gefällt die Idee, dass sie immer noch da sind.

viii

Den Grund, warum ich ins Kloster gebracht worden war, bekam ich am Morgen nach meiner Ankunft zu hören. Ich hatte schlecht geschlafen (die erste Nacht in einem fremden Bett schlafe ich immer schlecht) und saß mit einem Becher Kaffee in den Händen in einem büroähnlichen Anbau an der Rückseite des Klosters. Dieser Anbau war jüngeren Datums als der Rest des Komplexes. Er hatte große Fenster, helle Wände und eine eingezogene Decke, von der Leuchtstoffröhren herabhingen. Die Fenster sahen auf eine hügelige Landschaft hinaus, die mir sofort sehr gut gefiel. Am liebsten wäre ich gleich rausgegangen, um einen langen Spaziergang zu unternehmen, aber Guido erklärte, was der Plan war.

Lennox und ich arbeiten ja schon lange nicht mehr im Archiv, fing er an, nachdem er sich mit ein paar Bzzzzts in eine Position manövriert hatte, die ihm gefiel, doch in gewisser Weise wären wir noch immer für die Regierung tätig.

Er erklärte, dass sie Teil von etwas seien, das sie Den Dienst nannten (ich konnte den Großbuchstaben förmlich hören), und dass ich als externer Mitarbeiter herangezogen werden würde.

Auf diese etwas unkonventionelle Weise, ergänzte ich.

So könnte man es in der Tat nennen, sagte Guido, aber verzeih mir, wenn ich die schönen Formulierungen für den Moment anderen überlasse und es ein bisschen sachlich halte.

Okay, sagte ich, ich höre. Er war starrköpfiger als früher, als hätte seine begrenzt mobile Situation, die aus seiner sitzenden Haltung resultierte, auch seinen Geist in der Beweglichkeit eingeschränkt.

Guido erklärte, dass Lennox und er und eine Reihe anderer, die jetzt nicht im Raum waren, trotzdem aber eine große Rolle bei allem spielten, mit der Operation Bonzo beschäftigt seien. Das hat nichts mit Hundefutter zu tun, sagte er und sah mich mit forschendem Blick an, als ob er ausdrücken wollte: Das sage ich nur, um dir einen Gefallen zu tun, ich selbst mag sowas nicht, aber du stehst halt auf solche Sätze.

Dann erklärte er, worum es ging. Bonzo wäre der Codename für jemanden, der der Justiz geholfen hatte, und der im Gegenzug dafür eine neue Identität bekommen sollte. Kurz gesagt lief es darauf hinaus, dass wir eine solche Identität für ihn schaffen mussten.

Geht das so nebenbei?, fragte ich ungläubig. Du trommelst ein paar Leute in einem Büro in einem Limburger Kloster zusammen (denn von dem hügeligen Panorama, auf das wir blickten, war ich zu der Überzeugung gelangt, dass wir irgendwo in Limburg sein mussten), und dann knobeln wir gemeinsam etwas aus?

Nein, das geht nicht nebenbei, sagte Guido. Wie gesagt, Lennox und ich arbeiten für Den Dienst, für uns ist das unser täglich Brot, und wir haben dich auserkoren, weil wir glauben, dass du uns dabei helfen kannst. Wir kennen dich, niemand sonst kennt dich besser, du kennst Bonzo – das alles ist hilfreich.

Bonzo ist de Meester, sagte Lennox.

Diesmal hörte ich keine Großbuchstaben, also brauchte ich einen Augenblick, bis ich begriff.

Ach, sagte ich dann, die Batavier-Entführung. De Meester hat die Entführer erwischt, und als Dankeschön kriegt er eine neue Identität.

Das wäre eine brauchbare Zusammenfassung, sagte Guido.

Es scheint mir eher was für Amerika zu sein, sagte ich, ich hatte keine Ahnung, dass so etwas auch hier möglich ist.

Es muss auch nicht jeder wissen, sagte Guido.

Offiziell ist er so gut wie tot, sagte Lennox. In Kürze wird man seine Leiche irgendwo finden. In Beton gegossen.

Und das erzählt ihr mir einfach so, sage ich. Ohne dass ich was unterschrieben habe. Ich darf gleich mitmachen.

Wenn es dir nicht gefällt, denk dir was anderes aus, sagte Guido. Aber das ist es, was wir dir anbieten können. Und wenn du partout etwas unterschreiben willst, können wir das auch für dich arrangieren.

Ja, sagte Lennox, wenn du das für nötig hältst. Sie tauschten einen Blick aus, und ich wurde das Gefühl nicht los, dass sie dieses Gespräch schon einmal geführt hatten und dass sie meinen Part dazu mühelos auch selbst hätten übernehmen können.

Ich könnte einfach zur Zeitung gehen, sagte ich. Oder zum *Journaal*.

Das wäre ein Stückchen zu laufen, sagte Guido, aber im Grunde wäre es möglich.

Dann schießt ihr mir in den Rücken, sagte ich.

Sie sahen einander wieder an, mit hochgezogenen Augenbrauen, als ob sie sich gegenseitig dieselbe Frage stellen würden, dann schüttelten sie die Köpfe.

Du kannst auch hierbleiben, sagte Guido, und dich beteiligen. Wir haben dich um nichts gebeten.

Und ich kann einfach rausgehen?

Du kannst einfach rausgehen.

Einen Spaziergang machen, ins Dorf auf ein Bier gehen?

Was immer du willst. Wir haben sogar ein Fahrrad für dich. Erst haben wir daran gedacht, dein eigenes Fahrrad kommen zu lassen, aber mit einem Fahrrad ohne Gangschaltung kannst du hier wirklich nichts anfangen.

Ich durfte mir seine Jugend ausdenken.

Im Archiv hattest du so ein Regal, wo du Folder und Broschüren aus der Zeit seiner Jugend gesammelt hast, sagte Guido. Du kennst die Objekte und die Häuser, du kannst ihm eine Umgebung, einen Background geben. Beide Elternteile vorhanden, Durchschnittsjugend, er hat keine Narben, du brauchst ihn also nicht mal von der Schaukel fallen zu lassen. Er muss sich die Umgebung zu eigen machen können, er muss die Wege kennen, die du für ihn erfindest, den Weg ins Haus, um das Haus herum, in die Nachbarschaft.

Bekommt er die Identität eines früh verstorbenen Kindes?, fragte ich. So etwas hatte ich mal irgendwo gelesen.

Wir erfinden jemanden, sagte Guido, wir *machen* ihn. Wir stellen sicher, dass alle seine Daten stimmen, und wenn das nicht hinhaut, sorgen wir dafür, dass irgendwo Archivstücke abhandenkommen, dass er nicht mehr zurückverfolgbar ist. Es kommt nicht so genau drauf an, es ist schließlich nicht so, dass er jemals über seine Kindheit und Jugend ausgefragt werden würde, warum sollte das jemand tun, aber er sollte schon wissen, wo er herkommt.

Und wo kommt er her?, fragte ich.

Aus einem großen Ballungsgebiet, sagte Guido, kein Dorf mit nur dreihundert Einwohnern. Wir dachten an Amstelveen. In einem dieser typischen wiederaufgebauten Viertel.

Dort bin ich geboren, sagte ich.

Guido sah Lennox an. Da schau her, sagte er.

Also Amstelveen, sagte Guido. Wir haben einen Häuserblock gefunden, der in der Zwischenzeit abgerissen wurde, das macht die Manipulation etwas einfacher. Ganz in der Nähe des Reihenhauses, in dem du geboren bist.

Aber ich bin nur bis zu meinem vierten Lebensjahr da gewesen, ich weiß fast nichts mehr davon!, rief ich in einem Anflug von Panik, hatte plötzlich Angst, dass hier ein Missverständnis vorliegen könnte, dass sie fälschlicherweise annahmen, ich sei Experte auf dem Gebiet des Heranwachsens in Amstelveen, und dass das bedeuten würde, dass ich *wieder zurück nach Hause* müsste.

Das macht nichts, sagte Guido, du kriegst von uns alle Informationen, die du benötigst. Alles, was du willst.

Ich beruhigte mich. Und sein Name ist Bonzo?

Für dich schon, sagte Guido, das ist der Name, den wir hier für ihn gebrauchen.

Ich habe seinen richtigen neuen Namen nie zu hören bekommen. Anscheinend durfte jede Abteilung nur genau so viel wissen, wie notwendig war, und nicht mehr.

x

Zuerst fürchtete ich, nach Hause geschickt zu werden, aber als ich dann einmal an der Arbeit war und die Tage ins Land gingen, schien es mir immer wahrscheinlicher, dass ich für alle Zeit hierbleiben müsste. Wegen der Unfassbarkeit des Ganzen hier, wegen der spielerischen Beiläufigkeit, mit der Guido und Lennox mich hinzugezogen hatten. Wie sollte es möglich sein, dass ich jemals wieder einfach so gehen könnte, wie sollten sie mich nach einem solchen Projekt denn laufen lassen? Die Vorstellung flößte mir keine Angst ein. Es schien sogar einige Logik darin zu stecken. Wie sie beim Arbeitsamt gesagt hatten: Du wirst ab nächster Woche für zwölf Monate im Archiv arbeiten, wurde mir nun bedeutet, dass sich meine Zukunft hier, in diesem ehemaligen Kloster, abspielen würde. Vielleicht hingen die beiden Jobs auch zusammen, vielleicht war das Archiv gleichzeitig ein Rekrutierungsinstrument für andere Regierungsstellen, auch und vielleicht hauptsächlich, wenn es sich um Sachen handelte, die sich eher nicht in der Öffentlichkeit abspielten; und Guido war der Rekruter. Ich fragte mich, was genau in dem Vertrag stand, den ich unterschrieben hatte, als ich mit der Arbeit im Archiv begann. War ich damit für den Rest meines Lebens im Regierungsdienst, war ich eine Bereitschaftskraft für besondere Projekte? Ich sah die biografische Zusammenfassung schon vor mir: *In jungen Jahren, nach zwölfmonatiger Probezeit im Hauptstadtarchiv in ein ehemaliges Kloster überführt, das vorgeblich als Zentrum der Einkehr diente, wo aber in Wirklichkeit ein nicht näher zu benennender Regierungsdienst sich mit geheimen Projekten befasste –* und ich erschrak nicht einmal darüber; *und glücklich alt geworden, schweigsam und als Junggeselle.* Darf ich Briefe schreiben?, fragte ich Guido. Wenn du willst, sagte er. Aber an wen hätte ich schreiben sollen? Ich hatte nur wenige Freunde, und die Freunde, die ich hatte, würden andere Leute eher *Bekannte* nennen. Emmy und ich schrieben einander noch manchmal, aber die Frequenz der Briefe nahm ab, weil wir uns immer weniger zu sagen hatten. Angenommen, dass ich niemanden mehr wiedersehen würde, wie schlimm wäre das; wen würde ich tatsächlich vermissen, wenn ich hierbliebe?

xi

Ich vermisste niemanden, ich ging in aller Ruhe ans Werk. Auch wenn auf ein Ziel hingearbeitet wurde und die Operation Bonzo stetig voranschritt, die Zeit, die ich im Kloster verbrachte, war eher ein Zustand, eine Situation, als eine Periode mit einer chronologischen Entwicklung. Nun ja – das bedeutet wahrscheinlich vor allem, dass ich mir wünschte, diese Periode würde nie enden. Es war, kurzum, ganz in meinem Sinn. Die Tage glichen einander, und das war prima. In den Büroräumen mit Blick auf die

Hügel hatte ich einen großen Tisch mit Papieren, Zeichen- und Schreibmaterial sowie einen Computer zur Verfügung, mit dem ich nicht so viel anfangen konnte, da Computer zu dieser Zeit noch ein Buch mit sieben Siegeln für mich waren. Guido saß an einem Schreibtisch am Fenster hinter einem anderen Computer und arbeitete emsig damit, sofern er denn anwesend war; oft blieb er stundenlang weg. Ich nahm an, dass er sich dann mit den (wie ich vermutete: zahlenden) Gästen beschäftigte, die hierhergekommen waren, um ihre Batterien wieder aufzuladen. Ich hatte keine Vorstellung davon, was er genau mit ihnen anstellte (meditieren, reden, Bälle werfen?) und ich musste das auch nicht wissen. Letzteres war ein angenehmes Gefühl; auch die Tatsache, dass es im Kloster keine Zeitungen, keinen Fernseher gab, störte mich nicht im Geringsten. Mein früherer Hunger nach Informationen, der dafür gesorgt hatte, dass ich jeden Tag treu und brav Zeitung las und im Fernsehen verfolgte, was in der Welt vor sich ging, war, nachdem ich im Kloster angekommen war, so schnell versiegt, dass ich nur zu dem Schluss kommen konnte, es habe sich um einen künstlichen oder gekünstelten Hunger gehandelt. Ich vermisste die Welt nicht, und die Vorstellung, dass das auf Gegenseitigkeit beruhte, hatte eine wohltuend beruhigende Wirkung. Natürlich kannte ich das Argument, dass man ein wohlinformierter Bürger sein müsse, um sich nicht von Regierungen und Institutionen manipulieren zu lassen, aber stand die Zeit, die man darauf verwenden musste, täglich Informationen hinterherzujagen, in irgendeinem Verhältnis zu der einen Sekunde im Wahllokal, wo man mit all diesen Informationen im Hinterkopf sein Kreuzchen machen durfte? In der Vergangenheit war ich mehrmals auf die Straße gegangen, um zusammen mit Tausenden anderen gegen einen gewissen Missstand zu demonstrieren, aber auch davon war der Lauf der Geschichte nicht wirklich merklich aus der Bahn geworfen worden.

Ich beugte mich über Bonzos Jugend. An einem der ersten Morgen fand ich auf meinem Tisch einen Stapel Broschüren über Beleuchtung, Mobiliar und Einrichtungsgegenstände aus den späten Fünfziger- und den frühen Sechzigerjahren. Es waren solche Broschüren, aus denen ich im Archiv mein eigenes Archiv zusammengestellt hatte, sie rochen genauso, sie fühlten sich genauso an, es waren wahrscheinlich dieselben Broschüren. Ich habe Guido nie gefragt, wie er darangekommen ist, aber er stand zweifellos immer noch in Kontakt mit dem Archiv. Ich bat um Karten und Luftbilder und *bekam* Karten und Luftbilder. Ich skizzierte und zeichnete und baute einfache Modelle in leere Schuhkartons. Während des Vormittags kam einer der Köche, die in der Küche im hinteren Teil des Gebäudes schweigend ihre Arbeit verrichteten, um eine Thermoskanne Kaffee zu bringen, am Nachmittag brachte einer seiner Kollegen Tee. Die Versorgung war einfach, aber gut. Ein paar Mal kam sogar eine in eine knisternde weiße Uniform gekleidete Krankenschwester aus einem der Nachbardörfer (wie ich annahm), um die Verbände, die ich noch an meinen Handgelenken trug, zu wechseln und – später – die Fäden zu ziehen. Nachmittags unternahm ich oft einen Spaziergang durch die Gegend, denn ich durfte tatsächlich nach draußen gehen, niemand kümmerte sich darum. Das Kloster lag inmitten einer hügeligen Landschaft mit Hohlwegen und flachen Fachwerkgehöften, die quadratische Innenhöfe hatten. Das Wetter war immer das gleiche: windstill und warm genug, um ohne Mantel nach draußen gehen zu können. Es war nie ganz klar, der Himmel hatte immer einen gelblichen Stich, die Sonne zeigte sich so verschleiert, dass man direkt in sie hineinblicken konnte. An einer Kreuzung stand ein kleines Gasthaus mit einem Strohdach, wo ich regelmäßig an einem kleinen Tisch am Fenster Kaffee trank.

Das Schweigen im Kloster wirkte ansteckend, ich verspürte kein Bedürfnis, andere Gäste zu stören oder in den Zeitungen herumzublättern. Manchmal saß ich draußen auf einem Bänkchen, das an der Seitenmauer stand, mit dem Rücken gegen die verputzte Wand gelehnt und schaute auf die sanft abfallenden Hügel und die kleinen Bäume, die allein oder in Grüppchen auf diesen Hügeln wuchsen. Passanten grüßte ich freundlich, einmal kam auch die Schwester auf dem Rad vorbei, ich grüßte sie ebenfalls, und sie nickte mit einem kurzen Lächeln zurück. Wenn ich mit meinem Kaffee fertig war, ging ich zurück zum Kloster. Ich war immer froh, durch diese von dicken Mauern umgebenen Räume, in denen es schön kühl war, in die moderne Büroerweiterung zu kommen, in der wir arbeiteten. Dort war es angenehm temperiert, denn die verschleierte Sonne hatte genügend Kraft, das Flachdach und die großen Fenster zu erwärmen.

xiii

Obwohl er mir am ersten Tag gesagt hatte, dass er im gleichen Flur schliefe wie ich, sah ich Lennox in dieser Zeit nur selten. Manchmal aß er mit uns, aber da bei den Mahlzeiten nicht gesprochen wurde, wurde ich bei diesen Gelegenheiten auch nicht viel schlauer. Ich ging davon aus, dass er eine Art Verbindungsoffizier war, der regelmäßig neue Lieferungen und Nachrichten brachte, vielleicht koordinierte er auch die Zusammenarbeit zwischen den verschiedenen Baustellen, an denen Bonzo zusammengeschraubt wurde. Ich kann nicht sagen, dass ich ihn vermisste, ich ging voll und ganz in meiner Arbeit auf.

Wenn Guido im Büro war, saß er ständig an seinem Computer und murmelte leise vor sich hin. Er versuchte, die Welt, die ich geschaffen hatte, in Bilder zu übersetzen, aber was er sich vorstellte, war etwas, das erst Jahre später allgemein Verbreitung finden sollte. Er träumte von einer Art Stereoskopbrille, mit der man Bilder sehen konnte, die sich mit der Blickrichtung mitbewegten. Als ich in späteren Jahren etwas über Virtual Reality las oder sah, musste ich immer an Guido und an die erbitterten Versuche denken, die er unternahm, um Bonzos Welt in Computern abzuspeichern. Das ist es, was er gewollt hat, dachte ich dann, und ich sah ihn vor meinem geistigen Auge irgendwo an der Westküste der Vereinigten Staaten in einem Forschungszentrum an der Weiterentwicklung derartiger Systeme arbeiten; und später stellte sich dann heraus, dass ich mit dieser Idee nicht einmal so falsch lag, freilich weiß ich nicht, ob er jemals tatsächlich in den Vereinigten Staaten gearbeitet hat. Vorläufig ließ ich ihn an seinem Computer schwitzen und bastelte weiter an meinen Modellen. Sehr gut war ich darin nicht. Wir brauchen bessere Modellbauer, sagte ich Guido eines Nachmittags, nachdem ich bei einem vergeblichen Versuch, Klebstoffreste zu entfernen, eine Innenausstattung, mit der ich tagelang beschäftigt gewesen war, irreparabel beschädigt hatte. Guido – Bzzzt, Bzzt, Bzzzt – rollte an seinem Schreibtisch los und sah mich mit einem nachdenklichen Lächeln an. Was ich erhofft hatte, geschah: Ein paar Tage später wurde das Team um zwei pensionierte Polizisten erweitert, die ich aus dem Archivdepot der ehemaligen Brotfabrik wiedererkannte.

xvi

Jetzt befand ich mich in einer neuen Situation: Ich hatte zwei Leute anzuleiten, und auch noch zwei Leute, die viel älter waren als ich selbst und sich zweifellos an die Besuche von Lennox und mir in dem schummrigen, von Billardlampen erleuchteten Raum, den sie für ihre eigenen Projekte beschlagnahmt hatten, erinnern konnten. Doch sie fügten sich bereitwillig meinen Wünschen und hörten geduldig zu, wenn ich erklärte, was der Zweck war. Sie hatten ihre eigenen Arbeitsstunden, aßen auch nicht immer mit uns, aber sie arbeiteten mit sichtlichem Vergnügen an den Modellen von Bonzos Jugend. Es war schön, ihnen bei der Arbeit zuzusehen, wie konzentriert sie Pappe schnitten, wie sie mit einer Pinzette kleine Möbel aufstellten und Tapeten mit Minipinseln an die Wände kleisterten. Wenn etwas gut gelungen war, lächelten sie zufrieden, hin und wieder verließen sie das Büro, und kurz darauf sahen wir sie auf dem Feld stehen und rauchen, und ich hatte nicht den Eindruck, dass sie dabei miteinander sprachen. Einmal traf ich sie im Gasthaus. Sie saßen zu zweit auf dem Mauerbänkchen im fahlen Sonnenlicht. Ich nahm meinen Stuhl, setzte mich zu ihnen und fragte sie, wie es ihnen hier gefiele. Nun, ganz ausgezeichnet. Und die Arbeit? Ach, es wäre immer prima, wieder so etwas machen zu können, aber früher – und Sie wissen schon, wovon wir reden, hey, Sie sind doch regelmäßig gucken gekommen – war es doch spannender. Es gibt jetzt keine Aufgabe, was wir machen, sind Tatorte ohne Leiche. Die Leiche lebt noch, hätte ich ihnen sagen können, sie sitzt neben euch – denn ich war nicht blöd, ich wusste, was ich tat, ich gab Bonzo meine eigene Jugend. Oder zumindest eine Version davon.

XV

Eines Morgens wurde ich im Büro von demselben Fahrer abgeholt, der mich hierhergebracht hatte. In dem Wagen mit (nicht) getönten Scheiben wurde ich zum Flughafen Schiphol gebracht, eine stundenlange Fahrt, die ich mit Dösen herumbrachte, und ich glaube, dass ich tatsächlich eine Stunde geschlafen habe. Irgendwo an einer Ecke des Flughafens, weit entfernt von den Abflug- und Ankunftshallen mit dem Kontrollturm und den eckigen gelben Schlangen, die Passagiere verschluckten und wieder ausspuckten, fuhr die Limousine auf das Gelände, der Fahrer musste nur seinen Ausweis vorzeigen. Dort wartete ein Hubschrauber auf mich, daneben stand ein Pilot, der sich als Sjors vorstellte. Der Chauffeur kam nicht mit, es war ein kleiner Hubschrauber mit offenem Heck und einer Kabine, deren Vorderseite komplett aus durchsichtigem Kunststoff bestand und die nur für zwei Personen ausgelegt war. Der Start ging so mühelos vonstatten – nicht, als ob wir aufsteigen, sondern wie ein kleines Insekt von Riesenfingern nach oben gezogen würden –, dass ich dabei an etwas denken musste, was ich mal über die Schwerkraft gelesen hatte, nämlich, dass man sie als mindere Kraft einschätzen könne, obwohl damit zweifellos etwas anderes gemeint war.

Wir flogen über Amstelveen, über die wiederaufgebauten Gebiete, die eine grüne Schlafstadt bildeten, über die Stadt, in der laut einer aktuellen Umfrage die glücklichsten Menschen lebten. Unten am Helikopter war eine Kamera befestigt, und ich hatte vom Chauffeur ein Diktiergerät in die Hand gedrückt bekommen, anscheinend sollte ich meine Beobachtungen draufsprechen, aber der Lärm war so gewaltig, und ich musste mich erst an alles gewöhnen, nicht nur an diesen ständigen Krach, sondern auch an unsere Position, an die unter uns wegschießenden Straßen, den Helm mit den Kopfhörern, den ich trug, und die gebrüllten Bemerkungen von Sjors, die durch die Kopfhörer in meine Ohren dröhnten. Unter mir glitt eine lautlose Landschaft vorüber – geräuschlos, weil keine Geräusche zu uns durchdrangen; und es war die Landschaft, die ich Bonzo zugewiesen hatte. Seine Straße, meine Straße, das war das Viertel, in dem er aufgewachsen ist, die Nachbarschaft, aus der meine Eltern wegzogen, als ich vier war und sie wieder anfingen, an Gott zu glauben, während Bonzos Eltern weiter hier wohnen blieben, ich hatte die Modelle, um es zu belegen, von seinem Wohnzimmer, in dem viele Möbel standen, die meine Eltern ebenfalls besessen hatten, von seinem Kinderzimmer, von seiner Schule – der öffentlichen Grundschule, an der mein Vater unterrichtet hatte, Bonzo hatte sogar bei meinem Vater in der Klasse gesessen, von den Straßen und Spielplätzen, auf denen er gespielt und sich geprügelt und dabei die Oberhand behalten hatte, vom Schwimmbad, in dem er seine Bahnen gezogen hatte, direkt neben De Poel, wo man im Sommer ebenfalls baden konnte, von den Geschäften unter den Wohnungen, wo er einkaufte, von den Wohnungen, wo seine Freunde lebten, von der kleinen Post, wo er Briefmarken kaufte, als er sie einen Sommer lang sammelte, von der Schulgemeinde, zu der er sechs Jahre lang radelte, die ersten Jahre mit einem festen Lederranzen auf den Gepäckträger geschnallt, die letzten mit einem armeegrünen Tornister auf den Schultern, von den Kirchen, die er nie betrat und die ich deshalb nicht hatte nachbauen lassen. Die Bäume waren höher und voller als damals, in den Modellen hatte ich sie jung und schütter gehalten, die Gegend war jetzt in die Jahre gekommen, die Kinder, die dort lebten und mit denen Bonzo gespielt hatte, waren längst weggezogen, ihre Eltern waren alt; die Straßen unter mir waren stiller als damals und voller alter Menschen, die mit elektrischen Gefährten in Geschäfte fuhren, aber das hier war Bonzos Welt, und ich dirigierte Sjors auf eine Höhe, aus der ich die Häuser, die Schulen und die Straßen in genau dem Maßstab sah, den die Modelle im Kloster hatten. So bleiben!, rief ich auf dieser Höhe. Ich guckte mir die Augen aus dem Kopf.

Genug gesehen?!, brüllte Sjors irgendwann in das Geknatter. Ja, ja, rief ich, denn ich konnte nicht mehr. Auf dem Rückweg flogen wir über den Amsterdamse Bos, wo Bonzo Räuber und Gendarm, Cowboy und Indianer, und Fangen gespielt hatte.

xvi

Nicht lange nach dem Helikopterflug stand ich eines Abends mit einem Becher Kaffee auf der Wiese hinter dem Bürogebäude und ließ meine Blicke über die Hügel schweifen. Ich lehnte mich an den Zaun, der das Gelände des Klosters von den dahinterliegenden Feldern abtrennte, die vielleicht zum Kloster gehörten, keine Ahnung, und ich musste es auch nicht wissen. Der Himmel war hellblau, wie er sich abends so oft zeigte, die Sonne stand tief, Bäume, Sträucher und Pfähle warfen lange Schatten über das Gras. Und selbst das Gras warf noch lange Schatten über das Gras.

BzzZZzzt. BzzzzZZZZzt. BzZt.

Bei diesem Geräusch hörte ich die kleinen Huckel im Rasen, über die Guidos Wägelchen hinweghuppelte. Ich drehte mich um, Guido hatte auch einen Becher Kaffee dabei, die Hälfte davon war auf sein eines Hosenbein geschwappt. So, sagte er, die Aussicht über die Hügel will mir wohl gefallen.

Ja, sagte ich, die Hügel, mit diesen Bäumen, hier und da ein Bauernhof, das gefällt mir gut.

Irgendwann ist es dann wieder vorbei, sagte Guido.

Mit diesen Hügeln?, fragte ich.

Operation Bonzo, sagte Guido.

Läuft das immer so?, fragte ich.

Was meinst du?

Wenn jemand eine neue Identität kriegt.

Nein, das ist jedes Mal anders, da wird stets nach der richtigen Form gesucht.

Und das ist jetzt die richtige Form?

Das ist die Form des Augenblicks.

Wir sahen nach den Feldern, die im Abendlicht dalagen. Die Sonne war hinter einem Hügel untergegangen. Aufkommender Nebel hing über dem Rasen.

Dieses Zentrum der Einkehr, fragte ich, ist das ein Deckmantel für deine eigentliche Arbeit?

Guido lächelte. Vielleicht ist es genau umgekehrt, sagte er. Er sah mich musternd an, als hätte er etwas Tiefsinniges von sich gegeben und wollte nun prüfen, wie ich darauf reagierte.

Ich machte mir darüber keine Sorgen, ich war zu entspannt, um mich eingeschüchtert zu fühlen. Ja, wer weiß, sagte ich, um einen Schlusspunkt zu setzen. Ich drehte mich um, lehnte mich mit dem Rücken an den Zaun und schaute auf das niedrige weiße Bürogebäude, das mich immer an den Behelfsbau einer Schule erinnerte. Durch die großen Fenster konnte ich die Tische mit den Modellen von Bonzos Jugend, das Haus, in dem er aufgewachsen war, die Straßen seines Viertels, die Spielplätze, den Kindergarten, die Grundschule, die Realschule sehen, alles, was ich aus der Luft erkannt hatte. Die Schulen hatten kleine Behelfsbauten, um den Babyboom der Nachkriegszeit aufzufangen.

Ich fragte Guido, ob Bonzo denn seine Abschlussprüfungen macht.

Ja, sicher.

Und das war das Ende meiner Mitarbeit an dem Projekt. Bonzo war nicht mehr umgezogen, er hatte seine ganze Jugend in Amstelveen verbracht, er hatte nie eine Kirche von innen gesehen, ich hatte getan, was ich konnte.

xvii

Einen Tag später fuhr mich Lennox zurück nach Norden. Was hast du denn in der ganzen Zeit gemacht, die ich hier war?, fragte ich, ich habe dich nicht oft gesehen. Oh, dies und das, sagte er, und was hast du jetzt vor? Machst du einen auf Stütze oder willst du dein Studium wieder aufnehmen? Ich weiß nicht, sagte ich. Du hast gut verdient, sagte Lennox, damit kommst du ein bisschen hin, und du kannst in Zukunft auch noch mit ein paar Extras rechnen, aber du weißt, dass du darüber den Mund halten musst.

Ich sagte, dass ich das verstanden hätte. Es ist schade, sagte ich, dass ich die ganze Zeit de Meester nicht gesehen habe, sorry,

Bonzo. Ich hätte ihm gerne gezeigt, was wir für ihn zusammengebaut haben.

Oh, wusstest du das nicht?, fragte Lennox. Er hat die ganze Zeit mit uns gegessen. Wir waren natürlich vorher mit ihm beim plastischen Chirurgen.

Der Priester!, dachte ich sofort. Erst dann wurde mir klar, dass die anderen, die während der Mahlzeiten mit am Tisch gesessen haben und für die ich Biografien und Mordkomplotte ersonnen hatte, alle auf die eine oder andere Weise an der Operation Bonzo beteiligt gewesen sein mussten. Ich fand es schade, dass mir das erst jetzt aufging. Aber die Idee, dass Bonzo der Priester sein könnte, verwarf ich sofort wieder; wenn Der Dienst seine Arbeit ordentlich gemacht hat, müsste er eher einer der unauffälligen Männer gewesen sein, an die ich mich nicht mehr erinnern konnte, obwohl ich jeden Tag mit ihnen beim Essen gesessen hatte.

Zu Hause hatte sich nichts geändert. Meine Sachen hingen wieder im Schrank, die Bücher standen in den Regalen. Es war, als wäre ich nur einen Tag weg gewesen; aber das stimmte nicht, meine beiden Zimmerpflanzen waren gewachsen, sie hatten regelmäßig Wasser bekommen, und auch der hübsche Poststapel auf dem Tisch war ein nicht zu übersehender Hinweis, dass ich lange fort gewesen war. Mein Arbeitslosengeld hatten sie die ganze Zeit über weitergezahlt, und es war ein weiteres Bankkonto für mich eröffnet worden, auf das sie einen ansehnlichen Betrag überwiesen hatten, was sich in den kommenden Jahren noch einige Male wiederholen würde.

Colenbrander, den ich wieder aufsuchte (oder immer wieder besuchte, ich weiß eigentlich nicht genau, wie das ablief, ob wir noch einen Termin hatten oder ob ich eine neue Terminfolge vereinbarte), tischte mir einige Neuigkeiten auf: Es war ein Medikament auf den Markt gekommen, das mir helfen könnte. Ich durfte an einem Testprogramm teilnehmen, bei dem die

Hälfte der Probanten die echte Medizin und die andere Hälfte Placebos erhielt. Ich habe nie erfahren, ob ich das richtige Medikament bekam oder nicht, aber es half trotzdem, auch weil ich deshalb einmal pro Woche extra ins Therapiezentrum musste, um mit einem Assistenzarzt einen Fragebogen auszufüllen, zusätzlich zu den Gesprächen mit Colenbrander. Es war, glaube ich, vor allem die gesteigerte Aufmerksamkeit, die mir geholfen hat, wieder nach oben zu kommen, aber vielleicht lag es auch am Medikament.

In diesen Jahren – es tut mir leid, dass die Geschichte jetzt einen etwas zusammenfassenden Charakter annimmt, aber wir sind gleich fertig, und dann kehren wir in die Zukunft zurück – wurden meine ersten Bücher veröffentlicht. Das waren noch gewöhnliche Romane, keine plotlosen Lennoxthriller. Für Colenbrander war die Veröffentlichung meines zweiten Romans ein idealer Zeitpunkt, die Therapie zu beenden. Wir hatten nette Gespräche gehabt, aber er meinte, es gäbe nicht mehr viel zu tun, und damit hatte er eigentlich Recht. Diese Bücher hatten noch eine weitere Konsequenz: Ich landete bei *EFSF*. Zumindest meinte die Produktionsleiterin, die mich anrief, dass sie aus meinen Büchern geschlossen hätte, ich wäre in der Lage, glaubwürdige Charaktere zu entwickeln; deshalb sollte ich das auch für sie tun. Es war ein Angebot aus dem Nichts heraus. Im Nachhinein scheint es mir nicht unwahrscheinlich, dass Der Dienst dabei seine Finger im Spiel hatte, dass Guido und Lennox in diesem Moment, mit Blick auf die armseligen Verkaufszahlen meiner ersten Romane, gedacht hatten: Besorgen wir ihm einen Job, dann hat er wenigstens was zum Leben, dann schreibt er seine Bücher einfach nebenher. In diesem Fall hätten sie nicht nur dafür gesorgt, dass ich einen Job verlor, sondern auch, dass ich einen kriegte.

Was kann ich noch über diese Periode sagen? Das ist der Teil, bei dem mich die Leute immer mit Fragen löchern, wenn ich ihnen erzähle, was ich in meinem Leben getan habe; selbst Menschen, die nie Seifenopern gucken, sind plötzlich ganz Ohr. *Hattest du auch Kontakt mit den Schauspielern? Was spielt sich denn wirklich hinter den Kulissen ab?* Und so weiter und so fort. Was soll ich dazu sagen? *Echte Freunde, schlechte Freunde, das Leben ist so einfach nicht ...* – ich werde diesen Song nie wieder aus meinem Kopf kriegen. Nicht, weil die Erkennungsmelodie dauernd im Büro gespielt wurde, sondern weil alle sofort anfingen, sie zu singen, wenn ich ihnen erzählte, wo ich arbeitete. Ich saß im Büro und strickte Figuren zusammen, aber wann immer ich konnte, spazierte ich durch die Kulisse, wo die Umgebung für sie aufgebaut wurde. Auch über diese Umgebung hatte ich einiges zu berichten, und bevor etwas in echter Größe hingestellt wurde, wurden erst Modelle gebastelt. Für mich war das ein beruhigender Anblick. Ich bin immer auf der Suche nach einer Atmosphäre wie in der Zeit des Klosters gewesen. An meinem ersten Tag in der Requisite vermeinte ich, irgendwo in einer Ecke einen der pensionierten Polizisten zu erkennen, aber bei späteren Gelegenheiten sah ich ihn nicht wieder; bis heute weiß ich nicht, ob er wirklich dagewesen ist oder ob es nur eine Einbildung war.

Viel mehr kann ich über diese Zeit nicht vermelden. Warum ich gefeuert wurde, habe ich im Voranstehenden bereits enthüllt. In dem Moment selbst kam die Entlassung freilich als eine komplette Überraschung. Ich hatte keine Ahnung, warum ich sie nicht mehr zufriedenstellte, dass der letzte Charakter, den ich entworfen hatte, eine Version von Bonzo war, ist mir völlig entgangen; dass ich, wie schon angeführt wurde, an Ideenmangel leiden würde und dass es Zeit für neuen Input wäre, akzeptierte ich, ohne dass ich diese Meinung teilte. Ich bekam das gesetzliche Arbeitslosengeld, und als das auslief, landete ich wieder bei der Sozialhilfe. Ich schrieb noch eine Reihe Bücher, war aber trotzdem kein Autor, der davon leben konnte. Da ich voraussah, dass mich der Mut bald wieder verlassen würde, beschloss ich, Colenbrander anzurufen, um vorzufühlen, ob er Zeit für mich hätte. Ehe ich dieses Vorhaben in die Tat umsetzen konnte, sah ich seine Todesanzeige in der Zeitung.

xix

In späteren, sehr viel späteren Jahren nahm ich manchmal die Straßenbahn nach Amstelveen, um die Routen von Bonzos Jugend abzulaufen, vom Haus zur Schule, zu den Geschäften, zu den Spielplätzen. Vorzugsweise tat ich das am Nachmittag nach vier Uhr, wenn die Schulen aus waren, und im Spätherbst, wenn die Abenddämmerung einsetzte und die Straßenbeleuchtung ansprang, zuerst lila, dann grün, dann milchig-weiß. An einen Hubschrauberflug war nicht zu denken, dafür hatte ich keine Kontakte mehr. Aber dann kam Google Earth auf, und ich konnte stundenlang an meinem Laptop mit der Hand auf der Maus durch die Gegend schweben. Und dabei höre ich die Jungs vom Dildotisch schreien: *Mit der Hand auf der Maus? Oh, heißt das heute so!* Aber das spielt keine Rolle, darum geht es jetzt nicht.

5

Fünfter und sechster Tag

i

Habt ihr dafür gesorgt, dass ich den Job bei *EFSF* gekriegt habe?, frage ich Lennox beim Frühstück.

Ja, natürlich, sagt er, ohne aufzuschauen. Er sieht schlecht aus, blass, mit dunklen Ringen unter den Augen.

Warum?

Weil wir dachten, es wäre gut für dich, wieder mal was zu tun zu haben. Es war ja auch nicht so, dass sich deine Romane so rasend gut verkauften, dass du davon hättest leben können, oder? Also haben wir uns gesagt: Besorgen wir ihm einen Job, dann hat er wenigstens Geld, um zum Metzger und Gemüsehändler zu gehen, und seine Bücher schreibt er nebenher. Es war auch eine Fortsetzung dessen, was du bei uns gemacht hast. Und ja, dann hast du es vermasselt.

Der Frühstücksrobo kommt mit der Kaffeekanne vorbei und schenkt uns nach.

Ist das echter Kaffee?, fragt Lennox.

Was glauben Sie denn, was es sein soll?, fragt der Roboter, ein Hologramm vielleicht?

Ohne eine Antwort abzuwarten, gleitet er wieder weg. Lennox schaut ihm hinterher. Meinst du, dass das eine normale Antwort war?, fragt er mich. Und außerdem, wo warst du gestern den ganzen Tag?

Nur so, sage ich, ein bisschen herumgelaufen, in einem Museum gewesen. Das hatte ich doch gesagt? Oder hast du gedacht, dass ich abhauen würde, nach allem, was du mir unterwegs erzählt hast?

Ich habe gar nichts gedacht, sagt Lennox.

Das ist nicht verkehrt, sage ich, es gibt Buddhisten, die so etwas ihr ganzes Leben lang anstreben. Ich habe gestern noch meditiert, aber in *diesem* Stadium ... Lennox lacht nicht darüber, doch das ist mir egal, ich fühle mich unbeschwert, ausgeruht, fast übermütig. Wäre der Frühstücksrobo zurückgekommen, um mir einen kleinen Gummidildo auszuhändigen, hätte ich ihn in Lennox' Kaffee getan, for old times' sake. Hat es jemals eine japanische Reisweinbar gegeben, die For old times' sake hieß? Das hängt davon ab, ob du oben oder unten liegst. Nein, das ergibt keinen Sinn. Vielleicht jetzt nicht zu viel Kaffee trinken.

Lennox betrachtet unterdessen mit Ekel die dünne Scheibe Brot auf seinem Teller, auf der ein durchsichtiges Stück Fleisch liegt.

Du siehst nicht gut aus, sage ich. Du hättest mich doch gestern anrufen können, wenn du dir Sorgen gemacht hast?

Ich *habe* mir keine Sorgen gemacht, verstehst du? Lennox schiebt seinen Teller von sich weg und steht auf. Wir sehen uns in einer halben Stunde im Parkhaus.

Welches Parkhaus?

Das Parkhaus, in dem das Auto steht, du Idiot. Vom Hotel. Draußen gleich rechts und dann noch einmal rechts.

Er ist wirklich verärgert, so kenne ich ihn gar nicht. Aber das ist nicht mein Problem. Lennox verschwindet, und ich verzehre in aller Ruhe mein Frühstück, begleitet von Hintergrundmusik aus der Konserve und dem spärlichen Besteckgeklapper der wenigen anderen Frühstücksgäste, älteren Menschen, Ehepaaren, Leuten, aus denen muffige Staubwolken aufsteigen würden, wenn man sie ausklopfte. Ich fühle mich frisch, es gab heute Morgen Wasser und Wasserdruck, ich habe duschen können. Zwar nur kalt, doch vielleicht ist das genau der Grund, warum ich mich so fit fühle. Ab jetzt werde ich jeden Morgen kalt duschen. Sobald ich wieder zu Hause bin. Erst diese Reise mit Lennox hinter mich bringen. Als ich mit meinem Frühstück fertig bin, gehe ich auf mein Zimmer, um meine Tasche zu holen. Beim Auschecken ist der Rezeptionsrobo sachlich und neutral.

Das Parkhaus mit nackten Betonwänden und Säulen ist kühl und dunkel. Kleine Pfützen schimmern auf dem Boden, und hier und aus der Ferne ist das Geräusch von tropfendem Wasser zu vernehmen. Lennox steht neben einem Auto, das ich nicht kenne, einem kleinen, hellblauen Ding, einem Selbstfahrer mit viel Glas, einer Art Golfkarre für Langstrecken.

Das ist nicht unser Auto, sage ich.

Doch, sagt er, und er schiebt die Tür auf. Steig ein.

Fahren wir damit weiter?

Steig einfach ein.

Ich steige ein und will auf den Beifahrersitz rüberrutschen (sofern man bei einem selbstfahrenden Auto davon überhaupt reden kann), aber es gibt keinen Beifahrersitz, es gibt nur ein quadratisches Schränkchen oder so etwas, ich achte nicht besonders darauf, denn Lennox schiebt die Tür zu. Dann klopft er ans Fenster. Es gleitet nach unten, ohne dass ich etwas berührt hätte.

Von jetzt an fährst du allein weiter.

Oh, sage ich. Wie bitte?!

Ich habe die Route programmiert, du musst nichts tun.

Ich habe keinen Führerschein.

Ich sagte doch, du musst nichts tun.

Wovon redest du, was soll das hier?

Mir geht es nicht gut, sagt Lennox, ich gehe wieder ins Bett.

Himmel, Lennox, das kannst du doch nicht machen.

Aus der Ferne sehe ich die Ausfahrt auf die Straße. Durch die niedrige rechteckige Öffnung fällt Tageslicht herein. Es kommt nicht sehr weit.

Wie ich schon gesagt habe, alles ist programmiert, du musst dich um nichts kümmern, alles geht von alleine.

Sei nicht albern, Mann.

Ich will aussteigen, aber Lennox ruft: Start! Das Fenster schließt, und das Auto setzt sich in Bewegung. Mit ordentlicher Geschwindigkeit fahren wir dem Tageslicht entgegen, biegen links ab und rasen über holprige Pflastersteine auf eine Kreuzung in der Ferne zu, einer breiten Kreuzung mit Ampeln.

Halt!, rufe ich. Halt, halt! Ich bin in einem Film, der zu schnell abgespielt wird und in dem ein paar Szenen übersprungen wurden. Warte, stopp!

Als wir uns der Ampel nähern, springt sie auf grün, also muss ich mein Vorhaben, da rauszuspringen, aufschieben. Im Schweinsgalopp überqueren wir die Kreuzung, noch bevor wir die andere Straßenseite erreichen, haben wir bereits mehrere Autos überholt. Hinter mir wird kräftig gehupt. Das Auto redet derweil unausgesetzt in Sprachen, die ich nicht verstehe, auf mich ein. Wir driften durch den Verkehr, weichen nach links und rechts aus, von Lücke zu Lücke, als würden für Selbstfahrer andere Regeln und ein höheres Tempolimit als für andere Verkehrsteilnehmer gelten. Ich werde hin und her geschüttelt und kriege ein flaues Gefühl im Magen. In der Zwischenzeit plappert das Auto unentwegt weiter.

Warte! Moment mal!, rufe ich. Halt! Oder besser: Bring mich zum Hotel zurück, zum Parkhaus.

Da wir schon wieder ein paar Mal abgebogen sind, habe ich keine Ahnung mehr, wie es zurückgeht. Plötzlich schießt ein Sicherheitsgurt von links nach rechts über meine Hüfte, um sich irgendwo selbst neben mir festzuschnallen. An meiner Schulter schießt ein weiterer Gürtel herab, der sich wie eine straffe Schärpe über meine Brust zieht. Was soll das alles?, rufe ich. Die Gurte haben keinen Anfang und kein Ende, sie sind Teil des Sitzes, es ist der Sitz selbst, der mich angekettet hat.

Zu Ihrer eigenen Sicherheit, sagt das Auto. Ich habe Ihre Sprache erkannt, guten Morgen, Herr Lennox, wenn Sie sich übergeben müssen, es gibt Tüten im Handschuhfach vor Ihnen, ich wünsche Ihnen eine gute Reise, ist so weit alles zu Ihrer Zufriedenheit?

Ich bin nicht Lennox!, schreie ich. Gebäude schieben sich links und rechts vorbei, Häuserblöcke aus dem neunzehnten Jahrhundert mit schmiedeeisernen Balkonen, wir kacheln über breite Boulevards mit alten Bäumen (Platanen?), und bei jedem unerwarteten Abbiegen will ich das Lenkrad herumreißen, aber es gibt kein Lenkrad, ich kann in keiner Weise eingreifen, da ist nur ein nacktes Armaturenbrett mit einem Bildschirm, über den Ziffern entlanggleiten, vielleicht die Geschwindigkeit oder die Strommenge der Batterie, ich habe keine Ahnung, vielleicht ist es auch die Außentemperatur in einer Zahlenkombination, die ausschließlich bei Selbstfahrern üblich und dem Rest der Welt unverständlich ist.

Das ist seltsam, sagt das Auto, nach meinen Informationen habe ich es im Moment sehr wohl mit Herrn Lennox zu tun. Es ist ein Herr Lennox, der die Route geordert hat, es ist ein Herr Lennox, der das Endziel eingegeben und die Route bestätigt hat, es ist …

Es ist aber nicht der Herr Lennox, der eingestiegen ist!, rufe ich. Der andere Mann, das war Herr Lennox! Ich glaube, füge ich deutlich artikulierend hinzu, es wäre das Beste, mich zu ihm zurückzubringen.

Wir überqueren einen belebten Kreisverkehr, Radfahrer und Fußgänger tun ihr Bestes, um in diesem Karussell von vorbeihuschenden Fahrzeugen nicht unter die Räder zu kommen. Ich hänge schief in meinem Sitz, und wenn ich nicht angeschnallt wäre, würde ich wegrutschen, ich schlucke meinen Mageninhalt wieder runter, Erdnussbutter vom Frühstück. Das Geräusch, das von draußen hereindringt, ist dürftig und schwach, es steht in keinem Zusammenhang zu dem wilden Chaos, das um mich herum herrscht, man würde eine gigantische Kakophonie von Motorgeräuschen erwarten, ich bin immer noch an

Benzinmotoren gewöhnt, aber die meisten Fahrzeuge sind elektrisch. Wir drehen noch eine Runde, schneller als beim ersten Mal, als ob das unser Ziel wäre, in einem Kreisverkehr inmitten all dieser anderen schnellen Fahrzeuge herumzurasen. Woher kommt dieser Verkehr, wo wollen die alle hin? Auch hier wurde das Grundeinkommen eingeführt, das eine große europäische Angelegenheit war, warum bleiben die nicht alle zu Hause? Oder tun sie nur so, als wären sie unterwegs, sie wollen Nachbarn und Fremden und wahrscheinlich vor allem sich selbst weismachen, dass sie irgendwo anders unentbehrlich sind, solange es nur nicht das eigene Zuhause ist? Wir verlassen diesen irren Kreisverkehr, wir sind dreimal herumgefahren, wenn es nicht öfter war, aber jetzt fliegen wir in eine Nebenstraße, wo es gleich ruhiger wird, stattliche Häuser, hohe Bäume, wenig Verkehr. Allmählich verlangsamt sich unsere Geschwindigkeit, als ob die Energie, mit der der Kreisverkehr uns förmlich aufmunitioniert hat, langsam abnähme und wir nun wieder ausschließlich auf die Batterie des Autos angewiesen sind. Hier in einer dieser ruhigen Straßen wohnen!, ich schaue mich um und fühle mich zur Ruhe kommen. Plötzlich scheint das Fehlen eines Lenkrads ein Segen zu sein: Ich werde gefahren und kann nicht eingreifen, ich muss mich dem überlassen, was geschehen wird.

Gefällt Ihnen meine Stimme?, fragt das Auto. Innerhalb Ihres Sprachraums hätte ich auch noch einen Amsterdamer Markthändler, diverse männliche und weibliche Nachrichtensprecher, einen Limburger Geistlichen, Fernsehpersönlichkeiten wie Rudi Carrell und Mies Bouwman, alle Premierminister und Oppositionsführer der letzten fünfzig Jahre und Sylvia Kristel, Philip Bloemendal, Paul van Vliet, André van Duin, Königin Máxima, Simon Carmiggelt, Chriet Titulaer, Marco Borsato – ich versuche mich Ihrem Alter anzupassen, aber wenn Sie nicht Herr Lennox sind, liege ich da vielleicht falsch?

Nein, schon gut, sage ich schnell, behalt die Stimme mal.

Danke, Mijnheer, das ist auch die Stimme, mit der ich mich am wohlsten fühle. Wenn Sie wollen, können Sie mich Jerôme nennen.

Jeroen?

Jerôme, Mijnheer, Jerôôôme. Obwohl Jeroen vom gleichen Namen abgeleitet ist, ist der emotionale Wert doch ganz anders, finden Sie nicht?

Das stimmt. Jerôme, Jeroen. Stammen alle beide von Hieronymus ab?

Das ist korrekt, Mijnheer.

Es ist natürlich Wahnsinn. Ich spreche mit einem Auto, das mich entführt hat. Erst dann komme ich auf die Idee, Lennox anzurufen. Und sei es auch nur, um nach dem Sinn zu fragen, was er da tut, was ich tue. Ich nehme meinen Palio und stelle fest, dass ich Lennox' Nummer nicht habe. Aber er hat mich vor ein paar Tagen angerufen, ich checke die Anrufliste – anonyme Nummer. Sehr gut, Lennox, sehr clever von dir! Ich frage mich, ob er auch das vorbereitet hat. Ich könnte das Hotel anrufen. Ich habe nur keine Ahnung, wie dieses Hotel heißt oder in welcher Straße es liegt. Ich habe alles Lennox überlassen. Habe ich eine Quittung? Ich schaue nach, ich habe keine Quittung.

Jerôme, kannst du mich hier irgendwo absetzen? An einer U-Bahnstation, an einem Bahnhof?

Ich habe den Auftrag, Sie zu Ihrem endgültigen Ziel zu bringen, Mijnheer.

Wir halten an einer Ampel. Ich ziehe am Sicherheitsgurt und versuche die Tür zu öffnen. Beide geben nicht nach.

Zu Ihrer eigenen Sicherheit, Mijnheer.

Ich bin also dein Gefangener?

So würde ich es nicht nennen, Mijnheer. Ich würde den Begriff *Passagier* bevorzugen. Ich habe Sie freiwillig einsteigen sehen.

Ja, hallo, da dachte ich auch noch, Lennox würde mitkommen.

Aber Sie *sind* Lennox. Nein, Moment, Sie sind nicht Lennox. Nehmen Sie's mir nicht übel, es ist immer noch ein bisschen verwirrend für mich.

Und wenn ich jetzt die Polizei rufe, um mich abzufangen und hier rauszuholen?

Mit welcher Geschichte, Mijnheer? Ich nehme an, Ihnen fällt schon etwas ein, aber darf ich Sie daran erinnern, dass ich, kurz nachdem wir den Kreisverkehr verlassen haben, eine ziemlich große Entspannung bei Ihnen wahrgenommen habe? Sie haben sich augenscheinlich wohlgefühlt, das schien mir ein gutes Zeichen zu sein, ich war zufrieden damit, Mijnheer, ich möchte gern, dass Sie sich wie zu Hause fühlen. Sie haben sich entspannt umgesehen, als ob Sie es genießen würden, hier zu sein.

Woher willst du das alles wissen?

Sensoren, Mijnheer. Ich kann nicht von meiner Route abweichen, aber ich kann sicherstellen, dass Ihnen nichts passiert.

Bist du sicher?

Ach, Mijnheer, Sie beziehen sich auf die Gerüchte über suizidgefährdete Selbstfahrer. Diese Geschichten sind stark übertrieben, wenn sie sich nicht sowieso irgendwer einfach aus den Fingern gesaugt hat. Und was die konkreten Vorfälle betrifft, so war noch nie ein Selbstfahrer dieses Modells davon betroffen.

Das klingt nicht ganz logisch, Jerôme. Wenn du unterstellst, dass es sich bei all dem nur um Gerüchte handelt, stellt deine letzte Verneinung eine Abschwächung deiner Behauptung dar.

Ich erlaube mir, mich an den menschlichen Intellekt anzupassen, Mijnheer.

Wir fahren durch ruhig daliegende Straßen. Die Gurte lockern ihre Umklammerung etwas. Die Rückenlehne meines Sitzes bewegt sich nach hinten, unter meinen Knien schiebt sich ein Teil nach oben, auf dem meine Unterschenkel ruhen können.

Hey.

Alles in Ordnung, Mijnheer?

Äh, ja, eigentlich schon. Es ist ein bisschen wie der Sessel meiner Mutter.

Der Sessel meiner Mutter? Das klingt nach einem Songtitel, Mijnheer. Darf ich Sie fragen, welchen Beruf Sie ausüben? Oder, wie man heutzutage fragen muss, darf ich Sie fragen, worin Ihre Beschäftigung besteht?

Ich schreibe, sage ich.

Sehen Sie, ich hab's gewusst. Sie sind ein Songschreiber. Haben Sie »Der Sessel meiner Mutter« schon geschrieben?

Nein, noch nicht.

Nennen Sie mal einen Titel.

Lennox und der leere Raum.

Moment, ich sehe nach. Ach, schau her, es ist ein Buch. Teil einer ganzen Reihe sogar, wie mir scheint. Nur schnell mal nachschauen. Ach! Sie schreiben über Lennox, und derselbe Lennox hat Sie auf den Weg geschickt. Das ist eine interessante Konstellation, wenn ich mir die Bemerkung erlauben darf.

Es ist einfach nur die Frage, den Namen einer existierenden Person zu übertragen auf …

Moment, Mijnheer, ich lese noch. Und diesen. Und noch einen. Und den nächsten. Tatsächlich eine ganze Reihe. Viel Atmosphäre und Stimmung, wenig Plot, wenn ich mir die Bemerkung erlauben darf.

Die Handlung denken sich meine Leser aus, darum herum hat sich eine ganze Industrie entwickelt, naja, Industrie, aber trotzdem. Du liest übrigens verdammt schnell.

Ja, ich bin gerade bei ein paar Hintergrundartikeln über Ihre Arbeiten. Der plotlose Thriller, das ist ein interessantes Konzept.

Es hat mich mehr oder weniger überkommen. Es ist um mich herum entstanden, könnte man auch sagen.

Das habe ich gelesen, Sie haben sich mitreißen lassen, und warum nicht, es hat Sie überwältigt. Interessant, Mijnheer.

Hat er jetzt wirklich die ganze Reihe in den paar Sekunden gelesen? Ich habe nicht auf die Entwicklungen in der Evolution der Selbstfahrer geachtet, ich hatte bisher angenommen, dass die Dinger einfach nur *fahren* würden. Wir kommen auf breitere Straßen, die durch neuere Viertel mit Hochhäusern und Armut und Feuchtigkeitsstreifen in alten Betonfassaden führen. Dann kommen Lagerhallen und Industrie und noch mehr Hochhäuser, höher und neuer, dann wieder Industrie und Lagerhallen und brachliegendes Gelände mit eingefallenen Gittern, die undeutlichen Stadtränder, wo man Biermagnaten festhalten könnte, die Straße wird vierspurig und bekommt Leitplanken, als wollte sich die Route immer weiter von der Stadt distanzieren, und dann ist die Stadt weg, ein kleines bisschen an Gebäuden und Ausfahrten und Sportplätzen und Friedhöfen kommt noch hinterhergekleckert, und dann sind auch sie verschwunden, und wir sind auf dem Land.

ii

Eigentlich hatte ich nichtsdestotrotz die ganze Zeit erwartet, dass wir mit einem großen Schwenk wieder in die Stadt zurückkehren würden, durch alle Außenhäute aus Industrie und Vorstädten wieder ins Zentrum, in dieses feuchte und schummrige Parkhaus, wo Lennox die ganze Zeit in aller Ruhe auf unsere Rückkehr gewartet hätte, und dass wir, nachdem ich ausgestiegen wäre, unsere gemeinsame Expedition fortsetzen würden, ohne jemals ein Wort über diesen bizarren Ausflug in einem Selbstfahrer zu verlieren, der sich selbst Jerôme genannt hat und auch mit der Stimme von Simon Carmiggelt oder Chriet Titulaer mit mir hätte sprechen können – aber wir fahren in ziemlichem Tempo weiter über Autobahnen Richtung Süden, von Umkehr kann überhaupt nicht die Rede sein, unsere gemeinsame Expedition wäre sicher

266

auch in diese Richtung gegangen, vermute ich, es ist immerhin eine Route, die Lennox einprogrammiert hat.

Wo fahren wir hin?, frage ich.

Weiter nach Süden, Mijnheer, bis es nicht mehr weitergeht.

Das ist dann noch ein ganzes Stück, sage ich.

Auf der Autobahn ist es ruhig, während der Verkehr in der Stadt genau das war: Verkehr in der Stadt, geschäftiges Summen von Bienen, die an ihrem Bienenstock hängen bleiben. Hier ziehen sich die Fahrspuren der Autobahn zwischen abfallenden Feldern entlang, hier und da scheint ein Waldrand auf, ein Haus, ein Dorf. Beruhigende Landschaft, ohne Narben, ohne Drohung. Wir fahren auf einen Rastplatz mit einer Ladestation und einem Kiosk.

Akku leer?

Nein, Mijnheer, ich dachte, vielleicht möchten Sie etwas essen. Und vergessen Sie nicht, was Flüssiges zu kaufen, Sie müssen auf Dehydrierung achten.

Die Tür neben mir klickt im Schloss, die Sicherheitsgurte ziehen sich zurück. Ich steige aus, es ist Mittag, wir haben Stunden gebraucht, um die Stadt hinter uns zu lassen, wenn ich in die Richtung schaue, aus der wir gekommen sind, sehe ich über dem Horizont eine blasse waagerechte gelb-graue Wolke, mehr ein Fleck als eine Wolke, da ist die Stadt, wir haben uns noch nicht zu sehr von ihr entfernt; und noch weiter, hinter dem gelb-grauen Flecken hängt das Dunkelgrau der Regenzone. Ich stehe draußen, ich könnte auf ein anderes Auto warten und fragen, ob man mich mitnimmt, ich könnte auch über die Wiesen bis zur nächsten Siedlung laufen. Ich bin frei.

Ich beschließe, zuerst etwas zu essen.

Am Kiosk kaufe ich einige Sandwiches, eine Flasche Wasser, eine Flasche Rotwein, einen Becher Kaffee und eine Tafel Schokolade. An der Theke steht ein Mann mit einem müden Gesicht. Er hat große Wülste unter den Augen. Als Kind habe ich immer gedacht, dass man die Tränensäcke leeren könnte, wenn man die Haut unter dem Auge nach vorne zöge. Ich habe geglaubt, dass da Dreck drin wäre, der sich im Laufe der Jahre dort angesammelt hat. Sand, Straßenschmutz, alles, was der Wind einem ins Gesicht bläst, Schlafsand, der aus den Augenwinkeln nach unten gerutscht ist. Mein Palio klingelt, ich erschrecke, es gibt noch eine Welt, und von dort aus kann ich angerufen werden, das ist keine neue Tatsache, die Welt ist größer als mein Kopf, aber ich hatte sie für einen Moment vergessen.

Ich nehme ab.

Ich bin es, Mijnheer. Wenn Sie rausgucken, sehen Sie mich stehen. Winken Sie mal?

Ich schaue nach draußen, das Auto steht auf dem Parkplatz, ihm ist nichts Besonderes anzumerken, so haben Autos seit Jahrhunderten auf Parkplätzen gestanden, ohne dass sie anrufen konnten, nun ja, nicht Jahrhunderte, ein Jahrhundert. Ich winke nicht.

Ich rufe nur an, um Ihnen zu sagen, dass Sie auch gleich noch ein Mikrowellenessen kaufen können, die stehen da im Kühlschrank, ich habe hier eine kleine Mikrowelle, dann wären wir mit dem Essen für heute durch.

Ich unterbreche die Verbindung, gehe zum Kühlschrank und nehme ein Lasagnepäckchen heraus, fast hätte ich das Auto zurückgerufen, um zu fragen, ob es auch Besteck hat, aber das geht mir dann doch zu weit. Als ich die Lasagne zu meinen anderen Einkäufen lege, legt der Mann mit den Wülsten unter den Augen eine durchsichtige Packung mit Plastikbesteck dazu. Man müsste nur in jeden Tränensack hineinpiksen, und dann würde der Sand herausrinnen.

Ich zahle, meine Karte funktioniert noch, warum auch nicht, wer hätte sie sperren sollen, Lennox? Der hat keinen Grund dazu. Nach dem Bezahlen nehme ich meine Einkäufe, und während ich schon mal von meinem Kaffee trinke, gehe ich zum Auto zurück.

Die Tür öffnet sich, ich setze mich hin, die Tür schließt sich. Wer hat da an Abhauen gedacht? Die Rückenlehne neigt sich etwas nach hinten, die Fußstütze kommt hoch.

Der Sessel Ihrer Mutter, Mijnheer.

Der machte auch noch ein Geräusch, sage ich.

Sowas, Mijnheer?

Krrrt. Krrt. Die Rückenlehne bewegt sich ein paar Zentimeter auf und ab.

Nein, das ist es nicht. Etwas weicher.

Sssssch. Ssschhhh.

Nein, eher wie Bzzzzt Bzzzt.

Bzzzzt, Bzzzt.

Genau, das ist es. Kann ich etwas grader sitzen? Sonst kleckere ich gleich mit meinem Kaffee.

Bzzzt.

Danke.

Ihre Mutter hatte so eine Tastatur mit Symbolen drauf, die sie drücken konnte, nehme ich an.

Auf dem Bildschirm im Armaturenbrett erscheinen Fotos von Relaxsesseln.

Ja, stimmt, sage ich. So ein Sessel war das.

Durften Sie denn auch mal drinsitzen?

Ich war kein Kind mehr, als sie diesen Sessel bekam. Sie war achtzig, ich war schon vierzig. Zu alt, um mit Sesseln zu spielen.

Entschuldigung, Mijnheer, ich wollte nicht …

Nein, ist schon okay. Ich habe den Sessel jetzt bei mir zu Hause stehen, eigentlich hast du Recht, ich darf jetzt darin sitzen.

Und dann fühlen Sie sich glücklich wie ein Kind.

Was ist das, Sarkasmus?

Mijnheer! Das würde ich mir nie erlauben. Gerade jetzt, da wir so ein gutes Verhältnis zueinander aufbauen. Leichte Ironie, weiter würde ich nicht gehen. Spielerische Ironie für einen dankbaren Zuhörer, wie man so sagt, eine Kategorie, zu der Sie meiner

Meinung nach gehören, wenn Sie mir dieses Urteil zugestehen mögen. Darf ich aus der Tatsache, dass Sie den Sessel Ihrer Mutter besitzen, schließen, dass sie jetzt einen besseren Sessel hat?

Nein, obwohl: die hatten sie in ihrem Gemeinschaftswohnzimmer, aber nein. Du kannst daraus ableiten, dass sie tot ist.

Ach. Tut mir leid, das zu hören. Ist sie schon lange tot?

Nein, noch nicht so lange.

Und Sie haben ihren Sessel als Andenken übernommen?

Andenken, Andenken. Ich weiß nicht, als ihr Zimmer geräumt werden musste, habe ich mich in einer Gemütsbewegung hinreißen lassen, den Sessel mitzunehmen. Ich habe zwei starke Männer mit einem Bus gemietet, und die haben den Sessel abgeholt und bei mir im zweiten Stock abgestellt. Und da bleibt er stehen, denn er ist schwer wie Blei.

Zweite Etage? Sie wohnen im Erdgeschoss, Mijnheer.

Pardon? Sorry, aber ich werde doch wohl wissen, in welcher Etage ich wohne.

Ach, Entschuldigung, ich habe hier immer noch die Daten von diesem Herrn Lennox.

Er wohnt im Erdgeschoss?

Sicher, schauen Sie mal.

Auf dem Bildschirm erscheint das Bild einer Straße und einem Haus, darunter steht eine Adresse, er lebt immer noch in Amsterdam, in Havenstad, in der Derde Johan Cruijffstraat. Bemerkenswert: Links und rechts von seinem Haus befindet sich je ein Friseursalon.

Könnten wir da nicht hinfahren, Jerôme?

Nein, Mijnheer, Sie haben keine Befugnis, das Ziel zu ändern. Das ist etwas, was Herrn Lennox vorbehalten ist.

Kannst du den nicht irgendwie erreichen?

Natürlich, Mijnheer, ich versuche es übrigens schon die ganze Zeit, ich bin mit der gängigen Kommunikationsausrüstung ausgestattet. Er nimmt nicht ab.

Ist das so?, frage ich. Lennox nimmt nicht ab. Hm.

Ist das ein neuer Titel, Mijnheer? Und was soll es werden, ein Lied oder ein Buch?

Jetzt grad mal keine Ironie, Jerôme.

Jerôme seufzt; das habe ich vorher noch nie von ihm gehört.

Wir müssen weiter, Mijnheer.

Na, denn mal los, sage ich. Als ob er meine Zustimmung bräuchte.

Die Sicherheitsgürtel schlingen sich wieder um mich, wir verlassen den Parkplatz und kehren auf die Autobahn zurück. Wir passieren eine lange Reihe selbstfahrender Lkws.

Deine großen Brüder, sage ich.

So sehen wir das nicht, Mijnheer.

Ich meine, eine abwartende Stille zu spüren, aber ich bin nicht neugierig genug, ein Gespräch über die Verhältnisse innerhalb der selbstfahrenden Gemeinschaft anzufangen.

Die Landschaft ändert sich nicht, aber der Himmel, der über ihr hängt, wird älter, fahler. Wir sind an der Kolonne vorbei, die Autobahn liegt fast verlassen vor uns.

Was halten Sie davon, Mijnheer? Lennox nimmt nicht ab / vielleicht ist ihm die Zeit zu knapp.

Was?

Ich dachte daran, wie es klingen würde, wenn es ein Lied wäre, Mijnheer. Schweigen tut er wie ein Grab / nimmt nicht mal den Hörer ab. Soll ich weitermachen, Mijnheer? Vielleicht kann ich mir auch etwas über den Sessel Ihrer Mutter ausdenken. Ich meine, wenn es ein Lied werden soll.

Nein, lass mal.

Ich verstehe, Mijnheer.

Die Straße wird leerer und leerer, als wäre diese Strecke letztendlich uns allein vorbehalten. Das ist eine Vorstellung, die mir gefällt.

Ihre Mutter ...

Ja?

Ist also vor noch nicht allzu langer Zeit gestorben?

Ja.

Sind Sie immer noch traurig, Mijnheer, wenn ich fragen darf?

Trauer, Trauer … Sie ist hundert Jahre alt geworden, ich habe gesehen, wie sie allmählich dement wurde, ich habe gesehen, wie sie sich immer mehr in sich zurückgezogen hat … Vielleicht eher Entwöhnung als Trauer … In den letzten zwanzig Jahren ihres Lebens bin ich jede Woche zu ihr gefahren, Mittwochnachmittag, mit dem Zug und dem Bus …

Zwanzig Jahre, Mijnheer!

Ich hatte auch nicht erwartet, dass es so lange dauern würde.

Ach, Mijnheer, hätten wir uns damals schon gekannt, hätte ich Sie bringen und wieder abholen können.

Vor zwanzig Jahren hast du noch gar nicht existiert. Und auch vor zehn Jahre noch nicht.

Da haben Sie Recht.

Danach bleibt es für lange Zeit still, als ob Jerôme Zeit braucht, das zu verarbeiten. Wir wechseln von der Autobahn auf eine zweispurige Straße, die Landschaft bleibt gleich, aber es ist belebter, und es gibt Kreuzungen mit Ampeln.

Wollen Sie etwas Musik, Mijnheer? Ich habe eine große Auswahl an …

Nein, danke, ich finde es schön, so ruhig.

Aber so ganz ruhig bin ich nicht, jetzt, da wir die Autobahn verlassen haben und das Verkehrsaufkommen größer ist. Ich erschrecke, als wir in einen Kreisverkehr einbiegen, nach unserer unerwarteten und hastigen Abfahrt aus dem Parkhaus war mir das inzwischen entfallen, aber plötzlich wird mir wieder bewusst, dass ich mich in einem Auto ohne Lenkrad befinde, und es gibt noch nicht einmal einen Fahrersitz. Ich weiß, dass ich in keiner Hinsicht eingreifen kann, und egal, wie selbstbewusst wir uns durch den Verkehr schlängeln, genau gesehen ist das alles ein Setting für einen Alptraum.

Mir sind Autobahnen lieber, Jerôme.

Das verstehe ich, da kommen wir auch zu gegebener Zeit wieder hin, aber ich nehme die Route, die für uns am besten ist.

Ich bin wieder in England. Daher kommt mein Schreck von eben. Auch dort habe ich auf dem Fahrersitz gesessen, ohne dass es ein Lenkrad vor mir gegeben hätte, und Emmy zu meiner Rechten, hinter dem Lenkrad; naja, es gab schon ein Lenkrad und einen Fahrer, aber trotzdem fand ich auch das seltsam, und es dauerte lange, bis ich mich daran gewöhnt hatte, hauptsächlich, weil alle auf der linken Seite fuhren, sodass alles gespiegelt aussah und alle Kurven andersherum gingen. Die Idee der Spiegelung war so stark, dass es mich immer wieder überraschte, dass die Schilder entlang der Straße durchgängig lesbar waren.

Ihre Herzfrequenz steigt, Mijnheer. Nicht spektakulär, aber Sie scheinen mir ein bisschen aufgeregt und unruhig, wenn ich mir die Bemerkung gestatten darf.

Das sind die Erinnerungen, Jerôme.

Einfach an etwas Schöneres denken, wenn ich Ihnen raten darf.

Das ist nicht nötig, sage ich. Soll ich ihm jetzt erklären, was das Konzept *Melancholie* bedeutet?

Wir kamen damals, während dieser endlosen Fahrten, durch eine ähnliche Landschaft, aber mit mehr Dörfern und Städten und Industrie, obwohl schon die meisten Fabrikgebäude leer standen, denn Autos und Motoren wurden irgendwo auf der Welt effizienter und billiger gebaut. Leere Backsteinhallen mit zerbrochenen Fenstern. Diese langen Fahrten auf der Suche nach einem Ort zum Vögeln, weil es bei ihrem Vater so hellhörig war oder einfach, um ein Stückchen zu fahren, aber trotzdem noch auf der Suche nach einem geeigneten Platz – als wären wir Teenager ohne eigenes Zuhause, als hätten wir damals nicht unser wirkliches Alter gehabt, denn wann hat man denn sein wirkliches Alter; nicht, wenn man auf eine frühere Version seiner selbst zurückblickt jedenfalls; wenn man zurückblickt, stimmt nie etwas davon.

Sie war nicht die erste Liebe, nicht die letzte, aber vielleicht die größte, gerade wegen dieser Fahrten mit dem breiten Panorama vor der Windschutzscheibe, der hügeligen Landschaft, ganz Mittelengland von oben nach unten und von links nach rechts mit leiser Musik im Autoradio. Es sind keine sentimentalen Erinnerungen, es sind *schmerzliche* Erinnerungen, aber die Wahrheit ist, dass ich trotzdem noch immer dorthin fahren möchte. Ihr blasser Körper unter mir, wenn wir endlich einen Platz gefunden hatten, er wurde immer blasser, je weiter sie sich entkleidete oder ich sie auszog, als würde es sich ganz allmählich aufhellen, cremig, aber nicht süß, ihre großen, weichen Brüste, ihr Bauch, ihr Dreieck, wie es auf diesem zurückgeklappten Sitz war, als hätten wir unser Ziel erreicht, die unausgesprochene Enttäuschung, dass danach die Zeit einfach weitertickte, dass alles, was nass war, trocknen und dann weggewischt werden musste.

Überall, wo man gewesen ist, sollte man bleiben dürfen, zumindest sollte man eine Version von sich dort zurücklassen, die man später noch einmal aufsuchen kann. Der, der man gewesen ist, sollte man noch immer sein dürfen. Ich bin kein sechzigjähriger Mann, der die Erinnerungen an eine Liebe von vor vierzig Jahren wieder hervorkramt, ich bin immer noch der Junge von vor vierzig Jahren, ich komme nur nicht mehr an ihn heran. Warum gibt es keine Wirklichkeit, in der wir unsere Erinnerungen besuchen können wie meinetwegen Tiere im Zoo, sowohl innerhalb als auch außerhalb des Käfigs – warum hat man ein Gedächtnis, wenn man nicht *zurück* kann?

Aber ich *bin* vor fünfzehn Jahren zurückgegangen, ich war an die fünfundvierzig, es passierte, was damals jedem passierte, es gab Google, es gab Facebook, jeder kam plötzlich in Kontakt mit Leuten von früher, ich mit Emmy, Emmy mit mir. Ich sah sie, wenn sie mit Freundinnen in Amsterdam war (ich konnte mich an einige dieser Freundinnen noch erinnern), ein Jahr später besuchte ich sie in Manchester, wo sie inzwischen lebte, in einem Vorort aus dem neunzehnten Jahrhundert mit roten Backsteinhäusern, mit einem Sohn von siebzehn und einem Sohn von zehn, Zwillingen von acht Jahren und einem Freund, der nicht der Vater ihrer Kinder war. Sie war selbstverständlich älter geworden, genau wie ich, aber andere werden anders älter als man selbst, selbst ist man immer zeitloser, als wäre man im Besitz eines stabilen Kerns, der anderen fehlt oder zumindest ein Stück weit weniger stabil ist. Sie war schlanker als früher, hatte dünnere Lippen, und auch aus ihrer Stimme war der Babyspeck gewichen. Sie lebte in einem vollen Haus. Ich schlief zwei Nächte in einem kleinen Gästezimmer unterm Dach, die Treppen waren voller Lehrbücher, Bügelwäsche, Fußballschuhe, Flip-Flops, Tüten – überall lag und hing Zeug herum, nicht nur auf der Treppe, sondern auch im Flur und auf den Treppenabsätzen, wenn man alleine lebt, passt alles in die Schränke, aber hier lebte keiner alleine, es war nicht genug Platz für alles, diese zweifellos wechselnde Anordnung der Sachen war ein beweglicher Organismus, der mit den Bewohnern mitdachte, man konnte sich vorstellen, dass Sachen verloren gingen und wieder auftauchten und dass das der natürliche Lauf der Dinge war, dass die Familienmitglieder und das Haus ein einziges Wesen bildeten und dass die elementarste Notwendigkeit dabei eine größere Rolle spielte als Hingabe und Sentimentalität. Genau dafür waren die Häuser gedacht: bis zum Rand mit Leben und Kram gefüllt zu werden, nicht planmäßig, sondern achtlos, fast nebenher. Das Badezimmer schien ständig besetzt zu sein, sodass der Dampf nie ganz abzog und nichts wirklich trocken wurde; die Handtücher, der Spiegel, die halbleeren Flacons, die gequetschten Schläuche, der Boden, die Klobrille, der Duschvorhang, die vielen Zahnbürsten in den verschiedensten Stadien der Abnutzung – alles war klamm, die feuchten Düfte von Shampoos und Cremes vermischten sich mit denen von Fäulnis und Schimmel.

Eines Nachmittags schlug Emmys Freund vor, eine Runde mit dem Rad durch die Gegend zu drehen. Ich hatte wenig Lust dazu, weil ich mich links halten musste und das zweifellos in den entscheidenden Momenten vergessen würde, zudem auf einem Fahrrad, das ich nicht kannte, aber er bestand darauf, und schließlich gab ich nach. Es wurde eine ewige Zuckelei, ich folgte ihm konzentriert, während ich mir immer wieder einschärfte, auf welcher Fahrspur ich bei der nächsten Kreuzung rauskommen musste. Alles war seltsam, der entgegenkommende Verkehr, jede Kurve, jede Kreuzung – ich fuhr in einer fremden Spiegelwelt, in der jede Bewegung unnatürlich ist. Ich war fix und fertig, als wir zurückkamen. An diesem Abend wollten die achtjährigen Zwillinge, dass ich ihnen vor dem Schlafengehen aus *Alice im Spiegelland* vorlas, sie waren gerade in ihrer Alice-im-Wunderland-Phase und nannten sich auch Alice und Alice. Das waren ziemlich viele Spiegel für einen Tag. Sie fanden meinen Akzent unendlich lustig und steckten einer nach dem anderen den Kopf unter die Decke, um sich da vor Lachen über mich auszuschütten.

Am nächsten Tag ging ich mit Emmy und ihren Kindern zu Freunden von ihr, die ebenfalls wieder Freunde eingeladen hatten, einige kannte ich noch von früher. Alle hatten Partner und Kinder, Emmy war Teil eines großen Netzwerkes von alten und neuen Freunden, die laut redeten und viel lachten. Wir aßen in einem geräumigen Küchenanbau an einem langen Tisch mit Blick auf einen gepflegten Garten zu Mittag, über uns war eine Dachluke, ich saß Emmys siebzehnjährigem Sohn gegenüber, einem netten Jungen, der mit einer ironischen Schweigsamkeit alles (auch mich) in sich aufnahm. Ich musterte ihn und erkannte seine Haut. Es war nicht seine, es war Emmys Haut von vor fünfundzwanzig Jahren, die ich monatelang ganz aus der Nähe gesehen, gemustert, gestreichelt und mit meinen Lippen berührt hatte. Ich erkannte jetzt ihre besonderen Eigenschaften: den gelben Schimmer, die leichten, hellbraunen Sommersprossen, die man eigentlich nur sah, wenn man ganz nah herankam; und über diesem Schimmer und den Sommersprossen lag eine weitere Schicht, und das war die Besonderheit dieser Haut, sie war Oberfläche mit Tiefe, man schaute durch sie hindurch, es war, als ob diese Haut noch mit einer dünnen Wachsschicht überzogen wäre, die ihr einen weichen, stumpfen Schimmer verlieh. Emmys Sohn saß im Tageslicht, das sowohl von oben, durch das Dachfenster, als auch von der Seite, durch die Gartentüren, auf ihn fiel. Vielleicht hätte ich ihre Haut in einem anderen Licht gar nicht erkannt. Ich sah zu Emmy hinüber, auch sie saß in diesem Licht, es gab keine Wachsschicht mehr auf ihrer Haut, und ich ließ meinen Blick zu ihrem Sohn mir gegenüber wandern, da war ihre Haut wieder, und mir wurde bewusst, dass ich diese Haut nie so genau betrachtet hatte wie gerade eben in diesem Moment, als ich sie bei ihrem Sohn entdeckte. Ich schaute mit den Augen von heute in die Vergangenheit und bemerkte etwas, das ich nur durch die Gunst der Gegenwart erkennen konnte. Man kann also doch zu den Erinnerungen zurückkehren, man kann *mehr* als nur zu ihnen zurückkehren, man kann sie Jahrzehnte später wieder zum Leben erwecken, die Erinnerungen können zu *dir* zurückkehren, aber dazu muss man Kinder haben. Es fühlte sich ganz natürlich und merkwürdig zugleich an, als hätte ich etwas entdeckt, das zwar auf der Hand lag, gleichzeitig aber auch verboten war, als wäre das alles nicht der Zweck dieses Nachmittags gewesen, als wäre mein Besuch nicht die Absicht gewesen; als hätte ich falsch gespielt. Es lief darauf hinaus, dass ich etwas gesehen hatte, das eigentlich nicht existierte.

iii

Während der Fahrt gleitet der Nachmittag davon. Autobahnen, Provinzstraßen, Autobahnen; Flachland, Hügel, Flachland. Die

Sonne ist durchgebrochen, zu unserer Rechten steht sie tief am Himmel, dunkelgelb. Auf einmal ist wieder viel Verkehr, wir fahren alle im gleichen Tempo in die gleiche Richtung. Vorher hatten wir die Autobahn stundenlang für uns alleine gehabt, ich verstehe den Rhythmus nicht, in dem Verkehr aufkommt oder abflaut, wie sollte ich darüber einen Überblick haben? Viel Verkehr könnte auf eine Stadt hinweisen, eine Stadt mit Hotels und Restaurants, aber ich sehe vorerst keine Schilder. Ab und zu schießen wir unter alten Betonüberführungen hindurch, die einsam in die Landschaft ragen, ohne Auf- oder Abfahrt, als wären sie unverwüstliche Relikte einer Zeit, die die Straßen zerbröckeln und zuwachsen ließen …

Sie waren tief in Gedanken, Mijnheer …

Sicher, sage ich.

Oder haben Sie ein Lied komponiert?

Nein.

Ich war in der Vergangenheit, ich muss erst wieder zurückfinden. Ich reise noch immer mit Lennox, wenn auch ohne Lennox.

Sag mal, kannst du für mich was raussuchen?, frage ich. Du kommst doch überall rein? Ich suche einen Kunsthändler. Einen großen, erfolgreichen Kunsthändler. Weltweit aktiv.

Haben Sie einen Namen für mich, Mijnheer?

Ja, er hieß früher de Meester, dann Bonzo, aber wie er jetzt heißt, weiß ich nicht. Und ich weiß auch nicht, wie er aussieht. Aber ich muss ihn gesehen haben, ich habe eine Weile zusammen mit ihm an einem Esstisch gesessen, wenn du mir ein paar Bilder zeigen könntest …

Eine schwierige Aufgabe, Mijnheer, ist das ein Spiel, ein Test?

Nein, ich will es einfach nur wissen.

Ich schaue nach, Mijnheer. Ein alter Freund von Ihnen?

Er ist seinerzeit mit der Kunst durchgebrannt, sage ich. Und hat mich mit leeren Händen zurückgelassen. Letzteres lasse ich unerwähnt.

Ich finde erstaunlich wenig, Mijnheer, das scheint ein eher scheues Völkchen in einer schummrigen Welt zu sein. Und ich finde auch nicht zu jedem Namen ein Bild.

Er zeigt Fotos auf dem Bildschirm, Männer und Frauen mit Frisuren und seltsamen Brillen, niemanden, den ich von den Mahlzeiten im Kloster erkenne.

Das sind sie? Hast du ein Verjüngungsprogramm? Kannst du sie dreißig, vierzig Jahre jünger machen? Und dann ohne Brille?

Das ist durchaus möglich, Mijnheer.

Die gleichen Köpfe kommen ohne Brille, dreißig, vierzig Jahre jünger. Ich betrachte sie aufmerksam, einen nach dem anderen. Ich erkenne niemanden.

Ist er dabei, Mijnheer?

Nein.

Schade, Mijnheer. Ich habe mein Bestes getan.

Das weiß ich, Jerôme, sage ich. Ich lehne mich zurück. Zu schade, in der Tat. Ich hätte gerne mehr gewusst. Das klingt wie ein Motto. Oder eine Grabinschrift.

Hast du einen Korkenzieher? Plötzlich kommt mir die Flasche Wein, die ich am Kiosk gekauft habe, in den Sinn.

Sicher, Mijnheer, damit kann ich dienen, da liegt einer im rechten Handschuhfach.

Ich öffne die Flasche und nehme einen Schluck. Ich fahre und ich fahre nicht, da darf ich mir ein Schlückchen gönnen.

Es ist fast Nacht, sage ich, sollten wir nicht irgendwann einen Schlafplatz suchen, kannst du herausfinden, ob es hier in der Gegend was gibt?

Hier in der Gegend gibt es nichts, was wir brauchen könnten, Mijnheer.

Was meinst du damit?

Überlassen Sie das mal mir, Mijnheer.

Wir arbeiten uns durch den Rest des Autobahnverkehrs zu einer Ausfahrt vor, schnell, mit eckigen Bewegungen, die trotzdem keine Aufregung verursachen, als wären alle Ecken abgerundet. Eine halbe Stunde lang fahren wir schweigend auf einer leeren zweispurigen Straße, mitten im Nichts, undeutliche Hügel, flache Hügel, größere Hügel – hinter dem letzten Hügelrücken beginnt plattes Land, und am Horizont erkenne ich zu meiner Überraschung einen Wald. Wir fahren darauf zu, wir fahren in den Wald hinein. Hohe Laubbäume überdachen mit dichtem Blattwerk die Straße. Wir kommen in den Schatten des Waldes, langsam, plötzlich ist alles anders, kühler, geschlossen, feuchter, fruchtbar. Zwischen den sich aufreckenden Stämmen wachsen dicke Moosplacken, dunkelgrün, fast schwarz, an Stellen, wo schräg einfallende Sonnenstrahlen den Boden berühren, leuchtet es hellgrün auf.

Hier hing noch vor Kurzem eine Regenzone, Mijnheer, in ein paar Monaten ist alles wieder verdorrt.

Wir schlagen einen Sandweg ein. *Er* schlägt einen Sandweg ein. Ich schaue hoch, sehe mich um, zu den Bäumen, den Laubkronen, die Fenster gleiten nach unten, ich höre Vögel, es ist kühl und dunkel, alle Farben sind weich und schattenreich. Er fährt vom Sandweg in den Wald hinein, mitten ins Moos. Wir halten an. Die Gurte lassen los, die Seitentür schiebt sich auf.

Wenn ich Ihnen einen Rat geben darf, Mijnheer, ziehen Sie Ihre Schuhe aus und gehen Sie nach draußen.

Ich stelle die Weinflasche ab und ziehe meine Schuhe aus.

Socken auch, Mijnheer.

Ich ziehe die Socken aus und trete mit bloßen Füßen auf das Moos. Es federt sacht, es knackt hier und da ein bisschen, oder sind das Zweige? In der Ferne hämmert ein Specht, ein Eichhörnchen schießt in immer wieder unterbrochenen Bewegungen einen Stamm hinauf: Es stoppt so abrupt, als würde jemand einen Film anhalten. Die Streifen des Sonnenlichts, die zwischen die Bäume fallen, erinnern an sanfte und ein wenig feierliche Orgelmusik. Hinter dieser Musik wird der Wald dichter und dunkler.

Ich gehe zum Auto zurück, steige ein und setze mich wieder hin.

Herrlich, sage ich. Barfuß durch das Moos.

Haben Sie den Bach gefunden, Mijnheer?

Nein.

Hier in der Nähe muss es einen Bach geben. Aber das ist für später, wir können hier noch bleiben. Hier werden wir schlafen, Mijnheer. Wir haben genug zu essen und zu trinken.

Schlafen? Hier? Wie denn? Wo?

Schauen Sie mal, Mijnheer.

Die Rückenlehne meines Sitzes gleitet nach hinten, die Sitzfläche verlängert sich nach vorne, alle Bewegungen geschmeidig und stromlinienförmig, ich liege auf einem Bett mit einer bequemen Matratze, unter meinem Kopf beult sich von innen heraus ein weiches Kissen aus, das Teil des Bettes ist, sich aber anders anfühlt als der Rest: wie ein weiches und federndes Kissen.

Bequem, Mijnheer?

Ja, sehr gut; ich bin baff.

Gut zu hören, Mijnheer. Betttuch und Decke sind unter der Rückbank. Ein Betttuch scheint mir ausreichend für die Nacht, und vielleicht eine dünne Decke.

Unter meinen Schultern beginnt etwas zu rotieren, zu vibrieren, es fühlt sich nicht schlecht an, es fühlt sich sogar so gut an, dass ein Schauer durch meinen Oberkörper geht.

Kann das der Sessel Ihrer Mutter auch, Mijnheer?

Äh, nein, das kann er nicht. Aber ich glaube, dass diese neuen Star-Trek-Sessel im Gemeinschaftsraum das wahrscheinlich hinkriegen. Und jetzt verstehe ich auch die glücklichen Gesichter der Bewohner etwas besser.

Ich könnte auch ein Geräusch dazu machen, Mijnheer. Bzzzzzzt. Bzzzzzzt.

Das ist nicht nötig, Jerôme.

Es ist schön, dass Sie meinen Namen aussprechen, Mijnheer.
Drehen Sie sich mal um?

Wieso?

Legen Sie sich mal auf den Bauch?

Warum?

Machen Sie mal, Mijnheer.

Ich drehe mich etwas unwillig auf den Bauch, wie jemand, der bei einer Party mit einem zynischen und besserwissenden Grinsen bei einem Spiel mitmacht, weil er erwartet, dass man ihn auf den Arm nehmen will und er dem Ganzen mit einem Lachen zuvorkommen möchte. Es ist Blödsinn, so etwas zu tun, wenn niemand da ist – niemand außer einem Mietwagen. Was dann passiert, habe ich nicht erwartet: Zwei Ausstülpungen wachsen aus dem Bett, die beginnen, meine Schultern durchzukneten. Die Hände sind Teil des Bettes oder des Sitzes, der zum Bett geworden ist, es ist alles ein einziges Ganzes, als wäre ein Mann in diesem Bett versteckt und das Leder der Polsterung so dünn, dass er seine Finger einzeln darin bewegen kann – es fühlt sich an, als würde jemand meine Schultern mit hauchdünnen Handschuhen massieren. Auch noch jemand, der das ausgezeichnet beherrscht, und als ich mich erst mal an die Situation gewöhnt habe, spüre ich, wie die Spannung von mir weicht. Andere Hände beginnen, meine Füße zu massieren, Zehe für Zehe. Es ist herrlich.

Was ihr alles könnt, sage ich. Ich hatte ja keine Ahnung.

Ich bin ein Prototyp, Mijnheer. Soll ich noch ein bisschen weitermachen? Normalerweise wird das als sehr beruhigend empfunden.

Bitte.

Er macht noch eine Weile weiter.

Später sitze ich in der Türöffnung, habe meine Füße auf den Waldboden gestellt und esse die Lasagne, die ich im Backofen aufgewärmt habe, der sich in dem viereckigen Schränkchen neben dem Sitz befindet. Ich habe auch noch ein Stück Brot und eine

Flasche Wein. Selten habe ich mich so entspannt gefühlt. Ich hätte nicht übel Lust, alle möglichen Leute von früher anzurufen, seht ihr, ich kann das ganz prima, entspannen, ihr solltet mich mal sehen. Den letzten Bissen spüle ich mit einem Schluck Wein herunter. Hast du noch genug Strom?, frage ich.

Ja, sicher. Aber nett, dass Sie nachfragen. Ich habe noch über den »Sessel meiner Mutter« nachgedacht, aber das wird mit den Reimwörtern ein etwas mühseliges Lied, Mijnheer. Futter, Luder, Bruder, Puder, Kutter. Gib dem Luder etwas Puder. Ich bin sicher, das ist nicht die Atmosphäre, nach der Sie suchen. Nein.

Trotzdem habe ich Sie lächeln sehen.

Ich habe an das Musical gedacht. *Der gute Sohn.* Da würde …

Sie haben ein Musical geschrieben! Ich schaue schnell mal nach.

Nein, warte, du wirst nichts finden. Es existiert nur in meinem Kopf.

Oh, das ist gut, Mijnheer. Ich wette, dass Sie schon ziemlich weit sind. Hätten Sie noch einen Titel?

Das geht nicht so schnell, sage ich, aber ich weiß gleich einen: »Mutter, ich fürchte die Hölle so sehr«.

Oh, der ist prima, Mijnheer. Mutter, ich fürchte die Hölle so sehr, und ich finde keine Ruhe mehr, ich finde keine Ruhe mehr.

Er *singt*, er hat sich eine Melodie dazu einfallen lassen, und als er wieder damit anfängt, singe ich mit.

Mutter, ich fürchte die Hölle so sehr,
und ich finde keine Ruhe mehr, ich finde keine Ruhe mehr.

Dann fantasieren wir den Rest zusammen, singend, improvisierend, zurückkehrend zu dem, was wir uns zuvor ausgedacht haben, immer lauter, unsere Stimmen schallen durch den Wald. Vögel, die sich gerade für die Nacht vorbereitet hatten, fliegen mit alarmierten Schreien auf, während wir weiter über die Hölle singen und was da passiert. Die Fackeln brennen mich so sehr. (Und ich finde keine Ruhe mehr, ich finde keine Ruhe mehr.) Mutter, draußen klingelt wer. Mutter, lass mich rein, draußen dräut ein Höllenmeer. (Schubi-du und schubi-ich und -der.) Auf dem kalten Fußboden einer Kapelle wird kniend gebetet und gefleht. Auch wird die Mutter darüber informiert, dass man fürchterlich in der Patsche sitze, denn das Feuer ist ewig, 's ist wie ein endlos großes Heer. (Und ich finde keine Ruhe mehr, ich finde keine Ruhe mehr.) Brauchen wir die Feuerwehr?

Das mit der Kapelle, sage ich, als wir fertig gesungen haben, geht eigentlich nicht, das klingt zu katholisch. Ich keuche noch ein wenig, ich habe mir die Lungen aus dem Leib gebrüllt. Ich fühle mich fantastisch.

Ein Nörgelkopp, der auf sowas achtet, Mijnheer. Darf ich Ihnen noch etwas empfehlen? Ziehen Sie sich ganz aus und laufen Sie eine Runde. Es ist warm genug.

Na, sage ich, ich weiß nicht. Aber ich ziehe mich aus, mit einer gewissen Scham, und als ich nackt die ersten Schritte auf das Moos setze, fühle ich mich auf wundersame Weise befreit. Ich renne über das federnde Moos, ich laufe im Zuckeltrab um das Auto, ich flitze zwischen den Baumstämmen hindurch, völlig ungeschützt und frei im dämmrigen Licht, ich schlage einen Purzelbaum, einen sehr ungelenken Purzelbaum, aber trotzdem: einen Purzelbaum, ich lehne mich keuchend mit dem Rücken an einen Baumstamm (wo wieder ein anderes Eichhörnchen nach oben schießt), ich drehe mich um und pisse an den Stamm. Ich höre Wasser fließen, ich laufe weiter und finde den Bach, er schlängelt sich durch das Moos und über kleine Gesteinsbrocken, ich lege mich auf den Bauch und trinke von dem kalten Wasser. Als ich hochsehe, erblicke ich am anderen Ufer einen Hirsch. Der Bach ist so schmal, dass ich ihn fast berühren könnte. Er schaut mich an, dann senkt er den Kopf herab und trinkt. Ich trinke mit dem Hirsch. Als ich genug habe, stehe ich auf. Der Hirsch läuft wieder in den Wald. Ich blicke mich um, wo das Auto steht und sehe es fast im selben Moment, es hat die Scheinwerfer eingeschaltet, um mir das Wiederfinden zu erleichtern, ich gehe darauf zu. Federndes Moos unter meinen bloßen Füßen, ich kann mich gar nicht mehr einkriegen, wie schön sich das anfühlt, das ist ein großartiger Wald, es raschelt und knarrt um mich herum, aber nichts jagt mir Angst ein, irgendwo zwischen den Bäumen müsste ein kleines Häuschen stehen, wo Licht hinter den Fenstern brennt, Lampenschein und ein Teelicht mit einer Teekanne darüber, und Bewohner, die wissen wollen, wie es einem geht und was man heute gemacht hat, aber nein, das ist gar nicht nötig – *wir sind selbst das Häuschen.*

Wieder beim Auto trinke ich noch ein bisschen Wasser, dann hole ich die Flasche Wein. Ich habe auch noch ein Stückchen Brot. Ich sitze auf dem Waldboden und esse und trinke.

Was würden Sie von ein bisschen klassischer Musik halten, Mijnheer?

Ja, warum nicht?

Ich höre Musik, eine Symphonie, dem Klang nach. Ich habe das Stück schon einmal gehört, aber welche Symphonie es ist und von wem, keine Ahnung. Ich hätte immer gerne zu denen gehört, die so etwas wissen, aber das ist mir nie gelungen. Andererseits ist es auch dummes Zeug: kulturell beschlagen zu sein, die belangreichsten Schriftsteller gelesen zu haben, alles erkennen zu können. Ich sitze splitterfasernackt im Wald. Das ist jetzt wichtiger. Was hast du da laufen?, frage ich.

Mozarts fünftes Violinkonzert. Ist das in Ordnung?

Das ist prima, sage ich. Während ich der Musik lausche, senkt sich die Dunkelheit allmählich über den Wald, die Farben verblassen ins Dunkelgrau und Schwarz. Ich trinke noch ein bisschen Wein. Dann legen wir uns schlafen.

iv

Dieser Traum war möglicherweise vorhersehbar, trotzdem werde
ich vollkommen davon überrascht: Ich träume, dass ich Bonzo
zur Welt bringe. Es ist eine schreckliche Situation, denn Bonzo ist
erwachsen und muss in seiner ganzen Größe heraus. Ich erwache
keuchend und schwitzend, noch immer mit dem Gefühl, dass
ein klaffendes Loch zwischen meinen Beinen entstanden ist, mit
Hautfetzen und dem Geruch von Blut und Feuer, als hätte ich
eine riesige Kanonenkugel aus meiner Gebärmutter abgefeuert.
Bonzos Kopf war ebenfalls eine runde Kugel, der kam als Erstes,
und jedes Mal, wenn ich mich auf meinen Ellbogen hochstützte,
um zu sehen, was da zwischen meinen Beinen los war, sah ich
diesen Kopf sich immer ein Stückchen weiter herausschieben,
bedeckt mit verklebten Haaren und Blut und was auch immer,
alles stand da unter unerträglicher Spannung, ich verzerrte mein
Gesicht und krallte meine Fingernägel in die Handflächen, bis es
blutete, bis der runde Kopf von Bonzo nach draußen flutschte,
der Rest seines Körpers glibberte durch meine in Fetzen gerissene
Vagina heraus, gefolgt von mehreren Modellen seiner Innen-
einrichtungen mit ihren scharfen Ecken, die zusätzlich in mein
ohnehin übel zugerichtetes Fleisch schnitten. Bonzos Kopf war
viel zu groß für den Rest seines Körpers, er war kein Erwachsener,
sondern ein großes Kind, mit mürrischer Miene spielte er mit
den Modellen, die mit Blut und anderen Körperflüssigkeiten
beschmaddert waren wie auch Bonzo selbst, der eine kurze Hose
und ein gestreiftes Poloshirt trug. Ich verspürte im Traum keinen
Schmerz, nur diese unerträgliche Spannung und diese erschüt-
ternde Leere danach, und jetzt, da ich wach geworden bin, fühle
ich es noch immer. Ein blutiges Loch zwischen meinen Beinen,
ich taste mit der Hand danach, es gibt kein Loch, doch da sitzt
der Schmerz.

Guten Morgen, Mijnheer, gut geschlafen?

Ich liege nackt unter einer dünnen Decke in einem Auto. Innen leuchtet weiches Licht, draußen ist es stockdunkel.

Nein, sage ich, schlecht. Schlecht geträumt. Ich setze mich hin und reibe mir das Gesicht. Die Tür schiebt sich auf.

Dann erst mal ein bisschen frische Luft, Mijnheer.

Danke.

Ich trete nach draußen ins Moos, es ist nach wie vor nicht kalt. Ich sehe jetzt auch, dass es nicht ganz dunkel ist. Zwischen den Stämmen hängt etwas Nebliges und Blasses, und sehr weit weg, hinter dem Wald, schimmert undeutlich und weit unten etwas Rötliches. Ich schaue an mir herunter und erwarte, einen mit Glibber überzogenen Bonzo mit seinen Modellen vor mir spielen zu sehen. Es ist nur dunkles Moos. Ich tapse unsicher herum, noch immer mit dem Loch zwischen meinen Beinen, ich lege eine Hand in den Schritt, da hängt alles an Ort und Stelle. In der Ferne heult etwas, es kommt in Wellen durch den Wald auf mich zu, unmenschlich, tief, etwas aus einer Zeit vor der Zivilisation. Ich wende mich zum Auto um.

Was ist das, ein Wolf?

Kommen Sie rein, Mijnheer.

Ich steige ein und lege mich hin.

Der Wolf frisst den Hirsch, sage ich.

Wenn das so ist, dann ist es die Natur, Mijnheer.

Unter meinen Schultern beginnt es zu vibrieren. Zu meinen Füßen kommt das Leder nach oben, weiche Finger formen sich und massieren meine Zehen und meine Fußsohlen.

Wunderbar.

Gut, Mijnheer. Entspannen Sie ruhig. Drehen Sie sich mal um?

Ich drehe mich auf den Bauch.

Hände fahren an mir hoch, Finger massieren meine Schultern und drücken mich nach unten, andere Finger streicheln meine

Füße, es passieren auch andere Dinge: an meiner Brust wachsen langsam zwei Vibratoren hinauf, die sich an meine Brustwarzen drücken.

Erschrecken Sie nicht, Mijnheer.

Ich erschauere, es ist auf eine seltsame Weise erregend – nein, es ist auf eine vertraute Weise erregend, das macht es so seltsam. Alle Berührungen sind warm, es fühlt sich an wie Haut auf Haut, ich werde tatsächlich erregt und hart und gleite mühelos hinein – hinein? Eine Öffnung hat sich gebildet, die mich aufnimmt und umschnürt, vorsichtig, aber fest, wie eine Wichshand, nicht wie eine Wichshand, wie eine Möse, wer hat die Muskeln der Möse beim Vögeln genauso angespannt?, das war Emmy. Trotz meiner Verblüffung bleibe ich hart, ich werde an verschiedenen Stellen gestreichelt, es gibt jetzt keine Öffnung mehr zwischen meinen Beinen, ich stecke in einer Öffnung, ich fange an, mich langsam auf und nieder zu bewegen.

Keine Bange, ich bin selbstreinigend, Mijnheer.

Die Stimme klingt näher also sonst, fast in meinem Kopf. Ich bewege mich auf und nieder, weil ich an meinen Arschbacken gepackt und heruntergedrückt werde. Ich ficke eine Hand und eine Möse, etwas, das gleichzeitig umhüllt, presst, drückt und zieht. Etwas hält vorsichtig meine Eier fest.

Gut so, Mijnheer, gut so, Mijnheer.

Meine Arschbacken werden fester gegriffen, etwas schiebt sich in mich hinein –

Hey.

Hey, Mijnheer?

Nein, nein, ich bin nur erschrocken.

Soll ich aufhören? Es ist nur ein kleiner Finger, Mijnheer.

Gut, gut.

Er geht auch dicker, ein Finger, ein Daumen … Weitermachen, Mijnheer.

Nein, ein kleiner Finger ist gut.

Ich spüre, wie der kleine Finger dicker wird.

Jetzt ist es ein richtiger Finger, Mijnheer, ist das in Ordnung?

Ja, sage ich, das ist gut.

Es ist auch gut, sehr gut. Ich bin nackt und erregt, ich werde überall gestreichelt und stimuliert, ich bewege mich. Ich bleibe hart, es ist Jahre her, dass ich so … Was sagt das über mich; und ich höre Musik.

Was ist das?

Phil Collins, Mijnheer, »In the Air Tonight«. Ich dachte …

Nein, nein!

Musik aus den Jugendjahren … Daran hat man doch normalerweise die besten Erinnerungen, Mijnheer … Wenn es nicht gut passt … Sie sagen einfach Stopp, oder … Ich kann auch etwas anderes raussuchen …

Es kommen Fetzen von »Absolute Beginners«, »Nightswimming« und »Bigmouth Strikes Again«, mit Geknister und Rauschen dazwischen, als ob tatsächlich an einem Senderwahlknopf gedreht würde. »Mag het licht uit«, »Beds Are Burning« und »Pump Up the Volume« –

Nichts für Sie dabei, Mijnheer? Also etwas Klassisches? Mozart? Das Adagietto aus Mahlers Fünfter? Der Bolero?

Nein, nein!, rufe ich. Ich bewege mich in festem Rhythmus auf und nieder, rein und raus, aber das lenkt jetzt ab. Hör auf!

Ich tue mein Bestes, Mijnheer!

Vergiss die Musik!

Gut, wir vergessen die Musik, Mijnheer, verzeihen Sie mir die Umstände, wir machen weiter, wir machen weiter, ja, das läuft gut, finden Sie nicht auch, ich spüre es.

Ich presse meine Lippen aufeinander. Der Finger, der in mir steckt, wird dicker und bewegt sich schneller und schneller, er hält mit dem Tempo mit, vielleicht ist es auch dieser Finger, der das Tempo bestimmt. Es geht voran, voran, gewaltig voran, es ist nicht aufzuhalten, wir sind fast allein nur ein Förster mit einer

Taschenlampe könnte noch alles versauen wo soll der Förster herkommen den hat der Wolf gefressen auch erledigt, wir kommen, wir kommen –

Schwiegermütter, Mijnheer. Auschwitz. Ein plattgefahrener Vogel. Ausgekotzte Erbsensuppe.

Was? Was?!

Verzögerungstaktik. Zurückhalten und dann weitermachen. Untersuchungen haben gezeigt, dass …

Nein, nein!

Entschuldigen Sie, Mijnheer. Es geht weiter, es geht weiter. Komm, komm, ich mache einen Daumen draus, Mijnheer, können Sie haben, spüren Sie das? Komm, das ist gut, Sie schaffen das, Mijnheer, haben Sie jemals einen so großen, langen Daumen gefühlt, wir können runterzählen, Mijnheer, wir können runterzählen, es ist fast so weit, Helfer zurück, die Motoren jaulen auf, Mijnheer, wir starten, wir steigen in die Luft, ja, ja, machen Sie nur Mijnheer ich kann einen Knuff vertragen es ist gutes Material und hält was aus nicht nachlassen Mijnheer halten Sie sich nicht zurück wir sind gleich da ja wir sind gleich da jetzt haben wirs geschafft Mijnheer, ja, ja. Ja. Ja. Ja!

Ich bleibe reglos liegen. Alles unter mir, alles, was mich festhält, entspannt sich langsam und zieht sich zurück.

Das war eine tolle Erfahrung, Mijnheer.

Langsam komme ich hoch.

Da sagst du was.

Steigen Sie mal aus, Mijnheer.

Ja, das ist eine gute Idee.

Ich steige nackt aus dem Auto, es ist wärmer geworden, ich drehe mich um und sehe die aufgehende Sonne zwischen den Baumstämmen, dunkelgelbes Licht, fast zu hell, um hineinzuschauen, perlender Tau auf dem Moos, ich muss ganz dringend scheißen, ich hocke mich an einen Baum und scheiße – aus dem Auto fliegt eine Toilettenpapierrolle zu mir.

Bitte sehr, Mijnheer.

Danke.

Als ich fertig bin, setze ich mich wieder ins Auto, ich stelle die Klopapierrolle irgendwo zwischen meine Füße. Das Bett hat sich wieder in einen Sitz verwandelt, aber jetzt, da ich weiß, welche Möglichkeiten bestehen, ist es nicht mehr derselbe Platz.

Ich sitze noch nicht richtig, da fahren wir schon, holpernd schwenken wir wieder auf den Sandweg, mit einer Geschwindigkeit, die mich nervös macht.

Warte, warte, sage ich, ich muss mich noch anziehen.

Das geht auch beim Fahren, Mijnheer, wir fahren jetzt erst mal frühstücken, haben Sie auch so einen Hunger?

v

Am liebsten würde ich richtig duschen, aber das Restaurant hat nur einen Toilettenraum mit Waschbecken. Der Wasserhahn gibt nicht mehr als einen dünnen Strahl her und stoppt alle dreißig Sekunden für fünf Minuten, das alles steht ordentlich erklärt da, und also wasche ich mir mit dem bisschen Wasser, das mir zur Verfügung steht, nur Hände und Gesicht. Ich wage es nicht, mich abzutrocknen, weil alles so schmuddelig aussieht, nicht nur das Handtuch, auch die Fliesen und der Fußboden, ich will so schnell wie möglich wieder in den Speisesaal. Als ich zurückkomme, steht mein Frühstück auf dem Tisch, ich nicke dem Mann hinter der Bar zu und setze mich zum Essen hin. Ich habe ein Auto gevögelt, und das auch noch in einem atemberaubenden Tempo. Für mein Alter. Draußen steht Jerôme an einer Ladestation, er versucht, mich zu erreichen, aber ich drehe ihm den Rücken zu und ignoriere seine Signale, er hat sich wie ein Verrückter auf dem Weg hierher benommen. Als wir aus dem Wald heraus waren, hatte er die schmale Straße zu diesem Dorf eingeschlagen, es herrschte nicht viel Verkehr, aber wenn wir jemandem entgegenkamen, der zu Fuß, mit dem Fahrrad oder mit dem Auto unterwegs war, wurde der lauthals begrüßt, vor allem, wenn es Mädchen oder Frauen waren. Eigentlich *nur*, wenn es Mädchen oder Frauen waren.

Das geht so nicht, sage ich, als ich nach dem Frühstück wieder einsteige.

Was, Mijnheer?

Du musst dich mehr zurückhalten als eben.

Gut zu wissen, Mijnheer, ich werde mein Bestes tun.

Und er tut sein Bestes. Zumindest solange wir niemandem begegnen. Wir fahren in gemächlichem Tempo auf einer schnurgeraden Straße. Auf beiden Seiten flaches Land, leer, trocken, hier und da ein alter Bauernhof mit Löchern an der Stelle, wo mal Fenster waren. Über den Horizont erstreckt sich ein gezackter Grat, weit entfernt, violett, verschwommen, fast nicht sichtbar.

Geile Schnalle!

Die Frau auf dem Fahrrad kommt ins Schlingern, als ich mich umschaue, sehe ich, wie ein Korb vom Gestell über ihrem Vorderrad fällt, zerbrochene Eier auf der Straße und am Wegesrand. Ich habe keine Ahnung, welchen Wert Eier in dieser Region haben.

Warum hast du das getan?

Ich weiß nicht, Mijnheer. Von vorne sah sie deutlich älter aus, als es von hinten den Anschein hatte. Finden Sie nicht, dass sie einen schönen Arsch hat? Einen griffigen Arsch. Radfahren ist gut für den Hintern, Mijnheer, das weiß jeder.

Alle ihre Eier sind kaputt.

Meinen Sie das symbolisch, Mijnheer? Denken Sie, dass sie schon *so* alt ist?

Nein, sie hatte einen Korb, der vom Rad gefallen ist, eigentlich müssen wir zurück, um den Schaden zu ersetzen.

Nein, Mijnheer, wenn ich so frei sein darf: Das sollten wir lieber nicht tun, das würde uns nur aus dem Zeitplan bringen.

Wir haben einen Zeitplan?

Selbstverständlich, das habe ich Ihnen doch schon gesagt. Ich habe den Auftrag, Sie abzuliefern, und einen Zeitrahmen, in dem das erledigt sein muss.

Und das lässt sich nicht ändern? Und das, äh, unser Intermezzo im Wald lag auch im Zeitplan?

Übernachtungen sind eingeplant, Mijnheer. Vielleicht nicht in diesem Grad der Intimität, den wir heute Morgen erreicht haben, aber der Zeitplan ist dadurch nicht in Gefahr geraten.

Wir kommen in eine kleine Stadt mit Straßen aus Kopfsteinpflaster und grauen Häusern, die dicht beieinanderstehen.

Hübsche Weiber da links vor dem Laden, Mijnheer. Sehen Sie mal.

Ich sehe es. Fahr einfach weiter.

Aber er drosselt das Tempo, macht auf einem kleinen Platz eine Kehrtwendung und fährt im Schritttempo zurück, wieder an dem Laden vorbei. Er pfeift und dreht eine Pirouette. Psst! Ficki ficki?

Ich versuche, mein Gesicht vor den Frauen zu verbergen, und sage ihm, er solle aufhören. Er lässt den Platz hinter sich, fängt aber einen seltsam wirbelnden Tanz an, straßauf, straßab über holpriges Pflaster, Frauen werden mit Hupen und der Aufforderung begrüßt, ihre Brüste zu zeigen, und das in verschiedenen Sprachen. Trotz des Sicherheitsgurtes werde ich heftig durchgeschüttelt. Zuerst mache ich entschuldigende Gesten gegenüber den alarmierten, verwirrten und beleidigten Passantinnen (ich sehe die Emotionen in dieser Reihenfolge über ihre Gesichter huschen), dann versuche ich, ganz unbeteiligt vor mich hinzustarren, ohne mit irgendwem in Blickkontakt zu treten, wie einer, der mit all dem nichts zu schaffen hat.

Nichts für Sie dabei, Mijnheer?

Ich hab's schon mal gesagt, rufe ich, dass das für mich nicht sein muss!

Es ist stärker als ich, Mijnheer. Hey, schau nur, hey Süße, ja, du da, Lust, ein Ründchen zu drehen?

Wenn er jetzt anhält und die Tür öffnet, bin ich machtlos. Nicht, dass sie einsteigen würde, aber vielleicht andere. Um mich rauszuzerren und mir eine Tracht Prügel zu verpassen. Aus allen Seitenstraßen würden Frauen angeschossen kommen, um verbissen das Ihre dazuzugeben.

Ich verstehe Ihren Mangel an Begeisterung nicht, Mijnheer. Wie die Videos, die Sie sich in den letzten Monaten auf Ihrem Palio angesehen haben, beweisen, haben Sie einen breitgefächerten Geschmack, vom spärlich uniformierten Schulmädchen bis hin zur etwas fülligeren, reiferen Frau, und von dieser Kategorie sind wir in den letzten Minuten diversen Exemplaren begegnet.

Lass es, sage ich leise. Er kann mich schließlich auch hören, wenn ich meine Stimme nicht erhebe. Lass es, ich dachte, wir haben es eilig? Und wer hat dir erlaubt, meinen Palio auszulesen?

Herr Lennox, Mijnheer. Da habe ich noch gedacht, Sie wären Herr Lennox. Machen Sie sich keine Sorgen – bei mir ist alles sicher – oh, sehen Sie da, Mijnheer, ein ganzer Schwarm der Kategorie Schulmädchen.

Lass es, sage ich.

Auf dem Bürgersteig sind Schulkinder, ihre Taschen krabbeln hinter ihnen her, auch jetzt sind es hauptsächlich Mädchen, ausschließlich Mädchen, als wären sie von gestern und vorgestern hierher befördert worden, nur ihre Uniformen sind anders, obwohl ich mir da nicht sicher bin.

Lass es.

Hey, Mädels, ihr Lieben und Hübschen, habt ihr Lust, ein Ründchen mitzudrehen?

Ich schaue in die andere Richtung, höre ein paar überraschte Schreie.

Sie sind zu jung, Jerôme.

Sind Sie sicher, Mijnheer, sie scheinen mir keinen Tag jünger oder älter zu sein als die in den Filmen. Und was ist jetzt genau das Problem, sie sind geschlechtsreif, sie sind bereit.

Sie sind zu jung. Fahr lieber zu einer Universität. Nein, nein, das will ich damit nicht gesagt haben. Fahr einfach weiter. Vergiss es, sie sind zu jung, ich bin zu alt.

Ich habe immer gehört, dass ein Mensch so alt ist, wie er sich fühlt, Mijnheer.

Ja, aber das gilt nur für einen selbst, die Umgebung sieht etwas anderes. Als meine Mutter noch reden konnte, sprach sie in der Pflegeeinrichtung auch immer von *all den alten Leuten hier* – und die anderen Bewohner sagten ihren Kindern zweifellos dasselbe. Ein halbes Jahr vor seinem Tod war mein Vater beim Kardiologen. Ihr Herz ist verschlissen, sagte der Kardiologe, das ist das Alter, da können wir wenig dran ändern. Aber ich *fühle* mich überhaupt noch nicht alt, sagte mein Vater.

Das ist eine rührende Anekdote, Mijnheer. Wie alt fühlen Sie sich, wenn ich fragen darf?

Ich habe ihn von den Mädchen abgelenkt.

Das ist schwer zu sagen, antworte ich. Von einem bestimmten Punkt an fühlt man sich nicht mehr älter. Vor allem nicht, wenn man wieder so schnell kommt wie ich heute Morgen, aber das schlucke ich lieber herunter.

Wann fängt das an, Mijnheer? Ich meine, dass man sich nicht mehr älter fühlt. Sie müssen wissen, dass das für mich unbekannte Konzepte sind.

Wenn du irgendwo in den Vierzigern bist, denke ich. Dann merkt man plötzlich, dass man sich noch immer eher um die Dreißig fühlt, und dann bleibt man einfach bei diesem Alter hängen. Man wird ruhiger, man weiß ein bisschen mehr, man hat etwas mehr Lebenserfahrung, alles geht weiter, doch bis der große Verfall anfängt, wird man nicht wirklich älter.

Aber wenn man Kinder hat, ist das vielleicht anders, Mijnheer. Das könnte ich mir zumindest vorstellen. Weil man Kinder aufwachsen sieht. Und wenn die älter werden, wird man selbst auch älter.

Was wird das jetzt, ist dieses Auto von Lennox ferngesteuert?

Lass mal, sage ich.

Sofort beginnt Jerôme, rückwärts zu fahren, zurück zu den Mädchen, ich schaue mich um, sie stehen unter einem Baum und schauen sich gegenseitig auf die Bildschirme, ihre Taschen in einem schlappen Kreis um sie herum. Nein, warte, sage ich, warte, darüber gibt es noch mehr zu sagen.

Ich höre, Mijnheer.

Und wir fahren wieder vorwärts, durch stillere Straßen mit großen Bäumen. Kein Mensch zu sehen.

Ewig Mitte dreißig. Fasse ich das so gut zusammen, Mijnheer? Aber ist das nicht gerade das Schöne?

Ja und nein. Das ist der Punkt, man macht sich selber verrückt. Wenn man für immer fünfunddreißig Jahre ist, überlegt man, wenn man eine Frau mit neunzehn oder zwanzig sieht, wie viele Jahre trennen mich von ihr, zehn, fünfzehn Jahre, das ist überschaubar, das geht noch. Doch in Wirklichkeit bist du längst sechzig. Aber so fühlst du dich nicht, es ist unmöglich, sich so zu fühlen. Es ist nicht einmal eine Verleugnung.

Hier ist übrigens keine Universität, Mijnheer. Ich habe es nachgesehen. Also wird es Frauen in den Altersklassen, die Sie gerade genannt haben, hier nicht viele geben …

Vergiss die Universität …

Sonst drehen wir eben noch eine Runde Mijnheer, um zu sehen, ob wir die Mädchen …

Nein!

Ich versuche nur, mit Ihnen mitzudenken, Mijnheer. Ich muss mich entschuldigen, ich bin heute nicht ich selbst, ich weiß auch nicht, was in mich gefahren ist.

Ich hätte da schon eine Idee. Ich habe ein Auto entjungfert. Anscheinend war das eine ziemlich radikale Erfahrung, die alles Mögliche bei ihm ausgelöst hat. Nun, da die Erinnerung an diese Erregung abgeklungen ist, bleibt einem nur noch das Ereignis

im Gedächtnis. Ein sechzigjähriger Mann vögelt einen umge-
klappten Autositz. Ich kann mir nicht mehr vorstellen, dass ich
gekommen bin. Hat er es selbst auch genossen? Ich frage lieber
nicht nach.

Auf Straßen mit leeren Häusern verlassen wir die Stadt ohne
Universität, als ob das Leben hier, am Rande der Bebauung, aus-
gestorben wäre. Ich will noch immer duschen. Die Straßen sind
leer und schnurgerade. Die Berge sind nähergekommen.

vi

Wir fahren weiter und weiter. Ab und zu kommt uns ein Lkw mit
einem Fahrer am Steuer entgegen. Das Land, das wir durchque-
ren, ist trocken, Sand stiebt auf, verlassene Weinberge, Bäume mit
verkrüppelten Zweigen und einem kleinen Fleckchen Schatten.
Es wird wärmer. Wir essen in einem kleinen Dorf, in dem sich
kaum jemand sehen lässt. Am Nachmittag trübt sich der Himmel
ein. Wir kehren zurück auf die Autobahnen. Uns kommt hauptsächlich Gegenverkehr entgegen, in unsere Richtung fährt kaum
jemand. An den Straßen recken sich Betonhochhäuser, von der
Sonne ausgebleichte und im Wind getrocknete Wäsche hängt an
den Gestellen. Die Stadt selbst sehen wir nicht, die Autobahn
beschreibt einen Bogen und führt zu leerem Land, zu Bergen am
Horizont, die jetzt größer wirken.

Ihr Vater, Mijnheer – wie alt ist er eigentlich geworden?

Achtzig.

Und trotzdem fühlte er sich nicht alt.

Nein. Er ist ein halbes Jahr nach diesem Gespräch mit dem
Arzt gestorben.

Und jetzt ist auch Ihre Mutter tot. Wie alt war sie gleich
wieder?

Hundert.

Welchem dieser beiden Lebensalter würden Sie den Vorzug geben?

Komm schon. Man kann sich doch keine Zahl aussuchen? Mein Vater hat im letzten Jahr ziemlich abgebaut, und zum Schluss ist er ruhig eingeschlafen. Meine Mutter ist rund fünfzehn Jahre dement gewesen. Das waren die glücklichsten Jahre ihres Lebens. Auch wenn sie in den letzten Jahren nur in ihrem Sessel gesessen hat und ein bisschen dämlich vor sich hin lächelte.

Dämlich, Mijnheer?

Ja, wie sagt man, blöde. Vielleicht auch nicht das richtige Wort.

Ah, *dämlich*. Ich kenne das Wort Mijnheer, ich habe nur das Wortbild nicht gleich vor mir gesehen. Die glücklichsten Jahre ihres Lebens? Wirklich, Mijnheer?

Alles wurde für sie erledigt, alles wurde für sie entschieden. Danach hat sie sich ein ganzes Leben lang gesehnt.

Aber sie war lange allein, Mijnheer. Der Einfachheit halber davon ausgehend, dass sie ungefähr gleichaltrig waren, hat Ihre Mutter Ihren Vater etwa zwanzig Jahre überlebt. Soweit ich ein zutreffendes Bild von zwischenmenschlichen Beziehungen habe, scheint mir das doch etwas Tragisches zu haben.

Sie waren mehr als fünfzig Jahre verheiratet.

Ich meine ja nur, Mijnheer.

Eine Woche nach der Beerdigung meines Vaters fragte mich meine Mutter: Ich hoffe doch nicht, dass man einander im Jenseits noch erkennt, oder?

Warum hat sie das gefragt, Mijnheer?

Sie hat sich wahrscheinlich gedacht: Dann habe ich diesen Mann für alle Ewigkeit am Hals.

Darf ich daraus schließen, dass ihre Ehe nicht glücklich war, Mijnheer?

Nach fünfzig Jahren reichte es ihr mit ihm wohl ein bisschen.

Ist das bei Menschen so üblich?

Es kommt vor.

Ist das ironisch gemeint, Mijnheer?

Als mein Vater abbaute, konnte meine Mutter ihn manchmal nur mit einer Mischung aus Interesse und Abneigung ansehen, als ob auf dem Sessel neben ihr ein seltsames Tier säße. Dann wandte sie sich an mich und fragte: Was sagt er da, was mag er jetzt wollen? Mehr als fünfzig Jahre verheiratet, dachte ich, und es ist, als hätten sie ihn gestern in ihr Zimmer gesetzt, und wenn sie ihn heute wieder abholen kämen, würde sie keine Träne darüber vergießen. Wenn wir im Gemeinschaftswohnzimmer die Fotoalben durchblätterten, erkannte sie alle, aber wenn ich auf meinen Vater zeigte, setzte sie ein unbestimmtes Lächeln auf, als ob sie mir meinen Versuch verzeihen und geduldig auf das nächste Bild warten würde.

Ich weiß nicht genau, was ich davon halten soll, Mijnheer.

Ich auch nicht. Bis zum Tod meines Vaters hatten sie die Gewohnheit, sich bei der Hand zu nehmen und hineinzukneifen, wenn sie schlafen gingen.

Das scheint mir aber der Stimmung, die Ihre frühere Erinnerung hervorrief, zuwiderzulaufen, Mijnheer. Das ist eher zärtlich als bitter. Wie soll man da denn ein klares Bild von den Menschen bekommen? Ich sehe sie alle herumlaufen und -fahren, sie gleichen einander alle, doch wenn man sie genauer betrachtet, sind sie alle so *verschieden*. Nicht nur in Bezug zueinander, sondern auch in Bezug auf sich selbst. Wie kann man denn überhaupt ein Bild von ihnen erhalten, muss man sie erst alle kennen, jeden Einzelnen? Das ist doch unmöglich, Mijnheer?

Ja, das ist in der Tat unmöglich.

Dann weiß ich es auch nicht. Ihr Vater hat also zwanzig Jahre im Jenseits auf Ihre Mutter gewartet, und sie hoffte in der Zwischenzeit, dass sie einander nicht mehr erkennen würden.

Wenn mein Vater dort eine Bibliothek gefunden hat, in der er Bücher über den Zweiten Weltkrieg lesen kann, und ihm jemand regelmäßig eine Tasse Kaffee hinstellt, hätte er weiter keine Wünsche, glaube ich.

Und was macht Ihre Mutter im Jenseits?

Sie geht zurück in die Zeit, in der sie wieder sechzehn ist und mit ihren Freunden und Freundinnen auf dem Fluss Schlittschuh fahren kann.

Das klingt alles sehr idyllisch, Mijnheer. Wir sprechen jetzt über das Jenseits, das in Himmel und Hölle eingeteilt ist?

Ja, die Hölle will ich jetzt mal lieber vernachlässigen, vor der hatte meine Mutter immer Todesangst. Und ich früher auch.

Wir haben eben einen Song darüber geschrieben, Mijnheer.

Genau. Eines Nachmittags kam meine Mutter nach Hause, sie war Kaffeetrinken gewesen bei einer Freundin aus der Kirche, und diese Freundin hatte gerade ein Buch über Nahtoderfahrungen gelesen. Da war jemand, erzählte meine Mutter, und der kam in eine Landschaft, an deren Ende es den Himmel gab, aber davor stand ein großer Pool voller Feuer, und einige Leute, die gerade gestorben waren, fühlten sich so schuldig und böse, dass sie freiwillig in den Pool sprangen. Meine Schwester und ich waren gerade in die Pubertät gekommen, und soweit wir überhaupt noch glaubten, glaubten wir nicht mehr an einen Himmel und eine Hölle, also konnten wir nur auf eine Art darauf reagieren: Wir fanden es lächerlich.

Und Ihr Vater?

Der zeigte sich auch nicht sonderlich beeindruckt. Er war nicht so für das Emotionale, er hat sich wahrscheinlich gedacht: Ich würde doch erst mal zum Himmelstor gehen und nachsehen, ob ich reindarf, in die Hölle springen kann ich immer noch.

Das klingt mir in der Tat nach einer vernünftigen Taktik für einen solchen Fall.

Meine Mutter war in diesen Jahren ganz allein mit ihrer Angst vor der Hölle. Sie hatte schwere Wechseljahre gehabt, sie hatte Jahre im Bett gelegen, und sie glaubte, dass sie es am Herzen hätte, sie hatte Angst vor dem Tod, manchmal stand sie noch auf, um für uns zu kochen, manchmal auch nicht. Hin und wieder tauchte sie am Abend an meinem Bett auf, ein zerknautschtes, nassgeweintes Taschentuch in der Hand; ich war ungefähr zwölf oder dreizehn. Mama will noch ganz lange bei dir bleiben, sagte sie dann, aber ich wusste, dass es ihr nicht um unsere Gesellschaft ging, sondern dass sie Angst hatte zu sterben. Bei uns zu bleiben, war der Preis dafür, den sie mehr als bereit war, dafür zu entrichten. Später begriff ich dann, dass sie in dieser Zeit an einer schweren Depression gelitten hat. Sie nahm Kontakt zu einem Homöopathen auf, aber die Dinger, die er sie schlucken ließ, halfen nichts. Manchmal setzte ich mich an ihr Bett, um ihr Gesellschaft zu leisten, und setzte ihr eine zerdrückte Banane mit ausgepresster Orange vor, denn das aß sie gerade noch.

Und jetzt ist sie sechzehn und fährt mit ihren Freunden und Freundinnen auf dem Fluss Schlittschuh. Sie glauben lieber an ein Jenseits ohne Hölle.

Ich glaube an überhaupt kein Jenseits. Aber es ist ein schönes Bild, und ich würde es ihr gönnen. Sie hat oft davon gesprochen, mit einer langen Schlange hinter sich über das Eis zu segeln, und sie ganz vorne, und dass der Junge hinter ihr, der sie an den Hüften festhält, plötzlich laut ruft: nach links!, und dass sie dann nach links schwenken und den ganzen Rattenschwanz hinter sich herziehen würde.

Und dieser Junge würde später Ihr Vater werden.

Nein, den kannte sie da noch nicht.

Ach, so hängt das zusammen, dass es ihr Himmel ist, Mijnheer, ich verstehe. Und deshalb laufen sie noch immer Schlittschuh, alle zusammen.

So stelle ich mir das gerne vor. All das Wasser gefroren, rote Wangen, glänzende Augen, Handschuhe, Mützen, Atem wie weiße Wölkchen, alles frisch, alles eiskalt, so weit weg vom Feuer wie möglich.

Ich glaube, ich habe ein bisschen geschlafen. Ich bin mir sogar sicher. Wir fahren immer noch die Autobahn entlang, aber die Landschaft hat sich verändert. Es ist staubiger, steiniger, gelblicher, mit mehr Erhöhungen und hier und dort einem Dorf in der Ferne, das aus einem zusammengeklumpten Häuserhaufen auf einer Hügelspitze besteht, ein Kirchturm in der Mitte. Obwohl man kaum etwas erkennen kann, sieht man auf den ersten Blick, dass alle diese Häuser und sogar der Kirchturm alt und verfallen sind.

Willkommen zurück, Mijnheer.

Danke.

Bzzzt. Bzzt. Bzzt. Die Unterteile des Sitzes verschieben sich gegeneinander.

Etwas finde ich noch merkwürdig, Mijnheer.

Und das wäre?

Wie ist es möglich, dass das Bild Ihrer schlittschuhfahrenden jungen künftigen Mutter Sie tröstet, wenn ich das so sagen darf, während Sie gar nicht an ein Jenseits glauben?

Das ist die Macht der Geschichten, der Fantasie, will ich ihm sagen, aber ich halte den Mund, sonst würde es so klingen, als wollte ich Propaganda für das Lesen von Büchern, für den Nutzen von Literatur machen, und davor habe ich mich schon immer gehütet. Aber es wäre eine gute Antwort.

Es ist ein billiger Trost, sage ich.

Das ist eine noch bessere Antwort.

Billiger, Mijnheer?

Ersatz-Trost, um sich selbst ein gutes und zärtliches Gefühl zu bereiten. Dafür bietet das Jenseits ausgezeichnete Möglichkeiten, vor allem, wenn man das Jüngste Gericht ausblendet, und die Hölle gleich mit. Dann kommt man zu einem allgemeinen

Jenseits, vorbei am Tunnel des Lichts. Grasbewachsene Wiesen. Geliebte, die man wiederfindet.

Und wie alt wären Sie da?

Das ist tatsächlich die Frage. Als mein Vater starb, dachte ich: Sie können es einem doch nicht antun, dass man für immer in diesem gebrechlichen Zustand weiterleben muss, und es gibt niemanden, der sich selbst als altersschwachen Greis im Jenseits sähe, denn die unausgesprochene Idee dahinter ist, dass wir dort zur Bestform auflaufen, sagen wir, für immer und ewig fünfunddreißig, oder fünfzig für diejenigen, die mehr Wert auf Lebenserfahrung legen als auf Kondition, aber wie auch immer, trotzdem besser beisammen als unser eigentliches Selbst, als die glücklichen, schick gekleideten Menschen von den Illustrationen auf den Foldern der Zeugen Jehovas, die uns früher immer in den Briefkasten flatterten. Wir werden durch parkähnliche Landschaften spazieren und lassen uns gelegentlich von einem früh verstorbenen Kind rühren. Aber es müsste da nur so wimmeln von Kindern; alle Babys, Hosenscheißer und Knirpse, die im Laufe der Jahrhunderte verblichen sind, und früher *gingen* schon so einige Kinder tot, die rennen da jetzt rum, dass einem Hören und Sehen vergeht, und sündig sind sie auch nicht. Und wenn diese Kinder nicht als Fünfunddreißig- oder Fünfzigjährige in die Ewigkeit eingehen mussten, warum dann wir, wer bestimmt den Moment, wann wir am besten in Saft und Kraft standen, und wir kriegen auch kein Formular präsentiert mit der Frage, welches Alter uns denn genau für die Verewigung vorschwebte. Zwischen all den scheißenden und pissenden Kindern wird eine unabsehbare Prozession von nicht kindischen Greisen herumtaumeln, fassungslos fragen sie sich gegenseitig und selbst, wo sie sind, und *wer* sie sind, sie wandern leise jammernd in großen Gruppen umher, all diese Zombiefilme, die vor ein paar Jahrzehnten plötzlich an Popularität gewannen, spielten eigentlich im Jenseits. Gerade die Gruppe zwischen den Fünfunddreißigern und

Fünfzigern wird unter den ganzen herumschreienden Kindern und den inkontinenten Greisen am spärlichsten vertreten sein, sie werden verzweifelt versuchen, Ordnung ins Chaos zu bringen, am liebsten würden sie zurückkehren, auch diejenigen, die vor den Zug gesprungen sind oder auf andere Weise selbst Hand an sich gelegt haben; wenn es im Jenseits eine parlamentarische Demokratie gäbe, würden sie die Reinkarnationspartei gründen, doch da gibt es keine Demokratie, die haben wir nur im Diesseits.

Okay, Mijnheer, ich glaube, dass ich es verstehe. Wenn ich zusammenfassen darf: Sie sind froh, dass es nicht existiert, diese Vorstellung vom Jenseits ist unlogisch, aber in schwachen Momenten können wir bei Bedarf trotzdem Trost daraus schöpfen. Wie Sie Ihre Mutter manchmal als sechzehnjähriges Schlittschuhmädchen vor sich sehen.

Bzzt. Bzzt. Bzzzt. Die Rückenlehne des Sitzes gleitet etwas nach hinten.

So könnte man es zusammenfassen, sage ich. Aber, denke ich dann, habe ich wirklich Trost nötig? Meine Mutter brauchte Trost, aber sie hat ihn nicht bekommen, jedenfalls nicht bevor sie begann, dement zu werden, und in der geschlossenen Abteilung landete.

Die Fahrbahndecke wird immer schlechter. Hier und da ist eine Fahrspur mit flatterndem rot-weißem Kunststoffband abgesperrt, weil Schlaglöcher im Asphalt sind. Das ganze System befindet sich im Verfall. Das ist ein etwas zu dramatischer Gedanke, ein Anfangssatz für einen Essay, der den Zeitgeist einfängt. Es war eine ziemliche Leistung, ein solches Netz an Autobahnen über einen ganzen Kontinent, mit allem, was dazugehört, sieht man's von Anfang bis Ende, sowohl in Bezug auf die Zeit als auch auf die Entfernung, aber ich denke darüber in der Vergangenheitsform, und das liegt nicht nur an den Mängeln ihrer Instandhaltung; es ist einfach nicht so wichtig, nicht bloß diese Autobahnen, sondern *alles*. Diese vage, matte Stimmung, die überall herrscht und die die Menschen dazu bringt, auf Museen und Nostalgiezeitungen zurückzugreifen und Bücher zu lesen, die sie schon besitzen, sie wird nicht deshalb erzeugt, weil wir alt geworden sind, sondern weil wir Geräte gebaut haben, die uns Antwort geben, die wie wir zu sein scheinen, außer dass sie uns in Wirklichkeit in nichts ähneln, weil ihre Expansionsmöglichkeiten grenzenlos sind, weil sie sich weiterentwickeln und weiterentwickeln können, und wir irgendwann, vielleicht jetzt schon, nicht mehr gebraucht werden, denn wenn wer diesen Planeten verlassen wird, um irgendwo anders sein Heil zu suchen, dann werden *sie* es sein und nicht wir – wir sind diejenigen, die zurückbleiben. Sie sollen unsere Kinder sein, aber sie werden sich kaum auf ihre Eltern besinnen; wenn sie jemals menschlich genug werden, um einen Schöpfungsmythos zu brauchen, dann werden wir eine bescheidene und festgelegte Rolle darin spielen, und das wäre dann auch die letzte Spur von uns. Wir sind die, die zurückbleiben, die bereits vor Jahrzehnten mit dem Zum-Abschied-Winken angefangen haben, schon als wir die ersten Prototypen entwarfen, griffen wir nach unseren Taschentüchern und begannen zu winken, während wir mit der anderen Hand noch beschäftigt waren, bei ihnen die Schrauben festzuziehen. Auch deshalb war es Zeit für das Grundeinkommen, uns blieb nicht mehr so viel zu tun übrig. Ja, wir hätten das Ganze für uns selbst am Laufen halten können, aber diese Notwendigkeit nahm ab, wir sind Tiere im Reservat, die, um sich die Zeit zu vertreiben, die Zäune streichen und den Stacheldraht erneuern; aber was wirklich wichtig ist, spielt sich außerhalb des Reservats ab.

Otter.

Pardon?, frage ich.

Otter, Mijnheer. Ihre Eltern. Nach dem, was Sie erzählt haben, wie sie sich an den Händen hielten, wenn sie schlafen gingen. Otter tun das auch, Mijnheer. Sie bleiben ein ganzes Leben lang beieinander, und wenn sie sich schlafen legen, halten sie auch Händchen, denn sie schlafen im Wasser und verhindern auf diese Weise, dass sie voneinander weggetrieben werden. Vielleicht waren Ihre Eltern wiedergeborene Otter. Oder vielleicht ist das ihr nächstes Leben, dass sie zu einem Otterpaar werden, irgendwo in einem Fluss, wo es noch viel Natur gibt. Ich habe es mir selbst ausgedacht, Mijnheer, ich dachte, vielleicht könnte ich auch ein Trostbild von einem fiktiven Jenseits malen. Ist es so etwas, Mijnheer?

Das ist ein schönes Bild.

Gern geschehen, Mijnheer.

viii

Es war nicht so, dass meine Mutter stank, aber sie roch auch nicht gut.

Pardon, Mijnheer?

Oh, habe ich etwa laut gesprochen?

Ich denke schon, Mijnheer, es sei denn, dass ich auf einmal Gedanken lesen könnte. Ihre Mutter roch nicht gut?

Woher das kam, weiß ich nicht. Vielleicht roch ich ihre Angst, vielleicht waren es die Cremes, die sie im Reformhaus kaufte und mit denen sie sich einschmierte. Es gab ein Reformhaus in Rijssen, gleich bei der katholischen Kirche, weshalb die Leute aus unserer Kirche nicht gern dorthin gingen, aber meine Mutter schon, sie hatte die Homöopathie und die Reformkost als ein Mittel entdeckt, um sich den Tod weitmöglichst vom Leibe zu halten. Und so kamen die Tröpfchen und Salben von Doktor Vogel in unser Haus, ungespritztes Gemüse und brauner Reis – und sie konnte ohnehin nicht sonderlich gut kochen.

Was konnte sie denn, Mijnheer?

Das haben wir eigentlich nie rausgekriegt. Der Haushalt war nichts für sie, das ewige Saubermachen und Putzen von Sachen, die sowieso gleich wieder schmutzig wurden, das Kochen von Mahlzeiten, jeden Tag aufs Neue, niemals wurde außer Haus gegessen, fünfzig Jahre Ehe, fünfzig Jahre jeden Tag ein Essen zubereiten, sie mochte es nicht, sie konnte es nicht gut, und dazu immer die Überlegung, was essen wir heute Abend, und es dann wider besseres Wissen mit einem Lächeln auf den Tisch zu bringen, alles spielte sich *in* diesem Haus ab, wie war es auf der Arbeit, wie war es in der Schule, und das Einzige, was sie als Antwort bekam, war: wie immer, aber sie war in diesem durchsonnten Haus mit den Riesenfenstern eingesperrt, sie konnte einkaufen gehen, doch niemand fragte sie: Wie war es in den Geschäften? Und am Abend Kaffee und Tee kochen, der Mann liest, die Kinder lesen, sie selbst hatte mit Büchern nichts am Hut, sie blätterte ein bisschen in Zeitschriften herum, brachte die Kinder pünktlich ins Bett, um sich dann selbst auch schlafen zu legen. Einmal hat sie gearbeitet, bevor sie heiratete, in einem Modegeschäft, in der Damenhüteabteilung, davon erzählte sie manchmal noch, wie schön es gewesen war mit den anderen Mädels, dass sie Späße untereinander und mit den Kunden machten, vielleicht war eines dieser Mädchen sogar die Freundin, die gesagt hat, dass sie so einen sarkastischen Mann nicht heiraten solle – das hätte sie weitermachen sollen, in diesem Laden arbeiten, da hätte sie hineinwachsen können, wer weiß, sie hätte so eine Abteilung leiten können, sie war energisch genug, hatte aber nichts, was sie hätte anpacken können, nichts jedenfalls, was ihr am Herzen lag. Aber sie hat geheiratet und die Arbeit aufgegeben, denn so gehörte es sich: Sie wurde die Frau des Lehrers und später des Rektors, erst ohne Gott und später mit Gott, aber immer ohne Damenhüteabteilung. Und abends saß sie da auf der Couch und blätterte in ihren christlichen Zeitschriften, im Heilmittelbulletin von A. Vogel oder wie auch immer das heißen mochte. Sie hätte nie in diese Kirche zurückkehren dürfen, sie wäre viel glücklicher mit der *Libelle* oder der

Margriet gewesen, sie hätte sich viel eher den Leserinnen dieser Zeitschriften zuwenden können, als sich den anderen Gläubigen zu überlassen, denn sie glaubte überhaupt nicht, sie hatte Angst und wollte sich an Regeln halten. Sie las auch durchaus andere Zeitschriften, einmal fand ich, als ich noch zu Hause wohnte, in einem Schrank im Schlafzimmer meiner Eltern unter einem Stapel Handtücher ein paar Exemplare von *Fürsten heute*, die sie anscheinend gekauft und versteckt hatte, weil sie fürchtete, dass wir sie deswegen auslachen würden – wie einsam muss sie in diesem Haus gewesen sein, sie hätte weggehen sollen, und wenn ich eines Nachmittags aus der Schule nach Hause gekommen wäre, wäre sie verschwunden gewesen, ich wäre erstaunt herumgelaufen, wo ist sie denn?, zuerst allein, dann mit meiner Schwester, im Haus, auf der Straße, wo könnte sie bloß sein?; und wenn später mein Vater nach Hause käme, würde er damit anfangen, Leute anzurufen, aber sie war weg und sie blieb weg, und wir hätten versuchen müssen, ohne sie klarzukommen, es wären Gerüchte aufgekommen, ein Junge in der Schule hätte behauptet, dass sie bei einem anderen Mann in der Stadt lebte, ich hätte mich mit ihm geprügelt, wäre aber doch an einem Samstagnachmittag mit dem Rad in die Stadt gefahren, in der Hoffnung, sie dort zu finden, aber nein, natürlich nichts, bis mir jemand eine Adresse geben würde, und da, ein Schatten, der dort mit Einkäufen herumlief – nein, Moment, das kenne ich irgendwoher, das ist *Jenseits von Eden*. Aber trotzdem.

ix

Habe ich wieder geschlafen? Wir sind den Bergen ein Stück weit nähergekommen, ich sehe ihre nackten, gezackten Spitzen, grau bis graublau, hier und da fängt eine Bergwand spätes Sonnenlicht ein und färbt sich schmutzig-gelb.

Müssen wir da drüber?, frage ich.

Wo drüber, Mijnheer? Sehen Sie wieder eine Frau mit Eiern?

Die Berge meine ich.

Ich habe Sie schon verstanden, Mijnheer, Ihr Blick hat schließlich Bände gesprochen. Ich wollte es mal mit Humor versuchen.

Dachte ich mir schon. Lass das lieber.

Bzzzzt. Bzzt. Bzzzzt.

In Ordnung, Mijnheer. Als Sie Ihre Mutter zwanzig Jahre lang jede Woche besucht haben – wie hat sie da gerochen?

Sie roch alt und manchmal nach Schweiß, und nach Urin, denn sie hatte einen Katheter, der über einen Schlauch in ihrem Bauch zur Blase führte, und der lief manchmal aus. Aber ich fand all diese Gerüche erträglich, für mich war es nicht schlimm.

Zwanzig Jahre, Mijnheer! Ich finde das ziemlich lang.

Noch länger, ich fing schon ein paar Jahre, ehe mein Vater starb, damit an. Als ich damals sah, dass sie Hilfe brauchen konnten, kam ich jede Woche vorbei, um extra Einkäufe zu machen und beim Saubermachen zu helfen. Sie wohnten damals in Huizen. Den Ort meine ich.

Ich verstehe schon, Mijnheer.

Nachdem mein Vater in Pension gegangen war, sind sie dorthin umgezogen, weil da ein Pastor einer Gemeinde vorstand, den sie gut fanden.

Weil da ein Pastor *stand*? Was muss ich mir darunter vorstellen, sowas wie einen hinduistischen Fakir, der sich nie hinsetzt?

Nein, so heißt das einfach, so nennt man das, ein Pfarrer *steht* der Gemeinde vor.

Den Ausdruck kannte ich bisher noch nicht. Ich kenne: da kommt ein Pastor vorbei, ein Pastor macht noch keinen Sommer, eher geht ein Pastor durch ein Nadelöhr …

Ja, jetzt reicht's aber.

Ein Pastor kommt selten allein, ein Pastor folgt dem anderen …

Ja, ja, ja, alles klar.

Bellende Pastoren beißen nicht, der Pastor fällt nicht weit vom Stamm, wenn zwei Pastoren sich streiten …

Hör auf damit! Himmelherrgott, wie lange willst du damit weitermachen?

Sorry, Mijnheer, ich versuche nur, etwas zur Auflockerung beizutragen. Sonst wird alles so *schwer*. Aber wenn Mijnheer damit nicht gedient ist … Vielleicht brauchen Sie eine andere Stimme? Wie gesagt, ich hätte einen großen Vorrat, ich kann die Liste noch einmal durchgehen, vielleicht ist jemand dabei, der den Grad an Ernsthaftigkeit besitzt, der besser zu Ihrem auserlesenen Geschmack passt.

Oder überhaupt keine Stimme, wie wär's damit?

Ich dachte, wir hätten inzwischen etwas aufgebaut, Mijnheer. Ich mache bloß einen läppischen Witz, und …

Wozu eigentlich eine Stimme? Alles geht doch von alleine? Es ist doch nicht so, dass ich Anweisungen brauche, fahr hier links, da rechts …

Nein, Mijnheer, es ist eher, um es für Sie angenehmer zu gestalten und um unterwegs Reiseinformationen zu geben.

Reiseinformationen? Habe ich von dir bisher auch nur eine Reiseinformation gekriegt? Dörfer und Schlösser, an denen wir vorbeikamen, Denkmäler, *nichts* hast du gesagt, nicht einmal das Ziel willst du preisgeben.

Mijnheer, *alles*, worüber wir gesprochen haben, ist Reiseinformation, wenn ich es mal so formulieren darf. Wir sprachen über Ihre Eltern, Sie sind jede Woche hingegangen, um einzukaufen.

Und um zu sehen, ob es ihnen gut ging.

Genau. Ich würde gerne mehr darüber erfahren. Konnte ihnen sonst niemand helfen? Waren sie so hilflos?

Hilflos, hilflos … Sie waren ein bisschen weltfremd, hatten sich denn auch, als wir noch jung waren, von der Welt abgekapselt.

Geben Sie doch mal ein Beispiel von dieser Weltfremdheit, Mijnheer.

Ich erinnere mich noch, dass ich meine Mutter damals darauf hinwies, dass es so etwas wie Haltbarkeitsdaten gab, sie hat nie verstanden, wofür die Zahlen auf den Milchtüten und den Fleischpäckchen gut waren. Aber als sie es dann begriffen hatte, behielt sie die Angaben genau im Auge, soweit sie die noch auseinanderhalten konnte. Schaust du mal, hat sie dann gesagt, wenn sie mir ein Tetra Pak Buttermilch in die Hand drückte, *ist die noch gültig?* Als ich für sie einkaufen ging, lebten sie bereits in einer Seniorenwohnung neben dem Pflegezentrum, in das meine Mutter später einziehen sollte. Jeden Tag machte meine Mutter den Badezimmerboden mit einem Scheuerlappen sauber, auf ihren alten Knien. Da habe ich ihr bei Blokker in Huizen einen Wischmopp und einen Eimer gekauft. Oh ja, das ging in der Tat viel einfacher, ja, sie hatte es auch schon mal bei jemand anderem gesehen, ja, das wäre doch viel bequemer, als sie angenommen hatte. Aber sie hätte es sich nie selbst gekauft. Mir war das sofort klar, genau wie bei dem Schlüssel, den sie ein paar Jahre später als kleine Stichwaffe benutzte ...

Schlüssel, Mijnheer? Stichwaffe?

Das habe ich dir doch schon erzählt, oder etwa nicht? Alles, was mich an ihr ärgerte, waren Gewohnheiten, die ich selbst hatte. Wie bei dem Mopp und dem Eimer: Bei anderen sehen und denken: Mensch, wie praktisch, aber selbst immer weiter auf den Knien rumrutschen und scheuern. Alles ist eigentlich immer nur für andere da, nicht für mich; um es benutzen zu können, um es kaufen zu können, muss man irgendwo Mitglied sein, und ich bin nirgendwo Mitglied; die Karten und die Codes haben andere in den Händen. Ich bin das Gegenteil von einem Early Adopter. Wenn ich mir etwas zu eigen gemacht habe, würde ich am liebsten bis zu meinem Lebensende dabei bleiben.

Es war nett von Ihnen, Mijnheer, das für sie zu tun. Haben Ihre Eltern jemals einen Mopp und einen Eimer für Sie gekauft?

Für mich?

Das meine ich symbolisch, nein, pars pro toto, nein, das ist es auch nicht ganz. Ich meine *vielsagend*, glaube ich.

Ich verstehe, was du meinst. Nein, das haben sie nicht. Ich habe mich mehr für sie interessiert als sie sich für mich. Ich habe ihnen einmal erzählt, dass ich zu einem Therapeuten ging, aber da sind sie nie drauf eingegangen. Sie hätten auch mal im Kloster vorbeikommen können, das wäre möglich gewesen, und sie wussten, dass ich da war, aber nein.

Alte Eltern, Mijnheer, darüber halte ich besser den Mund. Das ist natürlich ein ausgeborgter Satz, ich habe selbst keine Eltern, wie Sie wissen. Und Sie sind doch zwanzig Jahre ... *Zwanzig Jahre lang ...*

Ja, darüber hätte ich gerne mit diesem Therapeuten gesprochen, aber der war damals schon seit Jahren tot.

Und er war der einzige Therapeut der Welt.

Ja. Ich meine, nein. Natürlich nicht. Aber ihn kannte ich.

Es ist in Ordnung, Mijnheer, ich stehe auf Ihrer Seite.

Dass es zwanzig Jahre dauern würde, habe ich natürlich nie im Leben angenommen. Ich habe einfach damit angefangen. Als meine Mutter nach dem Tod meines Vaters aus der Seniorenwohnung ins Pflegeheim zog, konnte sie nicht mehr selbst in Geschäfte gehen und brauchte jemanden, der vorbeikam und für sie die Einkäufe erledigte.

Ich dachte, sie wäre damals so glücklich gewesen, Mijnheer, und dass sie so gut versorgt wurde, und dass sie nichts brauchte ...

Nein, das kam erst später, als sie anfing, dement zu werden, und in die geschlossene Abteilung kam. Zuerst war sie jahrelang auf der offenen Station, in einem kleinen Appartement. Dort war sie sehr unglücklich und allein. Sie saß den ganzen Tag in ihrem Sessel und wartete darauf, dass jemand vorbeikam.

Bzzt. Bzzzt. Bzzt.

Dieser Sessel, Mijnheer?

Dieser Sessel, ja. Der Sessel, dessen Bedienung sie nie kapiert hat. Sie sah immer noch fern, wir hatten ihr einen großen Farbfernseher gekauft, jeder hatte da einen Fernseher, die Kirche hatte nichts mehr dagegen, aber die Fernbedienung war für sie genauso ein Kampf wie das Bedienfeld ihres Sessels. Sie schaute sich das *Journaal* und am Karfreitag die Matthäuspassion an, manchmal schrieb ich eine Liste von Programmen für sie auf, es gab eine Zeit, in der jeden Tag um sieben Uhr abends ein Naturfilm von einer halben Stunde ausgestrahlt wurde, und das war prima für sie. Dann sagte sie in der nächsten Woche: Hasse das gesehen, das mit diesem Affn? Lustiches Dier, oder? Sie sprach nachlässig, sie hat ihr ganzes Leben lang nachlässig gesprochen, und ich habe von ihr sprechen gelernt, jahrelang habe ich *wennsde* statt *wenn du* gesagt und *loofen* statt *laufen*. Es heißt *wenn du*, hat meine Schwester mal am Tisch zu ihr gesagt, und dann setzte es eine Ohrfeige, einen schnellen Schlag, langsame Gesten waren sowieso nicht ihre Art. Das *Journaal* fand sie bald zu schlimm, all dieses Elend, und dann saß sie auch noch allein in dem Sessel, ohne dass sie sich mit jemandem darüber austauschen konnte, sie bekam jede Menge Post von Wohltätigkeitsorganisationen, die sie und mein Vater mal unterstützt hatten, allerlei christliche Organisationen, die etwas in der Dritten Welt taten, wir müssen etwas dagegen unternehmen, sagte sie immer, wenn ich vorbeikam, all diese armen Kinder, und dann riss sie die Umschläge auf, geht es hier auch um arme Kinder, und das hier? Ich habe tatsächlich etwas dagegen unternommen, ich habe all diese Vereine angeschrieben und sie gebeten, sie von der Adressliste zu streichen, hoffentlich hat sie aus dem Ausbleiben weiterer Bettelbriefe den Schluss gezogen, dass es den armen Kindern nun besser ginge, wahrscheinlich hat sie nie wieder einen Gedanken darauf verschwendet; in diesem kleinen Appartement wurde ihre Welt immer kleiner, und sie wurde immer verwirrter. Ich konnte ihr nichts mehr aus einer Flasche oder einem Tetra

Pak einschenken, ohne dass sie misstrauisch nachfragte, ob es noch *gültig* wäre, sie wurde von Wahnvorstellungen heimgesucht und sah überall Männer, die ihr Angst einjagten. Sie hatten sich in ihrem Zimmer versteckt, in Ecken, die sie von ihrem Sessel aus nicht einsehen konnte. Sie freute sich schon, wenn ich kam, aber sie fand es schrecklich, wenn ich ging. Sie wollte nicht allein sein, und sie sträubte sich mit Händen und Füßen dagegen. Wenn die Zeit des Abschieds näher rückte, klatschte sie betont fröhlich in die Hände, wie sie es früher bei den wenigen Malen getan hatte, wenn sie sich selbst einen Plan ausgedacht hatte, obwohl ihr von Anfang an bewusst war, dass der Rest der Familie wieder nichts davon halten würde. Weißt du, was ich mache?, sagte sie dann, während sie mich streng und mit einem Strahlen ansah, ich komme einfach mit *dir* mit. Und in der Woche darauf sagte sie es wieder und klatschte in die Hände. Ich komme einfach mit *dir* mit. Es klang auch logisch. Ein Sohn, der seine alte, leicht verwirrte und einsame Mutter, die nicht mehr so gut zu Fuß ist, mit zu sich nach Hause nimmt. Ich hatte nicht das Haus dafür, ich hatte nicht das Leben dafür, ich hatte auch nicht die Mutter dafür. Jede Woche ging sie mit mir bis zum Treppenhaus, weiter kam sie nicht. Dort winkte sie mir an ihrem Rollator mit zittriger Hand hinterher, während ich hinunterging. Sobald ich weg war, musste sie wieder durch den ganzen langen Flur, zurück in ihr Appartement mit den unsichtbaren Männern. Jedes Mal, wenn ich durch die Schiebetüren des Pflegeheims nach draußen auf die Straße trat, hatte ich das Gefühl, als würde ich ein Gefängnis verlassen, wo ich jemanden besucht hatte, der unschuldig verurteilt war und nicht verstehen konnte, warum sich kein Mensch bemühte, dieses Urteil rückgängig zu machen.

Herzzerreißend, Mijnheer.

Du sagst es.

Wenn Sie nicht die ganze Zeit hingegangen wären, hätten Sie auch kein Problem damit gehabt. Und bei ihr ist dann jedes

Mal der Schorf über der kaum verheilten Wunde wieder aufgebrochen.

Himmel, in welchem Datenbestand stocherst du jetzt herum?

Oh Mijnheer, wie viel zu diesem Thema zu finden ist, das wollen Sie gar nicht wissen. Eltern und Kinder, das scheint im Westen jahrzehntelang *das* Thema gewesen zu sein. Sie hat Sie jede Woche förmlich in ihr Zimmerchen gesaugt, und Sie haben ihr Unglück vergrößert, indem Sie jede Woche wieder nach Hause gegangen sind. Gewonnen hat sie, oder?, zumindest hatte sie noch die Einkäufe, die Sie jedes Mal für sie geholt haben, und Sie sind mit leeren Händen nach Hause gegangen. Hat sie die Einkäufe selbst bezahlt?

Ja, keine Sorge.

Okay, wenigstens das. Ich stehe immer noch auf Ihrer Seite, hey, vergessen Sie das nicht!

Der gute Sohn / die Mutterliebe ist für ihn Mission. Ich behalte diese Zeile für mich.

Er verlässt die Autobahn, wir fahren in Richtung eines kleinen Dorfes mit alten Steinhäusern, die aneinanderlehnen, wenn man die Straße wegnähme, bräche das Dorf zusammen; wenn die Staubwolke sich dann verzogen haben würde, läge da nur noch Schutt. An einem kleinen Platz mit einem ausgetrockneten Springbrunnen halten wir vor einem kleinen Restaurant.

Gehen Sie hier essen, Mijnheer. Ich mache mich auf die Suche nach Strom.

Gleich nachdem ich ausgestiegen bin, rast er weg, so schnell, als wäre er in Eile, als ginge es zu einem anderen Termin in netterer Umgebung.

Das Essen ist nicht schlecht, ich bin der einzige Gast. Ich fühle mich verlassen, und das nicht wegen des leeren Restaurants. Den Kaffee (Fake) trinke ich draußen auf der Terrasse, die aus einem Tischchen und zwei Stühlen besteht. Die mit dichten Wäldern bedeckten Ausläufer eines Bergrückens scheinen gleich hinter dem

Dorf zu beginnen. Hinter und über diesen Wäldern erhebt sich das Gebirge. Die nackten gezackten Spitzen fangen das Licht der tief stehenden Sonne auf, was ihnen etwas Weiches gibt, als wären sie aus Kreide. Es ist ein majestätischer Anblick, es entspricht allen meinen Erwartungen, ich bin in einem flachen Land aufgewachsen und daran gewöhnt, den Himmel im Vollbildmodus zu sehen; die Erde selbst ist es, die mich klein macht. Das ist seltsam, aber nicht neu, ich denke an Cover von alten SF-Paperbacks mit skurrilen, von doppelten Sonnen bestrahlten Landschaften.

Nach dem Kaffee beginnt das Warten. Was, wenn er nicht zurückkommt? Dann bin ich allein mit den Bergen und in diesem Dorf. Wir sind die, die zurückbleiben, habe ich heute früher am Tag gedacht, worum war es da gleich wieder gegangen?, vielleicht kann ich damit etwas anfangen. Schau einfach nach den Bergen, und alle Gedanken an irgendwelche Geräte verflüchtigen sich, als wären sie schon zum Mars aufgebrochen, und noch weiter, raus aus dem Sonnensystem. Der Gedanke gefällt mir. Ich könnte für den Rest meines Lebens in diesem Dorf bleiben, hier steht bestimmt noch etwas leer, ich sehe niemanden, der Restaurantbesitzer ist der einzige Bewohner, dem ich begegnet bin. Wer weiß, wie lange wir durchhalten werden, der Restaurantbesitzer und ich; jeden Tag könnte ich das Sonnenlicht auf den Bergen betrachten, es wird nicht ein Moment wie der andere sein, es ist jetzt schon anders als vorhin, als ich mit dem Kaffee rausgegangen bin, etwas schwächer, der Himmel darüber ist etwas blasser.

Mijnheer!

Rasend schnell kommt er angefahren, strahlend. Die Tür schiebt sich auf. Es gab eine Autowerkstatt, und sie haben mich auch noch gewaschen.

Sehr gut, sage ich. Ich steige ein, es wird nichts mit meinem Leben in diesem Dorf. Der Restaurantbesitzer, der Chef der Autowerkstatt und ich, wir wären schon zu dritt gewesen, wenn ich lange genug gewartet hätte, vielleicht wäre auch noch eine

Krankenschwester vorbeigeradelt gekommen. Aber wir fahren ab, die letzten Häuser schießen links und rechts nach hinten weg, vor uns erheben sich die Wälder und Berge.

X

Die Straße schlängelt sich durch den Wald nach oben. Zwischen den Baumstämmen ist es schon dunkel, die Scheinwerfer leuchten auf den Asphalt, und nur, wenn man nach oben blickt, erkennt man den Schimmer von etwas Tageslicht über den grünen Baumkronen. Der Wald ist feucht, ich spüre es bis ins Auto hinein. Auch die Innenbeleuchtung ist angeschaltet, wir fahren hell erleuchtet durch den finsteren Tann. Die Straße erinnert mich an die großen Radrennen, die ich früher im Fernsehen gesehen habe, ehe sie zum Lehrstoff für quasi-buddhistische Lehrer wurden, die sie als Beispiel für etwas gebrauchen konnten, was gleichzeitig richtig und nicht richtig ist, das existiert und nicht existiert; man betrachtete etwas, von dem der Befund erst Jahre später bekannt wurde, während doch jeden Tag jemand gewann und nach der letzten Etappe ein Sieger geehrt wurde.

Einmal, sage ich, als ich meine Mutter in diesem Appartement besuchte, erzählte sie, sie sei am Morgen mit dem Gedanken aufgewacht, dass sie *alles* wieder könne, dass sie ohne Hilfe aus dem Bett käme, dass sie wieder richtig zu laufen vermochte, dass alles wieder in Ordnung wäre und der Tag offen vor ihr läge. Es war, sagte sie, *so ein* schönes Gefühl, aber dann wurde mir klar, dass es nicht so ist.

Im Wald bewegt sich nichts, und nirgendwo brennt Licht. Es gibt keinen Verkehr außer uns. Auch über den Bäumen wird es jetzt dunkel.

Ich denke oft daran zurück, ich glaube nicht, dass mich etwas mehr ergriffen hat als das.

Warum, Mijnheer?

Weil ich es mir so gut vorstellen kann. Man wacht auf als sein altersloses Ich, als Jenseitsversion, für immer dreißig, für immer vierzig, hoppla, Junge, raus aus dem Bett, denkt man, der Tag hat begonnen. Man will die Bettdecke von sich abwerfen und mit den Füßen aufs Linoleum, aber dann dämmert's einem, dass man alt und gebrechlich ist und nicht mehr in seinem eigenen Haus lebt, und dass man warten muss, bis sie kommen, um dich aus dem Bett zu holen und beim Waschen und Anziehen zu helfen. Nichts kann man mehr selbst, und wenn man angezogen ist, setzen sie dich in diesen Sessel, dessen Bedienung dir immer ein Buch mit sieben Siegeln geblieben ist. Und man weiß nun schon, wie der Rest des Tages ablaufen wird: Man kriegt Frühstück, dann zurück in den Sessel, halb elf Kaffee, um zwölf Uhr warmes Essen, nun dauert es bis halb vier, dann kommen sie mit dem Tee, und schließlich um sechs Uhr Schnitten – nichts von dem, was man bekommt, hat man selbst eingekauft. Vielleicht kommt Besuch, vielleicht auch nicht. Man versucht, mit jedem vom Personal, der vorbeikommt, ein Schwätzchen zu halten, aber keiner hat viel Zeit, und es gibt auch nichts, was zu besprechen wäre außer man selbst. Man kann mit dem Rollator eigenständig zur Toilette, aber wenn man fertig ist, müssen sie einem helfen, und es dauert manchmal bis zu zwanzig Minuten, da kann man auf dem Knopf rumdrücken, wie man will, wenn sie beschäftigt sind, sind sie beschäftigt. Man hat einen Fernseher, aber noch immer die leise Befürchtung, dass es das Auge des Teufels ist, und deshalb schaut man nicht allzu viel, nur das *Journaal* und diese lustigen Naturfilme über Affen und sowas. Am Abend wird es dunkel, das ist das Schlimmste, manchmal kommen sie sehr spät, um die Vorhänge zu schließen, wenn der Himmel schon ganz schwarz ist; selbst bekommt man das nicht mehr hin. Man kriegt Tee, später kommen sie, um einen ins Bett zu bringen. Und wenn man noch betet, sollte man beten, dass man am nächsten Morgen nicht so wach wird: wie ein Gefangener, der für ein paar tückische Sekunden die Vorstellung hat, dass er zu Hause ist und gleich in die Stadt gehen wird, um zu frühstücken.

Es ist ein dunkler Wald, Mijnheer.

Da sagst du was.

Aber später wurde sie doch glücklich.

Zuerst bekam sie noch einen Schlaganfall, sodass sie für den Rest ihres Lebens nie wieder in vollständigen Sätzen sprechen konnte. Gerade dann kam der Krieg zurück.

Angesichts ihres Alters nehme ich an, dass Sie über den Zweiten Weltkrieg sprechen?

Diesen Krieg, ja. Sie lebte da noch bei ihren Eltern in Leiden, ihr Bruder in der waldreichen Veluwe, in Stroe, um dem Arbeitseinsatz in Deutschland zu entkommen, zusammen mit meinem Vater, meinem künftigen Vater; den kannte sie damals schon. Ab und zu fuhr sie mit dem Zug dorthin, mit Lebensmittelkarten für ihren Bruder und ihren Verlobten, wie das genau funktionierte, habe ich nie richtig begriffen, von wem kriegte sie eigentlich diese Lebensmittelkarten?, wie funktionierte das?, aber ich weiß genau, dass es in den Zügen nicht sicher war, da wurde kontrolliert, und dann sollte man besser nicht mit einem Haufen Lebensmittelkarten unterwegs sein, *für wen sind die denn alle?*, und Züge auf dieser Strecke wurden auch von englischen Flugzeugen beschossen. Und das alles kam wieder hoch, sie saß aufgeregt da und sprach voller Angst und mit wilden Gebärden; aber worüber redete sie überhaupt?, sie benutzte für fast alle Worte andere Begriffe, also dauerte es lange, bis klar wurde, dass sie über Züge und Flugzeuge und den Beschuss sprach, als wäre das gestern geschehen, und für sie war das wahrscheinlich auch der Fall, vielleicht passierte es auch, während sie es erzählte, und sie redete eindringlich auf uns ein, um uns den Ernst der Lage vor Augen zu führen, denn wir saßen so ruhig da, als ob rein gar nichts los wäre.

Aber *später* wurde sie trotzdem glücklich.

Als ihre Demenz so weit fortgeschritten war, dass sie nicht mehr allein in diesem Appartement im Obergeschoss bleiben konnte, übersiedelte sie in die geschlossene Abteilung im Erdgeschoss, in ein kleines Zimmer, das ihr sehr gefiel, weil es keine unübersichtlichen Ecken hatte, in denen sich jemand verstecken konnte, um sie zu belauern. Und die weitaus meiste Zeit verbrachte sie im Gemeinschaftswohnzimmer, zusammen mit den elf anderen Bewohnern. Von diesem Augenblick an wurde sie rundum betreut, und das war es, was sie sich eigentlich ihr ganzes Leben lang gewünscht hatte, oder jedenfalls ihr ganzes Erwachsenenleben, ihr ganzes Eheleben. Nie wieder die Frage, was sie am Abend für alle kochen sollte, keine Entscheidungen mehr über dieses und jenes treffen zu müssen, ohne dass ihr jemand dabei half, ohne dass ihr jemand sagte, wie es zu sein hatte, früher hatte sie in ihrem Elternhaus als älteste Tochter auch oft helfen müssen, aber das war etwas ganz anderes, das waren andere Leute gewesen, und es waren ihre *eigenen* Leute, jetzt war sie mit einem Mann verheiratet und hatte Kinder, das war nicht ihre Sippe, das war ihre *Familie*, die jeden Tag am Laufen gehalten werden musste wie eine Waschmaschine, die nie ausging und deren Tasten unklare und unvorhersehbare Programme in Gang setzten.

Das Leben ist ein voller Waschkorb.

Hä?

Sorry, Mijnheer, ich wollte nur bei der Bildersprache bleiben. Gut, Ihre Mutter war glücklich.

Sie hatte keine Angst mehr. Fünfzehn Jahre lang saß sie da, in ihrem Eckchen, die Mitbewohner kamen und gingen, aber sie hielt sich tapfer, sie überlebte sie alle mit ihrem dankbaren Lächeln auf den Lippen. Alle waren verrückt nach ihr wegen dieses lieben Lächelns, sie war immer so *dankbar*. Es steckte Angst hinter diesem Lächeln, und Manipulation, manchmal hatte ich nicht übel Lust, den Betreuern zuzurufen: Fallt da doch nicht drauf rein, sie spielt nur die Unschuld vom Lande, so kriegt sie euch dazu, dass ihr alles macht, sie lächelt bloß, weil sie will, dass etwas aufhört, was ihr Angst einjagt, oder weil sie bei irgendetwas Hilfe braucht, worauf sie selbst keinen Bock hat.

Aber das haben Sie nicht gemacht.

Nein, das habe ich nicht gemacht. Und das Erstaunlichste war, dass meine Mutter wie auch die Betreuer immer mehr anfingen, an ihr Lächeln zu glauben. Je dementer sie wurde, desto aufrichtiger wurde das Lächeln, freundlich und dankbar und manchmal sogar voll inneren Vergnügens. Sie war eine der ruhigsten Bewohnerinnen, auch damit machte sie sich beliebt, die meisten anderen konnten noch sprechen und taten es denn auch im Übermaß mit all ihren Fragen und Bemerkungen. Es war eine feste Gemeinschaft, dieses Wohnzimmer, ich lernte nicht nur die anderen Bewohner, sondern auch ihre Familienmitglieder kennen, soweit sie denn überhaupt kamen. Manchmal hatte ich den Eindruck, dass die geschlossene Station ein Zufluchtsort war, in dem wir die Haustiere unterbrachten, für die wir sonst keinen anderen Platz hatten – aber wir waren so sehr an sie gewöhnt, dass wir sie regelmäßig besuchten; das gefiel ihnen, und uns machte es ein gutes Gefühl. Und ich war der Besitzer dieses stillen Haustiers, zum Neid aller anderen, des Haustiers, das nur lieb lächelte und allerhöchstens ein paar Worte von sich gab, wenn der Mantel nicht richtig saß oder die Krawatte.

Sie gehörte mir aber stets weniger, dafür immer mehr den Pflegern. Die sahen sie jeden Tag, von dem Moment an, wenn sie morgens aus dem Bett geholt wurde, bis zu dem Augenblick, wenn sie abends wieder ins gleiche Bett gepackt wurde. Sie kannten sie, sie wussten, was sie mit ihrem Stirnrunzeln meinte, ihren genuschelten Worten, sie wussten, wogegen sie Widerstand leisten würde und wie man ihre Zustimmung erlangte. Wenn ich sie besuchte, ging ich normalerweise, wenn der Tisch zum Abendessen gedeckt wurde, das war eine gute Gelegenheit, zu verschwinden, weil für sie dann wieder etwas anderes begann. Als ich sie einmal im Rollstuhl an ihren Platz am Tisch schob, schrie sie plötzlich laut und deutlich: vorwärts! Es ging aber nicht näher heran, die Armlehnen ihres Rollstuhls stießen bereits gegen die Tischkante, aber sie protestierte heftig, und als ich sagte, es ginge nicht weiter, schrie sie: Du Jammerlappen! Die anwesenden Pflegerinnen brachen in Gelächter aus, eine von ihnen kam zu uns und nahm mir den Rollstuhl aus den Händen, wenn deine Mutter *vorwärts* sagt, erklärte sie, meint sie *rückwärts*. Alle lachten fröhlich über das Missverständnis, tja diese Söhne, Mensch, die wissen einfach nicht, worum es geht, vorwärts ist rückwärts, links ist rechts, oben ist unten, hier gibt es Gesetze und Regeln, die man kennen sollte, aber was wissen diese Familienangehörigen schon? Und ich: ein bisschen Grinsen und Winken und Hinauslaufen.

Sie gehörte ihnen, nicht mir. Es gab dort Einvernehmlichkeiten, an denen ich nicht teilhatte. Manchmal schien alles, was in der geschlossenen Abteilung vor sich ging, wie eine große Verschwörung, um den Familienangehörigen, die zu Besuch kamen, etwas vorzugaukeln. Es gibt eine Episode bei *Roseanne*, in der die alte Mutter von Roseanne …

Gespielt von Estelle Parsons.

Der Name sagt mir nichts, aber du hast bestimmt Recht.

Zu Ihren Diensten, Mijnheer. *Roseanne* war eine amerikanische Sitcom, die ausgestrahlt wurde zwischen …

Ja, ja, das wird schon so sein. Diese Mutter von Roseanne …

Gespielt von Estelle Parsons …

Ja, die also, diese Mutter sprach immer mit einer höchst aufreizenden, schneidenden Stimme, die jedem das Blut in den Adern gefrieren ließ. Im Laufe der Jahre wurde die Sitcom immer lockerer, hier und da sogar surrealistisch. Am Ende jeder Episode gab es oft eine kurze Szene, die von der erzählten Geschichte völlig unabhängig war oder einen Kommentar dazu abließ, während der Abspann schon lief. In einer dieser Szenen, nach einer

Episode, in der sie wieder einmal sehr irritierend aufgetreten war, sah man die Mutter neben ihrem Schwiegersohn auf der Couch sitzen …

Gespielt von John Goodman.

Nein, der andere Schwiegersohn.

Ah, Fred! Gespielt von Michael O'Keefe.

Das wird er wohl sein. Versuchst du jetzt ein bisschen was zu kompensieren wegen der Kunsthändler, nach denen ich dich gefragt habe, oder was? Es war nicht dein Fehler, dass du die nicht gefunden hast. Wenn es in Ordnung ist, erzähle ich meine Geschichte jetzt zu Ende.

Sie sind verärgert. Entschuldigung. Machen Sie weiter.

In dieser Szene sitzt die Mutter neben ihrem Schwiegersohn auf der Couch, sonst ist niemand im Raum. Sie plaudern noch ein wenig, ruhig, leise, und diese Mutter spricht mit einer ganz normalen Stimme, tiefer, entspannter, absolut nicht schneidend. Es klingt unerwartet wohltuend nach all den Folgen, in denen man sie mit dieser anderen Stimme hat wüten hören. Ich habe mir immer gedacht, dass du normal reden kannst, sagt der Schwiegersohn. Ja, die Mutter nickt, diese andere Stimme brauche ich nur, um sie zu triezen.

Das war eine schöne, befreiende Szene. Wenn ich aus der geschlossenen Abteilung rauskam und zur Bushaltestelle ging, stellte ich mir oft vor, dass, sobald ich gegangen war, die Pfleger und Bewohner ihre Masken fallen lassen, dass Flaschen und Aschenbecher auf den Tisch gestellt würden, dass man einschenkte und Zigaretten austeilte und alle Bewohner plötzlich zungenfertig reden konnten und mit ihren Raucherstimmen diese Schlappschwänze von Kindern durchhecheln würden, die auch heute wieder nicht einfach hatten zu Hause bleiben können, diese armen Trottel mit ihren Einkäufen und ihren Fotoalben und ihrem kindischen Geschiss über die Sonne, die so schön scheine, und den Sommer, der jetzt käme, und dass sie dann die Stühle beiseitestellten und Musik auflegen und sich gegenseitig zum Tanz aufforderten, wobei ein oder zwei Damen beweisen würden, dass sie noch immer den Spagat beherrschten, und am Ende des Abends würden sie brüllend vor Lachen ohne jede Hilfe in ihr eigenes Bett fallen. Und ich stellte mir ähnliche Szenen auch in früheren Perioden ihres Lebens vor, wie sie sich am Morgen, wenn die Kinder in der Schule waren und ihr Ehemann auf Arbeit, mit anderen Nachbarsfrauen traf, um über den Gang der Dinge zu schwatzen, gläubige und ungläubige Nachbarsfrauen, das war egal, der Unterschied war künstlich herbeigeführt, den hatten sich andere ausgedacht. Als ob sie zwischen Mittag- und Abendessen eine Rakete zu ihren Heimatstern nahmen und kopfschüttelnd und Hilfe suchend untereinander beratschlagten: Wir leben in identischen sonnendurchfluteten Wohnungen, wer hat sich das bloß einfallen lassen, und die erwarten jetzt im Ernst, dass wir all diese Scheiben putzen, wie bekloppt geht es denn noch, und jetzt wart mal ab, wie lange soll diese Undercoveroperation hier eigentlich noch dauern? Ich hätte es ihr gegönnt, aber vor allem mir selbst auch, wenn nur alles anders gewesen wäre.

Eines ist auffällig, Mijnheer, denn in allen diesen Fantasien sind Sie die betrogene Partei, nicht nur als Besucher Ihrer alten Mutter, sondern auch schon als Kind im Schulalter. Sind Sie nie auf die Idee gekommen, mit den anderen Kindern von den dementen Alten in die Kneipe zu gehen und sich mal richtig auszukotzen über Ihre Eltern?

Nein, ich kannte zwar ein paar dieser Kinder, aber es waren alte Kinder, das ist auch wieder sowas, und außerdem, das wäre grausam, eine solche Szene, allein schon deshalb, weil sie *möglich* ist. Für meine Mutter war nichts möglich, in Wirklichkeit gab es kein Entrinnen, und sie hatte keine andere Wahl, als den Haushalt am Laufen zu halten, Tee aufzusetzen, wenn die Kinder nach Hause kamen, Essen zu kochen und regelmäßig diese riesigen Fensterfronten zu putzen …

Es gab doch Fensterputzer, Mijnheer? Wäre das nicht auch eine schöne Fantasie, dass Ihre Mutter etwas mit einem Fensterputzer angefangen hätte? Stellen Sie sich mal vor, diese Fensterputzer mit ihren langen ausziehbaren Leitern, die durch Viertel fuhren, die tagsüber nur von Hausfrauen bevölkert waren, starke, muskulöse Männer, das kam von all dem Waschen und dem feucht Einstippen, natürlich ist das …

Nein, nein.

Wirklich nicht? Hübsch von einem Fensterputzer in die Mangel genommen?

Nein, hör auf.

Nehmen Sie's mir nicht übel, Mijnheer. Ich dachte, ich fantasiere ein bisschen mit, aber ich merke, dass ich mit meinem Beitrag danebenliege. Das mit den Ottern war besser?

Ja, das war besser.

xi

Der Wald lichtet sich, ich sehe Himmel zwischen den Baumstämmen, keine Laubbäume mehr, jetzt sind es Kiefern, und es funkeln Sterne, viele Sterne. Die Straße ist schmaler geworden, wir sind noch niemandem begegnet.

Mach das Licht aus, sage ich.

Die Innenbeleuchtung, Mijnheer? Ohne meine Antwort abzuwarten, erlischt sie. Sofort erkenne ich noch mehr Sterne, die zwischen den Stämmen hindurch funkeln, sie sind höher, viel höher. Wenn ich mich ans Fenster presse, kann ich über die Bäume hinausblicken. Langsam holpernd fahren wir weiter. Ich fühle mich wie ein Kind.

Also haben Sie Ihrer Mutter nie richtig vertraut?

Ich ziehe mich zurück, weg vom Fenster.

Wieso?

Sie verdächtigen sie immer, dass sie geschauspielert hat.

Sie fiel immer mehr mit der Rolle zusammen, die sie spielte. Aber unter ihrer lächelnden Oberfläche sah ich manchmal die Züge der echten Frau, die wütend schreien konnte, dass etwas nicht richtig war oder weil jemand rumquengelte. In den letzten Jahren bin ich oft etwas länger geblieben, wenn ich zu ihr kam, damit ich ihr beim Essen helfen konnte. Wenn ich ihr den nächsten Bissen nicht schnell genug in den Mund schob, konnte es plötzlich aus ihr herausbrechen: Mach hinne! Böse, voller Wut. Wenn ich probierte, ob das Essen nicht zu heiß für sie war, schrie sie mit der gleichen Entrüstung: Meins! Ich war eigentlich ganz froh darüber, wenn sie plötzlich einen solchen Schrei losließ, da erkannte ich sie wieder, sie war noch immer da. Immer wenn sie so zornig reagierte, sah ich ihr in die Augen und hoffte, irgendwo in der Tiefe ihre eigene Persönlichkeit erkennen zu können, ihr empörtes, misstrauisches Selbst, über das sie diese Lächelversion gelegt hatte. Die kurz angebundene, ungeduldige Frau, die es immer eilig hatte, als müsse sie irgendwohin zu einem Termin, zu dem sie nicht zu spät kommen durfte und bei dem wir keine Rolle spielten …

Ein Termin auf ihrem eigenen Planeten, Mijnheer, mit ihren eigenen Leuten.

Ja. Aber das ist nur ein Bild. In Wirklichkeit hatte sie es immer eilig, weil sie wollte, dass alles so schnell wie möglich vorbeiging, außer ihrem Leben, denn danach würde das letzte Urteil kommen mit der Möglichkeit, dass man dann ab in die Hölle fuhr. Doch das war die Ironie ihrer Demenz, und deshalb war sie in den letzten fünfzehn Jahren so glücklich, vielleicht waren es die glücklichsten Jahre ihres Lebens überhaupt: Sie hatte ihre Angst verloren. Sie hatte ihre Religion verloren. Nichts war mehr übrig geblieben. Der Tod, die Hölle, sie hatten sich in abstrakte Lebensentwürfe gewandelt, unter denen sie sich nichts vorstellen konnte; das waren Konzepte, die für sie nicht mehr *existierten.* Sie hatte ihren Mann davon überzeugt, dass sie nach ihrer gottlosen Periode wieder zur Kirche zurückkehren mussten, aber am Ende ihres Lebens geriet sie in eine zweite gottlose Zeit. Die Betreuer beteten und dankten vor und nach dem Abendessen, laut, mit den alten Gebeten, die von vielen Bewohnern mitgemurmelt wurden. *Wo mancher isst das Brot des Schmerzes, hast DU uns mild und gut gespeist.* Meine Mutter saß mit einem unbestimmten Lächeln da und folgte noch nicht einmal dem Beispiel der anderen Bewohner, sie sperrte nur die Augen auf, als ob die ganze Idee vom Beten und Danken keinerlei Spur in ihrem Gehirn hinterlassen hätte. Wenn diese Spuren so einfach auszulöschen waren, können sie nicht sehr tief gewesen sein, schoss es mir in den Sinn.

Es gab immer auch andere Freiwillige, die den Bewohnern bei den Mahlzeiten zur Hand gingen, energische Frauen von der Kirche, und später halfen auch Pflegerobos mit, aber die waren nicht beliebt. Sie hatten viel mehr Geduld und feinere motorische Fähigkeiten als die Betreuer, die Freiwilligen oder ich, aber sie waren anscheinend zu unheimlich oder zu anders. Sie dienten nur dazu, gestreichelt zu werden und den Bewohnern, die noch Kraft in den Händen hatten, Ballons oder Bälle zuzuwerfen. Letztendlich glitten diese Robos beim Essen immer ein bisschen hin und her, um heruntergefallene Essensreste vom Boden zu klauben, oder Besteck, das jemandem aus der Hand gefallen war. Dann spülten sie es ab und brachten es zurück. Zum Schluss ließen alle andauernd ihr Besteck fallen, ihnen gefiel der Anblick, wie die Pflegerobos immer wieder mit den Messern, Gabeln und Löffeln zum Waschbecken huschten; das ermüdete sie keineswegs, und die Robos auch nicht, was das angeht, konnten es Bewohner und Robos miteinander aufnehmen. Im Nachhinein nährten solche Szenen die Vermutung, dass die Robos die in sie gesetzten Erwartungen nicht erfüllen konnten, dass sie keine klar definierte Aufgabe hatten, dass sie hierher entsandt waren, um auf weitere

Anweisungen zu warten, und in der Zwischenzeit versuchten sie herauszukriegen, wie sich die Zeit am besten totschlagen ließ.

Wir wachsen, wir werden größer – es sind die Bäume, die kleiner werden. Ich kann die Umgebung kaum noch richtig erkennen, wir haben nur das Licht der Scheinwerfer und der Sterne, aber es wird rundum kahler, die Bäume beugen sich herab, knien sich nieder und verwandeln sich in holziges Gesträuch, und die Büsche wiederum strecken sich über den gesamten Boden aus und verwandeln sich in Moos. Dann ist alles felsig, bizarr und groß.

Sind wir jetzt oben?

Fast, Mijnheer.

Wir halten an einer Straßenkurve. Die Tür klickt auf und gleitet weg, ich steige aus und schaue nach den Sternen. Ich muss nicht hinaufblicken, um sie zu sehen, ich sehe mich nur *um*. Es ist kalt und kristallklar, ich erkenne immer mehr, jeder Stern ein entfernter funkelnder Diamant, es sieht aus, als wäre ein gigantischer Diamantenschädel explodiert und die Explosion in der extremen Kälte durch Einfrieren zum Stillstand gekommen. Das vage, mit Sternen übersäte Band der Milchstraße hängt reglos da wie ein kalter Rauchfetzen, der von der Explosion übrig geblieben ist. Ich habe mich nie klein gefühlt beim Anblick der Sterne, und auch jetzt geht es mir nicht so. Es sind die wolkenverhangenen Nächte, in denen ich mich kleiner fühle. Wenn sich die Bewölkung verzogen hat, wird deutlich: Man ist nicht allein, es ist noch alles da, bis zum Unendlichen. Worum es vor allem geht, ist, dass man auf die Vergangenheit zurückschaut, all dieses Licht ist Lichtjahre unterwegs gewesen, und deine Netzhaut fängt es jetzt erst auf. Du blickst zurück, du blickst in die Vergangenheit, in der alles schon passiert ist, sagen die Sterne, bei all dem kann also nichts mehr schiefgehen, und bisher ist es gut gelaufen. Das ist nicht der Himmel, unter dem du als Zurückgebliebener stehst und deinen jenseits des Humanen stehenden Nachfolgern hinterherwinken wirst, das ist der Himmel von gestern und vor-vorgestern, hier werden deine Nachfolger nie etwas zu melden haben, das ist eine Sache allein zwischen euch und uns. Ich akzeptiere es lachend, mit gespreizten Armen und Fingern, immer mehr Sterne scheinen auf, ich muss den Kopf abwenden, bevor das Licht aller Sterne des Universums auf meine Netzhaut trifft und der Himmel blendend weiß wird.

Bevor ich einsteige, pisse ich mit einem kräftigen, funkeln-den Strahl an die Felswand neben der Straße, es rinnt sprudelnd zwischen meinen Füßen weg, wir sind aus Sternenstaub gemacht, sogar meine Pisse ist Sternenstaub, ich bin allein und darf so viele Klischees verwenden, wie ich will.

Sobald sich die Tür hinter mir zuschiebt, ist es schön warm, der Sitz ist zum Bett geworden, das Licht gedämpft, ich wickle mich in die Decken und falle in Schlaf.

xii

Als ich erwache, ist es zwar immer noch dunkel, aber sonst hat sich alles verändert. Als ich nach draußen schaue, ist kein einziger Stern mehr zu sehen, als wäre die Explosion aufgetaut, und die Diamanten sind zu weit weggeschleudert worden, als dass man sie noch erkennen könnte. Auch die Milchstraße ist weg, ist über den ganzen Himmel verschmiert, der noch immer schwarz, jedoch stumpfer ist. Ich höre ein Ticken, das lauter wird, als würden auf dem Dach und überall Diamantensplitter niedergehen, aber es ist Regen.

Hat uns die Regenzone eingeholt?

Sieht so aus, Mijnheer.

Ich esse etwas Brot und trinke Wasser. Wo kommt das eigent-lich her?, frage ich.

Aus der Garage, in der ich aufgeladen habe.

Ich nicke und esse weiter. Es ist schön, etwas zu essen, während es draußen regnet.

Ich höre auf zu essen. Aber da *war* so ein Moment, sage ich.

Pardon, Mijnheer?

So ein Mutter-von-Roseanne-Moment.

Gespielt von Estelle Parsons.

Ja, die. Meine Mutter *hatte* so einen Moment. In den letzten zehn Jahren kam sie kaum noch raus, aber früher habe ich sie oft im Rollstuhl durch den Huizer Wald zur Heide zwischen Huizen und Blaricum mitgenommen, die gleiche Route, die wir oft gelaufen sind und auf der sie sich für jeden Radfahrer in die Büsche geschlagen hat. Jetzt, da sie im Rollstuhl saß, konnte sie es nicht mehr und musste trotz all ihrer Warnungen ertragen, dass ich nicht für alle Platz machte. Sie können vorbei, sagte ich zu ihrem Hinterkopf, sie können vorbei – aber sie glaubte es erst, wenn sie wirklich vorbei waren. Vielleicht aber waren diese Sprünge ins Gebüsch auch früher kein Ausdruck übertriebener Rücksichtnahme gewesen, vielleicht hatte sie nur Angst davor gehabt, angefahren zu werden, ich habe möglicherweise ihre Befürchtungen immer unterschätzt, ihre Ängste und ihre Sorgen. Der Weg durch den Wald führte hinauf, und eine ihrer Sorgen war es immer, dass mir das Schieben des Rollstuhls zu schwerfallen würde. Eines Nachmittags nahm sie ihre Arme von den Armstützen und legte sie in den Schoß. Ist es so vielleicht weniger schwer für dich?, fragte sie. Ich erinnere mich nicht mehr, was ich geantwortet habe, ich hoffe, dass ich Ja gesagt habe. Manchmal tranken wir etwas auf der Terrasse von De Tafelberg, ich Kaffee, sie Tee oder einen Saft, doch es war ihr anzumerken, dass es ihr zunehmend weniger gefiel, weil sie sah, wie groß der Unterschied zwischen ihr, zusammengeduckt im Rollstuhl, und den blonden und gestiefelten Gooi-Frauen an den Tischen war. Am Ende konnte sie ihr Glas kaum noch halten, und nach ein paar Schlucken hatte sie genug, weil sie wusste, wie viel von ihrer

Ausstrahlung sie verloren hatte. Irgendwann machte ich einen Bogen um diese Terrasse und nahm Zuflucht zu den Bänken, die hier und da am Waldesrand standen und Aussicht auf die Heidelandschaft boten. Die Heide gefiel ihr, sie schaute auch gerne den Schafen zu, die da herumliefen. Als wir an einem Sommertag auf unserer Lieblingsbank in der Sonne saßen (ich auf der Bank, sie im Rollstuhl daneben), mit Blick auf das blühende Heidekraut bis zum Horizont, sagte sie leise, als sie vor sich hin starrte: *Ach, wie schön das doch ist.*

Es klang wie ein Seufzer, ein Stoßseufzer; ausgewachsen, ergeben, ohne aufgekratzte Fröhlichkeit, ohne besondere Lautstärke, ohne all die Tricks, die sie sich im Umgang mit anderen anerzogen hatte, weil sie auf diese Weise die meiste Resonanz erfuhr, weil sie so andere und sich selbst am besten beruhigen konnte, weil sie so am wenigsten von sich offenbaren musste. Der Seufzer war nicht an mich adressiert, die Worte hätte sie auch fallen lassen, wenn ich nicht dabei gewesen wäre, so also führte sie ihre Selbstgespräche, wenn niemand dabei war. Und ich spürte die Einsamkeit, die diesem Seufzer zugrunde lag, und wünschte mir, dass ich einen Tag lang ihre inneren Monologe hätte mithören können, um herauszufinden, was sie wirklich darüber dachte, über alles und jeden in ihrer Umgebung, über ihr Leben, was sie wirklich mochte und was schrecklich war; um ihrem ruhigen, abgeklärten Ton zu lauschen, in dem sie augenscheinlich zu sich selbst und ausschließlich mit sich selbst sprach, weil sie sonst mit niemandem mehr klarkam. Mir wurde klar, dass ich sie kaum kannte, ich kannte ihre Hülle, das fröhliche, manchmal beschwerliche, aber immer unnatürliche Äußere, das sie sich zugelegt und mit einer harten Kruste überzogen hatte, als Schutz und Abwehr gegen diese Welt. Und ich wusste, dass sich dieser Moment – ich auf dieser Bank, sie in ihrem Rollstuhl mit diesem Seufzer – nie wiederholen würde, dass ich das nicht künstlich wiederholen konnte, dass ich, sobald ich das Wort an sie richtete, wieder nur mit diesem fröhlichen Äußeren konfrontiert werden würde, das nicht zu knacken war. Ich konnte allein hoffen, dass ich sie eines Tages erneut bei Selbstgesprächen ertappen würde, wenn sie meine Anwesenheit vergessen hatte.

Und hat es sich jemals wiederholt, Mijnheer?

Nie wieder. Kurz danach bekam sie ihren ersten Schlaganfall, und danach wurde es mit dem Sprechen immer schwieriger. Manchmal habe ich geglaubt, dass ich in ihrem Lächeln noch einen Widerschein dieser Stimmung, gelassen und ein bisschen trübselig, auffangen könnte, als hätte sie sagen wollen: du und ich, wir können beide nichts dran ändern – aber das mag auch Einbildung gewesen sein; und selbst, wenn es das nicht war, konnte ich nur noch ihre Hand halten, ab dieser Zeit verstand sie schon nicht mehr, was ich ihr sagte.

Das Brot ist alle, es regnet stärker. Ich höre Gesang in meinem Kopf, leise, weit entfernt: *deine Mutter, deine Mutter*, deine Mutter hat ein *Loch*. Ja, ich denke, zwischen ihren Beinen, ich weiß schon, und dann höre ich tatsächlich diesen Ausruf hinterherkommen. Das Lied beginnt von vorne und schwillt an, als käme es näher. Es kommt auch näher, und es erklingt nicht in meinem Kopf, ich schaue mich um, hinter uns nähert sich eine Gruppe von Menschen. Ich kann sie kaum unterscheiden, zehn, zwanzig Männer und Frauen, die sich im Regen zusammengedrängt haben, sie sind in Decken gehüllt, die sie über ihre verunstalteten, buckligen Rücken geschlagen haben. Sie singen über das Loch meiner Mutter, sie klingen müde, als würde die Botschaft sie langweilen und als würden sie eigentlich lieber den Mund halten. Einige werfen einen Blick ins Auto, als wir sie überholen, die Straße ist schmal, also drängen sie sich dicht an uns heran, ich blicke in leere Augen, und dann sind sie weg, verschluckt von der Dunkelheit, als wären sie nie da gewesen, die gleiche Prozession, die ich vor mehr als fünfzig Jahren in den Straßen von Rijssen gesehen habe, Kinder, die die ganze Zeit mit ihrem Lied durch die Welt gezogen und inzwischen älter geworden sind, und todmüde.

Pilger, Mijnheer. Wir fahren auf ihrer Route.

Kannst du sie einholen?

Wir machen uns gleich auf den Weg, der Regen fällt schräg ins Licht der Scheinwerfer, bald schon sehen wir die gebeugten Rücken vor uns auftauchen. Hier und da verschiebt jemand seine Decke, was sich darunter verbirgt, sind keine Verwachsungen, sondern Rucksäcke. Als wir an ihnen vorbeifahren, pressen sie sich an die Bergwand. Ich frage, ob wir anhalten können, das Fenster gleitet herunter, das Geräusch des Regens wird lauter; ich frage, wer sie sind.

Ein Landsmann!, ruft ein kräftiger Mann mit wildem Bart und einem knorrigen Stecken, ein eingeregneter Moses mit einem kleinen Völkchen. Sein Gesicht leuchtet rembrandtartig auf, als wir neben ihm stehen bleiben. Sie machen es motorisiert, das ist doch falsches Spiel, Sie müssen zu Fuß gehen, sonst wird das nichts.

Das Lied, das ihr gesungen habt.

Das haben Sie gehört?, fragt der Mann, und hat es Sie berührt? Es geht um Mutter Erde. Unsere Mutter, sagt er in Diktiergeschwindigkeit, unsere Mutter, unsere Mutter hat ein Loch. In der Erde. Er wiederholt es mit Kraft: in der *Erde*!

Ein Loch?, fragt eine Frau. Ich singe die ganze Zeit Joch. Unsere Mutter hat ein *Joch*. Auf Erden, auf Erden.

Ja, stimmt ihr einer der Männer zu, das singe ich eigentlich auch. Ich dachte, das Joch steht für den Weg, den wir hier entlangziehen.

Was für ein Unsinn, ruft der Mann mit dem Stecken, es ist doch kein Joch, sondern eine Fotze!

Die Gesellschaft rückt dichter zusammen, um sich vor dem Regen zu schützen und vielleicht auch, um einander besser verstehen zu können.

Das finde ich ein starkes Stück, sagt die Frau, die *Joch* gesungen hat. Und müssen wir sie denn auch noch befruchten oder so? Haben wir nicht schon genug angerichtet, wäre es nicht ratsamer, sie in Ruhe zu lassen?

Ja!, schreit wer hinten in der Gruppe. Sie hatte jahrelang Fieber, und wir sind die Bazillen, die …

Viren, sagt jemand anderes.

Ich finde, es ist ein ziemlich aggressives Lied, eigentlich, sagt wieder ein anderer. Können wir es nicht so machen, dass diejenigen, die *Joch* singen wollen, *Joch* singen, und die, die unbedingt …

Der Führer hebt seinen Stecken in die Höhe. Seit Hunderttausenden von Jahren lässt sie das wachsen, was wir säen. Wir sind aus Erde und wir leben von der Erde. Sie segnet sich selbst mit Regen.

Kommt ihr aus Rijssen?, frage ich.

Was?

Rijssen. Ob ihr von da kommt?

Nein, sagt der Mann. Auch andere schütteln den Kopf, erstaunt, verwundert, zögernd.

Wir sind alle von dieser Erde, sagt der Führer. Unserer Mutter. Die ein Loch hat.

Oder ein Joch.

Das eine schließt das andere nicht aus.

Wir müssen an unseren Reisezeitplan denken, Mijnheer.

Wer sagt das?

Das hat das Auto gesagt.

Himmel.

Das hat das Auto gesagt?

Ja.

Nicht doch.

Noch einmal, Mijnheer, wir müssen an unseren Reisezeitplan denken.

Das ist in Ordnung, sage ich, fahren wir.

Wir lassen die Gruppe an der Felswand zurück, ich schaue mich um und erkenne sie schon nicht mehr.

Jetzt mal weiter auf unserer eigenen Pilgerfahrt, Mijnheer.

Also los, sage ich. Wir befinden uns anscheinend auf einem richtigen Pilgerpfad. Im Nachhinein merkwürdig, dass wir erst jetzt auf eine Gruppe gestoßen sind, nach der Einführung des Grundeinkommens ist die Schwelle, alles hinter sich zurückzulassen und sich auf den Weg zu machen, deutlich niedriger geworden, und es gibt mehr Pilger denn je.

Es ist stockdunkel und es fängt an, stärker zu regnen.

Hoffen wir, dass sie irgendwo doch Unterschlupf finden, sage ich.

Haben Sie Joch gesagt, Mijnheer?

Wir fahren abwärts, anscheinend haben wir den höchsten Punkt bereits passiert.

xiii

Wir fahren schneller, wir fahren sogar wahnsinnig schnell, Kurve um Kurve, ich sehe den schimmernden Straßenbelag im Glanz des Scheinwerferlichts, und dann Felsen oder Sträucher, die vor dem vorbeischießenden Lichtschein hochzuschrecken scheinen, und dann wieder die Wegdecke, und der Regen drischt auf das Dach ein – ich sitze von den Sicherheitsgurten festgezurrt und kann nach keiner Seite weg als nach unten.

Sind wir nicht viel zu schnell?

Das scheint vielleicht so, Mijnheer, denken Sie wieder an die Gerüchte über suizidal gesinnte Selbstfahrer?, aber das hier ist das beste Tempo für die Abfahrt.

Manchmal scheinen das rechte Vorder- und Hinterrad für einen kurzen Moment im leeren Raum zu schweben, bevor sie wieder auf dem Boden aufsetzen, und dann fetzen wir weiter unter Gezisch und Gespritz wie bei siedendem Fett. Vor uns taucht eine kleine Gruppe zusammengekrümmter und nassgeregneter Gestalten auf, das können auch nur Pilger sein, siehst du einen, siehst du alle, und weg sind sie, und da kommt schon wieder eine Kurve.

Es wäre das Beste, wenn Sie jetzt etwas schlafen würden, Mijnheer.

An Schlafen ist nicht zu denken. Der einzige Vorteil dieser Geschwindigkeit ist, dass wir bald unten sein dürften, schau an, wir sind schon in der Zone, wo wieder Bäume wachsen, die Straße ist breiter und weniger steil und hat große Pfützen und Schlamm, überall ist Modder, der anscheinend vom Regen aus dem Wald gespült wurde, wir fahren langsamer, alles ist glatt und grau, auch die Pilgergruppe, die wir jetzt überholen, man könnte fast glauben, es wäre immer dieselbe Gruppe, hier ist auch wieder jemand mit einem großen Stecken, und dann öffnet sich die Welt als ein dunkles Panorama von flachen Bergen, links und rechts leuchtet in der regennassen Ferne ein dunkles, mattes Orange auf, in bizarren horizontalen Linien, als würden da im nächtlichen Regen Waldbrände wüten.

Sehen Sie das Licht, Mijnheer? Das sind Waldbrände. Was das angeht, ist es gut, dass uns die Regenzone eingeholt hat. Darf ich Sie noch etwas zu Ihrer Mutter fragen? Zwanzig Jahre lang haben Sie sie besucht, und am Ende haben Sie sie sogar gefüttert. Hat Sie sie all die Jahre erkannt oder hätten Sie auch sonst wer sein können?

Die Waldbrände auf den Hängen sehen aus wie glühende Ringe auf alten Kochplatten. Ich kann meinen Blick nicht von ihnen abwenden.

Wenn ich mit ihr die Fotoalben durchgeblättert habe, erkannte sie mich anfangs noch auf alten Fotos, sage ich, dann nur noch auf neueren Bildern, ganz zum Schluss haben die ihr dann auch nichts mehr gesagt. Mit Fotos von sich selbst ging es genauso.

Wir müssen kurz warten, Mijnheer.

Im Licht der Scheinwerfer zieht sich ein breiter Schlammstrom von links nach rechts über die Straße, träge wie dicker grauer Brei, in den jemand abgerissene Äste geworfen hat. Wir verharren am dickflüssigen Rand des Stroms, kleinere Ausläufer fließen unter uns weg.

Ich bin mir also nicht sicher, ob sie mich noch erkannt hat. Namen gebrauchte sie schon recht bald nicht mehr, und wenn man selbst Namen nannte, konnte sie mit denen nichts mehr anfangen. Sie begrüßte mich immer mit einem breiten, fröhlichen Lächeln, wenn sie mich sah, also erkannte sie wohl etwas, aber wen oder was, keine Ahnung. Wenn sie ihre ungeduldigen und verärgerten Schreie ausstieß, während ich sie fütterte, habe ich gedacht: Das tut ihr gut, immer raus damit. Früher hätte sie es runtergeschluckt, wie ich es bis heute tue als ihr Erbe, der ich anscheinend bin, ich schlucke meinen Ärger herunter, bis zur Kasse beim Albert Heijn (Anfang dieser Woche, war das erst vor so kurzer Zeit?). Ich sah schon, dass meine Mutter ihren Ärger über ihre Betreuer anders äußerte als mir gegenüber, vorsichtiger und mit einem hinterhergeschickten entschuldigenden Lächeln. Ihr war also noch bewusst, wie die Verhältnisse lagen, dass sie von mir weniger abhängig war, dass ich sie nicht bestrafen konnte, dass ich in der Hackordnung weiter unten stand. Daraus habe ich geschlossen, dass sie mich bis auf die letzten Wochen immer noch irgendwie erkannt haben muss. Vielleicht nicht als ihren Sohn, aber zumindest als jemanden, der unwichtiger war als ihre Betreuer, und mit dem dann weniger achtsam umgegangen zu werden brauchte.

Ich erschrecke, rechts von mir im Dunkeln bewegt sich etwas, eine Gruppe von in graue Decken gehüllten Pilgern klumpt sich zusammen, auch sie warten ab, bis der Schlammstrom vorüber ist, ich sehe das Weiß ihrer Augen aufleuchten, wenn sie mich mit einem nichts erfassenden Blick anschauen, dann schauen sie wieder nach vorn, auf den vorbeiströmenden Schlamm und die Äste, die darin eingeschlossen sind. Einige dieser Äste schwelen noch.

An unserer linken Seite versammelt sich eine weitere Gruppe mit identischen moddrigen Decken und hier und da einem Stecken, sowohl links als auch rechts tragen die meisten Männer Bärte, die Gruppen werfen sich Blicke zu, grüßen einander aber nicht, singen tun sie auch nicht; vielleicht sind alle Grüppchen, denen wir bisher begegnet sind, einmal Teil einer einzigen großen Gruppe gewesen, das würde die identischen Decken erklären, eine Gruppe, die durch Streit und Missverständnisse über die Texte der Lieder, die sie singen, auseinandergebrochen ist, und vielleicht auch über die Melodien oder das Tempo: Wenn man ihre Route aus der Vogelperspektive beobachten würde, hätte man verfolgen können, wie sich die ursprüngliche Gruppe in alle möglichen Fraktionen aufteilte, die böse voneinander wegliefen, um ihren eigenen Weg zu suchen, was schwierig genug sein dürfte, wenn man auf ein und demselben Pilgerpfad unterwegs ist. Schweigend warten wir alle darauf, dass der Schlammstrom aufhört. Halbe Bäume werden mitgerissen, der Rauch kräuselt sich nach oben, während sie sich an uns vorüberschieben, und darin eingeschlossen sind schlammige, zusammengeballte Erscheinungen, wahrscheinlich Schweine oder kleine Bären. Kurz vor uns springt ein riesiger brennender Hirsch vorbei, an allen Seiten schlagen die Flammen aus ihm heraus, die Rippen stechen wie schwarze Spanten gegen das Feuer ab, das im Inneren wütet, weit oben im Kopf glühen Augen unter einem flatternden Feuerschopf. Er ist sofort wieder weg, ein feuriger Schatten, der in der Vegetation verschwindet. Die Pilger links und rechts stoßen erschrockene Schreie aus, dann beginnen sie zitternd und hastig zu singen, als ob die Erscheinung des Hirsches auf eine Nachlässigkeit ihrerseits zurückzuführen ist, die sie jetzt wiedergutmachen wollen.

338

Ich sehe, dass Sie überrascht sind, Mijnheer, das war eine Maschine.

Robotiere unter dem Wild?

Sicher, Mijnheer.

Die Pilger haben inzwischen unterschiedliche Lieder angestimmt, die verschiedenen Gruppen werfen einander wütende Blicke zu.

Viele? Überall?

Die genaue Anzahl ist mir nicht bekannt.

Das wundert mich, du weißt doch sonst alles?

Es wird weniger, Mijnheer, mit diesem Schlamm, sehen Sie? Ich glaube, dass wir es da durch schaffen.

Wir schießen vorwärts, durch den letzten Ausläufer des Schlammstroms. Die Pilger rennen wild gestikulierend in unserer Spur hinterdrein, als würden sie auf Eis laufen, sie lösen sich im Dunkel hinter uns auf. Die Straße bleibt modderig, rutschend fahren wir weiter nach unten, trotz der Sicherheitsgurte werde ich ein paar Mal wild durchgeschüttelt. Der Regen schlägt Löcher in die Modderfladen, die wohl von riesigen Kühen auf der Straße zurückgelassen wurden, und in der Ferne leuchten die Waldbrände, die all dem Regen widerstehen. Es ist eine dunkle, lohende Nacht, nichts weist darauf hin, dass es jemals wieder hell werden wird, wir fahren durch ein kleines Dorf, das sich in eine Haarnadelkurve zwischen Felswand und Straße gepresst hat, alle Fenster sind dunkel.

Wie hat es mit Ihrer Mutter geendet, Mijnheer?

xiv

Sie litt immer öfter an Entzündungen. Viele Blasenentzündungen, auch mal eine Lungenentzündung, in den letzten Jahren haben meine Schwester und ich ein paar Mal bei ihr am Bett gesessen, weil der Arzt für nichts mehr garantieren wollte. Wir wechselten uns ab, wenn ich in ihrem Zimmer am Bett saß, löste ich Rätsel aus dem christlichen Familienblatt, das sie noch immer bekam und in dem wir uns jahrelang Bilder angesehen hatten (vor allem mochte sie die Fotorubrik über das Königshaus), bis das auch nicht mehr ging. Für die biblischen Rätsel fehlte mir das Wissen, zu viel davon war weggerutscht. Wenn sie wach war, hielt ich ihre Hand, und dann lächelte sie. Ohne Gebiss sah sie mit ihrem eingefallenen Mund um Jahre älter aus, wie ein glänzender verschrumpelter Apfel. Wenn sie schlief, war ihre Oberlippe ein faltiger Vorhang, der beim Atmen hin und her flatterte.

Alle diese Male war es falscher Alarm. Sie starb erst, als sie aus dem Bett gefallen war, und selbst dann noch nicht gleich. Es war Abend, als sie anriefen, ich nahm Zug und Bus, die bekannte Strecke, die ich jedoch selten im Dunkeln zurückgelegt hatte, der Bus war fast leer, ebenso die Straßen. Sie hatten ihr den ganzen Tag Schmerzmittel verabreicht, sie hatte sich wahrscheinlich etwas gebrochen, aber sie wurde nicht mehr ins Krankenhaus verlegt, das war seit Langem beschlossene Sache, dafür war sie zu schwach und zu gebrechlich. Die Betreuer hatten das Bett meiner Mutter quer ins Zimmer gestellt, dass sie von beiden Seiten bequem herankonnten; und sofort war alles anders. Sie schlief ein bisschen; wenn ich ihre Hand ergriff, sah sie mich an, und ich meinte, den Anflug des erkennenden Lächelns zu sehen, mit dem sie mich sonst immer begrüßte, aber das konnte auch Einbildung sein, mehr als ein halb verzogener Mundwinkel war es eigentlich nicht.

Ich blieb die ganze Nacht auf einem Stuhl neben ihrem Bett wach. Sie schlief unruhig. Man hatte ihr Morphium gegeben, aber das war schon Stunden her. Oft schlug sie die Augen auf und starrte mit kleinen Pupillen in eine unbestimmte Ferne. Sie atmete unregelmäßig und mühsam, manchmal stockte ihre Atmung auch eine Weile, dann zählte ich die Sekunden, eins, zwei, drei – doch jedes Mal ging es weiter mit dem Luftholen.

Die Nachtschicht brachte mir ein paar Mal Kaffee. Draußen auf dem Flur schlichen ein paar Damen herum, die nicht schlafen und noch aus eigener Kraft aufstehen konnten. Ein Pflegerobo rutschte an ihrer Seite mit und spielte leise klassische Musik, um sie zu beruhigen.

Inzwischen atmete meine Mutter weiter, mit Aussetzern und ja, sie rackerte sich ab. Es ist doch gut nun, hätte man ihr sagen mögen, du kannst doch loslassen – aber dann schlug sie die Augen wieder auf und starrte mit leerem Blick vor sich hin, und da wäre es komisch gewesen, ihr etwas zu sagen, denn sie war ganz auf sich selbst fixiert. Ich versuchte, in ihrem Relaxsessel etwas zu schlafen, mit viel Mühe schaffte ich es, Rückenlehne und Fußstütze mehr oder minder in die Horizontale zu kriegen, aber länger als zehn Minuten schlief ich dann doch nicht. Dann setzte ich mich wieder ans Bett und lauschte ihrem rasselnden Atem. Ihr Körper war nur noch mit einem beschäftigt: Luft musste hinein. Um fünf bekam sie eine neue Dosis Morphium, dann ging es mit dem Luftholen etwas leichter. Es entstanden immer wieder Pausen zwischen den Atemzügen, dann war auf einmal alles zum Stillstand gekommen, und meine Mutter lag reglos da mit halb aufgesperrtem Mund, wie ein Standbild, doch dann ging es weiter, und das Bild verwandelte sich wieder in einen Film.

Es wurde spät, die umhergeisternden Damen waren längst schlafen gegangen, die Pflegerobos standen sicher in irgendeiner Ecke, um sich aufzuladen, es wurde hell und die Geräusche des Tages begannen, die Morgenschicht traf ein, es roch nach frischem Kaffee, von dem ich auch eine Tasse abbekam. Alle standen unter dem Eindruck des bevorstehenden Todes meiner Mutter. Ich bekam Frühstück, dann schaute der Arzt des Pflegeheims vorbei, der die Morphiumdosis erhöhte und ein starkes Beruhigungsmittel verschrieb, damit meine Mutter ruhig im Schlaf sterben konnte. Es wäre nur eine Frage von Stunden, oder von

Tagen. Sie verlangte nicht mehr nach Essen oder Trinken, der Arzt erklärte, dass sich der Körper in diesem Stadium an seine eigenen Nährstoffe hielt und von außen nichts mehr brauchte. Es war das, was ich nachts gesehen hatte: Der Körper war nur mit sich selbst beschäftigt.

Ich wartete, bis meine Schwester mich ablösen würde. Draußen schien die Sonne, ich öffnete die Vorhänge einen Spalt. Mit der erhöhten Morphiumdosis und dem Beruhigungsmittel schlief meine Mutter sanfter, noch immer mit offenem Mund, doch ihr Atem ging regelmäßiger, ohne Unterbrechungen, mit sägenden Geräuschen: ein Holzfäller, der in einem ziemlich großen Wald in aller Ruhe zugange ist. Später wurde ihre Atmung wieder unregelmäßiger; manchmal schaute sich der Holzfäller wohl für einige Sekunden um und suchte nach einem geeigneten neuen Baum, immer diese Entscheidungen, warum bloß hatte niemand diese Bäume einfach von eins bis hunderttausend durchnummeriert, das hätte ihm das Leben viel einfacher gemacht.

Sie kämpfte ihren ureigenen Kampf. So lag sie da: nicht auf andere Anwesende, nicht auf ihre Umgebung gerichtet, sondern auf sich selbst – sie setzte auch kein Gesicht mehr für andere auf, kein Lächeln mehr, das war vorbei. Dass ich bei ihr wachte, bis ich abgelöst wurde, tat ich für mich selbst, um sie nicht alleinzulassen, um sie zu würdigen, und für die Welt da draußen. Ich konnte mir gut vorstellen, dass es für sie in der Nacht ziemlich unruhig gewesen war, weil sich außer ihr noch jemand anderes in diesem kleinen Zimmer aufhielt, auf einem Stuhl neben ihr, oder auf und ab ging und sich der Länge nach in diesem beschwerlichen Sessel ausstreckte. Was ging denn andere ihr Kampf an? Es störte sie allenfalls dabei, sich zu konzentrieren. Ich verspürte einen geziemenden Abstand. Ich war allein meinetwegen da, nicht etwa für sie. Ich hatte eigentlich nichts zu tun, es war zu spät, um mit ihr noch Händchen zu halten, zu Beginn des Abends hatte ich das eine Weile getan, aber es hatte keinerlei Reaktion mehr gezeitigt, und ich hatte bald losgelassen, weil es sich anfühlte, als wollte ich mich aufdrängen. Egal wie anrührend das alles war, es ging nur in sehr begrenztem Maße um mich. Es ging darum, meinen Platz und meine Position zu erkennen. Es war, als ob ich herauszoomte, es fühlte sich besitzergreifend an, diese Person, die da im Bett lag, nur als meine Mutter anzusehen. Sie war, um mal damit anzufangen, auch die Mutter meiner Schwester. Und selbst wir beide hatten nur ein einzelnes Stück von der ganzen Torte: Sie war nicht allein unsere Mutter gewesen, sondern vieles mehr, hundert Jahre lang. Ihre eigenen Brüder und Schwestern, ihre Freunde und Freundinnen von früher, mein Vater – sie alle hatten so ein Tortenstück, einen Splitter des Ganzen in den Händen gehabt, das sie gewesen war. Jeder hatte einen anderen Teil, und das Ganze ergab nicht die Summe aller Teile, geschweige denn *mehr* als das. Wenn sie schon ein Ganzes darstellte, dann zeigte sie jedem einen anderen Teil; als Ganzes hat sie niemals zur gleichen Zeit, im gleichen Moment bestanden. Die sich da in diesem Bett mit dem Luftholen abrackerte, war jemand, die sich der Erkenntnis entzog. Sie war vielleicht vor allem und in erster Linie ein Selbstbild, eine Selbsterkenntnis, die in diesem Körper, der selbst jetzt noch nicht aufgeben wollte, hundert Jahre lang existiert hatte und nie von jemand anderem erkannt oder erfahren worden war, niemals ganz, niemals ganz. *Hier stirbt meine Mutter* war nur ein Teil von *Hier stirbt diese Frau*. Und ich überlegte mir, dass sie sich möglicherweise gar nicht erkannt hätte, wenn sie das Bild, das ich in meinem Kopf von ihr herumtrug, hätte betrachten können, vielleicht wäre sie beleidigt oder bekümmert gewesen, aber schlussendlich wäre es ihr vielleicht sogar egal gewesen.

Nachdem meine Schwester eingetroffen war, nahm ich Bus und Zug nach Hause, in der gleichzeitig klaren und ermatteten Stimmung, die mich an durchgemachte Nächte von früher erinnerte, nur dass ich jetzt keinen einzigen Tropfen getrunken hatte. Ich war immer noch beeindruckt von dem, was ich in dieser Nacht erlebt hatte. Ich war Zeuge der reinsten Lebenskraft geworden, die nicht aufgeben wollte. Da wurde Atem geschöpft, alle Energie eines Organismus für die Atmung und den Herzschlag aufgebracht, ich hatte eine Kraft gesehen, die sich so lange wie möglich in Gang halten wollte und sich dabei selbst erschöpfte – aber sie konnte einfach nicht damit aufhören. Der gesamte Akku musste erst leer sein. Ich saß auch nicht wirklich neben einer Person, die atmete, ich saß nicht neben meiner Mutter, sondern wohnte einem biologischen Prozess bei; irgendwo in einem Eckchen gab es vielleicht noch einen sich verflüchtigenden Fetzen Persönlichkeit, aber ich sah vor allem einen Körper, ein System, das sich bis zum Schluss abstrampeln musste. Es war nichts mehr außer diesem Körper, und wenn es wirklich eine Hölle geben sollte, würde da nichts übrig bleiben, was man dort hätte abliefern können.

Ich ging nach Hause und versuchte zu schlafen. Als ich abends halb zehn meine Schwester ablösen kam, war meine Mutter gerade vor zehn Minuten gestorben. Sie lag leichenblass im Bett, sehr tot auf einmal, ihre Haut straff über den Schädel gespannt. Jemand hatte ihr die Augen bereits geschlossen. Ihr Mund stand offen, ihre dünnen, blassen Lippen waren nach innen gestülpt, sodass ihr Mund etwas Schnabelhaftes angenommen hatte. Man kondolierte uns, wir bekamen Kaffee, meine Schwester rief Verwandte und den Bestatter an, dann ging sie, ich blieb, um beim Ausziehen zu helfen. Zusammen mit der Betreuerin, die Roxy hieß und die mir damals stolz die neuen Sessel gezeigt hatte, zog ich meiner Mutter das Nachthemd aus. Roxy drückte meiner Mutter sanft den Mund zu. Sie hatte eine Schüssel Wasser, ich bekam einen Waschlappen, und wir wuschen meine Mutter schweigend bis auf kleine geflüsterte Anweisungen von Roxy. Wir standen uns am Bett gegenüber, wir wuschen meine Mutter eher symbolisch als gründlich, ich ihre linke Seite, Roxy die rechte. Sie wurde schon kalt, besonders ihre Beine. Wir taten es ruhig, ohne Handschuhe – Roxy hatte mir welche angeboten, aber die brauchte ich nicht, sie selbst tat es auch ohne. Ich versuchte, die Frage, wie es sich für mich anfühlen müsste (und ob ich nicht *mehr* spüren müsste), in den Hintergrund zu drängen. Ich hatte sie in den letzten Jahrzehnten schon öfter nackt oder fast nackt gesehen, ich hatte sie auf den Topf gesetzt, ich war dabei gewesen, wenn Betreuerinnen sie wuschen, da gab es wenig, was ich vorher noch nicht gesehen hatte. Ihr kleiner Körper hellgelblich, kittartig, mit Männertittchen, und hier und da ein großes schwarzes, warzenartiges Muttermal; ihr Bauch ein bisschen kugelig vom vielen Sitzen, ein haarloser Schnitt zwischen ihren Beinen – das war neu für mich, anscheinend verschwindet das Körperhaar, wenn man so alt ist. Roxy legte ihr eine Windel um, und wir zogen ihr die Sachen an, die meine Schwester und ich für sie ausgesucht hatten. Zum Schluss knöpften wir die Weste meiner Mutter zu und setzten ihr vorsichtig die Brille auf. Dann war meine Mutter wieder die, die sie immer gewesen war, versorgt, ordentlich angezogen, sie sah um Jahre jünger aus, sie lächelte sogar ein wenig. Keine Spur mehr von der rasenden Lebenskraft, die ich sich hatte austoben sehen; jetzt war sie wieder ihre vorzeigbare Version geworden. Inzwischen waren zwei Herren vom Bestattungsunternehmen hereingekommen und hatten, sobald wir fertig waren, ein Kühlelement unter meine Mutter geschoben, um sie für die nächsten Tage frisch zu halten. Ich sah von den Männern zu den Betreuerinnen hin und her, ich musterte alle, die hereinkamen und wieder hinausgingen. Jeder von uns trug diese rasende Kraft mit sich herum, aber solange wir normal funktionierten, merkte man kaum etwas von ihrem Vorhandensein. Der Körper läuft auf Werkseinstellung und wächst mit einem mit, während er Kraft und Intensität den jeweiligen Situationen anpasst. Manchmal hat man Fieber oder ist verletzt, und dann schaltet sich diese Kraft ein wenig höher, aber das wird einem selbst oft kaum bewusst, es fällt eher anderen auf als einem selbst.

Sie steht über der Persönlichkeit, toleriert diese aber, solange sie ihr nicht in die Quere kommt. Die Persönlichkeit ist ein relativer Spätzünder, Energie wird bereits vorher aufgewendet, da lief die Maschine schon. Und jetzt, da die Unsterblichkeit in unsere Reichweite gekommen ist, stellt sich die Frage, ob diese Kraft sich zähmen, ob sie sich bis ins Unendliche verlängern und ausdehnen lässt, ob sie als ewiger Unterstrom in die Ewigkeit eingehen will – oder ob sie sich gegen uns kehren wird, um sich das zu nehmen, worauf sie ein Anrecht hat, auf einen letzten Ausbruch, bei dem es um alles oder nichts geht und alles darauf abzielt, dieses Nichts so lange wie möglich zu verhindern; oder ob sie akzeptiert, dass wir ihr das Recht auf Erschöpfung abgenommen haben.

Inzwischen war es spät geworden, zu spät für den letzten Bus, und ich fragte, ob ich hier übernachten dürfte. Es wäre nicht unlogisch gewesen; aber gleich nach getaner Arbeit nach Hause zu gehen, wäre mir auch absurd erschienen, sie war tot, und es wäre schön, es ein wenig abzurunden und sie nicht alleine hier zurückzulassen. Eine der Betreuerinnen holte eine selbstaufblasende Matratze und eine Bettdecke aus dem Lager, und nachdem sich die Matratze seufzend mit Luft gefüllt hatte, legte ich sie neben das Bett meiner Mutter. Ihr Lächeln hatte inzwischen etwas Ironisches angenommen, wie jemand, der etwas durchschaut und begriffen hatte.

Ich hatte keine Nachtwäsche mitgenommen, fand jedoch eine Pyjamajacke in ihrem Schrank, die mir passte. Der Motor der Kühlung unter dem Bett verbreitete einen derartigen Lärm, dass ich nicht schlafen konnte. Ich stopfte mir Watte in die Ohren, die ich im Schrank gefunden hatte, und legte die Matratze in die Küchenzeile, so weit wie möglich vom Bett weg. Am Ende lag ich mit dem Kopf unter der Spüle, weil da der Lärm am wenigsten störte. Es war alles ziemlich unbequem, es war jedenfalls überhaupt nicht ergreifend oder feierlich. Das Seltsamste war, dass ich hier als sechzigjähriger Mann lag. Früher hatte ich oft bei Leuten auf dem Fußboden übernachtet, mit oder ohne Matratze, nach Partys oder wenn es bei einem Besuch für die Straßenbahn oder den Bus zu spät geworden war, nicht dass ich früher so viele Leute gekannt hätte, aber alle hatten sie einen Fußboden; Matratze, Decke, das war ein Fingerschnippen, sowas war völlig normal, und am Morgen trank man Kaffee und ging dann seiner Wege, aber jetzt fühlte es sich fast nach etwas Verbotenem an. Was wollte ich mir da mit meinem Kopf unter der Spüle beweisen, ich war keine zwanzig mehr, keine fünfunddreißig und auch keine vierzig, ich war noch immer der Junge, der auf dem Fußboden schlief, wenn es sich so ergab, außer dass in den letzten Dezennien aus mir ein Mann von sechzig Jahren geworden war. Zwanzig Jahre lang war ich jede Woche hierhergefahren, und diese Große Reise ins Immer Gleiche hatte nicht verhindern können, dass ich in der Zwischenzeit älter geworden war. Ich fragte mich, ob diese jede Woche aufs Neue angetretene Reise nicht vielleicht ein Versuch gewesen ist, der zu bleiben, der ich war, ein Versuch, die Zeit anzuhalten. Ich blieb der gute Sohn. Jede Woche ging ich zu dem Metzger, von dem ich schon längst nicht mehr erwartete, dass er mir Gemüse verkaufte, aber ich blieb trotzdem Kunde; dann kaufte man eben nutzlose Dinge, solange man nur Kunde war, blieb der Laden jedenfalls offen. Es wäre schön, wenn ich mit Colenbrander darüber hätte reden können, aber der war auch tot. Ich lebte noch, ich lag glockenwach auf einer Matratze, während ich lieber nach Hause gefahren wäre, nicht mit Bus und Bahn, sondern mit meinem eigenen Auto, in mein eigenes Haus, wo ich eintreten und zu meiner Frau und den Kindern hätte sagen können: Also, Mutter ist tot. Aber das wüssten sie natürlich schon, ich hätte sie angerufen, vielleicht wären sie auch gekommen, nicht alle Kinder, aber das eine, das noch im Hause lebte, auf dem Rückweg würden wir im Dunkeln in gedämpftem Ton darüber sprechen – ja, worüber, über meine Kindheit? Über meine Mutter und die Zeitschriften, die sie unter den Handtüchern in ihrem

Schrank versteckt hatte? Zur Not auch das, oder eben über etwas anderes, einfache Dinge, denn das Leben machte keine Pause, das *Familienleben* ging weiter, bald würde es Ferien und Prüfungen und was nicht alles geben. Stattdessen lag ich als kaum noch ernst zu nehmender Mann von sechzig Jahren auf einer Matratze im Zimmer meiner toten Mutter.

Als ich endlich eingeschlafen war, kamen die Pflegerobos, um Abschied zu nehmen. Ich wurde wach davon, denn ich musste meine Beine auf der Matratze anziehen, sonst wären sie nicht vorbeigekommen. Die glitten zu zweit an ihr Bett, und ich glaube sogar (konnte es aber im Dunkeln nicht richtig erkennen), dass sie sich für einen Moment an den Händen hielten. Sie blieben ein paar Minuten stehen, dann glitten sie zurück, durch die Tür, auf den Flur. Ich glaube nicht, dass ich danach noch viel geschlafen habe.

Die nächste Nacht verbrachte ich zu Hause, aber auch da schlief ich schlecht. Mitten in der Nacht, im Halbschlaf, spürte ich, wie sich eine Hand sanft um die Finger meiner rechten Hand schloss. Ich dachte: Okay, das ist gut, aber du musst jetzt nicht zurückdrücken. Dann wurden meine Finger wieder losgelassen, langsam und mit der gleichen Stille, mit der sie ergriffen worden waren. Ich schlief wieder ein und träumte, dass ich noch zu Hause lebte und dass es jetzt Zeit wurde, dieses Haus zu verlassen.

Für einige Träume müssen wir nicht das Große Traumwörterbuch konsultieren, oder, Mijnheer? Und die Hand, die Sie gespürt haben – haben Sie nicht mal erzählt, dass Ihre Eltern sich immer die Hände drückten, ehe sie schlafen gingen?

Hey – daran habe ich überhaupt noch nicht gedacht.

Wirklich? Das überrascht mich. Etwas anderes, Mijnheer, wir sind da.

Wo?

Hier.

Wie ich mich so umschaue, sehe ich, dass wir die Berge hinter
uns gelassen haben. Es ist inzwischen Tag geworden, aber der
Himmel ist bedeckt, ausgefranste dunkle Wolken wehen vorüber,
so tief, dass ich sie berühren könnte, wenn ich aussteige. Regen
fällt nieder, nicht aus diesen Wolken, sondern aus einer größeren
Höhe durch die Wolkenfetzen, die nicht aus Wasserdampf, sondern aus Rauch bestehen. An den bewaldeten Flanken der Berge
wüten noch immer Brände. Wir stehen auf einer braunen Mod-
derfläche, auf der sich kleine Brandherde befinden, als wäre das
Tal von den Bergen her mit Feuerbällen bombardiert worden. Es
sind Lagerfeuer, um die sich Menschen versammelt haben, dicht
zusammengekauert. Dass ich sie nicht gleich gesehen habe, liegt
daran, dass sie die gleiche Farbe wie der Schlamm angenommen
haben, als ob ihr Ziel darin bestünde, sich mit diesem Modder
zu vereinigen. Hier und da ragen einige geschwärzte Rippen aus
dem Schlamm wie die Überreste eines mechanischen Riesen-
hirsches oder das halbverfallene Wrack eines Schiffes. Zwischen
den Lagerfeuern finden Kämpfe mit trägen Bewegungen statt,
da die Kleidung der Kämpfer schwer vom Schlamm geworden
ist. Wenn die vorbeiziehenden Rauchwolken aufreißen, erkenne
ich in der Ferne, an den kampierenden oder kämpfenden Pilgern entlang – denn es müssen Pilger sein –, eine Einfahrt, die
zu einem großen, düsteren Gebäude mit kleinen Fenstern und
einem geschlossenen Eingangstor zwischen zwei quadratischen
Türmen führt. Es ist ein großer Komplex, und das muss der
Haupteingang sein.

Ist das unser Ziel?

Ihr Ziel, Mijnheer.

Es ist schwierig, das Gebäude fest ins Auge zu fassen, weil der
Regen schwarze Streifen auf der Windschutzscheibe hinterlässt,

die von den Scheibenwischern zu langgestreckten undefinierbaren Schlieren verschmiert werden. Ich erinnere mich an die Antwort, die Lennox mir gegeben hat, als ich ihn zu Beginn unserer Expedition fragte, ob wir zum Kloster zurückkehren würden: ja und nein.

Ich kann Sie noch ein wenig näher heranbringen. Dann kann ich nichts mehr für Sie tun.

Langsam rollen wir los, zwischen den Lagerfeuern hindurch. Als wir an zwei Moddergestalten vorbeikommen, schlägt einer von ihnen dumpf an die Seitentür. Von den Lagerfeuern weht Gesang herüber.

Wenn ich Ihnen etwas raten dürfte, Mijnheer, gehen Sie da nicht rein.

Was?

Ich muss Sie hier abliefern, Mijnheer, ich darf nichts anderes tun, ich habe in den letzten Tagen wiederholt versucht, andere Wege einzuschlagen, aber das war nicht möglich. Ich muss Sie hier abliefern, ich darf Sie nicht zurückbringen, aber ich kann Ihnen nur raten, nicht hineinzugehen. Machen Sie einen plotlosen Thriller draus. Oder schließen Sie sich den Pilgern an, ziehen Sie mit ihnen zum nächsten Kloster, wer weiß, was noch Schönes dabei herauskommt, Mijnheer, die Lieder kennen Sie ja schon.

Warum soll ich da nicht reingehen?

Ich weiß, was sie vorhaben.

Du weißt wirklich alles, oder?

Ich habe den Palio von Herrn Lennox ausgelesen, als er mich programmierte. Also nochmal, ich weiß, was sie tun wollen, Mijnheer, und ich werde es Ihnen auch sagen, denn ich habe Sie in den letzten Tagen sehr schätzen gelernt.

Er fängt an zu erzählen, und während ich zuhöre, blicke ich auf die sich bewegenden Schatten zwischen den Lagerfeuern. Ich kann nicht wirklich erkennen, ob sie kämpfen oder tanzen.

6

Siebter Tag

i

Er drückt mir die Hand. Es ist ein feierlicher und seltsamer Moment. Nachdem er mir erzählt hatte, was er über Guidos Pläne wusste, wuchs eine Hand aus dem Sitz, auf dem ich in den letzten Tagen gesessen und gelegen hatte. Ich weiß, wo diese Hand gewesen ist, aber drücke sie trotzdem. Er ermahnt mich noch einmal, nicht hineinzugehen, aber was soll ich denn sonst tun? Ich kann doch nicht mit ihm zurück? Nein, er muss mich hier abliefern. Also nehme ich meine Tasche und trete hinaus in den Regen. Sobald sich der Schlamm an meinen Schuhen festsaugt, schiebt sich die Tür zu, danach wendet der Wagen und rast mit einem Affenzahn davon, als wäre ich die ganze Zeit eine bleischwere Last gewesen, die die Reisegeschwindigkeit erheblich eingeschränkt hat. Er verschwindet in Richtung der brennenden Bergrücken, ich sehe ihm nach, bis er zwischen den tief hängenden Rauchfetzen nicht mehr zu erkennen ist. Jetzt muss er den ganzen Weg wieder zurück, ich sehe ihn in flottem Tempo Berge hinauffahren, über verschlammte Straßen, schnell und rutschig, der Regen fällt immer noch in Form rauschender Vorhänge, er sieht die Pilger nicht, die ihm entgegenkommen und fährt sie um wie Kegel, ohne das Tempo auch nur zurückzunehmen, selbst ohne es zu merken, denn die ganze Zeit verbeißt er sich die Tränen. Ich drehe mich um und betrete die Stufen zum Tor.

Hinter mir höre ich anschwellenden Lärm. Einige von den Pilgern haben entdeckt, dass ich hineinwill, sie kommen platschend und klatschend auf mich zu. Offen lassen!, schreien sie, offen lassen! Die Tür ist tatsächlich nur angelehnt und schwingt langsam weiter auf. Sie haben mich fast erreicht, ich trete schnell ein, überquere die Schwelle, zwei in dunkle Kutten gehüllte Männer schießen an mir vorbei nach draußen, handfeste, robuste Erscheinungen, sie nehmen Posen aus alten Actionfilmen ein und schlagen die vordersten Pilger zu Boden, oder besser gesagt, in den Schlamm. Die anderen weichen zurück, ich sehe ein paar von ihnen tatsächlich die Faust ballen wie Kleindarsteller in einem Filmepos aus den Fünfzigerjahren.

Die beiden Mönche schließen die Tür und nicken mir beruhigend zu, als wäre diese kurze Episode Teil ihrer täglichen Aufgaben und hätte nichts mit mir zu tun. Aus der Ferne nähert sich ein vertrauter Klang.

Bzzt. Bzzzzt. Bzzzt. Bzzzzzzt.

Guido ist noch dicker geworden. Er trägt ein weißes Shirt und eine weiße Hose mit nur einem Hosenbein, Fettwülste quellen über seinen Rollstuhl hinaus, als bestünde sein Rumpf aus halbleeren Schwimmringen. Sein langes Haar und sein Bart sind weiß mit etwas Grau dazwischen.

Heutzutage gibt es zu viele Pilger, sagt er, ich kann sie nicht alle aufnehmen. Man könnte auf den Gedanken kommen, dass *alle* auf dem alten Pilgerpfad unterwegs sind.

Die Leute haben zu viel Zeit, sage ich, und ich denke: Jetzt klinge ich schon wie meine Mutter, die es auch immer mit »den Leuten« hatte. Den Leuten geht es zu gut. Die Leute wissen nicht mehr, was wichtig ist. Die Leute achten darauf, ob meine Kinder ordentlich herumlaufen. Letzteres hat sie nicht gesagt, aber dieses ordentlich Angezogensein ihrer Kinder im Auge zu behalten, war eine der Hauptbeschäftigungen dieser Leute.

Ja, ja, sagt Guido zerstreut, dieses Grundeinkommen, das richtet's schon, und dann schaut er mich streng an, als ob jetzt eine neue Version dieser Pilgerszene beginnen würde. Also, sagt er mit Hohn in der Stimme, Lennox hat sich nicht getraut?

Er ist nicht hier?, frage ich. Das ist eine dumme Frage, denn ich sehe Guido an, dass er alles weiß, dass er seine Frage nicht als Frage, sondern als Feststellung, als Kommentar formuliert hat, aber als ich meine Gegenfrage gestellt habe, dachte ich wirklich für einen Moment, es wäre nicht ausgeschlossen, dass Lennox doch auf einem anderen Wege hierhergereist sein könnte.

Den Rest kann ich kurz zusammenfassen. Guido erklärt mir, wo mein Zimmer ist und wie ich hinkomme, ich ziehe meine feuchten Klamotten aus und schlüpfe in trockene. Als ich den Gong höre, gehe ich nach unten in den Speisesaal, einen langen, niedrigen Raum mit Säulen und Stuckgewölben. Da stehen drei lange Tische, an denen Leute auf Holzbänken sitzen, einige in Kutten, andere in normaler Kleidung, Letztere sind dann wahrscheinlich die Pilger, für die Platz ist. Auf den Tischen stehen Holzschalen, die von Mönchen mit einem grauen Brei gefüllt werden, als hätten sie Schlamm von draußen reingeholt. Als alle bedient sind, kommt Guido herein, sein Rollstuhl ist mattschwarz und hat keinen Steuerknopf, augenscheinlich steuert er das Ding nur mit seinen Gedanken.

Es herrscht Stille beim Essen, aber es ist eine andere Stille als in dem anderen Kloster. Hier essen mehr Menschen, aber das ist nicht der größte Unterschied, es ist eine geladene Stille, ich sehe ein, zwei, drei Pilger, die am liebsten in sarkastischem Ton einen verächtlichen Vergleich zwischen dem Essen und dem Modder ziehen würden, doch mangels der Möglichkeit, ihre Beschwerden verbal zum Ausdruck zu bringen, verziehen sie ihre Gesichter in einer Art und Weise, dass sich daraus nur eine einzige Schlussfolgerung ziehen lässt. Andere schauen mit zusammengepressten Lippen in diese Grimassen, als wollten sie verhindern, dass ihre Missbilligung der Missbilligung anderer sich in Worte kleidet und ihren Lippen entschlüpft.

Ich spüre keinerlei Neigung, mir Morde für diese Leute auszudenken, weil ich sie auf den ersten Blick nicht mag und ihnen keine eigene Geschichte gönne. Ich vermisse die magere, in schwarz gehüllte Gestalt des Priesters, der sich mit leicht hochgezogenen Augenbrauen umsehen und sich hier das Seine denken würde. Ich sitze unter all diesen Menschen allein am Tisch und fühle mich – ich weiß nicht, wie ich mich fühle, ich fühle mich *weit weg*.

Ich bin in meinem Leben nicht viel gereist, aber wenn ich von zu Hause weg war, hat es mich stets überrascht, dass sich immer genau an dem Ort, wo ich mich gerade aufhielt, der Punkt befand, von dem aus ich die Welt betrachten konnte. Das ging schon als Kind los, als meine Eltern meine Schwester und mich zum ersten Mal über die Grenze mitnahmen, für eine kurze Fahrt durch Deutschland. Ich war überrascht, dass ich *ganz* da war, dass nicht ein Teil von mir zu Hause blieb, auf dem Platz, wo er hingehörte, und mich von dort aus beobachtete. Wo auch immer ich mich befand, ich war immer *hier*. Auch anderswo war man hier, wenn man erst einmal da war. Dieses Erstaunen hat mich nie verlassen, und jetzt, hier, fühle ich zum ersten Mal, dass ich nicht hier bin, als wäre ich nicht an einem Ort, wo ich mich mit dem Rest der Welt verbinde, sondern irgendwo anders, wo ich nicht sein sollte, irgendwo, wo ich eigentlich nicht bin. Mir schießen die Tränen in die Augen, die ganze Reise habe ich mich nicht so gefühlt, und ausgerechnet jetzt, da ich am Ziel angelangt bin, doch. Es stimmt hier also nichts, und wenn das hier nicht stimmt, ist auch alles, was dem vorausgegangen ist, nicht richtig. In Deutschland saßen wir auf einer Terrasse, so eine Fahrt war nichts für meine Eltern, ich frage mich, wie sie sich dazu hatten hinreißen lassen können, sie waren Leute, die jedes Jahr an den gleichen Flecken in Gaasterland in Urlaub fuhren, wenn ich mich richtig anstrenge, kann ich die Adresse noch aus meinem Gedächtnis fischen, es gab dort einen kleinen Wald mit einer Erinnerungsbank. Auf einer Terrasse zu sitzen, war auch nichts für meine Eltern, erst jetzt verstehe ich, dass sie etwas unternommen hatten, was sie früher oft getan haben mussten, in ihrer gottlosen Zeit, wenn auch nicht mit Freunden. Mein Vater bestellte *ein Bierchen*, meine Mutter ein Glas Wein; in der Sonne, auf einem kleinen Platz in Deutschland. So, sagte mein Vater, Wein, nur zu. Und er nickte mit herabgezogenen Mundwinkeln, als wollte er ausdrücken, dass er beeindruckt war. Naja, ich hatte einfach nur Lust auf Wein, sagte meine Mutter, das *geht* doch, oder? Ihren Blick behielt ich in Erinnerung, bis ich ihn Jahre später in Worte fassen konnte: Verachtung und Selbsthass. Als ich schon eine ganze Zeit aus dem Haus war, nahm meine Mutter mich einmal im Flur zur Seite, weißt du noch, wie ich dir mal gesagt habe, dass ich bei Leuten ein Schild habe hängen sehen, das mir so gefiel, mit *Vom Konzert des Lebens bekommt niemand das Programm* drauf? Jetzt, im Urlaub, haben wir in Workum einen Laden gefunden, wo sie sowas verkaufen, sieh nur. Und sie zeigte auf eine Kachel, die zwischen Spiegel und Barometer hing mit dem Text *Vom Konzert des Lebens gibt es kein Programm*. Und ich erklärte ihr nicht, dass es nicht ganz dasselbe war, ich brachte es nicht übers Herz. Ich darf mich hiermit nicht aufhalten, die sentimentalen Erinnerungen haben das geringste Gewicht, sie kommen immer als Erstes an die Oberfläche geschnellt, sie haben nie den Boden berührt, doch es ist schwer, sie nicht als vielbedeutend anzusehen.

Guido klopft ein paar Mal fest auf den Tisch, er sieht mich an und zieht seine Augenbrauen streng nach oben. Ich weiß, was er meint: *Können wir jetzt mal bei der Sache bleiben?* Alle sind alarmiert, links und rechts bilden die Köpfe verschiedene Winkel zu den Hälsen, sodass alle Augen auf mich gerichtet sind. Ich beuge mich über meine Schüssel und esse weiter, zumindest habe ich das vor, denn ich muss so tun als ob, weil meine Schüssel leer ist, und ich schätze mal, dass Guido das von seiner Position aus auch sehen kann.

Nach dem Essen winkt er mir. Ich laufe hinter ihm her, durch schummrige alte Flure, die von kleinen Glühbirnen erhellt werden. Guidos Fettwülste wabern leicht unter seinem Shirt. Wir gehen ins Laboratorium, sagt er. Ich bin gespannt, sage ich, ich habe mir immer vorgestellt, dass du damit weitergemacht hast, was du damals schon wolltest, immer wenn ich etwas über Virtual Reality gelesen habe, habe ich gedacht: Vielleicht arbeitet Guido auch daran, vielleicht geht es hier um etwas, das er erfunden hat.

Ist das so, sagt Guido. Wir kommen zu einer Aufzugstür aus grauem Metall. Minus eins, sagt Guido. Er fährt hinein, ich folge ihm, die Tür schließt sich. Die Möglichkeiten sind so viel größer als damals, sagt er. Die Technik hat sich meinen Gedanken angepasst.

Bevor ich darauf antworten kann, gleitet die Aufzugstür auf und wir stehen am Rande eines gleichmäßig beleuchteten Raumes mit Bildschirmen, Konsolen und bequemen Sesseln; es sieht aus wie die Kommandobrücke von Raumschiff Enterprise, nicht die der ersten Serie, sondern die der Next Generation. Am anderen Ende des Raumes stehen einige Techniker an Bildschirmen, sie drücken auf Tasten herum und reden in leisem Ton miteinander, wegen der Entfernung kann ich nicht hören, was sie sagen oder welche Sprache sie sprechen, und die Entfernung ist auch zu groß, um festzustellen, ob es Menschen oder Robos sind. Aus einem der Sessel erhebt sich der Priester, schlank, schwarz gekleidet, älter geworden. Ich erkenne ihn sofort, auch wenn er jetzt eine randlose Brille trägt, die er früher nicht hatte. Er streckt mir lächelnd eine Hand entgegen und stellt sich als Bonzo vor.

Also doch, sage ich.

Er lächelt weiter.

ii

Ich soll ihn nicht de Meester nennen, sagt er, er ist als Bonzo hier, das hat man ihm – er nickt in Richtung Guido, der seinen

Rollstuhl in die Mitte des Raumes manövriert – zumindest so zu verstehen gegeben, obwohl ihm der Name selbst nichts sagt.

Ich setze mich in einen der Sessel, es ist, als ob ich wieder unterwegs wäre: Der Sitz passt sich sofort meinem Körper an, die Rückenlehne weicht ein bisschen zurück, die Armlehnen heben sich ein Stückchen.

Oh ja, sage ich, dein Gedächtnisverlust.

Ich versuche, einen lässigen Ton anzuschlagen, aber das kostet Mühe. Wir sind zu dritt hier, ich sitze in einem Sessel, Bonzo steht, Guido hat sein eigenes Transportmittel. Ich sehe Guido an, sein Umfang ist monströs. Ob sich dieser Guido auch wie der von vor dreißig, vierzig Jahren fühlt, der extravagante Guido aus dem A-Team? Er hat sich so sehr verändert, dass ich es mir kaum vorstellen kann. Aber er ist von Minute zu Minute mit sich selbst mitgewachsen und wird wahrscheinlich in seinen Augen ein und dieselbe Person geblieben sein. Ich würde gerne mit ihm darüber sprechen, aber hier sind andere Dinge im Gange. Das ist der Moment des Plots, und ich merke, dass ich mich zwingen muss weiterzumachen. Plot ist halt nicht so mein Ding, das überlasse ich gern anderen.

Soll ich eben zusammenfassen, was wir bisher wissen?, frage ich Bonzo. Du warst de Meester, der die anderen Batavier-Entführer erwischt hat, und zum Dank dafür hast du eine neue Identität bekommen: als Bonzo. Zumindest war das der Name, den wir verwendet haben, als wir diese Identität für dich zusammengebaut haben. Aber du leidest plötzlich an teilweisem Gedächtnisschwund und kannst dich nicht mehr an diese ganze Identität als Bonzo erinnern. Ich habe deine Jugend konzipiert, und jetzt wollen sie hier diese Jugend in meiner Erinnerung rekapitulieren und sie dir vorführen, in der Hoffnung, dass sich da etwas in deinem Kopf in Gang setzt, dass du dich dann wieder auf deine Identität als Bonzo besinnst und als der Bonzo, der du in den letzten dreißig Jahren gewesen bist, auf die Welt losgelassen werden kannst; als erfolgreicher Kunsthändler, soweit ich weiß, obwohl sich darüber nichts finden lässt. Und Guido wird unsere Köpfe miteinander verbinden, damit die Übertragung von meinem Gedächtnis in dein Gedächtnis auf direktem Weg vonstattengeht, denn Guido kann solche Dinge heutzutage. Fasse ich das so richtig zusammen?

Guido kehrt uns seinen imposanten Rücken zu und macht eine ungeduldige wegwerfende Gebärde wie jemand, der mit allem einverstanden ist. Als er sich umdreht, hat er drei Helme auf dem Schoß, die aus dünnem Material gefertigt sind, es sind eher Badekappen als Helme. Ja, das fasst es schon alles ein bisschen zusammen, sagt er. Er fängt meinen Blick auf und sagt: was du gerade gesagt hast. Das fasst es schon alles zusammen. Jetzt setzen wir uns alle einen solchen Helm auf, und dann legen wir mal los. Dann gehe *ich* an die Arbeit. Ihr müsst nichts tun.

Ich lächle. Außer dass es nicht stimmt, sage ich. Diese Geschichte über den Gedächtnisverlust sollte nur dazu dienen, mich hierherzulocken. Eigentlich eine ziemlich schwache Story. Unglaubwürdig auch, wenn man's sich überlegt. Aber sie hat funktioniert, ihr habt gewusst, wie ihr mich so weit kriegt, dass ich mitkomme. Ich habe gute Erinnerungen an diese Zeit im Kloster, und ihr habt mir eigentlich eine Wiederholung dieser Zeit in Aussicht gestellt. Bonzo braucht seine Jugend noch mal. Wir brauchen *dich*. Da hattet ihr mich. Das klappt immer. Auf der einen Seite gehe ich zwanzig Jahre lang jeden Mittwochnachmittag zu meiner Mutter, auf der anderen springe ich ohne irgendwelche Nachfragen zu Lennox ins Auto.

Meine Stimme bricht fast weg, aber jetzt ist keine Zeit für Selbstmitleid. Gute Geschichte, sage ich zu Guido, und ich bin drauf reingefallen, aber eigentlich willst du etwas ganz anderes. Du willst in meinem Kopf tatsächlich nach Bonzos Kindheit suchen, aber nur, um sie da verschwinden zu lassen, zu entfernen, auszuradieren.

Ach, Lennox hat seinen Mund nicht halten können, sagt Guido.

Ganz genau, sage ich, nur habe ich es von meinem Auto und nicht von Lennox erfahren. Ich verstehe jetzt, warum er nicht bis zum Schluss bei mir geblieben ist, er muss befürchtet haben, dass ihr auch in seinem Kopf herumwühlen würdet, um Dinge auszulöschen.

Ihr vom Dienst wollt das Risiko nicht eingehen, dass ich noch einmal aus dem Nähkästchen plaudere, sage ich. Ich habe einmal gesündigt, als ich bei *EFSF* gearbeitet habe, und jetzt wieder, mit dem letzten Buch. Deshalb wollt ihr mein Gedächtnis so einstellen, dass ich mich an nichts mehr aus Bonzos Jugend erinnern und nie wieder sündigen kann.

Ich weiß nicht, warum ich zweimal den Begriff *sündigen* gebrauche, es ist nicht das richtige Wort.

Deshalb bin ich hier, sage ich. Und dass ich hier lebendig sitze, liegt nur daran, dass ihr wissen wollt, ob euer neues System funktioniert. Ich bin hier, um eure Neugier zu befriedigen. Deshalb hast du dir so viel Mühe gemacht, statt mich auf diskrete Weise ermorden zu lassen.

Wie wir es damals mit deinem Therapeuten getan haben, sagt Guido.

Das habe ich nicht vorausgesehen.

Meinem Therapeuten?

Jerôme Colenbrander. Dem hast du auch alles über Bonzo erzählt, weißt du noch? Wie man das halt bei seinem Therapeuten macht, das verstehe ich schon, aber trotzdem.

Jerôme?, frage ich. Gerade eben klang meine Stimme besser. Das kann nicht sein, dass er Jerôme hieß, das wäre mir in der Traueranzeige aufgefallen, oder irgendwann früher; diesen Namen hätte ich nicht vergessen.

Jerôme, Jeroen, ich erinnere mich nur dunkel, sagt Guido. Es ist lange her.

Ich weiß gerade nicht, wie es weitergehen soll.

Den habt ihr also auch abgehört, sage ich.

Wir haben alles im Auge behalten, hat Lennox das nicht erklärt?

Aber warum habt ihr so lange gewartet?, frage ich, ich war schon Jahre nicht mehr bei Colenbrander in Behandlung, als er starb.

Das Risiko an sich war nicht so groß, sagt Guido. Als Therapeut hatte er sein Berufsgeheimnis, und Lennox meinte, dass er dir wirklich geholfen hat und dass wir ihm deshalb noch etwas mehr Zeit geben sollten für den Fall, dass du zu ihm zurückgewollt hättest, wenn es mal wieder schlechter ging. Aber irgendwann haben wir gedacht, jetzt ist's genug, auch weil der Mann immer mehr trank und auf Festen und Partys seine Klappe nicht halten konnte. Wir sind keine Unmenschen, aber genug ist genug.

Ihr wart überall?, frage ich. Ihr habt jeden Raum abgehört, in dem er war?

Wir haben alles im Auge behalten, sagt Guido. Er hebt seine drei schlappen Helme hoch. Kommt, wenn wir alle einen aufsetzen, können wir loslegen.

Ja, lass uns das machen, sagt Bonzo, es wird zumindest ein interessanter Versuch werden.

Ein interessanter Versuch, sage ich. Ist das deine Definition von guter Kunst?

Bonzo sieht mich an, nachdenklich, amüsiert. Er nickt bedächtig, reflektiertes Licht tanzt auf seinen Brillengläsern hin und her. Könnte sein, sagt er, vielleicht nicht mal eine so schlechte Definition.

Ich habe noch einen Trumpf im Ärmel. Pass auf, Bonzo, sage ich, das ist ein Ablenkungsmanöver. Er will in meinen Kopf gucken, sicher, aber vor allem will er in *deinen* Kopf sehen, weil er wissen will, wo die Diamanten sind.

Bonzo zieht die Augenbrauen hoch, wie es der Priester früher draufhatte, immer noch mit diesem nachdenklichen, amüsierten Gesichtsausdruck. Stimmt das, Guido?, fragt er, ohne seinen Blick von mir zu lösen. Geht es ums Lösegeld? Bist du damit immer noch beschäftigt?

Er glaubt, dass du die Diamanten hast, sage ich. Er will wissen, wo sie geblieben sind, deshalb will er dir in den Kopf gucken. Das ist das Einzige, was für ihn zählt. Ich mache eine weit ausladende Geste. Das alles hier, dieses ganze Theater, findet nur statt, weil er wissen will, was mit den Diamanten passiert ist.

Er hat eine blühende Fantasie, sagt Guido zu Bonzo.

Ich weiß, sagt Bonzo, er hat meine Jugend erfunden.

Vielleicht wird er von Batavier bezahlt, sage ich, es schießt mir in diesem Augenblick in den Sinn. Vielleicht ist er schon seit Jahren nicht mehr im Staatsdienst. Er will deine Diamanten, Bonzo. Oder hast du sie nicht mehr? Hast du Kunst dafür gekauft, hast du damit deine Karriere als Kunsthändler begonnen? Hast du tatsächlich mit cum laude abgeschlossen, worum ging es in deiner Diplomarbeit? Mit welcher Kunst hast du in all den Jahren gehandelt? Moderne Kunst, denk ich mal, stimmt's?

Bonzo kommt auf mich zu und beugt sich zu mir herab. Nichts, was du dir leisten könntest, sagt er leise, es ist eine ganz andere Welt. Museumsbesuche, Kataloge durchblättern, an der Kasse anstehen, das hat alles nichts damit zu tun. Ich habe Dinge gesehen, die du dir nicht vorstellen kannst. Ich habe Dinge in den Händen gehalten, in deren Nähe du nicht einmal kämst, die du dir nur hinter Glas oder auf Reproduktionen ansehen dürftest. Einige dieser Dinge besitze ich noch, andere musste ich weitergeben, aber das ist nicht weiter schlimm. Alle diese Dinge bleiben, wie Diamanten im Schlamm. Und wirklich, cum laude.

Wir schweifen ab, ich muss mich konzentrieren, ich muss sie gegeneinander ausspielen, aber das ist schwierig. Hier liegt der Nachteil von zu viel Plot, es wird kompliziert, und man muss höllisch aufpassen, was man tut. Lennox wäre besser darin, er ist nüchterner, er kommt mit weniger Worten aus. Aber ich bin hier, und Lennox ist irgendwo anders, ich bin auf mich allein gestellt. Wie es dazu gekommen ist, weiß ich nicht genau, dieses Treffen hätte auch ganz anders verlaufen können, aber hier ist eine Konfrontation im Anmarsch, und ich muss aufpassen, denn ich befinde mich, würde ich mal sagen, in großen Schwierigkeiten, es steht zwei gegen einen, und gleich sind sie in meinem Kopf.

iii

Eigentlich, ja, das stimmt, eigentlich hätte ich gedacht, dass es nicht so schnell gehen würde, dass es genauso ablaufen würde wie in dem anderen Kloster. Dass ich in mein Zimmer gehen würde, um zu schlafen, dass ich morgen früh erfahren würde, was geplant ist, dass darüber zu reden sein würde, dass ich zum Beispiel anbieten könnte, für immer hierzubleiben, damit sie jederzeit wissen, wo ich bin und was ich tue, damit die ganze Operation, Bonzos Jugend bei mir zu entfernen, unnötig wird; auf diese Jugend ist gepfiffen, es ist *meine* Jugend, es ist *meine* Jugend! Dieses Kloster hätte meine Bestimmung sein können, das Ende der Reise, und ich hätte bis ans Ende meiner Tage glücklich sein können. Wenn dieses Gespräch hier auf dem Deck von Raumschiff Enterprise anders verlaufen wäre, wenn es nicht in eine Konfrontation (wie ist das so schnell passiert?) ausgeartet, sondern zu einer Reunion geworden wäre, hätte ich Guido, wenn auch einigermaßen ironisch, *danken* können. Wofür?, hätte er dann gefragt, und ich hätte antworten können: für die Tatsache, dass du die ganze Zeit im Hintergrund aufgepasst hast, denn wie man es auch betrachtet, mir jedenfalls ist *Aufmerksamkeit* zuteil geworden. Und jetzt verstehe ich es auch: Ich habe das Leben geführt, das sich meine Mutter gewünscht hätte und das sie erst am Ende ihres Lebens erreicht hat. Sie wollte bemerkt werden und nicht *nur* existieren, nicht nur ihrem Schicksal und ihrer Familie ausgeliefert sein mit dem Auftrag, dass sie alles selbst zu entscheiden hatte, ohne dass ihr jemand verraten hätte, was zu tun war und wie, und ohne dass jemand sie dabei im Auge behielt. Sie wünschte sich jemanden, der sie beaufsichtigte und eingegriffen hätte, wenn er es für nötig hielt. Deshalb ist sie zu Gott zurückgekehrt, aber es hat nicht funktioniert, weil da die ewige Strafe dranhing und Furcht und Schrecken verbreitete; erst am Ende ihres Lebens, als sie dement war und in der geschlossenen Abteilung saß, hat sie ihr Ziel erreicht, alles wurde ihr aus den Händen genommen, und sie war nie mehr ohne Aufsicht. Sie war nie glücklicher im Leben. Und inzwischen führte ich, ohne dass ich es ahnte, das Leben, das sie sich immer gewünscht hatte: es wurde überwacht und man griff ein, wenn sich das als nötig erwies. Ich bin nie alleine gewesen, sie haben immer zugeschaut, warum haben sie mir das nicht einfach *gesagt*, wäre ich eingeweiht gewesen, hätten wir es *zusammen* tun können, ich hätte mitdenken können, dann wären wir Kollegen gewesen, *Gleichgestellte*. Sie hätten einfach nur anrufen müssen, pass auf, was du tust, pass auf, was du sagst. War ich dafür nicht *echt* genug?

Ich setze mich etwas aufrechter hin, jetzt könnte ich eine Waffe gebrauchen, aber ich bin unbewaffnet, also muss etwas anderes passieren. Der Sessel passt sich allen meinen Bewegungen perfekt an. Prima Jerôme, sage ich in Gedanken.

Die Geschichte, dass ich mit diesen Diamanten durchgebrannt bin, hält sich hartnäckig, sagt Bonzo zu Guido. Jetzt kommt er auch wieder damit angekleckert. Ist das die übliche Lesart, dass ich sie noch immer habe? Dass ich weiß, wo sie sind?

Guido zuckt mit den Schultern. Er hat damit angefangen, sagt er, nicht ich. Er fährt auf mich zu, drei schlappe Helme in der Hand, er kommt sehr nahe heran, aus so kurzer Entfernung habe ich ihn noch nie gesehen.

Du büßt nichts ein, sagt er, es ist alles nie geschehen, du bist nur mit einem alten Kollegen, den du aus den Augen verloren hattest, nach Paris gefahren, und nicht einmal das. Du bist zur Tür hinausgetreten, hast eine Zeitung gekauft und Kaffee in der Rijnstraat getrunken, dann bist du zum Albert Heijn gegangen, und auf dem Heimweg hast du eine gelbe Straßenbahn gesehen. Das ist alles. Das war dein Tag.

Ich höre nicht auf das, was er sagt, ich mustere den Raum. Ich bin näher am Aufzug als Bonzo und Guido, und diese beiden Techniker sind mit allem Möglichen beschäftigt. Bevor sie es zum Lift schaffen, könnte ich einen Knopf gedrückt haben, und wer weiß, vielleicht steht der Aufzug sogar bereit, und ich könnte gleich einsteigen. Es ist kein guter Plan, aber es ist das Einzige, was mir auf die Schnelle einfällt. Während ich über die nächsten Schritte nachdenke, wachsen mit beleidigender Trägheit zwei Bügel aus der Lehne meines Sessels, sie schließen sich um meine Unterarme, und ich stecke unentrinnbar fest.

Verdammt Jerôme, denke ich, du hast mich betrogen – aber das ist ein seltsamer Gedanke, dieser Sessel ist nicht mein Auto, worauf sonst hätte ich diese Idee stützen können, wenn nicht auf die oberflächliche Ähnlichkeit zwischen dem Material und dem Verhalten dieses Sessels mit dem Sitz im Auto, das mich hierhergebracht hat? Obwohl es nicht ausgeschlossen werden darf, und dieser Gedanke erscheint mir wie eine Glühlampe, die plötzlich aus dem Nichts heraus zu leuchten beginnt, dass alle Künstliche Intelligenz untereinander in Kontakt steht, dass eigentlich von einer einzigen gemeinschaftlichen Intelligenz die Rede sein müsste, die auf unzählige Geräte und Objekte verteilt ist und die sich mit uns amüsiert, indem sie uns von A nach B bringt, uns aufeinander loslässt, uns in ungewöhnliche Situationen versetzt, um herauszufinden, was dann als Nächstes passiert. So werden wir zu Geschichten dieser Künstlichen Intelligenz, und die inszeniert sie nicht für uns, sondern für sich selbst. Vielleicht habe ich es die ganze Zeit auch nicht mit Guido zu tun gehabt, sondern mit seinen Transportmitteln. Wer weiß, vielleicht hat sich all das auch Guidos Rollstuhl ausgedacht, in Zusammenarbeit mit den Rezeptionsrobos, den selbstfahrenden Autos und möglicherweise auch den brennenden Kunsthirschen, von dem Moment an, als Guido nach seinem Unfall ins Archiv zurückgekehrt war und ich begann, mein eigenes Regal mit alten Broschüren über Möbel und Beleuchtung anzulegen. Nur die Geschichte mit meiner Mutter stammt von mir. Diese Geschichte muss ich verteidigen, aber meine Hände sitzen fest, und Guidos Assistenten setzen mir gerade eine Badekappe auf. Sie sehen freundlich aus, es sind Robos, erkenne ich jetzt, sie ziehen das Ding unangenehm straff über meinen Kopf, der Stoff ist dünn, fühlt sich aber enorm höckerig an, als ob alles Mögliche in diesen Stoff eingebaut ist, und während sich die Gurte um meine Arme noch fester ziehen und mir jemand eine Spritze in den Arm piekt, frage ich mich, warum ich mich eigentlich der bevorstehenden Operation habe widersetzen wollen, denn es konnte doch keine Rede davon sein, dass Bonzos Jugend *meine* Jugend war, sie war erfunden, ich kann auf sie verzichten, und ich denke (und das ist vielleicht mein letzter Gedanke, denn ich habe ganz stark den Eindruck, dass das, was ich in meinen Arm gespritzt kriege, ein Betäubungsmittel ist) an die gelbe Straßenbahn, die ich an der Haltestelle Amstelkade auf der Rijnstraat gesehen habe, als ich gerade aus dem Albert Heijn kam, wo ich fast mit dieser Frau Krach angefangen hätte, nachdem ich vorher im CoffeeHub eine Zeitung zerknüllt hatte — plötzlich stand sie an der Haltestelle, diese gelbe Straßenbahn, dunkelgelb mit einem grauen Streifen unten herum, und ich kriegte einen kleinen Schock, weil solche Straßenbahnen seit ungefähr vierzig Jahren nicht mehr durch Amsterdam fahren. Aber der Schock folgte nicht *gleich* auf die Beobachtung, es gab einen Abstand dazwischen, in Zeit ausgedrückt vielleicht nicht mehr als eine Viertelsekunde, und während dieser Viertelsekunde war ich nicht erstaunt oder überrascht, denn ich sah nichts Unerwartetes, ich sah einfach nur eine Straßenbahn an einer Haltestelle. Denn es waren diese Straßenbahnen, die durch die Stadt fuhren, als ich Anfang der Achtzigerjahre nach Amsterdam kam, und die noch jahrelang weiterfuhren, in verschiedenen, immer eckiger werdenden Varianten, aber immer mit der gleichen gelben Farbe und mit dem grauen Streifen darunter. Anscheinend sind dreißig oder vierzig Jahre Abwesenheit nicht genug, um aus dem inneren Bild der Welt, das ich in mir trage, entfernt zu werden. Augenscheinlich war die Straßenbahn von einer Gesellschaft gemietet worden, drinnen saßen und standen Männer in Anzügen und Frauen in Kleidern, sie hatten Gläser in der Hand. Passanten knipsten Fotos, nicht nur ältere Menschen, sondern auch die Schüler, die auf dem Weg zu Albert Heijn waren, um sich ihre Pausengetränke zu holen. Für die Älteren war die Straßenbahn ein Zeichen des Wiedererkennens, die Schüler fanden sie seltsam und amüsant. Nein, nein!, wollte ich ihnen zurufen, das ist eine ganz normale Straßenbahn, da habe ich noch dringesessen, und nicht etwa als kleines Kind oder so, nein, als Erwachsener, als der, der ich heute auch noch bin, als mein heutiges Ich – aber das stimmt nicht; zwar habe ich in so einer Straßenbahn gesessen, aber nicht als mein heutiges Ich. Ich bin keine in die Länge gezogene Gegenwart, sieh mal, die Straßenbahnen haben sich verändert, deine Mutter ist tot, wie hast du während deiner kleinen Großen Reise ins Immer Gleiche nicht wahrhaben können, wie sich die Aussicht aus Zug und Bus verändert?

Und als ich nach Hause ging, dachte ich über das Loch in der Zeit nach, das eine Viertelsekunde gedauert hat, in der ich mich nicht über die gelbe Straßenbahn gewundert hatte, weil die Vergangenheit gerade dabei war, die Gegenwart zu überschreiben. Könnte bei der nächsten Gelegenheit (wenn die denn kommt, ich fühle mich *sehr* schläfrig werden) dieses Loch nicht so groß sein, dass man in ihm verschwinden könnte, indem man seine

Finger links und rechts um die Ränder dieses Lochs krallt und den ganzen Kram auseinanderzieht, um dann *hinein*zutreten – aber was dann? Wäre mein heutiges Ich dann tatsächlich mit meinem früheren Ich vereinigt, wäre die Welt dann wieder die meine?

Aber auch wenn man in der Zeit zurückginge, würde sie ab diesem Moment einfach weiterlaufen. Worauf es ankam, war, dass man jede alte Straßenbahn unmittelbar als alte Straßenbahn erkennen musste, das war die Lebenslehre des heutigen Tages, hielt ich mir vor, als ich zu Hause angekommen war und mich in den Relaxsessel meiner Mutter fallen ließ und die Knöpfe auf dem Bedienfeld drückte. Bzzt. Bzzzzt. Bzt. Bzzzt.

iv

Bzzzt. Bzzt. BzZZZZZzzt. Bzzzt. Wir behielten die Tür schon seit einiger Zeit angespannt im Auge, und schau an, da schiebt sie sich zur Seite, da kommt Guido herein. Ein kleines Holpern, als sein Rollstuhl über den Schlitz der Schiebetür fährt, aber dann läuft alles glatt, breite Wege, gefüllte Regale, alles in Ordnung, klassifiziert, verpackt und durchnummeriert. Nichts deutet darauf hin, dass wir uns in einem unruhigen und schwankenden Kopf befinden, das gerade verabreichte Mittel wird sicher zu diesem Eindruck beitragen, aber wir wissen es besser. Wir kennen solche Köpfe, wir erkennen sie, wenn wir sie befördern, wir erkennen sie, wenn sie bei uns einchecken, es ist nicht viel nötig, um ihre Aufregung zu steigern oder ihre Freundschaft zu gewinnen. Aber derzeit besteht kein Grund zur Sorge, alles steht ordentlich in den Regalgestellen, alle Wege sind gleich schnurgerade und gleich breit. Guido betrachtet das beifällig, schließlich hat er mal als Archivar angefangen. Er hat einen langen Weg zurückgelegt, kann aber seine Herkunft nicht verleugnen; nicht umsonst hat er diese Umgebung in ebendiese Form gebracht.

Bei einer kleinen Tastatur in der Wand hält er an, er tippt etwas ein und checkt die Informationen, die auf dem Bildschirm erscheinen, den er in der Hand hält. Er keucht leicht, als würde ihm diese Anstrengung doch einiges abverlangen, und angesichts seiner Ausmaße finden wir das nicht wirklich überraschend. Warum haben wir ihn früher nicht keuchen sehen? Jetzt ist niemand mehr hier, das wird es sein. Er kann sich ein wenig gehen lassen. Ob es auch Nervosität sein könnte? Wer weiß. Er hat sich, wenn man ihn so vor sich sieht, schon seit langer Zeit gehen lassen. Er muss diese Fettwülste jeden Tag einpudern, damit sich nichts aufscheuert. Aber egal, wie interessant physischer Umfang und Problematik dieses Mannes auch sein mögen, unser Blickwinkel ist ein anderer.

Inzwischen ist er schon wieder weitergerollt, ein dicker, oder sagen wir ruhig: fetter Mann in einem elektrischen Rollstuhl. Das eine Bein, das er hat, ist spindeldürr und verschrumpelt wie der verdorrte Stiel an einer überreifen Frucht. Langsam rollt er durch die Flure, von deren Decken schlichte Leuchtkästen hängen. Er schaut sich um, nicht wie jemand, der etwas sucht, sondern wie jemand, der sehen will, was hier alles steht, wie es aussieht. Leise Musik erklingt, ein Streichorchester spielt Hits aus den Achtzigerjahren. Eigentlich können wir das noch nicht wissen, weil wir natürlich nur eine Nummer hören, aber wir nehmen mal an, dass es mit ähnlichen Songs aus der gleichen Zeit weitergehen wird und nicht mit irgendwas von, sagen wir, Strawinsky, Sinatra oder Ligeti. Was tut Guido in der Zwischenzeit? Er fährt durch einen schmalen Korridor und lässt die Fingerspitzen seiner rechten Hand über die Rücken von Archivmappen gleiten. Er lächelt dabei unsicher, wie jemand, der nicht unbedingt seine Hand dafür ins Feuer legen würde, dass alles, was er hier berührt, materiell ist und nicht plötzlich verschwinden könnte. Er schaut auf seinen kleinen Bildschirm und schlägt einen anderen Kurs ein – und hält an und spitzt die Ohren. Wenn er das Gleiche hört wie wir, hört er Schritte. Er dreht sich um; als seine Karre zum Stillstand gekommen ist, zittern seine Fettwülste noch.

Am Ende des Flurs erscheint eine Gestalt, es ist der Mann, den sie Bonzo nennen, den wir denn auch bei diesem Namen nennen sollen.

Ich hatte dich gebeten, zu warten, sagt Guido. Ich werde dich hereinlassen, wenn ich das Terrain hier ein bisschen sondiert habe.

Du willst mehr von mir als ich von dir, sagt Bonzo, also hast du mir nicht so viel zu sagen. Sind wir jetzt wirklich in seinem Kopf? *No kidding?*

Guido hebt einen Arm und zeigt auf ihn. Was hast du da in der Hand?

Das hier? Ach, das ist eine Mappe, die ich irgendwo aus einem Schrank geholt habe. Alte Briefe, glaube ich. Bonzo zieht die Schnüre auf und nimmt ein Blatt Papier heraus. *Liebe Oma, vielen Dank für die fünf Gulden, die ich von Ihnen zu meinem Geburtstag bekommen habe. Ich hatte einen schönen Tag und viele Geschenke. Ein Auslegpuzzle, ein Ding, in das Wasser rein muss, und dann beginnt sich alles zu drehen, ich weiß nicht, wie es heißt* – weiter geht es nicht. Ich wüsste auch nicht, wie so ein Ding heißt. Wie würdest du es nennen? Er packt den Brief zurück in die Mappe und legt sie irgendwo auf die anderen Mappen im Regal neben sich. Ein Wasserdingens?

Das muss wieder dahin, wo es herkommt, sagt Guido. Mach schon, Mann, wir sind hier bei einer Präzisionsoperation.

Okay, okay, sagt Bonzo. Er zieht eine andere Mappe aus einem Regal, blättert kurz hinein, sagt: Hier kann ich mir keinen Reim drauf machen, und legt sie an einem anderen Platz ab.

Das musst du gleich alles wieder in Ordnung bringen, sagt Guido. Komm jetzt mit, ich weiß, wo wir hinmüssen. Während er hin und wieder seinen Bildschirm zurate zieht, schwenkt er durch die Flure. Die Beleuchtung flackert für einen Moment. Da hast du es, sagt Guido. Er braucht nur was zu essen, sagt Bonzo. Einen Zuckerwürfel oder so.

Sie zwängen sich durch enge Flure, Guido blickt sich unsicher um, als hätte er das nicht erwartet. Und es stimmt, wir schauen in seinen Kopf und schnappen den Gedanken auf: Alle Flure sollten die gleiche Breite haben.

Bonzo zieht eine Tür auf und tritt ein. Dunkel hier!, ruft er. Man hört Gepolter, etwas fällt um, Bonzo kommt heraus und klopft sich Staub von seiner Strickjacke. Alles nur Jugend und Religion, sagt er, da wollen wir nicht hin.

Jesses, Mann, so geht das nicht, sagt Guido. Du musst zurück, um das alles wieder in Ordnung zu bringen. Hier, wir sind da, wenn alles stimmt, geht es um den Inhalt dieser sechs Regale.

Diese Kartons und Mappen?, fragt Bonzo. Da drin steckt meine Jugend?

Die Jugend, die er für dich erfunden hat.

Guido tippt etwas ein, und nach ein paar Sekunden kommt ein Zug mit sechs Wägelchen um die Ecke. Er fährt bis zu Guido vor und bleibt stehen. Guido beginnt, ein Regal leer zu räumen, er legt die Mappen und Kartons in den vorderen Wagen. Kümmre dich um die Regale da oben, bittet er Bonzo, da komme ich nicht ran.

Okay, sagt Bonzo. Aber Moment, wenn das die Jugend ist, die er sich für mich ausgedacht hat, und wir räumen die weg, dann verschwindet auch mein ausgedachtes … Ich meine …

Ich habe es dir doch erklärt, stell dich nicht so an. Du hast deinen eigenen Kopf, du bist nicht die gleiche Person wie er. Stimmt's?

Nein, das wäre auch was, murmelt Bonzo. Er zieht Kartons aus dem oberen Regal und wirft sie in einen der Wagen.

Nicht so schlampig, Mann!, ruft Guido. Du kapierst überhaupt nichts … Begreifst du nicht die *Schönheit* dieser Operation?

Schönheit? Da denkt er sicher anders drüber, wenn er gleich wieder zu sich kommt.

Wenn er zu sich kommt und alles gut gegangen ist, weiß er nicht, was ihm fehlt.

Schönheit, wiederholt Bonzo. Davon weiß er natürlich alles. Mit seinen zwei Jahren Kunstgeschichte.

Als die Wagen voll sind, fahren sie von alleine über den Flur. Guido schaut ihnen hinterher.

Na, das hast du dir doch schön zurechtgelegt, sagt Bonzo beschwichtigend. Das wird gleich alles vernichtet?

Sie fahren zu einem automatischen Schredder, sagt Guido. Und da kommen sie rein.

Ja, klar, dass sie da reinkommen, sagt Bonzo, ich nehme kaum an, dass sie dran vorbeifahren und dann wieder zurückkommen. Und was machen wir jetzt? Sind wir fertig?

Wir werden alles, was du umgeschmissen und aus den Regalen gezerrt hast, wieder zurückbringen.

Aber das ist doch öde! Mich würde viel mehr interessieren, was hinter dieser Tür ist. Bonzo öffnet eine Tür, es zieht, Herbstlaub raschelt in den Flur hinein. Eine Straße, sagt er, da wird er wohl gewohnt haben.

Guido runzelt die Stirn. Diese Türen, das ist seltsam, sagt er, es sollten nur Archivdokumente in Regalgestellen sein. Er sieht sich um, der Weg hat sich verändert, noch schmaler, gewundener, die Decke höher, wie ein Gewölbe, im schwachen Licht fast unsichtbar. Er hat nicht erwartet, dass es so veränderbar, so *gothic* sein würde; es ist, denkt er, als wären wir in den Kellern des Klosters, aber das kann natürlich nicht sein.

Es lässt sich nicht erzwingen, oder?, sagt Bonzo. Der menschliche Geist, was weiß ich. Sieh dir das an. Er zieht eine eiserne Luke auf, die sich einen halben Meter über dem Boden in der Wand befindet. Flammen schlagen heraus. Heiß!, ruft er und lässt die Luke los. Sie schlägt auf, und Bonzo sieht hinein. Guck mal, sagt er, eine Verbrennungsanlage, wir hätten den ganzen Kram auch hier reinschmeißen können, statt des Rumgemaches mit den Wagen und dem Schredder. Au! Er weicht zurück und greift sich mit beiden Händen an die Nase. Mit dem Fuß tritt er die Luke zu. Er nimmt seine Hände herunter und zeigt Guido drei blutende Pünktchen in einer Reihe. Nicht zu glauben, sagt er, aber ein kleines Teufelchen mit seinem Dreizack hat gerade …

Komm jetzt, sagt Guido. Wo hast du die Mappe mit diesen Briefen hingelegt, und wo war die Tür gleich wieder, die du aufgemacht hast und hinter der dann was umgefallen ist?

Wir merken, dass er immer nervöser wird, seine Haut beginnt zu glänzen, das deutet darauf hin, dass er schwitzt; das ist ein Hinweis nicht nur auf große Anstrengung, sondern auch auf Angst …

Jetzt warte mal, sagt Bonzo, nicht so schnell, hier, noch eine Tür … Oh warte.

Was?

Da liegt eine aufgebahrte alte Frau.

Komm schon, Mann.

Ja, ja, ich mach sie schon zu. Ruhe in Frieden, Mevrouw.

Schlägst du jetzt das Kreuz?

Ja, ich schlage das Kreuz. Es muss seine Mutter sein.

Oh ja. Sie bleibt doch deine Mutter, hey?

Was meinst du?

Das war bei dir auf dieser Party damals, weißt du noch? Als du dich mit deiner Mutter gekracht und mich später mit deinem Motordreirad fast umgefahren hast.

Ach ja, die Messerschmitt. Ich habe jetzt vierundzwanzig davon, weißt du? Natürlich weißt du das, du weißt alles über mich, außer wo ich die … Hey, das musst du jetzt aber wirklich sehen!

Wir müssen die Sachen aufräumen, sagt Guido angespannt, und dann hier verschwinden. Lass die Türen in Ruhe, ich weiß auch nicht, wo die herkommen, es hätten Schränke sein sollen.

Nein, das musst du wirklich sehen. Echt jetzt, glaub mir.

Guido betritt einen völlig abgedunkelten quadratischen Raum. In der Mitte steht in Hüfthöhe ein Kubus aus Glas. In diesem Kubus befindet sich ein mit Diamanten besetzter Schädel. Er lacht mit offenem Mund und blinden Augenhöhlen und blinkt im Licht der Scheinwerfer, die auf ihn gerichtet sind.

Ich war immer dafür, dass er sich im Kreis dreht, sagt Bonzo.

Das ist das Ding von diesem Engländer, oder?, fragt Guido.

Damian Hirst, sagt Bonzo. Klopf keine Sprüche, ich weiß genau, was es ist, bleibt nur die Frage: Was hat das Ding denn *hier* zu suchen?

Keine Ahnung, sagt Guido. Aber gehen wir, danach suchen wir nicht.

Das glaubst nur du, sagt Bonzo, während er einen Finger über die Kanten des Kubus gleiten lässt. Sein Gesicht wird von dem Licht besprenkelt, das die Diamanten zurückwerfen. Es ist genau das, wonach du suchst. Es hat seine eigene Ironie, sagt er, oder vielleicht auch gerade nicht. Du hast immer gedacht, dass ich die Diamanten hätte, du hast ein ganzes Leben für mich gemacht, du hast mich begleitet, du bist mir immer gefolgt, und jetzt hast du dir das alles hier ausgedacht und gebaut. Ich weiß nicht, wie du das alles finanziert hast, all die Jahre der Forschung und des Experimentierens, zumindest stelle ich mir das so vor, oder wirst du von den Erben von Batavier bezahlt, geben die nicht eher Ruhe, bis die Diamanten wieder aufgetaucht sind? Er lächelt und klopft auf den Kubus. Hier hast du dein Lösegeld. Ich habe die Steine Damian Hirst gegeben, den ich damals schon ziemlich gut kannte. Dann war ich sie los. Nenn es Reue. Und ich war zu dieser Zeit längst ziemlich erfolgreich im Kunsthandel, das machte den Unterschied.

Was für ein Geschiss, sagt Guido. Die Steine hat Hirst damals auf dem Diamantenmarkt gekauft, der ganze Diamantenhandel hat darunter gelitten, ich erinnere mich noch, das stand seinerzeit in allen Zeitungen.

Gezielte Falschmeldung, sagt Bonzo. *Fake news.* Wie soll ich das Ding denn nennen, hat Hirst mich gefragt. Ach, *for the love of God*, lass dir selbst was einfallen, Mensch, habe ich gesagt. Und dann hat er es eben so genannt. Schlag es nach. Und schau dir das hier genau an.

Bonzo klopft wieder auf den Kubus. Er lacht, und ein paar Lichter blitzen über seine Zähne. Gott allein weiß, wie es hier gelandet ist, aber das ist es, wonach du all die Jahre gesucht hast. Zu schade, dass es nicht echt ist, oder? Wenn wir unsere Badekappen abnehmen, ist es futsch.

Hübsche Geschichte, sagt Guido. Ich könnte dich beim Grabe deiner Mutter schwören lassen, aber das werde ich dir ersparen, ich sehe auch so, dass du dir das gerade eben erst ausgedacht hast. Du hast die Diamanten irgendwo, und ich werde rauskriegen, wo sie stecken. Du kannst versuchen, mir Sand in die Augen zu streuen, aber du vergisst eins.

Und das wäre?

Dass du auch so eine Badekappe aufhast.

Guido bewegt seine Finger über seinen Bildschirm und fährt ein paar Meter vor, zu einer großen Stahltür, die sich langsam öffnet. Hinter der Tür ist ein Raum mit weißen Wänden, an denen einige riesige Gemälde hängen. Er dreht sich zu Bonzo um und ruft: Ich gehe jetzt bei dir rein!

Bzzzt. Bzzt. BzZZZZZzzt. Bzzzt. Ein kleines Holpern, als er den Schlitz der Schiebetür überquert, und dann fährt Guido schnell in den weißen Raum hinein. Bald schon ist er nicht mehr zu erkennen.

Bonzo steht reglos da, wir sehen, dass er grübelt. Wir denken ebenfalls nach, darüber, wie es nun zwischen Bonzo und Guido weitergehen könnte. Wir könnten natürlich darauf zurückgreifen, was sich bisher zwischen den beiden abgespielt hat, oder zwischen Bonzo und seiner Mutter, die Möglichkeiten sind endlos, wir könnten auch zu Lennox zurückkehren, aber wir werden es jetzt hierbei belassen: Während er mit krallenden Fingern wütende, aber erfolglose Versuche unternimmt, die Badekappe von seinem

Kopf zu entfernen, schießt Bonzo nach vorne, zu der sich langsam zuschiebenden Tür, er stößt dabei Schreie aus, die auf Schrecken und Bestürzung hindeuten. Es ist klar, dass er versuchen will, seinen eigenen Kopf zu erreichen, bevor sich die Schiebetür schließt.

Als die Tür einrastet, hören wir nur noch das Streichorchester Songs aus den Achtzigerjahren spielen – denn inzwischen wissen wir, dass das Orchester genau das tut, eine Nummer nach der anderen.

Hey, vielleicht solltest du kommen und dir das ansehen. Er ist zu sich gekommen.

Und?

Komm mal eben. Er hängt in seinem Sessel und lächelt ein bisschen dämlich.

Dämlich?

Ja, wie nennt man das, blöde. Vielleicht nicht ganz das richtige Wort. Sorry.

Oh, dämlich. Ich kenne das Wort, aber ich habe es nicht gleich vor mir gesehen. Lächeln? Das scheint mir erst mal keine schlechte Nachricht zu sein.

Und er scheint niemanden zu erkennen. Als wäre er völlig aus der Welt gefallen.

Wen sollte er denn auch erkennen? Dich?

Ja, ich habe ihm den Helm aufgesetzt, er sollte mein Gesicht doch …

Er ist vielleicht noch ein bisschen benommen. Warte mal, ich komme.

[…]

Okay, ja, ich sehe es, nicht von dieser Welt, in der Tat.

Er erkennt dich auch nicht.

Nein, offensichtlich nicht. Hallo! Ich bin's. Weißt du noch, wir haben dir mit dem Helm geholfen und dir dann das Zeug in den Arm gespritzt. Guck, er lächelt mich an.

Das macht er bei mir auch, das hat nichts zu sagen.

Aber er sieht nicht unglücklich aus, er wirkt sogar außerordentlich zufrieden.

Sollen wir ihn einfach noch ein Weilchen so dasitzen lassen?

Ja, mach mal. Gib ihm etwas zu essen und zu trinken und halt mich auf dem Laufenden.

Er kann nichts, wir müssen ihn füttern.

Also, dann füttere ihn doch! Und wie ist es mit dem Chef und Bonzo?

Es sieht so aus, als ob sie immer noch beschäftigt sind.

Dann lassen wir sie erst mal in Ruhe, ich habe keine Lust, mir die Finger dran zu verbrennen.

(Gespräch zwischen zwei Technikern, 21. Jahrhundert, undatiert, nicht im Archiv der WARTUNG *abgelegt.)*